天空之蜂

〔日〕东野圭吾 著
王维幸 译

南海出版公司

新经典文化股份有限公司
www.readinglife.com
出　品

1

清晨五点整，手机响了起来。从大约一分钟前就一直盯着手表和手机的他，还没等第一声铃声结束，就按下了通话键。

“喂。”

“喂，是蜂田先生吗？”是一个男声。

“我是。”

“是我。”对方的语气顿时变了，声音也愈发低了，“刚刚搞定。”

“辛苦了。”他说道，“她情绪如何？”

“非常不错。这样一来，应该可以任我摆布了。”

男人的声音很从容。他想，姜还是老的辣。

“太好了。那我就放心了。看来，今天的约会也一定会很顺利。”

“必须让它顺利。唯一担心的就是天气。”

“这一点你只管把心放到肚子里。我刚刚确认过，今天会是个大晴天。”

“那可真是天遂人愿。你那边怎么样？”

“万事俱备。随时都可以开始游戏。”

男人闻言低声笑了。“可游戏早就开始了啊。”

“那倒也是。那，我就静候佳音了。”

"OK！"

电话挂断。

他久久凝视着手机，好一会儿才放回桌上。一声长叹脱口而出。

可游戏早就开始了啊——没错。已经没有回头路了。

一切都会在数小时后开始。

他瞧了一眼电脑显示屏。屏幕上显示的是他刚刚打完的文章。他花了三个多小时才完成这篇稿子，而且一直在反复修改。

最后检查一遍后，他丢下电脑，躺到榻榻米上。为防睡过头，他定了两个闹钟后才盖上毛巾被。哪怕只有两个小时，也最好睡一下。他知道，今天将是自己一生中最漫长的一天。

不过，他也清楚，自己可能根本睡不着。他正被过度的紧张和兴奋所包围，而且，不得不承认，他也感到一种恐惧。

另一方面，他正以一种旁观者的清醒审视自己即将做出的行动。跟此前的坚实人生相比，这次的行动实在太超出常规了，所以他才会有点想逃避现实吧。他闭着眼睛，反复提醒自己，这根本就不是梦，这是现实。

不久，强烈的阳光从窗帘的缝隙射进来，预示今天也将是一个盛夏日。不过，阳光倒是让他感到一股底气。要是热得让日本列岛都燃烧起来就好了，他想。

他稍微转头，把目光投向桌上。那里有一个小小的相框，照片上是一名背着书包的小学生模样的少年，正笑着攀岩。少年背后有一座白色的穹隆状建筑物，显得很小。

他长出了一口气，把毛巾被拉过头顶。

2

上午七点刚过，锦重工业小牧工厂的正门前仍没有人影。在太阳的照耀下，灰色的柏油路面明晃晃的。

一穿过正门，汤原一彰就把单厢旅行车停了下来。一旁门卫室里的门卫不明所以地伸出头来。汤原抬手打了个手势，走下车。

脖子上缠着毛巾的门卫走了出来。他的头上夹杂着一些白发。他大概也是自卫队出身吧，汤原猜测。不只是各处的门卫，就连单身宿舍的楼长、停车场的管理员等，所有的职位都被退役的自卫队员占据了。职员们私下都在议论，这种情况也算一种“空降”吧。

汤原从胸兜里掏出 ID 卡递给门卫。门卫对比着上面的照片和他的脸。若是再晚一点儿，跟其他职员一样徒步通过大门，应该不会受到如此严格的检查。

“车里是谁？”门卫用下巴指指旅行车。雇用那些退役的军人倒也没什么，可起码得雇个会问话的才是，每次与他们打交道时汤原都会这么想。

笃子正不快地坐在副驾驶席上，后座上的高彦则从靠背之间探出头来。

“是我的妻子和儿子。”汤原答道，“想看看直升机试飞。已得到许可。”

车内的笃子不失时机地从手提包里取出文件。是许可证。汤原将其递给门卫。

门卫瞥了一眼文件，露出一副早已不感兴趣的表情。“知道停车的地方吧？请不要随意乱停车。”

汤原点点头，钻进车里。

“每天早晨都会对所有上班人员进行严格的检查吗？”笃子问道。

“对外面的人还是很严厉的。毕竟是防卫厅管辖的地盘。如果是平常的上班时间，对职员也很宽松。只要出示一下ID卡，一般是不会被叫住的，也不会核对本人跟照片是否相符之类，就像出示月票过检票口时一样。”

“那就是说，也可以使用别人的ID卡喽？”

“差不多是吧。”

“小题大做。”

“所以啊，这玩意儿得天天带在身上。”汤原拍拍胸兜。

锦重工业小牧工厂的占地面积为一百二十六万七千平方米。其中有一处人称飞机事业本部的单位，从事与飞机相关的研究，生产制造飞机产品及零部件。实际上，这个事业部几乎所有交易都是以两个资产近乎无限的组织为对象的。其一是防卫厅，另一个则是宇宙开发事业团。

汤原向门卫出示的ID卡上，就印着“飞机事业本部技术本部旋转翼机研究开发科”字样。即以新型直升机的开发为主要工作，因而他们的大主顾自然就是防卫厅。

穿过正门，一条笔直的道路伸向前方，两侧是一排排的厂房。汤原驱车直行。这个时间果然连个行人都没有。当然，现在这工厂里并不是真的一个人都没有。为了今天的活动，应该还有其他人也跟汤原一样早晨来上班。即使没有这次活动，技术大楼研究室的窗户也很少全都变黑。因为身为研究者，他们总是要处理一些紧急的问题。

不久便到了一处丁字路口。横在眼前的马路对面就是试飞机场。

汤原在机场前的停车场停车。一下车，高彦就扒在铁丝网上往里窥看。

“什么也没有啊。”他不乐意地说，“爸爸的直升机到底在哪儿啊？”

“还在机库里呢。”

“哪个？”

“那个。”汤原指着最前面的机库。

锦重工业飞机事业本部共有大小十个机库。他所指的是第三机库，主要用于大型飞机。

“哦。”高彦双手抓着铁丝网点点头。

背后传来轻轻的鸣笛声。回头一看，只见一辆白色的皇冠车在汤原的车旁停了下来。这是一辆好多年前的老式皇冠，蜡打得格外光亮。大概因为今天是个特别的日子吧。看来是山下，汤原想。

“早上好。啊，太太，上次真的十分感谢。”山下一下车就频频点头致意。也许是略胖的缘故吧，脸颊上转瞬就开始冒汗。他感谢的是他搬家时汤原家帮忙的事。山下贷款二十五年买下了一栋四室一厅的独栋楼房，他在单位里逢人便炫耀，说自己家的阳台是拱形的。

一名身穿浅色罩衫的骨感女子和一名穿着短裤的少年从后车门下来。是山下的妻子真知子和独生子惠太。惠太比高彦小一岁。趁着大人们寒暄的空当，两个少年并排扒在铁丝网上，猜测着待会儿将会有多厉害的飞机在眼前这空荡荡的机场上亮相。

“我们现在要去技术大楼那边，你们能不能先到那边休息一下？试飞开始前再来叫你们。”汤原跟笃子说道，指着前面数十米处的一座细长的建筑。那是福利中心，一楼是商店，二楼往上则是会议室和谈心会用的和室。“商店恐怕还没有开门，不过卖饮料的自动售货机之类还是有的，还能看电视。”

“最主要的是开着空调呢。”山下边用手绢擦着额头边说。

“直升机什么时候才能看到啊？”笃子向丈夫问道。当然，她对直升机是不可能有兴趣的。一定是担心孩子们无聊时不知怎么应付他们才这么问。

“我想再过一小时，机械师就会把直升机从机库里拽出来了。”

“那起飞是几点开始？”

“暂定在九点。要由对方决定，所以还不好说。”

所谓对方即防卫厅派来的人员。汤原的包里塞满了给他们做说明用的资料，是他深夜两点才赶出来的。

“真没办法。”笃子跟真知子对视了一下，朝仍贴在铁丝网上的孩子喊道，“高彦，走了。”

“那就待会儿见。”汤原向山下夫人致意，然后跟着山下往前走。技术大楼在与福利中心相反的方向上，是一座七层建筑。

“你太太对今天的事是不是没什么兴趣？”山下问道。

“差不多是吧。因为高彦想看，才勉强决定同行的。你太太呢？”

“也差不多。只不过，她觉得向儿子展示一下父亲的工作还是很有意义的。”

“真是个好太太。”

“也许她自己也想确认一下，自己的丈夫并不是个平庸的中年男人吧。”山下苦笑着说道。

“毕竟受了这么多苦，不看看自己努力的成果怎么甘心？”

“确实是苦了她啊。我每天很晚才回家，连休息日都没法好好待在家里。这倒也没什么，单位能多给点津贴也行啊，可一大半都是无偿加班。昨晚我稍微回顾了一下，发现最近一次全家旅行已经是四年前了，还是在惠太上小学之前。就凭这，无论是作为丈夫还是父亲，人家说我不称职也没错啊。谁让我把精力全都用在公司，对家人从来就没有照顾过呢。就连前几天才买的房子，从选家具到办贷款，也全部都交给了真知子。我想这阵子是没法在老婆面前抬起头来了。”

“深有同感。我家里也一样。”

是啊，自己家到底是什么时候去家庭旅行的呢？汤原努力回想。带全家人去海水浴场那次倒还记得，可那究竟是什么时候的事，他却怎么也想不起来了。

汤原一彰在锦重工业工作十六年了。在大学学电子工学的他一直从事飞机电子系统的研发，主要课题是把机械操控系统转换为电子信号操控系统，即所谓电传操纵研究。进入公司的第五年，他就被选为民用飞机共同开发项目的成员，在西雅图研究了四年新型客机操控系统。

与笃子结婚是在临去西雅图之前。虽说是在朋友的介绍下才跟在另一家公司做文员的她认识的，不过说实话，他当时并未考虑结婚的事。只是，既然自己要去国外，必须给人家一个交代才行。

让汤原最终下定决心的是笃子的态度。当听到他必须去美国的时候，她兴高采烈，说太棒了。看到她兴奋的样子，汤原就半带冲动地说一起去吧。这并非他经过深思熟虑才说的，笃子却理所当然地将其理解成求婚。他也没有收回这句话，索性就当是求婚吧。

她说让她考虑一天再说，可之后就一直兴高采烈的，所以，答案恐怕当时就已经出来了吧。

汤原并不后悔。笃子的容貌和不拘小节的性格都让他很满意。他甚至想，比起孤身一人赶赴一个陌生的地方，还是把带着如此灿烂的表情倾听他留美故事的她带去更好吧，这样一定会平添数倍的快乐。

只是，换一种看法，也可以说他对结婚根本就不重视。他当时只是将结婚当成"人生中麻烦的手续之一"。既然是手续，最好还是早点完事的好。一旦拖久了，被周围的人唠叨不停不说，还得四处奔波寻找结婚对象，品味多余的精神痛苦不说，最终弄得连工作都做不好。

尽管跟笃子生活一段时间后，汤原这种想法有了很大改变，但他骨子里并没有发生根本变化。高彦上小学之前，他曾破天荒陪着去购物，可他一边选儿子的书包，一边仍在思考有关导航装置专利的事情。这就是无可争辩的证据。

自己选择笃子是正确的，而她却并未抽得一支好签，每当回顾自己此前的生活，他总会产生这种感想。尤其是从美国回来这数年间的生活，更是让他无法笑话山下。

"啊，总之，"山下说道，"过完今天总算可以安心点了。多少可以过上正常的生活，也能好好陪陪家人了。"

“希望如此啊。”汤原打心底赞同。

没错，只要今天能平安过去就行了。他真心祈祷能顺利。

他想起了“B 系统计划”启动当天的情形。从防卫厅提出概念设计那一天起，自己牺牲生活的日子就已经开始了。

走进技术大楼，汤原抬手向二十四小时值班的传达室那边打招呼。传达室里是一名熟识的门卫。若是上班时间，坐在这里的就是总务科的人。

传达室前面排列着门禁系统，像自动检票机一样。汤原取出 ID 卡，在门前的卡槽刷了一下，卡槽上面的显示灯便由红色变成蓝色。

门禁是由金属横杆封闭的。汤原推着横杆往里走，横杆便自然打开了。山下从相邻的门禁进来。虽然手续烦琐，可想到这涉及防卫厅的机密，就觉得一切都理所应当。

福利中心的商店尚未开门，卷帘门紧闭。门前竖着一块牌子，写着“八点营业”。笃子和真知子从自动售货机买了咖啡，在附近的长椅上坐下来。两个孩子也在喝果汁，可老实的时间只有纸杯变空前的短暂时间而已，接着他们就又开始在尚无人影的休息室里探险。

笃子跟真知子虽说是因为丈夫才相识的，但由于年龄相仿，平常就很亲近。山下真知子表面上看着文静，一旦聊起来就会发现她竟有着令人意外的大胆一面，笃子今天也跟她聊得很开心。其实，她对丈夫开发的直升机有多优秀并无兴趣，对这家公司的独特习惯——主要相关人员都得带家属参加开发完成时的亮相表演一事一直非常反感。高彦小的时候还可以以种种借口搪塞，现在既然儿子坚持想来，自己也就无法逃避了。

“所以啊，还是聪明升学学校那边好啊。光和学习塾有什么好，学费那么贵，教育方法也那么陈旧，绝对不行的。就说升学率吧，最近就一直在下降。”真知子声音很小，语速却很快。她用双手把盛着咖啡的纸杯捧在膝盖上，背挺得笔直。

“可最近光和在广告上登的录取者一览表，不也挺厉害的嘛。”

“你说的是那种广告宣传单吧？我也看到了。那个啊，据说连只参加过一次光和学习塾模拟考试的孩子都包括在内呢。这是高考补习学校惯用的伎俩。”

“啊，是这么回事啊。”

“嗯，所以啊，我还是想让惠太去聪明升学学校。大家都说那儿公开的数字没水分。”说完，真知子咕嘟喝了一口咖啡。

两个主妇的闲聊从孩子扯到时装，又闲扯了一阵与彼此的兴趣相关的小插曲后，再次回到孩子身上。有关丈夫的话题，只是敷衍般提了三言两语而已。至于他们开发的直升机之类，早就被抛到脑后。

正聊得热火朝天的时候，高彦凑了过来。

“妈，我能不能到外面去玩玩？”

“为什么？在这儿不是挺好的吗？看会儿电视吧。”

“又没有好节目。就一会儿，行不行啊？”

怎么办？笃子看看真知子。去就去吧，对方用眼神回答她。

“真拿你们没办法。那可不要走远了啊，省得待会儿找起来麻烦。”

“嗯，知道了。”高彦马上向出口冲去，惠太紧随其后。

目送孩子们出去之后，两个母亲又开始闲聊。

离开福利中心后，高彦和惠太像之前一样贴在试飞场的铁丝网上，里面仍没有飞机的影子，不久他们就厌腻了。

高彦一面看着第三机库一面沿着铁丝网走，惠太尾随其后。

“据说爸爸他们制造的直升机就在那边。”高彦说道。

“哦。”惠太应了一声。

二人继续往前走，发现有一处通过铁丝网的出入口，门正开着。高彦环顾四周，似乎并没有人在注意他，于是进了铁丝网内侧。惠太也跟了进去。

“对爸爸他们可千万得保密哦。”高彦说。惠太默默点头。

二人躲在外部电源车和燃料卡车后面，朝第三机库接近。那是一座鱼糕形状的巨大建筑。也许还没有人来，里面听不到任何声音。

看到有门，高彦就试着扭了下把手。可是门上了锁，没打开。他沿着建筑物的墙壁往前走，在并排的窗户上一个个摸过去。窗玻璃是半透明的，看不到里面。

每个窗户都上了锁，想看里面看来是够呛，正当他想放弃的时候，最边上的一个窗户居然毫无阻碍地开了。高彦吓了一跳，慌忙缩下头，然后战战兢兢地露出脸往里看。里面是摆放着衣帽橱的小房间。没有一个人。

“看见直升机了吗？”惠太在一旁问。他比高彦矮一头。

“看不见，不过从这儿能进去。”

惠太有些犹豫。要是进去后被发现了，肯定会挨父母臭骂。可他又怕被高彦看扁，而且，他也很想进去看看。

高彦毫不在乎惠太的矛盾心情，把脚往窗框上一搭，纵身跳了进去。“等一下，我也去。”惠太怕一个人被丢下，也借高彦的手潜进去。

高彦打开房门，看了看外面。似乎仍没有人来，静悄悄的。屋里黑乎乎的，看不清到底有什么。他一咬牙走出房间，惠太也跟了出来。

等眼睛适应过来，这才发现周围竟放着各种大大小小的机械。再凝神一看，才知道这空间实在是太大了，天花板非常高。

不久，二人就发现了卧在这巨大空间中央的一个黑色的庞然大物。高彦觉得像山一样。

“好大啊！”高彦惊叹着走近。这是一架体长三十三点七米、旋翼直径三十二米的超大型直升机。旋翼和尾翼支持部分都没有折叠起来，让他亲眼看到了其实际体量。

机身右侧伸出的长长的安定翼前面是司乘人员的出入口。高彦环顾四周，发现了带轮子的舷梯，便将其推到出入口下面。

出入机身的门只关闭了下半部，上半部开着。高彦跑上舷梯，跨过门进入了直升机。

里面就像细长的仓库。中央只放着一个大型电视机大小的木箱，看不出来是什么。木箱用绳索固定在地板上轨道状的东西上。这轨道状的东西其实是滚动传送机，只是高彦并不知道这名字。

“喂，拉我一把。”出入口处传来声音。惠太已站到舷梯上。

高彦帮忙把他拽了进来。

接着，二人端详起操纵席。眼前的操纵席跟他们所想象的宇宙飞船的驾驶舱非常像。他们一时间看得入了迷。

高彦终究不敢往操纵席上坐，就走出出入口来到外面。惠太仍留在里面。

这时，高彦突发奇想，想搞个恶作剧。他下来后，悄悄把舷梯移开，想逗一下惠太，反正只要别把他弄哭就行了。

时间将近上午八点。

男子看看手表，心想机会终于来了。他把车停在可以俯瞰锦重工业试飞场的一处小山丘的山腰，距离大约五百米。然后把双筒望远镜用三脚架固定好，旁边放好无线控制装置。有高大的篷车遮住，即使有车辆路过，应该也不会被看到。

第三机库及其前方数十米范围已经进入双筒望远镜的视野。必须覆盖这个范围才行。男子早就分析过，即使是最乐观的估计，成功率也只有百分之五十左右。一旦出现意外就只能放弃，因为他的运气只有这么多。他对“搭档”也是这么说的。一旦失败，“搭档”肯定也会失望的，但他无法改变人的运气。

他盯着手表。他早就用电话对好了时间。口中开始读秒。五、四、三、二、一。

计时器正常起动。机库正面大门的电磁开关打开了。

马达声在机库内轰鸣起来。

高彦一开始并不知道发生了什么事。因为他一直看着直升机那边。

听到马达的轰鸣声，他立刻跑开了。完了，这下可把里面的惠太给坑了！他想。

可是，变化并不是发生在直升机上。周围突然变亮了，一束强光从一旁射过来，照亮了直升机那灰色的巨大机身。高彦扭头朝光源方向望去。只见机库的大门正徐徐开启。门缝间的光带越来越宽，不久便充满高彦的整个视野。广阔的机场与背后的蓝天定格在巨大的镜框中。

“阿惠，快！”高彦向直升机里的惠太喊道。他知道待在这儿将会不妙，但他忽然想起自己刚才搞的恶作剧，舷梯已被推到离直升机数米远的位置。

高彦正要冲向舷梯，这时，一阵低吼让空气震动起来。分明是直升机发出的。假如高彦也拥有跟父亲同等程度的知识，就会知道那是补助动力装置APU的声音。

APU借助补助传动装置，通过油压让主动力传动装置启动，然后伸出来的三根变速箱驱动轴便转动起来，通过变速器把力传给三台涡轮轴发动机。

三台发动机几乎同时点火。接着驱动轴自动转动起来，开动主动力传动装置。低沉的声音缓缓变高。七片桨叶开始旋转。

“啊！”高彦大叫一声，退缩了。他已经没有勇气再靠近舷梯。他望望直升机的舱门，惠太正在门后哭丧着脸。

旋翼的旋转速度越来越快，气流刮起周围的东西。尘土和纸片四下飞舞，周围的小型机器、架子、台子之类的开始倒塌。高彦也无法站稳，渺小的身体被推到墙边。他抱着头蹲下来，沙粒像冰雹一样打在他身上。

不久，旋翼微微前倾。借此获得了前进推力的巨大直升机开始缓缓前进。惠太哭了起来，可高彦根本听不见他的哭声。巨大的风压让高彦甚至没发现飞机已开始移动。

“喂，怎么回事，大B怎么动起来了？搞什么啊！”待在技术大楼五楼窗边的技术部职员说道。

正在会议桌前开碰头会的汤原一彰跟山下同时抬起头。

“直升机？不是还在准备阶段吗？”

“可旋翼已经转起来了。”

“你说什么?！”汤原跑向窗户。

从五楼的窗户可以俯瞰试飞场。果然，计划在今天进行公开表演的最新式直升机正旋转着旋翼从第三机库里出来。

“搞什么呢？”汤原用饱含愤怒的声音说道，“在机库里就开动发动机，这不是胡闹吗？”

“快去看看。”山下率先冲出房间。汤原紧随其后。

福利中心这边，两个母亲仍在谈论养育孩子的话题，汤原笃子率先察觉飞机的声音。

“啊，那声音，那不是直升机的声音吗？”

山下真知子也听到了，注意力转到外面的声音上。“好像是啊。”

“没想到这么早啊。走，去看看吧。”

“嗯。”真知子也站起身，“虽然也没多大兴趣。”

笃子也微皱眉头。

她们离开福利中心，边走边透过铁丝网眺望机场。庞大的机身正在移动。

“好大哦。”笃子由衷地感叹道。

“真的好大哦。”

“不像是直升机啊。”说着，笃子环顾四周寻找儿子。可是，哪里都没有高彦和惠太的影子。“奇怪啊，孩子们都到哪儿去了？”

“哎？”真知子也神色不安地把视线投向四周，接着目光在某一点停下来，“笃子，那边！”

笃子往那边一看，只见高彦正朝她们跑来。

“这孩子，到那种地方干什么……”

她话还没说完就停了下来，因为她感到儿子的样子很不寻常。高彦正抽抽搭搭地哭着。

笃子朝儿子跑去。“高彦，怎么了？惠太呢？”

“阿惠，阿惠他……”高彦哭得满脸是泪，忍着打嗝指着直升机说，“他落在那里面了。”

“哎？”真知子瞪大了眼睛，连高彦并非自家孩子都忘了，抓住高彦的肩膀拼命晃，“什么？你说什么？”

高彦摇摇头，只是哭个不停。大概是知道问也问不出究竟，真知子呼唤着惠太，发疯般地朝机库跑去。

男子长吁一口气是在直升机顺利离开机库的那一瞬。他一直认为这是最难的一关。一旦操作稍有失误，巨大的旋翼就会碰到机库的门上。如此一来，所有计划都将化为泡影。

可是现在仍不能掉以轻心，还有一个难关。如果说机库是看得见的难关，那么接下来就是一个看不见的难关。

男子一面用双筒望远镜盯着机身，一面慎重地操作操纵器。直升机在完全离开机库后暂时停了下来。

下一步就是打开开关。只需按一下，直升机就应该开始升空。男子该做的工作就做完了。

在通常的直升机操作中，即使是简单的起飞也需要独特的技术。因为在起落架着地的状态下，即使驾驶杆或脚舵没达到最佳位置，机身也不会晃动，可是在升空时，这些因素的影响就会一齐冒出来。一旦操作不当，机身就会产生旋转或水平移动。要防止这种情况，就得一边调节驾驶杆、脚舵和总距杆，一边起飞。具体来说，就是用尾旋翼抑制由旋翼的反作用产生的机身旋转的同时，还要借助主旋翼来防止由尾旋翼产生的右移。像这种通过操纵一个舵来影响其他舵的情形称为联动反应。这种反应不仅出现于起飞时，它贯串直升机其他操作的始终。

可是，男子现在操纵的直升机却搭载了一种即使没有这种技术也照样能起飞的系统。通过反馈加速度和角速度，电脑就会防止这种联动反应。不仅如此，只要事先设定好程序，自动起飞也是可能的。

可问题是——

这系统究竟能在多大程度上精确运转。尽管男子对自己的技术十分自信，可这一切都是以假定飞机的电子系统设计未发生重大变更为前提的。厂家从出厂试飞到验收期间，一般不会公然对飞机进行一些局部改进，但还是可能进行修改。

“拜托了。你是个好孩子，好好听我的话。”男子一面念叨着，一面把手伸向操纵器。

前进到跑道中央的直升机停下一会儿后，三台发动机的声音越来越大。不久飞机就像被神的手吊起来一样慢慢升空。在起落架离开地面的同时，巨大的机身瞬间往右摇摆了一下。不过，多余的动作仅此而已。直升机在修正姿势后，开始垂直上升。旋翼桨叶产生的风和轰鸣声被拍向下方。

当汤原等人从研究所出来的时候，直升机已经升到百米左右，而且还在继续上升。

“怎么回事？是谁在驾驶？”汤原仰望空中问道。逆光中，巨大的直升机逐渐化为蓝天中的一个黑点。

这时，山下在一旁念叨。“真知子，怎么会在那种地方……”

汤原顺着他的视线望去。只见山下真知子正站在第三机库旁边，仰望直升机。距离太远，看不清她的表情，但她看上去有如飘荡的幽灵。

汤原又把视线投向她前方。只见自己的妻子和儿子正蹲在那儿，儿子似乎在哭泣。并未看见山下惠太的身影。

究竟出什么事了——一股不祥的预感袭来，虽然猜测不出具体情况，但肯定是发生了意外。他抱着一种近乎确信的预感，朝妻子和儿子靠近。

3

上午八点十三分，一辆经名神高速公路从关原驶向米原的客货两用车的司机听到右后方有什么东西轰鸣着追过来。

“喂，那是什么声音？”他朝副驾驶座上的同伴问道。他们是车行同事，负责维修，正在去客户家取待检车的途中。

副驾驶座上的同伴有些纳闷，透过后窗玻璃，朝声音传来的方向望去。

“看不清楚，像是直升机的声音。”

同伴说话的时候，轰鸣声已经到了正上方，接着便超了过去。

司机稍稍探出身，仰望天空。

“哇，真大啊！”司机不禁叫道。比起直升机，那东西看上去更像飞翔在天空的船。

“你也看见了？头一次看见这么大的……”同伴说道。

司机用力一踩油门，想靠近一点看看。车速表的指针超过了一百三十公里每小时。

可是没用。直升机早已伴随着轰鸣飞远了。

上午八点二十四分，敦贺电车站附近的人行道上挤满了上班族。有正要去上班的、有已经打卡正要赶早上第一班岗的，总之是各色各样。气温早就上升到近三十度。几乎所有人都脱去了外套。还有人解开领带，边走边用手绢擦脖子。像早就商量过似的，他们衬衫的后背全都被汗濡湿了。

忽然，他们一齐停下脚步。有的是因为听到了轰鸣，有的是因为看到那东西出现在大楼上空，也有不少人是受他们的吸引而停下来的。总之，他们在驻足之后，全都仰望起天空来。

只见灰白色的直升机正气势磅礴地通过上空。由于速度过快，不久就被建筑物挡住，看不见了。即使如此，人们仍久久伫立凝望天空，不愿放弃。

"那是什么啊？"一人问道。

"真稀奇，直升机居然会飞过这里。"

"块头可真大。"

人们纷纷议论刚刚看到的飞行物。

其中一人念叨："那直升机，不是朝核电站那边飞去吗？"

时间将近上午八点三十分。高速增殖原型堆新阳核电站的站长中塚一实刚换上工作服在座位上坐下来。办公桌上放着数份文件。最上面的一份是关于前几天的输出功率变更的调查报告，一瞥就知道并无异样。中塚从桌子的抽屉里取出眼镜。最近他的老花眼似乎又有点严重，字一小看起来就格外累。

他戴上眼镜，刚把第一份文件拿在手里，桌上的电话就响了起来。铃声显示是外线电话。

"新阳发电站。"

"啊，是中塚啊？我，坂本。"对方的声音有点尖厉。是原子反应堆核燃料开发事业团（简称炉燃）的敦贺事务所所长。

"啊，多蒙关照，上一次真是给您添麻烦了。"

上一次美国那边曾来过一个视察团，当时负责精心安排的就是坂本。

“哪里，见笑见笑。先不提这些，中塚，虽然具体情况尚不清楚，但可能会有一架直升机飞往你那边。”

“直升机？”

“我也没有亲眼看到，不过这边的员工们都目击到了。似乎是很大型的那种。”

“您稍等。直升机？哪里的直升机？”

“这一点尚不清楚。我想大概是自卫队的吧。”

“是误入吗？”

“我想大概是。不然就是美军吧。”

“啊……”

中塚有种不祥的预感。自从在这儿做站长以来，这种事还是头一次遇到。

运输省航空局对民航有行政指导，要求民航飞机避开核设施上空，并且一直呼吁防卫厅和美军，要求他们在训练时避免进入离核设施半径两英里、高度三千五百英尺以内的范围。不过，这只是一种指导意见，实际情况则是即使飞进去也没有任何严厉处罚措施，而且也根本没有检查是否越界的措施。

“我马上跟炉燃总部联系，不过我觉得在此之前最好先通知一下你。”

“明白了。谢谢您的提醒，我会小心的。”

“那就拜托了。”

一挂断电话，中塚就皱起眉来。虽然不知道是哪里的家伙，可世上总有些人很无聊。究竟想经过这里去哪儿呢？前面就是日本海了。难道想去朝鲜半岛？中塚并不清楚直升机究竟有没有这种续航能力。

总之得先通知控制室，他再次拿起话筒。就在这时，一阵低沉的间歇声从外面传来，震撼着空气。中塚站起来，跑到窗边。窗户是南向的，朝着内陆方向。

一个灰色的物体正飘在东南方的天空里。不，不单是飘着，而且正朝这边飞来。中塚开启月牙锁，打开窗户。轰鸣声和潮湿的空气扑面而来。

那东西眼看着逼近。同时，轮廓也变得清晰。

中塚瞪大眼睛，张大嘴巴。当然，他并未意识到自己的表情。

由于那东西在空中飞行，不可能准确推测其大小。即便如此，中塚仍看得出那是一个大得吓人的家伙。样子的确是直升机，可大小远远超过他所知的所有直升机。

巨大的直升机将不祥的阴影投向地面，不久就到达中塚的头顶。在外面值班的职员也站在那儿仰望着天空，似乎全都呆住了。

中塚冲出站长室，冲向面朝大海的房间。其他职员都已经贴到窗户上。

“去哪儿了？”中塚大声问道，“直升机去海那边了吗？”

“没，那个……”一旁的一名年轻男职员迷茫地回答。

从朝东的窗户只能看到卸货码头和防波堤，再往前就是若狭湾。天空中什么都看不见。

可是分明传来直升机的轰鸣。而且就在旁边。

“在哪儿？声音是从哪儿传来的？”中塚从窗户伸出头，张望天空。今天是个大晴天，天空中只飘着几丝薄云。

“站长，在北边。”某处传来声音，“从北边窗户能看到。”

“北边？”

中塚冲出房间朝走廊跑去。这栋综合管理楼南北长近四十米。这么长的走廊跑到头，对于一个体重超过八十公斤的大个子来说的确有些吃不消，可他现在连这种痛苦都意识不到了。

北侧的房间里，职员们排成一排全都贴在窗边望着外面。中塚也加入其中。

窗户的正面是新阳。这边是汽轮机楼和内燃机楼，对面是方形的核反应堆辅助楼，再往前则是穹隆屋顶的核反应堆建筑。

“直升机在哪边？”中塚大声喊着。轰鸣声就在耳边，他必须大声才行。视野里并没有直升机。

“在那边。”旁边一名职员近乎垂直地竖起手指。

中塚使劲拧着脖子望向天空。只见一个灰色的影子出现在比他预想还要高的上空。并且，那影子还在上升。

“在上升？”

“好像是。”

在中塚等人的注视下，巨大的直升机猛烈地继续上升。十多秒后，直升机停止上升，位置比飞来时高得多。高度大概有八百米。

中塚默默地凝望了一阵子，可直升机似乎没有离开的迹象。焦虑逐渐在这位高速增殖原型堆核电站站长的心里蔓延开来。

“怎么回事，怎么停在那种地方？到底想干什么？”

可是，没有人回答他的问题。

中塚念叨着。“那不是……核反应堆的正上方吗？”

4

轰鸣声似乎越发大了。

闭着眼蹲着的山下惠太战战兢兢地睁开眼睛。说不定情况会变得稍好，他心里怀着一种淡淡的期待。

可是，从右舷出入口上部看到的光景打碎了他的希望。从那儿望到的只有天空。

“爸爸、妈妈……”他再次发出哭声，眼泪簌簌地落下来。鼻涕也流了出来，鼻子下面已全是鼻涕。

飞机起飞后，惠太一直瘫坐在机舱壁旁，紧贴在收起的士兵用折叠椅上。座席左右两排加起来最多能坐五十五人，现在却只有他一个人。

由于天气情况良好，直升机只是轻微摇晃。尽管如此，惠太仍不敢动。一是因为恐惧让他手脚发软，再则因为他害怕让事态变得更糟。

他一直认为直升机突然动起来完全是自己和高彦的缘故。自己背着大人们溜进飞机到处乱摸，一定是一不小心触动了某个开关，才使旋翼旋转起来的。他非常后悔自己做出了无法挽回的大事，也开始恨让自己遭遇这些的高彦。

照这样下去，自己大概会死吧，惠太想。在他的想象中，直升机肯定只是在乱飞。既然是因为自己的恶作剧起飞的，那肯定不会好好飞。

至于平安着陆之类就更不可能了。

他怕死。今天早晨之前，他还从未想过自己会突然就这样站在死亡的边缘，所以，光是思考死的事情就让他脑中一片混乱。眼泪流了出来，身体在发抖，鸡皮疙瘩也起来了。

他哇哇大哭起来，哭过一阵之后，再次打量周围。不行，自己必须做点什么才行，这种念头终于萌动了。

他所待的地方是货物室。地板中央除了固定着的木箱，其他什么都看不到。这大概纯粹是用来运送部队的直升机吧，他想。他并未听父亲说过扫雷直升机，也不知道锦重工业交货之后，那些扫雷用的牵引装置就是海上自卫队的技术人员放进这间货物舱的。

惠太把手从士兵座椅上移开，趴到地上。机身像浮在波浪上一样持续摇晃。但他已不再紧贴椅子。他趴在地上，慢慢动着手脚，朝操纵室靠近。对他来说，这是需要巨大勇气的行动。

一步一步，他扎扎实实地向操纵室靠近。他根本没想过要去那儿干什么。只不过，对现在的他来说，到那儿去已是他能做到的最大努力了。

不久他到达通往操纵室的入口，抓住将操纵室和货物室隔开的墙，战战兢兢地站起来。操纵室的内部展现在眼前。两个操纵席之间排满嵌在黑色表框里的仪表。其中有的让发光二极管和显示器发亮，有的显示着数字。当然，惠太根本就不明白那些仪表都有什么用。

就在这一瞬间，他的脑海里忽然浮出一个词来——无线电。

若是能用无线电跟人通话就好了，他想。产生这种想法是因为他有个玩业余无线电的朋友。虽然他自己并未碰过无线电，可他看过那个朋友操作时的情形。

他进一步往前探身，想从并排的复杂仪表中找出无线电。

就在这时，大海进入了他的视野。

这光景是通过操纵席斜下方的视窗进入他视野的。从他的位置能看到的只有无垠的大海和天空。没有一处陆地。

到海上了，出日本了——

他此时认为自己已经远离日本列岛。可他没有想到的是，事实上直升机的正下方就是敦贺半岛。

他再次瘫坐下来，恐惧再次袭来。

“爸爸，救我……”他再次闭上眼睛。眼泪溢了出来。

5

汤原一彰仍不知道那直升机飞去了哪里。直升机起飞四十多分钟后，相关人员终于凑到了福利中心二楼的会议室里。反应如此迟钝的原因只有一个，那就是没有一个人明白到底发生了什么。

直升机完全消失在北方天空后，在场的人们也只是呆呆地伫立着，甚至连出大事了的意识都没有萌生。肯定会有人知道原委——所有人都这么想。

汤原一面安慰抽泣的高彦，一面询问究竟发生了什么，他无法相信操纵席上一个人都没有的直升机会随意地动起来。一定是阴差阳错，有人进行了计划外的飞行，他无法完全放弃这种猜疑。“绝对没有一个人上去”——他并不相信儿子的话，而是去试飞员的休息处咨询。可这个时间点飞行员一个都没来。

能够想到的只有一点，可汤原并未说出口。因为直升机上有山下的儿子。话可不能乱说。

汤原迅速思考一番后，决定先联系技术本部长笠松。笠松仍在公司附近的家里。也许是对上班前接到电话产生了一种预感，本部长的声音十分不快。紧张时就会发出这种声音，是这名上司的习惯。

汤原尽量简洁地说明了事态。可仅凭一次解释，笠松怎么也不明白。

他反复刨根问底地确认待在直升机内的是一名九岁的孩子这一点。

“怎么回事？为什么会这样？直升机居然这么随意就动了起来，这种情况绝不能允许！”笠松用震撼着汤原鼓膜的声音说道。

“原因正在调查，不过，也有一种猜测。”

“什么？”

汤原稍微犹豫了一下，说道：“也许是有人捣鬼。”

“捣鬼？直升机随便就能动起来？有这种可能吗？”

“我马上就去确认，恐怕只有一个可能。”

笠松的吼声传来：“……是 AFCS？”

“嗯。”

听到汤原的回答后，上司的吼声愈发大了。“总之得联系特派官。还有警察。”

在进行与防卫厅有关的研发时，为了检查进展情况，都会有一些干部被派下来。他们通常都管这些干部叫特派官。

“还没有跟任何地方联系吧？”

“没有。”

笠松沉默了。需要考虑的事情实在太多了，这一点汤原也能理解。飞走的直升机可以说是海上自卫队寄存的飞机，这跟民用机被抢走还不是一码事。

“知道了。跟各方面的联系由我来安排，你在那边把‘B 系统’相关人员都召集起来。在我赶到之前，这件事一点都不能对外声张，明白吗？”笠松用愤怒的声音说道。此人天生就是那种喜怒哀乐直接表露的类型，大概是抑制不住激动吧。可汤原知道，他实际上是一个头脑格外冷静的人。

他决定遵从上司的指示。

尽管如此，他仍感到郁闷，怎么偏偏在这个节骨眼上发生这种事？无论对公司还是对自己，今天都是最重要的一天，没想到居然会发生这种事故，这究竟是怎么了？平平安安地过完今天，是他最大的希望。

抑或是……汤原想。

难道正因为今天是特别的日子，所以才会出这种事？

“B 系统计划”在防卫厅内也被一部分人戏称为“卡车灯饰”。这当然不是一个正面的绰号。

这项计划的基础是防卫厅对某种大型直升机的引进。

作为海上自卫队的扫雷直升机而引进的 CH-5XJ 直升机，在各方面都同此前的直升机不同，最大的特征就是真正引入了电传操纵系统。

所谓电传操纵就是将机械操纵系统转换为电缆操纵，把飞行员的动作变成电信号输入计算机，再传递给各执行部分的操纵系统。这虽是一种已引入 F-16 战斗机等机种的技术，但在直升机方面，世界上几乎没有先例。

电传操纵的优点大致有两个。第一是轻量化。今后的直升机将会搭载自动稳定装置等多种应用计算机的航行控制系统。这样一来，只有从一开始就将飞行员的动作转化为电信号才能使整个系统简单化。

第二就是使操纵更简单。在飞机中，直升机是一种操作性极差的交通工具。既要花费大量的时间培训，飞行员之间的技能差别也容易拉大。尤其是机体性能提高，最大速度和高度实现飞跃性增长后，哪怕是一点细微的失误都可能导致致命结果。而且自卫队员的数量已经达到极限，优秀飞行员难以配齐。而如果运用电传操纵让计算机来支援，即使新人也能达到跟老手一样的操纵水平。

可是，当初在防卫厅内有很多意见反对引进这种运用电传操纵系统的直升机。理由主要有这么几个：

首先是可靠性问题。同以力学方式传递信息的机械式相比，电传式可靠性较差这一点怎么也无法否定。不只是单纯的断线故障或接触不良，由电磁感应产生的杂音和雷电的影响也必须考虑进去。为了弥补这些缺憾，势必使系统多重化，或装上自我诊断装置，或部分运用光纤维，而实际效果却未必有。因此有很多意见认为风险很大，也实属无奈。

再者，即便用这些方法能够解决问题，若是战斗机那倒可以另当别论，可那不过是直升机而已，究竟值不值得花这么多钱，这种理所当然的疑问也会随之而来。因为防卫厅内也有不少官员认为武器和人全都是一次性用品。防卫费的增长乏力也是一个不利因素。

所谓特许国产化就是指日本民营企业跟外国企业签订技术引进合同，支付专利使用费，在得到授权之后进行生产。即日本企业“获权生产”外国企业的产品。这种方式已被用于以战斗机为首的多种飞机领域。理由很简单，因为在这个领域中即使是靠技术立国的日本，从全世界范围来看也仍是落后国家。再加上战败后盟军司令部的备忘录禁止日本在一定时期内从事飞机的研究、实验和生产等，这也加大了影响。

事实上，防卫厅之所以不直接进口成品机，即便采取特许国产的方式也要让国内厂家来生产，除了因为一旦有事进口就根本不可靠，还源自一种想尽早让日本的飞机开发技术追上先进国家的强烈愿望。

因此，目前扫雷直升机的引进只能依赖美国技术。小型多功能直升机还能考虑纯国产的，可那种总重量在十吨以上、兵员输送能力在二十五名以上的大型直升机，仅靠国内技术的积累就十分薄弱了。实际上，能够生产这种大型直升机的国家就很少，因为开发费、生产费、使用费极其昂贵，莫说民用，就算是军用，如果没有十分特殊的用途，根本就不可能生产。拥有庞大的军队、有可能开展大规模直升机投送作战的美国可以看作唯一的例外。

而 CH-5XJ 与历来的特许国产稍有不同。这虽然是在美国 Aerocopter 公司开发的 CH-5XE 中采用了前述的电传操纵系统的一种机型，可是为了开发这一部分，Aerocopter 公司与日本的锦重工业进行了技术合作。因为锦重工业在战斗机的电传操纵系统尚未实现的时候，就制订了一个“FWH（直升机电传操纵系统）开发计划”，多年来一直率先进行这个领域的研究。至于其背景，也主要是基于这样一种考虑：要想打破美国主导型的现状，就只能从技术障碍相对较少的电子学部分进行攻坚，而且在国土狭小、丘陵众多的日本，直升机的需求今后肯定会大大增加。

基于这种情况，若是由锦重工业来生产CH-5XJ，至少在电传操纵的相关部分不需要支付专利使用费。并且，今后在此范围内进行改造或设计变更时也不会受制于烦琐的合同，同以前相比有很大的自由度。这对防卫厅来说也具有巨大的吸引力。

尽管有赞成和反对两种意见，可经过一些迂回曲折，CH-5XJ的引进最终确定了下来。防卫厅想培育国内飞机产业的想法也起到了积极的推动作用。

在这项引进计划决定下来之前，防卫厅就跟锦重工业进行了一次协商，要求锦重工业在引进后五年内开发出一种新技术，并将其应用在CH-5XJ上。

这所谓的新技术，即最大限度地发挥电传操纵方式的优点，是锦重工业提出来的。如前所述，这一部分的改造不会违反合同。

如果没有这项提案，CH-5XJ的引进计划很可能就会搁浅。因为引进派难以找到引进电传操纵系统的理由。而这样一来，他们就有了正当且积极的根据了。

在CH-5XJ的引进计划决定下来之后，锦重工业立即开始了这项新技术的概念设计。不久防卫厅就审批同意了。

这就是“B系统计划”的由来。

课题组被分成若干小组，而被任命为核心小组负责人的就是刚刚从美国归国的汤原一彰。

在大约五年时间里，汤原一面同防卫厅技术研究本部航空机开发部进行合作，一面持续推进研究。今天，他的努力终于开花结果，要进行验收飞行了。

所谓验收飞行，即在防卫厅相关人员面前进行飞行表演，是让对方检查有无缺陷的最后一道手续。若是新引进的飞机，一般称为首飞，由于这次是改造机，所以采用这种说法。

总之，在这个仪式结束之后就可以正式交货了，以汤原为首的课题组成员肩上的担子也就可以卸下。

再过几个小时，一切就该结束了。

而载着山下惠太飞走的直升机便是那架。

聚集到会议室的除了汤原和笠松，还有“B 系统计划”的主要成员、机械师、试飞员等十名锦重工业的职员，外加特派官加藤幸广大佐、加藤的助理防卫厅技术研究本部航空机开发一部的开发官中林和筹备实施本部的负责人户田三人。今天是验收飞行，本该有防卫厅的数名要人参加，但户田似乎已暂停活动。

“那么，被盗的根据是什么？”加藤用尖锐的目光看着汤原问道。

“机库门的开关上安装了计时器。”汤原回答说，“是负责维护的人员刚才发现的。计时器设在早上八点开启。”

“也就是说，通常并不会安装这种计时器？”

“不安装。”机械师领队藤本答道。他脸色有点苍白，也许是因为觉得自己负有一定的责任吧。“昨天离开机库的时候还没有那种装置。”

“原来如此。”加藤大佐的脸越发阴沉了。

“呃，跟警察的联系……”

汤原刚一张口，加藤看都没看他一眼就当即答道：“那个就交给我吧。”

“可直升机的去向……”

“现在正安排各方积极查找。估计不久就会找到。”加藤瞥了一眼手表答道，似乎不想让人插手他们的行动。

大概还没有通知警察，汤原想。他们肯定觉得凭自卫队的力量就没有解决不了的事。这同时也是防卫厅干部们的希望吧。

“总之，现在就先讨论一下直升机找到后的事吧。”加藤看了看中林，“如果是被人劫走，那手法是……”

“恐怕是 GPS 吧。”中林说道，“我想肯定是使用了 GPS 系统。”他的语气有点苦涩。

“我也这么认为。”汤原说道。

加藤撇了撇嘴，叹了口气。“看来，果然不能加一些多余的东西。”

大家都明白这句话的意思，就在尴尬的沉默即将弥漫开来的时候，传来了开门声。所有人的视线都投向门口。从门缝露出来的是山下那双充血的眼睛。他板着脸，头发散乱，衬衫汗湿了，领带也凌乱不堪。

“怎么了？”笠松大声问道。汤原猜测他大概正在生气。有孩子在上面，事态愈发严重了，这是事实。

“因为我也是课题组成员。”山下说道。

“你还是先到你太太身边待着吧。”笠松下逐客令般说道。

山下露出一副哭相。

“部长，”汤原说道，“我想还是让山下也留下吧。有关‘大B’的飞行控制方面他比我更了解，我们需要他来确定对策。”

笠松顿时露出厌恶的表情，却似乎想不出反驳的理由，默默点了点头。

山下点点头，在汤原一旁坐下来。

“你太太情况如何？”汤原问他。

“已让她躺到医务室的病床上了。让人打了镇静剂……”

“不待在她身边能行吗？”

“没事，现在已经睡着了。”

“是吗？”

如果在直升机上的是自己的孩子呢？汤原思考起来。肯定无法像眼前这个男人一样来参加什么会议。

这时，会议室一角的电话响了起来。一旁的年轻研究员抓起电话，然后犹疑地望了加藤一眼，递过听筒。

“似乎找到了。”

加藤站起身，接过听筒，一面说话，一面记笔记。脸色依然透着一股严峻。看来事情不太妙，汤原猜测。笠松也担心地注视着加藤。

打完电话，加藤扭过棱角分明、雕像般的面孔，返回座位。

“怎么样了？”笠松问道。

加藤目光落到笔记上，努力抑制自己的情绪。“说是直升机在敦贺半岛顶端的上空停止北上，垂直上升，在大约八百米的上空悬停。”

“敦贺半岛？”笠松惊叫一声，“怎么会在那里？”

“看来有点麻烦了。”

“什么意思？”

加藤盯着笠松，然后环顾所有人。“直升机的正下方似乎是一处核电站。是高速增殖原型堆新阳。”

6

高速增殖原型堆新阳的所在地是敦贺半岛北端一处名叫灰木的地方。距离新阳约一公里处有个灰木村，村里住着二十户人家，共九十六人。村子很小，村民靠渔业和开办接待海水浴游客的家庭旅馆维持生计。捕鱼期是从晚秋到初春，以固定网为主。代表性的鱼类是冬鰤，此外还能捕到比目鱼、墨鱼、幼鰤等。如果再算上采拾海草等，可以说所有的住户都跟渔业有关系。

新阳发电站就建在与他们的渔港隔湾相望的地方。渔港与发电站之间是一片松林环抱、石头裸露的岩场，是孩子们游泳嬉戏、海水浴场的游客享受美味烤肉的绝佳场所。

从岩场朝新阳方向走，有一条小路伸向发电站。这是为工程车辆出入修的，当然现在已被封闭了。

上午八点三十五分，渔港里有二三十人。其中四分之一左右是当地的渔民，剩下的似乎就是游客了。在灰木，二十户人家全都开着家庭旅馆，每年夏天人多的时候会有四倍于村民的游客来访。

所有人都朝新阳方向站着，仰望天空。

“那到底是什么东西？怎么会在那儿飞？”一名头戴草帽、渔民模样的男子说道，声音里透着愤怒和不安。

“核反应堆上不是不能飞行吗？”一名主妇模样的中年女人自言自语地发出疑问。可是没有人回答她。

大家仰望的是一直悬停在新阳上空的一架大型直升机。正在渔港整理渔网的渔民最先发现这飞来物。不久，注意到陌生引擎声的当地居民和游客也陆续聚拢过来。

“大概是用直升机运东西吧。”另外一名男子说道。

“也许是吧。说不定是在运核废料呢。”

“这种事也能做？”

“谁知道呢。国家要搞的名堂老百姓哪儿会知道。”

距离他们稍远的地方，“他”也在注视着直升机。为了装扮成游客的模样，他换上了T恤、短裤和沙滩鞋，戴上了墨镜，正拿着双筒望远镜。

确定直升机状态毫无问题后，他拿起旁边公用电话的听筒，插入电话卡。

八点三十八分，在新阳发电站综合管理楼，一台传真机开始接收传真。

这台传真机主要是为发传真而设的。发电站内发生一些故障时，电站就会用传真将故障情况及对周边环境的影响等同时通知各方面。首先通知的当然是炉燃总部，另外还有当地政府和消防队、福井县核安全对策科、敦贺劳动基准监督署，甚至还有敦贺海上保安部等二十多个单位。

副站长饭岛正巧从旁边走过。看到传真机正在运行，还以为是有关方面发来了直升机的相关信息。面对从未见过的巨大直升机悬浮在核反应堆上空不动，他感到难以名状的不安，想尽早知道原委。

接收到的文件有A5纸大小。饭岛一面剪下文件，一面浏览内容。当读到三分之一左右的时候，他的身体开始颤抖。他拿着传真纸冲了出去，途中还绊了一下，差点摔倒。

站长中塚仍站在北侧的窗边仰望着直升机。据称是自卫队基地被盗飞机，如果真的是这样，那驾驶者肯定就是犯罪分子了。究竟要在核电站的上空干什么呢？他十分不安。尽管已通知敦贺警察局，可对方似乎也没有掌握确切的情报。

“怎么了？”

“站长，快看这个……刚刚发送过来的！”饭岛把传真纸递给他，手仍在颤抖。

中塚接过传真，把手伸进胸兜，想拿老花镜。可是，上面的文字不用眼镜也能看清。

“这……”中塚说不出话来。

八点四十分，核安全对策科长长内匆匆跑过福井县厅内的走廊。他个子不高，体重却超过八十公斤。尽管开着空调，可他已经汗流浃背。这汗水中究竟有多少是冷汗，恐怕只有他自己知道。他右手正拿着一张纸。

来到知事室前，他只敲了一下门，不等回应就打开门。四名职员正在并排的桌子前办公。看见他进来，一名年龄最大的女职员站了起来。

“什么事？”

“知事呢？知事在吧？”

“在，可是……”

他不等女职员说完就大步朝里面的门走去。女职员慌忙准备用内线电话通报，可还没拿起电话，他就已经打开门。

福井县知事金山滋身着衬衣，正在地毯上做柔软体操。金山今年已七十岁，但由于每天早晨都坚持做体操，身体前屈时双手仍能完全着地。选举演讲的时候，他每每都会展露这项特技，因为这是展示他体力未衰的表演。

“喂，怎么回事？”房门突然被打开，更准确地说是每天的习惯受到干扰，金山皱起发白的眉毛。

“知事，请看。”长内把手中的纸递到金山面前，“刚刚发到我那儿的。”

金山站起身接过，慢慢从桌上拿起老花镜戴上。光是看着这些动作，长内就急不可耐了。

不过，金山悠然的表情到此而已。紧接着老花镜后面的眼睛变得严峻，他抬头看向长内。

“喂，你，这是……”

“是……”长内表情僵硬地点点头，“是恐吓信。我已经跟新阳那边打电话确认过了，不像是恶作剧。对方也收到了一封同样的恐吓信。”

“无法无天！”金山一拍桌子，血管在太阳穴位置暴起，“究竟是什么人敢这么无法无天！”

让金山勃然大怒的文字并非手写，而是机打的，内容如下：

各相关人士：

我们已夺取“大B”。如果我们计算正确，直升机现在应该正悬停在高速增殖原型堆新阳上空大约八百米的位置。

直升机的操纵完全掌握在我们手中。其他任何人都无法让直升机离开现在的位置。并且，当前我们并没有改变直升机位置的打算。能改变的只有高度。我们会计算飞机随燃料消耗而减轻的情况，阶段性地提高悬停高度。预计最终会接近两千米。

只不过，如果就这样耗下去，燃料当然会耗尽，直升机最终就会坠落。为供参考，我们需要事先声明一下，直升机上堆放了大量爆炸物。一旦坠落，新阳将不可能平安无事。

回避这种危险的方法只有一个。只要立刻满足我们下面所提的要求即可。我们在确认要求得到满足之后，将会把直升机转移到安全地点。

一、毁掉现在正在运行和正在检查的所有核电站。具体要求为加压水型核电站要毁掉蒸汽发生器，沸腾水型核电站要毁掉再循环泵。

二、正在建设的核电站全部停止建设。

三、以上行动在全国范围内现场直播。

只是，唯有新阳不能停止运转。一旦停止，我们就会立刻让直升机坠毁。

直升机要进行验收飞行，副油箱也全都装满了油。根据我们的计算，飞行持续到下午二时应该是可能的。

刻不容缓。我们期待着各相关人士的决断力。

天空之蜂

7

上午八点五十二分，他仍待在灰木。

灰木的海边来了近一百人。每个人都不安地望着新阳那边。

“直升机很少飞过来吗？”一名游客模样的中年男子向当地渔民问道。他的身边是一个像是他妻子的女人和两个男孩。孩子差不多都是上小学的年纪，手里都拿着小渔网，看来是要去捞鱼。

“岂止很少，就是头一回啊。一般来说，核电站上面是不允许飞机飞行的。”当地渔民也很纳闷。

“呃，是吗？那直升机就没关系了吗？”

“这个嘛……”

“不，直升机应该也不允许飞。”附近一名年轻男子说道。

“那，是不是核电站发生什么事故了？”中年男子的妻子说道。

“如果是那样，那最好赶紧回去。”大概是想开个小玩笑吧，中年男子微笑着说道。可是，没有人发笑。

“不管怎么样，既然让直升机飞，应该事先通知我们一声才是啊。”当地渔民说道。

“没错。到底是怎么了？”

“刚才高山先生帮我们去打听了。怎么这么慢，到底在磨蹭什么呢。”

高山是灰木村的村长，新阳建设计划上马的时候，曾作为居民代表跟炉燃事业团谈判过。当初灰木村有很多人反对建核电站，但在高山村长的劝说下他们最终还是妥协了。

一名年轻男子从民居那边跑过来，一身背心搭配牛仔裤的打扮。

“喂，三郎。高山先生打听了吗？”一个戴草帽的年长男子问道。

被唤作三郎的男子用手背擦擦黝黑的脸上冒出的汗。“先别管什么高山了。出大事了！”

“怎么回事？”

“还怎么回事！那直升机，就要被掉到新阳上了！”

三郎的声音让周围瞬间鸦雀无声。

“被掉到，到底什么意思？”年长男子问道，声音嘶哑。

“就是要坠毁了。反正发给政府的传真上就是那么写的。”

“什么？”

“真的？”

“真的。不信自己去看吧。”

一个人跑了起来。十多个男子随后追了过去。剩下的人则全都带着不安的表情，再次望向上空。

“要把那架直升机给弄掉下来，真的吗？”一名游客模样的中年女人说道。

“不会吧。如果是真的，那可真的要出大事了。”回答的大概是她丈夫。

“我们最好还是赶紧离开这儿吧。”

“是啊。喂，孩子们都到哪儿去了？快叫过来。”

不只是这对夫妇，其他拖家带口的游客也都开始向民居撤退。谁都没怎么说话，但他们的心情从争先恐后的脚步中可见一斑。

“他”也离开那儿，钻进停在渔港的帕杰罗，发动了引擎。每个人都只顾着自己，似乎并没有人注意到他。

帕杰罗穿过两侧排列着民居的滨海公路，不久便爬上一处陡坡。坡上有一座放射线检测局平时用来检测环境放射线的小房子。在这儿检测到的数据每隔十分钟就会通过无线电传给中央检测局。当然，现在应该也正在传送毫无异常的数据。小屋一旁也有通往新阳的工程车辆专用道路，现在也竖着禁止通行的指示牌。

爬上曲折的坡道后是一个十字路口，往左拐就是通往新阳发电站的出入口。确切地说出入口再往前有一条隧道，穿过隧道再往前就是发电站的入口了。

他在十字路口缓缓右拐，通过后视镜观察着背后的情形。出入口附近，数名门卫正站在那儿说着什么。从他们无意间流露出的慌乱中，他知道这些家伙肯定也已知道恐吓信的事了。

他小心地开着车，沿着一条单行道南下，行驶了数公里。不久，近畿电力美花核发电站的三个安全壳就从右边露了出来。一号机组和二号机组是同样型号的圆筒状，三号机组则稍微高一些。一号机组现在正面临蒸汽发生器的更换，几乎呈解体状态。

要去美花发电站必须经过专用桥，桥这边有一个便门，一旁是展厅。他稍稍放缓车速，经过便门和展厅。这儿也有数名门卫，看样子他们似乎仍毫不知情。

过了美花核电站又稍微走了一段路之后，他开进一条岔道。眼前是一座挂着旅馆招牌的建筑，正后方有一座二层公寓。他把车停在公寓前面。

二楼最边上的二〇二室就是他的房间。大约三个月前，他就把这儿作为秘密住处。安上电话也是为了这次的行动。

他走进房间喝了杯水，然后在电脑桌前坐下。传真就是用这台电脑发送的。电脑早就设置好了，只要通过电话线发送信号，电脑就会自动把事先指定的文件发送出去。他刚才使用灰木村的公用电话就是为了发送启动信号。

传真的发送对象共有十五处：新阳发电站、炉燃总部、福井县厅、科学技术厅、通产省、灰木村公所、敦贺市政府、福井县警本部、敦贺警察局、周边三个乡镇政府，还有美花核电站等附近三座核电站。

确定传真顺利发出后，他又敲击了几个键，操作一下鼠标，然后等了一会儿。

过了一会儿，连接在电脑上的TNC监控器的音响中传来数字通信特有的声音，彩色显示器上出现了复杂图案。图案的一部分是海岸线。陆地部分还有一些貌似建筑物的东西。图像有颜色，但并不是实际的颜色，而是斑驳地涂抹的红色蓝色。海的部分颜色也不一样。而且，画面到处都标着数字。

他凝视一会儿，满意地点点头，然后操作鼠标，将图像数据用JPEG方式压缩。

当完成所有操作时，一旁的手机响了。他立刻伸手接通。

“喂。”

“是蜂田先生吗？”一个男子的声音传来。

“是的。”他回答道。蜂田是二人决定的暗语。

男子停顿了一下，询问道：“那女人怎么样了？”

“她？一切尽在意料中。”

“在约好的地方？”

“完美极了。”

“我想也是吧。”男子在电话那头低声笑了，“毕竟是我约她的。”

“现在在哪儿？”

“长滨。现在就返回房间。”

“知道了。”

“情书怎么样了？”

“寄了。”

偷笑声再次传来。“那些家伙现在肯定吓慌了。”

“更让他们提心吊胆的事还在后头呢。”

“没错。不过，那男的怎么样了？没停止工作吧？”

“放心。工作得好着呢。而且我刚确认过。”

“图做得很漂亮吧？”

“啊，不错。简直都想拿给你看看呢。”说着，他再次打开图，凝视着，“我会抽空把这个也发给他们。”

“有好戏瞧了。”

“没错。”

“那，我挂了。”说完，对方挂断了电话。

由于是用手机通话，必须考虑被窃听的可能性。二人的对话中出现很多暗语就是因为这一点。“她”、“那女的”指的是直升机，“那男的”则指新阳。

他凝视着电脑画面。下一个问题是找什么机会将其发出去。

他站起来，来到窗边，从这里可以眺望他刚走过的通往新阳的那条路。

从灰木方向驶来的车似乎增多了。

大地震来临前，老鼠们会四散奔逃——

他想起了这种说法。

8

上午九点零二分，除了核安全对策科科长长内，副知事山根和防灾科科长诸田也来到福井县厅的知事室里，二人都站着，表情僵硬。在这三人的注视下，金山知事正在接听电话。是官房长官石仓尚介打来的电话。

“……是的，警察那边刚联系过。说是要往当地派遣三十多名机动队员，所以我们决定请自卫队帮助运送……啊不，事实上，我们也仍未掌握任何具体情况……啊，是吗？……是，马上就会掌控事态的……是，这点请不用担心……是……是。”

挂断电话后，金山长出了一口气。在长内听来，简直是在呻吟。

光是接听这一个电话就像完成了一项极重要的工作，打完电话，这位七十岁的知事就靠在了椅背上。

“官方似乎已知道出事了吧？”长内问道。

“嗯。科学技术厅核能局安全科似乎也收到了嫌犯发送的传真。据官房长官说，炉燃总部和通产省资源能源科也收到了。感觉像在到处散发恐吓信。”

“那，官房长官是怎么说的？”

“说是尚不清楚嫌犯究竟在多大程度上是认真的，先交给警察再说。

不过为防万一，他要求我们事先做好防灾准备。”

“也就是说，用不着讨论嫌犯的要求？”

“他说，随着事情的发展，也许会在首相官邸跟相关省厅协商。至于嫌犯的要求，大概不会讨论。这也很正常。根本就不可能接受这种要求。”金山按着放在桌上的传真纸，抬头看向防灾科长诸田。“你那边怎么样？跟消防方面联系了吗？”

“联系了。说是已经从最近的消防局调了几台消防车赶过去了。”

“装备可靠吗？”

“辐射防护服等预防特殊灾害的装备，各消防局应该都有所准备。”

“是吗？”

金山点点头，似乎对装备的具体内容并无兴趣。看到金山的反应，长内这才放下心来。他知道，不光是辐射防护服，就连防毒面具、小型辐射测量仪等最低限度的装备，数量都不够消防队员全员装备。

金山抱起胳膊，短叹一声，抬头看着长内。

“可是，一旦掉下来结果将会怎样？”他用挤出来般的声音问道。

“啊……”

“我问的是核电站，新阳。假如直升机真的落到上面，结果将会怎样？”

“这个嘛……我们不知道是何种直升机，恐吓信上又写着堆放了爆炸物……”

长内的回答并不爽快，金山脸上明显露出了不快，堆满皱纹的嘴角撇了撇。

“记得曾有一个外国学者说过，新阳一旦出事故，就会像原子弹一样。也就是说，这种可能也不是没有喽？”

“不，不可能的。”

“真的？”

“放心。”

“也不会产生切尔诺贝利那样的后果？”

“也不可能。”长内缩起双下巴断言道。

“是吗？这么说——”金山摸摸脸，自言自语般地说道，“令人担心的只是当地周边了？”

“哎。”长内点点头，接着忽然醒悟过来。原来这位老人正在考虑的是这里是否危险。一旦直升机掉下来，待在这里是否安全——

“总之，我们当下只能努力防灾。根据紧急事态避难计划安排好各方面。”

“紧急事态避难计划？”长内问道。

“没错。有什么问题吗？”

“啊不，呃，我是想这样做合适吗？”

金山露出不可思议的眼神。“这样做合适吗，你什么意思？”

“所谓紧急事态避难计划，是指核电站发生事故并有可能发生核泄漏时采取的措施。可是，现在还没发生事故啊。”

“未雨绸缪，还是提前让人们避难更好。”

“可那样一来，就等于预想会发生事故了。”

“难道不是这样吗？直升机很有可能会掉下来，对吧？这当然是预想发生事故了，不是吗？”

“可是，我们曾跟当地做过说明，说纵然发生了飞机事故，也不会发生核泄漏事故。”

“什么？”金山的表情仿佛被突然泼了冷水，眼神瞬间变得飘忽不定。

“如果现在就让人避难，就等于县里承认飞机坠落到核电站上时会发生核泄漏事故。”

“啊……”山根副知事惊叫一声。诸田也张大了嘴巴。

金山皱起眉，数不清的皱纹越发深了。“可就算是这样，也不能不采取防灾对策啊。”

“话是如此，可如果要让居民避难，那理由是……”

长内刚说到这里，桌上的电话响了起来。金山麻利地抓起话筒，完全不像上了年纪的人。

“是我……嗯，给我接进来。”金山捂住话筒，小声对长内等人说，“是县警本部长打来的。”不久，电话接了进来，“哎呀，本部长，给您添麻烦了。”金山的声音格外大，可接下来，这声音变得含混低沉，“……哎？您说什么？……这么荒唐？怎么会这样？”

知事非同寻常的语气让在场的三人愈发紧张。长内眼看金山的脸渐渐变得苍白。老知事接下来的一句话让三个人简直怀疑起自己的耳朵。

“什么，您说在直升机里的是一个孩子？”

9

“是，这里是新阳发电站……啊，是的，现在正在就这一点进行调查……嗯，是事实，是有那种东西发送过来，不过嫌犯究竟在多大程度上是认真的现在尚不清楚……不，站长现在没法接电话。”

“已经报案了。我想警察马上就会到了……不，我们这边当前仍无能为力，只能是静观其变……请不要冲动……您的不安心情我们非常理解。是，我们很清楚，没有当地民众的理解支持就没有我们核电站。”

“我们这边也不明详情……所以才不清楚啊……是很被动，可是无能为力。”

“请放心。用不着担心……没影的事，什么核爆炸，不可能会发生的。不要紧，没事的。”

在新阳发电站的综合管理楼里，众多员工正疲于奔命地接着电话。嫌犯似乎也给当地政府发了恐吓信，流言迅速传播开来，咨询电话自然蜂拥而至。

站长中塚也在接电话。对方是离此稍远处的一个小村子的副村长。

“大家都问我究竟该不该避难。全都乱作一团，都说得赶紧逃。那实际情况到底是什么样？”副村长似乎十分激动，数次都说不出话来。

“所以啊，没有知事或警察的判断我也不好说什么。又不是我们这边已经发生事故了。”

“那不是眼看就要发生了吗？一旦直升机掉下来，那不马上就是事故了吗？”

“警察说了，绝对会阻止犯罪行为。”

“这种话可靠吗？一旦真的让人弄掉下来，那怎么办？”

“就算是这样，我们也会采取措施，不会危害到周边。”

“你们就别打这种官腔了。切尔诺贝利倒是也采取措施了，结果不还是那样吗？”

既然这么害怕，那干脆逃跑不就得了——中塚真想这么顶一句，可他还是忍住了。因为刚刚打来电话的炉燃总部筒井理事长的话仍在耳畔。

筒井说：“听着，中塚。地方上肯定会咨询你，你可千万不要轻易就说需要避难。一旦现在就慌了神让他们避难，那就等于自己否认核电站的安全性了。”

即使飞机坠落也不会发展成核泄漏事故——不只是新阳，他们对日本全国的核电站都是这么宣传的。正因如此，一旦因为这次的事态而惊慌失措，就会跟以前的宣传相矛盾。

而且还有青森的问题。六所村的再处理工厂附近有一个三泽基地，自卫队和美军的飞机每天都在进行飞行训练。指责这些飞机有坠落危险的声音至今仍不绝于耳。一旦现在就让居民避难，这种舆论肯定会再度被点燃。中塚终于结束了与副村长的通话，看看手表，马上就九点二十分了。警察该到了。

他站在窗边，仰望着安全壳的上空。灰白色的机体正发出恐怖的轰鸣声，仍飘在蓝色的天空中，位置几乎没有变化。

有人要跟直升机一起撞向新阳，而且上面还堆放着大量的爆炸物。

肯定是疯了。常年跟核电站打交道的中塚也从未想到会发生这种事情。

但是，这肯定不是恶作剧。因为正如嫌犯所说，直升机现在就悬停在核反应堆上空。而且还不是一般的直升机，据警察方面的情报，很有可能是从自卫队偷出来的。连县警本部和炉燃总部都收到了恐吓信，看来嫌犯肯定是下定了决心。

一旦那东西掉下来，结果将会怎样呢？建筑物的强度和抗震性如何、万一有事时多重防护系统的效果怎么样等问题萦绕在中塚的脑海中。可是，即使运用所有这些知识，也难以想象究竟会发生什么事情。新阳的安全性是可靠的，但前提是这种特殊情况除外。

现在，所有政府机构都没有发出避难指令。可是，以灰木村村民为首的一部分居民却已经开始南下，撤出敦贺半岛，这种情报连中塚都收到了。他无法嘲笑这种行动，他个人反倒认为最好还是逃走。

可是，究竟是谁要做这种事呢——

正当他把斑白的头发往后拨的时候，操作科长西冈进来了。小个子西冈仰视着中塚，径直凑过来。他表情僵硬，金边眼镜后面的眼睛有点发红。

中塚指指一旁的椅子示意西冈坐下，他却不肯坐。因此中塚也没有坐下。

“传真看了吗？”

“看了。”西冈的声音略微有些发抖。

“跟操作员们也都说了？”

“说了。不可以吗？”

“啊，也行。操作员们反应如何？”

“如何？”西冈眨了眨眼睛，“吃惊。我也是。”

“是吧。可你们仍得坚守岗位，继续冷静工作。”

“我也是这么想的。”

“我想不久警察就会赶来，或是说服操作直升机的嫌犯，或是采取其他措施。可我们也得事先准备一下，以防万一。”

“是。”西冈的表情仍很僵硬。

“一定要提前做好准备，做到一有指示随时都可以紧急停止运转。只要没有事先联系，做出停止指示的不是我，就是饭岛副站长。除此之外任何人的命令都可以不听。”

“明白。”

“至于其他操作，跟平常一样全交给你了。还有，一旦操作员中间出现思想严重动摇无法继续工作的，你立刻向我报告。我会让别的班组的人替班。”

“是。不过，我想这种担心是多余的。大家全都是优秀的操作员。”

“那就好。”中塚点点头，露出微笑，但笑容转瞬即逝，“一旦要紧急停止，务必把所有注意力都放到堆心的冷却上，完全按照平时模拟训练的那样冷静应对。”

“明白。”

行过礼后，西冈快步离去。

目送他离去后，中塚叫来饭岛副站长。

“让大家做好准备，随时都可以撤离这儿。要先收拾数据之类，那些以后还能搞到的就先放一放。”

“是要避难吧？”饭岛说道，表情轻松，似乎早就在等待这条指示。

“嫌犯究竟会让直升机坠落在哪儿现在尚不清楚。虽然现在是在安全壳上方，可谁也无法保证不会出差错掉到别的建筑物上。为防万一，除了必须留在这儿的人，其他人全都撤出电站。”

“明白了。那，撤到哪儿？”

“N公司的房屋就行。回头我会再跟你联系。”

“好的。”副站长点点头。

N公司是一家为新阳做维护的公司，就在与发电站毗邻的地方。

“准备完成后，你就下指示让他们依次撤离。”

“是。那，站长呢？”

“我留在这儿。因为不能让操作员留下。”

饭岛瞪大眼睛。这时，一名年轻的职员跑了过来。

“筒井理事长的电话。”

“嗯。”中塚抓起职员所指的电话，“我是中塚。”

“核反应堆没有停吧？”筒井用独特的沙哑声音问道。声音已没有往日的从容。

“当然。正在正常运转。”

“好。总之要继续保持运转，绝对不能停止。”

“科技厅那边有指示吗？”

“继续运转就是指示。不过，麻烦大了。”

“怎么？”一股不祥的预感在中塚的心头扩散。

“那直升机，”筒井停顿了一下，不是装模作样，似乎是在吞咽着唾液，“嫌犯似乎并不在机上。”

“不在机上？”中塚不禁把目光投向窗户，由于角度的关系，并不能看到直升机，“那究竟是谁在操纵？”

“据说正在操纵的是电脑。嫌犯不在上面，而是在远处操控。”

“什么……”

各种情形顿时涌进中塚的大脑。他瞬间想到，即使直升机坠落，嫌犯也不会有任何牺牲。

“可是说实话，还有更大的问题呢。”

筒井随后所说的内容更是让中塚愕然不已：有个直升机工程师的孩子被关在飞机里。

“孩子……不会吧？”

“尽管难以置信，可似乎是真的。警察厅也有通报。”

直升机里竟有孩子，而且，飞机是嫌犯远程操控的——

中塚的思维混乱起来，不知接下来该说些什么好。

“因此，绝对不能让直升机坠落。”筒井叮嘱般地说道。

“这么说，只能答应嫌犯的要求了？”

“我是不赞同的，可这不是我们能插上嘴的。只能交给政府了。”

“可是既然嫌犯没有在直升机上，警察肯定也无计可施。因为根本就不知道嫌犯在哪里。”

“话是如此，不过，警察那边似乎正考虑通过电视向嫌犯呼吁。”

“电视？这么说，这件事马上就会报道出来了？”

“嗯。媒体似乎也嗅到了，所以，为了夺得先机，警察厅长官已决定举行记者招待会。届时会告诉嫌犯，直升机上有一个小孩。”

“原来如此……”

“这是一种触动嫌犯良心的方案。如果是良心未泯的人，那就好了。”

“是啊。”

一旦弄不好反而授人以柄。可以说，这是一次赌博。

“可是，这消息一旦流传开来，还会产生另外的问题。”中塚说道。

“你是说恐慌？”

“是的。”

“啊，这个嘛，”筒井使劲喘了口气，继续说道，“从某种程度上说，这也实属无奈。”

中塚沉默了，心里却在咒骂：要不然你自己变成一个被卷入恐慌的人试试。

10

室伏周吉得知这件事，是因为居住在若狭湾边一个名叫菅浜的小镇的妹妹给他打了电话。菅浜在从新阳发电站所在的灰木村笔直南下约八公里的地方。

“哥，哥，外面都说有直升机就要坠落到新阳上了，还发了恐吓信，这事是真的吗？”今年四十岁的妹妹用尖厉的声音问道。

室伏已经醒来，一手拿着团扇仍待在被子上，凝望着走廊，一听这话，吓得连话筒都差点掉了。他之所以不用无绳电话，是担心被窃听。

“什么？哎？新阳怎么了？”室伏重新拿好听筒问道。

室伏的家就在敦贺市内，所以他立刻反应过来是新阳核电站的事。

“说是都发来那种恐吓信了，附近都炸开锅了。还有人说现在就已经看到那直升机了。”

“喂，你说什么？你再从头说一遍。”

室伏盘腿坐在被子上，拽过枕边跟电话并排放的笔记本，拿起插在上面的圆珠笔。

妹妹并不清楚恐吓信的具体内容，只是听附近的人说，有恐吓信寄到了小镇的政府机关。妹妹最初还半信半疑，可不久就发现游客的车辆都陆续南下。她就跟正在等信号灯的司机打听，对方说真的有直升机停在新阳上空，恐吓信的事情他也听说了，所以决定尽快回去。

“附近的人们也都说要准备逃走，喂，哥，怎么办啊？你妹夫说等避难命令发出后再说呢。”

听到这里，室伏匆忙挂断了电话，给自己在福井县警本部的部门搜查一科打电话。他今天并不值班。

接电话的是上司泽井股长。他比室伏年长一岁，有一种不似刑警的稳重。

“是室伏啊？刚才正想打电话叫你呢。”

泽井的说话声没有了平时的从容。室伏立刻意识到妹妹的话并非谣传。

“是核电站那件事吗？”室伏问道。

泽井沉默了片刻，问道：“你怎么知道的？”

室伏说了妹妹打电话的事情。

“当地肯定是一片哗然啊。”泽井说道。那眉头紧锁的表情仿佛就在眼前。

“那所谓的恐吓信是什么内容？”

“已经没时间详细说明了，简言之，就是如果不想让直升机坠毁在新阳上，就立刻毁掉全国所有的核电站。”

“什么？”

“还真有这种净想傻事的家伙。总之这边是乱翻天了，科长也晕头转向。”

那只老狐狸居然也有晕头转向的时候啊。风凉话刚到嗓子眼就被室伏咽了下去。

“那我现在就赶过去。”

“赶紧吧。啊，你先等一下。”泽井的声音一度离开话筒，片刻之后又回来。“室伏，你没必要赶到这边来，先在家待命。因为还需要你对敦贺周边做走访调查呢。”

“走访的对象是……”

“我会把关根派到你那边。到时让他转告你。”

“明白。”

“那就拜托了。”泽井慌忙挂断了电话。这丝毫不像他的风格，语速也比平常快。

室伏放下话筒，钻出被窝，来到外廊眺望外面。

蓝色的天空中飘着几缕棉纤维般的云丝。院子朝西，从这儿还看不到太阳。但阳光的反射让天空格外耀眼，让人无法长时间仰望。

室伏竖起耳朵听附近的声音。既然妹妹所住的地方已开始有居民外逃，这一带估计也会出现类似的情况。不过，大概是信息还没有传到吧，附近并没有异样的情形。

要让直升机在新阳上坠毁——

这究竟会有多么危险，室伏也不太清楚。就算直升机坠毁结果又如何呢？他有些不以为然，不过从泽井的样子来看，情况似乎并不乐观。

室伏原本出生在京都，因为在银行工作的父亲的关系，上小学的时候就搬到了敦贺市。父亲后来再没有调动，在敦贺市内买了房子。虽然详细情况并不清楚，但室伏猜测，父亲在京都恐怕遭遇了某种失败。

室伏现在住的房子就是当时父亲买的。虽然十五年前曾进行部分改建，但许多地方还是从前的样子，比如他现在所站的外廊。

室伏并非一直住在敦贺。在上高中之前是在当地，大学时代则是在名古屋租住公寓。他在大学里念的是化学，这一点却连同事都不知道。

至于做警察的理由，无非因为在福井县找到合适的企业就业很难。他喜欢福井县，尤其喜欢敦贺这座城市。想钓鱼时就能骑自行车出去，想在山里走走时也能穿着凉鞋去远足，他喜欢这样的环境。四年的名古屋生活，让他觉得太大的城市并不适合自己。

不过，对他影响最大的或许是父亲吧。父亲直到最后也没有喜欢上敦贺。他鄙视来银行的顾客，瞧不起周围的居民，断定自己在这种地方一辈子都没有发展前途。面对一到晚上就边喝酒边发牢骚的父亲，孩子天生的正义感让室伏感到愤怒。班里的伙伴们热情地接受了转学的自己，因此他对敦贺这座城市产生了感激。

他没做普通的公务员而做了一名警察，实际上并没有特别的理由。他印象中的公务员就是在市政府用傲慢的态度面对市民的接待员，而警察是驻守在派出所的。究竟哪一个适合自己呢？他考虑了一下，就选择了后者，仅此而已。

被录用为福井县警后，他在宿舍住了一段时间。父亲病逝后，他回到旧居。当时妹妹已经出嫁，他就开始了跟母亲同住的生活。自那以来，室伏一直没有离开过敦贺。其间，他相亲结婚，有了孩子，母亲也病故了。

说此前的人生几乎全是在这座城市度过的也毫不过分。

可是——

尽管住在敦贺，可核电站的事情，他并未注意。当然，市民运动很活跃的事情他也知道，跟其他府县的居民相比，有关核电站的知识他也算掌握得比较多。由于工作，他甚至跟核电站打过数次交道。拿新阳来说，当初开建时，他还曾被派去处理反对派的示威游行。

不过，在日常生活中，他很少意识到核电站的存在。就连阪神大地震发生的时候，他也没有立刻想到附近有核电站。后来由于媒体大肆报道地震和核电站的问题，他才终于意识到事态的严重性。这种情况既可以称为达观，也可以说是习惯。无论如何，这都是他感觉迟钝的证据。

这次也不例外。虽然也知道事态严重，可他总有一种脱离现实的感觉。

其实，这很恐怖。

因为能够让他乐观的证据压根就没有。他的根据不过是“到昨天为止还是安全的，所以今天和明天也会安全”的幻想而已。他察觉到自己不正常，产生了一股莫名的焦虑。

室伏脱掉睡衣，穿上早已准备在枕边的衣服。即使不上班，他也总是提前做好随时出门的准备，这是他常年的习惯。

“咦，你要外出？”妻子佳子恰好经过。她似乎准备洗衣服，正抱着一个塞满内衣和毛巾的筐子。

“唔。等下一个电话打来之后再出去。”

“饭呢？”

“对啊。就吃点茶泡饭吧。”

佳子把筐子放在走廊里，正要返回厨房。室伏喊住了她。“啊，稍等一下。”

“什么事？”

“基男在哪儿？”

“我想在自己的房间吧。”

基男是今年刚上高中二年级的儿子。

“是吗？”室伏凑近佳子，压低了声音，“茶泡饭就先算了。有件事更重要，你赶紧带着基男先回奈良的娘家去。”

“欸，为什么？”佳子瞪圆了眼睛。

“具体情况还不清楚。现在知道的就是核电站或许会有危险。”

“啊？”佳子脸色大变，“核电站，哪儿的？”

“新阳啊。”

佳子一下张大了嘴巴。看到这情形，室伏想，原来她并不像我这样麻木啊。

“你带一些贵重物品和最低限度的换洗衣服就行，尽快离开这儿。大件行李就算了。”

“那你呢？”

“我还有工作呢。没办法。稍后再去奈良。”

“今天不是不上班吗，就不能一起逃？”

“我也想这样，可是不行啊。总之你们娘儿俩先逃吧。不要磨蹭。”

“那好吧。”佳子回答，迟疑了一会儿，朝大门方向走去。

“喂，你要去哪儿？”室伏慌忙喊道。

“去邻居家。”佳子回头答道。

“去邻居家干什么？”

“干什么？”佳子用不可思议的眼神望着丈夫，“我得去告诉他们核电站危险的事。”

“傻瓜。”室伏说道，“你这边准备完再去。要是附近一齐慌乱起来，那不就不好逃了吗？”

“啊，”佳子忙捂住嘴，“那倒也是。”

“赶紧去准备。”

“是。”佳子迅速朝楼上奔去。

室伏看看表，眼看就要九点二十分了。

11

爱知县警本部的侦查员们抵达锦重工业时，已过了九点二十。不过，稍早时候，小牧警察局的局长已带大批警察赶来，对机库等进行了现场保护。从他口中，汤原等人这才得知，夺走直升机的嫌犯正以高速增殖原型堆为筹码胁迫国家。虽然他们一时难以置信，但这已是铁的事实。“无论采取什么措施都必须从现场得到线索。”年长的局长铁青着脸说道。

县警本部的代表是一位刑事部长，姓木谷。此人五十岁上下，看起来很沉稳，有一种临危不乱的气质。

自卫队的直升机被盗的确是一件大事，若是寻常情况，刑事部长肯定不会亲临现场。木谷的到来本身就已经说明了事态的严重性。

木谷首先要求把锦重工业的相关人员聚集的福利中心二楼会议室直接作为现场指挥本部。笠松技术本部长当即答应。

指挥本部室旁边的几个小房间则被用作咨询相关人员。汤原和山下也被叫到其中一个房间。等待他们的是爱知县警搜查一科特侦组的一名姓高坂的警部，眉毛、鼻梁和下颌的线条都透着一股精干。既然是警部，应该一大把年纪了，但他脸上几乎没有皱纹。看上去倒也不年轻，只是给人一种可怕的印象。跟嫌犯对峙的时候这种可怕恐怕就会发挥威力了——汤原在椅子上坐下后，闪出的第一个念头就是这个。

高坂两侧坐着两名年轻的刑警。

“情况都知道了吧？”高坂望着汤原二人问道。

“哎，大致知道。”汤原答道。

“那好。”高坂点点头。“首先我要传达一个警察厅的请求。请火速派一个最熟悉那架直升机的人赶到现场，也就是敦贺半岛的新阳发电站。人员由你们自己选派。只是——”说到这里，高坂停顿了一下，盯着汤原的脸，“这当然也是警察厅的指示，请务必先确认本人的意愿，绝不能强迫。”

由于不能预计会发生什么，无法保证现场的安全，所以才用这种措辞吧。汤原舔舔干裂的嘴唇。“明白了。”他说道，“那就我去吧。”

“不，我去。”一旁的山下说道，“GPS 系统是我的工作。”

“你最好还是守在太太身边吧。我去。”

山下缓缓地摇摇头。“惠太都那样了，我怎么能在这儿待着。再说，如果真知子得知我在这种情况下仍只是袖手旁观，她肯定会急疯的。求你了。就让我去吧。”

汤原叹了口气。“那就一起去吧。我们两个人去，一般情况就都能应付了。”说着转向高坂，“这样可以吗？”

“当然可以。那就拜托了。我们已准备好直升机，请坐那个去吧。”高坂向右边的部下问道：“直升机准备得怎么样了？”

身材矮小但目光锐利的部下看看手表，回答道：“我想再过十分钟就可以了。”

“十分钟？——你们需要多长时间准备？”高坂向汤原二人问道。

“取一下相关资料即可，五分钟就够了。”汤原答道。

“知道了。那么在此之前，请再给我五分钟，跟我聊聊，就五分钟。”

高坂从西装的内兜里掏出一张纸，递到汤原面前。是恐吓信的复印件。以“各相关人士”开头的那封信里写的是令人惊愕的内容。

“怎么样？”估摸着汤原已经读完，高坂问道。

“非常吃惊。”这是他真实的感想。

高坂微微一笑。与其说是缓和表情，不如说是强调内心的焦虑。“我也有同感。你有没有想起什么？”

“读完这封恐吓信之后？”

“没错。”高坂紧盯着汤原，点了点尖尖的下巴，“就是大脑里有没有浮现出嫌犯的模样之类。”

汤原闻言又扫了一眼恐吓信。可是，并没有东西能引起他直觉上的注意。“什么也想不出来。”

“是吗？”高坂似乎并不失望，“你怎么样？”接着他又问起山下。

“我也没有想起什么。”说着山下微微低下头，“只不过……”

“只不过什么？是不是发现了什么？”

“不，也谈不上发现，我只是觉得蜂这个字有点不对劲……天空之蜂的蜂……”山下征求意见似的看向汤原。

“怪不得，”汤原明白了他的意思，“如此说来……”

“怎么？”高坂问道。

山下略显迟疑地说道：“被盗的直升机正式名称是 CH-5XJ。不过，为了跟改造前的 CH-5XE 相区别，我们都称之为大 B，ABC 的 B。因为计划的名称是 B 系统计划。”

“原来如此，还有呢？”

“相关人员也有很多人称之为蜂。蜂用英语说就是 bee，对吧？跟 ABC 的 B 谐音。”

“有意思。”警部的眼里闪着锐利的光。这恐怕是侦查员独有的精悍的一种体现。“你怎么知道这个情况？”

“这也不是什么特别的秘密。”山下求救般地看向汤原。

“与计划相关的人或周围的人，知道这点也没什么奇怪。”汤原接过话茬说道。

“可说到底仍是有限的几个人，对吧？”

“这个嘛……嫌犯使用蜂字也可能是一种偶然——”

高坂伸出右手打断了汤原的话。“这一点我们会做出判断。因为没有时间了，我们抓紧切换到下一个问题。有关直升机被盗的情况，虽然小高局长已经大致问过了，但我还是想了解得更详细一些。”

“好的。”

“这边的二瓶，”高坂介绍起坐在自己左侧的高个子部下，“是专攻预防电脑犯罪的。原本是搞电子工学的，后来中途改了行。我觉得他正适合听你们介绍情况，就借调来了。所以，涉及一些专业话题也没关系。”

“拜托了。”二瓶说着点点头。汤原二人也点头致意。

“我们想要知道的是，”高坂开始提问，“嫌犯究竟都做了哪些工作。那样一种大型直升机，轻而易举就离开机库飞走了。要做到这些，嫌犯必须做些什么才行，这一点我想请教一下。”

“明白了。”汤原点点头，垂下视线思考了数秒，想着究竟该从哪里说起。接着，他抬起脸，来回打量高坂和二瓶。“从结论上说，我想嫌犯一定是把大 B 改造成了可以远程操控的状态。”

“从状况上来判断，应该是这样。可是，这种事很容易就能做到吗？”

“不易做到。”汤原当即回答，“若是普通的直升机，当即就可以断定不可能。尽管美国的厂家也在销售可以将一线上退下来的直升机改造成可远程操控的标靶的设备，但即使运用这个也很难在一晚上就改造成功。只不过，对大 B 进行某种程度的改造倒是有可能。因为那直升机很特别。”

“什么意思？”

“一般直升机，飞行员的操作都是通过机械连接传送给旋翼的。可是，在 CH-5XJ 中，飞行员的操作被短暂地转换成电信号，再经过电脑处理变成最佳信号，再传送到操控直升机的各个部分。这种技术叫电传操纵，已广泛应用在固定翼飞机上，但运用到直升机上是首次。”

“就是数字方式吧？”二瓶停下记笔记的手问道。

“当然是。”

在 F-16 战斗机的初期类型中使用的还是模拟方式，最近的电传操纵则几乎全是数字方式。

高坂抱起胳膊。“改造成这种结构之后，远程操作就可以实现了吗？”

“只要动动手脚，让输入计算机的信号走别的路径，不跟来自操纵杆的信号走同一路径就可以了。”

“也就是小菜一碟，对吧？”

“光是嘴上说说的话，确实如此。一旦实际操作，那就另当别论了。”

“总之，嫌犯就是做了这种手脚，用操纵遥控玩具直升机的方式，让那架直升机飞走的，对不对？”

“不，就算再厉害，做到这一步也是很难的。”汤原摇摇头，“我想，嫌犯进行的远程操作大概只是把直升机从机库里弄出来到起飞之前的这个过程。因为让它在地面上移动还是不难的，可一旦起飞，就不像遥控玩具那样简单了。”

“这么说，还被做了其他手脚？”

“是的。更准确地说，这方面反倒是最主要的。嫌犯恐怕是动了 AFCS 程序。”

“AFCS？”

“是自动飞行控制系统的简称，就是一种高级的自动操纵装置，也可以理解为用计算机代替飞行员。”

“哦。”高坂微微后仰，露出了笑容，“简直就是科幻小说啊。”但他的眼睛没笑。

“能在多大程度上实现自动化呢？”二瓶问道。

“如果设好程序，起码自动起飞还是可能的。之后就可以自动按照指定的航线飞行了。即使转换成在指定地点悬停，只要事先设好了程序，也是可以自动进行的。”

“这样一来就用不着飞行员了？”高坂愕然说道。

“若只是普通的巡航，几乎不用飞行员工作。只不过着陆就是另一回事了。只有这点还很难实现自动化。”

“不过还是很厉害。”

“能配备到这种程度的，即使在世界范围内也只有那一架而已。”

搭载 AFCS 即“B 系统计划”的内容。正是以这种技术为前提，电传操纵方式的 CH-5XJ 才会被引进。为此，汤原和山下都牺牲了自己的家庭，为之奋斗了五年。

“这么说，嫌犯只要事先设好程序就行了？”

面对高坂的疑问，汤原稍微思考了一下。“只这样是不行的。嫌犯首先要通过远程操作把直升机从机库里弄出来，即用手动模式进行操纵。要想自动起飞并按指定航线自动巡航，就必须切换模式，启动 AFCS。而要想实现这一点，就必须另外安装遥控装置。”

“明白吗？”高坂看看一旁的二瓶，问道。

“明白。”二瓶点点头。

高坂又对汤原说道，“这种手脚做起来似乎并不难啊。”

“懂得 AFCS 构造的人应该就能做到。”汤原回答道。

“那你怎么样？”高坂指着汤原的胸口问道，“能够如你刚才所说的那样进行改造或动手脚吗？”

“如果想做的话，可以做到。”汤原答道。

“那需要多长时间呢？”

“时间？”汤原跟山下对视了一下，稍加思考。

“如果事先准备好单位，三四个小时就能设法实现吧。”山下一面征求汤原的赞同一面说道。

“是啊。也许吧。”

“单位？”

“就是可以通过无线电给电脑输入信号的一种东西。如果事先准备好这种东西，只要进行安装和布线就可以了。”

“这么说，嫌犯也有可能是犯罪前夜改造的……”

“完全有可能。”汤原说道，“更准确地说，只有这一种可能。如果是之前动手脚，机械师早就检查出来了。”

“外部人员怎么样？有可能像你刚才所说的那样实施改装吗？”

听了高坂的提问，汤原跟山下再次对视。

“如果设法获悉了运用到大 B 上的 AFCS 的结构，倒也不排除这种可能性。”

“如果告诉你 AFCS 的构造，你有把握做到吗？”高坂对二瓶问道。

二瓶摇摇头。“虽然道理明白，可一旦进入实际操作，如果不懂得直升机的特性，我想还是很难。比如操纵的经验之类。”

“这方面你怎么看？”高坂盯着汤原。

“精通飞行操纵应该是必要条件吧。”汤原无奈地说道。

他的回答似乎让高坂很满意，他使劲点点头，看看手表说道：“超了这么多时间。请赶紧做出发准备吧。”

汤原和山下在技术大楼备齐大 B 的相关资料后，返回福利中心，朝笃子等人所在的房间走去。笃子正搂着高彦的肩膀坐在折叠椅上。高彦刚才似乎一直在哭，眼睛肿得通红。真知子坐在他们对面，用手绢捂着眼睛，一动不动。

看到汤原等人进去，笃子和高彦抬起脸，真知子则把手绢从眼睛上挪开。

“我现在就跟山下一起去直升机那儿。”汤原顾不上妻子和儿子，先跟真知子打招呼，“一定要把惠太救出来。”

真知子抬眼看看汤原，又把视线移到丈夫的脸上。“惠太……能救出来吗？”

“我们会竭尽全力。”山下说道，“一定会有办法。”

他握住妻子抓着手绢的手。妻子忍不住又哭了。

汤原转头看向自己的妻儿。他们正用依赖的眼神望着汤原。汤原在笃子身旁坐下来。

“真知子就拜托你了。只有你能帮她。”

笃子没有点头，而是惴惴不安地垂下眉毛。“直升机就在那座核电站的上空吧？”她问道。大概是听到了警察的对话。

“是的。所以得赶紧采取行动。”

“会坠毁吗？”

“不会。”汤原朝山下那边瞥了一眼，“就是为了不让它坠毁，我和山下才要去。”

“真的没事？”

“嗯。”汤原点点头，用右手抚摸了一下高彦的脸，“妈妈就拜托给你了。”

“爸爸……救救惠太。因为我想早点见到他，向他道歉……”高彦再次抽泣起来。

汤原使劲点了点头。

离开房间后，汤原在走廊上边走边想。为防万一，本该吩咐妻子去尽量远的地方避难。可是鉴于山下夫妻在场，他无法说出那些预想飞机坠毁的话。

来到福利中心的一楼，只见侦查员们正聚在电视前。汤原欠身从人群的缝隙中瞅瞅电视画面。画面上是晚间新闻节目那名脸熟的女主持人。

“再次播报一条临时消息。今天早晨八点左右，位于爱知县的一家重工业工厂发生了一起自卫队的大型直升机被盗事件。直升机被嫌犯远程操作，目前仍悬停在位于福井县敦贺市的新阳发电站上空约一千米处。嫌犯已通过传真向发电站和科学技术厅等单位发出了恐吓信，声称如果不想让直升机坠毁，就立刻毁掉国内所有核电站。并且，据称这架直升机上还有一名厂方技术人员的即将上小学三年级的儿子——”

12

他待在电视机前。临时新闻刚刚播完。在新闻的最后，播报员补充说："九点四十五分，警察厅长官将举行记者招待会，请锁定频道。"

紧接着，画面映出记者招待会现场。正面摆着一张长桌，几个男人并排而坐。中间是警察厅长官芦田，白发留成三七分发型，面露狡猾。

芦田不时把目光落到手头的笔记上，介绍着目前状况。跟刚才女主持人播报的相差无几，但内容很涣散，还披露了涉事重工业工厂就是锦重工业。记者们似乎早已知道内容，消息并未引发哗然。只有闪光灯在不停地闪烁。

"接下来，呃，我们将向嫌犯发出呼吁。"说完，芦田巡视记者席，再次把目光落在手头的笔记上。

他拿过电视的遥控器，稍微调高了音量。

芦田用机械平板的声音说道："我要正告这些自称天空之蜂的嫌犯。正如我刚才公布的那样，你们抢走的直升机里关着一个九岁的孩子。我想，对你们来说，这件事肯定是一个意外，是你们计划实施中的一个巨大失误。政府期待你们立刻将直升机降落到安全地点，挽救孩子的生命。如果在执行中有什么障碍，希望你们跟政府联系。政府早就做好了尽最大努力扫除障碍的准备。"

尽管他仍在郑重其事地说着，可内容无非就是命令嫌犯让直升机降落。恐吓信上的要求并未被提及，这意味着并不接受这些要求。

此后就进入记者提问阶段。

“政府并不理睬嫌犯提出的毁掉全国核电站的要求，对吧？”

“关于这一点，正以首相为中心进行协商，不过，政府首脑的意见是这种要求不能接受。”

“可是，如果嫌犯提出的要求最终还是没有改变，那又该怎么办？在以解救人命为第一原则的前提下，政府只能接受要求，难道不是吗？”

“在嫌犯联系我们之前，一切都不好说。”

“如果就此失去联系怎么办？”

“尽最大努力，解救孩子，让直升机安全着陆。”

“方法呢？”

“正在讨论。”

“您认为嫌犯的目的是什么？”

“不清楚。”

“万一直升机不幸坠毁，灾害将会达到何种程度？”

对于这个提问，芦田长官并未回答，而是由一旁的科学技术厅核动力局局长解答。这个肥头大耳的男人他认识。

“我想，灾害的程度取决于直升机坠毁的地点。”

“可以设想的最大灾害是何种程度？”

“这个嘛……虽然做这种推定很难，不过还是可以说一说。就算坠毁，也绝不会造成大量核辐射释放到大气中的事故。”局长刻意强调了“绝不”两个字。

“根据是什么？”

“日本的核电站备有多重防护系统。安全装置有若干层，即使一层遭到破坏，下一层安全装置仍能起到防护作用。我相信这个系统会正常发挥作用。”

“据称直升机上安放了爆炸物，有没有可能让您引以为豪的系统全都遭到破坏呢？”

“我想是不大可能的。”

“假如没有孩子在上面，即使让直升机坠毁也没事吗？”

“对于这种假定我无法回答。”

至此，他才关上电视机。然后摸过手机，按下号码键。

铃声响了三次后，对方接了电话。“喂。”

“我是蜂田。”他说道。

“是那个小屁孩的事吗？”对方说道，看来他也看了电视。

“没错。动她的时候你就没注意到吗？”

对方呼出一口气，似乎微笑了一下。“怎么可能会注意到呢？离得那么远。”

“是吗……你觉得是真的吗？”

“小孩在上面的事？是真的吧。因为就算设下这种圈套，对那些家伙也没什么好处。”

“也是啊。可如果是真的，那就不好办了。”他说道，“如果上面有孩子，那就无法实行本来的计划了。”

对方沉默片刻，说道：“大概会吧。至少，你的目的是达不到了。”

“怎么办？”

男子似乎又笑了。“考虑这种事应该是你的职责啊。”

没错。他无言以对，若干个念头顿时浮上来，紧接着，这些念头被压缩成两个。该选择哪条路呢？

“要投降？”大概是他沉默了的缘故，对方说道，“认命投降或许也算是男人吧。”

“我们投降就能解决问题吗？”他问道。

“不知道。会有人帮我们想办法的吧。”对方阴阳怪气地说道。真可恨。

他又沉默了。但这次沉默的时间并不算长。“继续。”他说道。

“啊，这也算是男人吧。那小屁孩怎么办？”

“解救。”

话音刚落，电话那头传来一声怪笑。男子似乎在电话那头笑喷了。“你脑子没坏吧？怎么救？”

“准确地说是让他获救。”

“我问你怎么弄？”

“那就不是我该考虑的事了。”

“嗯，那倒是。”男子似乎收起了笑，“我不反对，可这样很危险。等于放下了架在对方喉咙上的刀。”

男子的意思他也明白。“不放下刀子。”他说道，“不放刀子，把孩子弄下来。”

这下换成是对方沉默了。沉默持续了近二十秒。“那就得看对方了。”男子说道，“如果那些家伙愚蠢，会浪费时间的。”

“那就试试看吧。虽然笨蛋可能有很多，但总还有几个是正常人吧。”

“只能期待如此了。”男子的声音里重新有了笑意。

13

刑警关根给室伏打来电话，是警察厅长官召开的记者招待会刚直播完的时候。通过新闻,室伏得知了恐吓信的内容和直升机上有孩子一事。

室伏注意到，新闻播放后附近的情形就乱了起来。虽然科学技术厅的人坚称没问题，可大家似乎都不相信，都打算逃走。这种反应也是理所当然的，他也这么想。

跟关根约定碰头的地点后，室伏就从楼下朝二楼大喊起来："喂，你还磨蹭什么，一旦逃晚了就要被卷进恐慌了。"

"急什么，行李那么多。"佳子的声音传来。

"我不是早说了吗,光收拾贵重物品就行了。喂,基男,你在帮忙吗？"

"正帮着呢。"基男恼火的声音传来。

"喂，佳子，我现在就要出去了，后面的事就拜托你了。关好门窗，注意防火。还有，替我向奈良的岳母问好。"

"知道了,知道了。你走吧。"佳子不耐烦地说道,室伏扭头出了家门。

外面尘土飞扬，空气污浊不堪。到处都是主妇们歇斯底里的声音。正值暑假，她们肯定正大吼着让待在家里的孩子帮着做避难准备吧。

商铺林立的大街上，有些店早已关门了。路过一家咖啡馆时，只见老板模样的男人已把招牌收进店内，正忙着往外挂"准备中"的牌子。

店中仍飘着咖啡的香味，恐怕直到刚才还在营业。客人大概都被撵走了，抑或店里有电视，顾客们看了新闻后，就都慌忙逃走了。

一台客货两用车从室伏身边驶过。若是平时倒也不会注意，可是此刻室伏觉得那车子像被什么追赶着似的。

后面传来凉鞋的声音。室伏回头一看，只见一个身穿牛仔裤的中年女子神色凝重地跑过来。她似乎根本没有注意到眼前这个不修边幅的中年男人。室伏往人行道旁边靠了靠。她超过去，又跑了十米左右才放慢速度，走进一旁的店铺。那是一家便利店。

怪不得呢。室伏经过那家店时，顺便隔着玻璃往里瞧了瞧。虽然里面的人并没有自己想象的那样多，可还是有不少顾客，全然不像是工作日的上午。几乎全都是主妇。刚才那个女人正从冷藏柜往外拿瓶装水。

无论是避难还是暂时躲在家中，都需要应急食品。造访便利店的顾客接下来肯定会更多。那些店员可真可怜，室伏想。

“咦，怎么回事？怎么这么多人啊，到底出什么事了？”

“谁知道呢。净是些老妈子。”

这时，两名身体像铁丝般细长、上身裹着肥大的汗衫、下身穿着肥短裤的高中生往便利店里瞧了瞧，不快地说道。看来头发全染成茶色的两人似乎还不知道这件事，并不清楚他们是大清早就出了门还是昨晚夜不归宿，他们的家人现在一定正急得团团转吧。索性就告诉他们是怎么回事吧。可室伏犹豫了一下，最终还是决定放弃了。他有一种预感，如果告诉他们赶快跟家里联系一下，肯定会招来一句“多管闲事”和白眼。而且，其中一个年轻人的胸兜里还装着烟盒，这也让他有点看不顺眼。

尚不知情的人或许还有很多，室伏离开便利店想道。虽然政府在电视上对事件进行通报，但并没有宣传车在大街小巷上来回穿梭播报。也许并没有这种打算吧。如果核电站将发生大事故，那么动用所有方法通知周边居民应该是他们的行政义务。难道这些信息已经在距离新阳更近的地方充分地传达给民众了？

那些当官的大概也很迷惘吧，室伏猜测。让宣传车上路后该怎么宣传呢？是说“没有问题，请不要恐慌”；还是说“因为状态危险，在得到指令之前请待命”？

情况危险之类恐怕打死也不会说。那种话哪怕只说上一次，也就等于否定了核电站的安全神话。

一辆藏蓝色的卡罗拉在室伏平时常去的邮局旁边停下来。是近十年前的车型。他走过去，驾驶席上的关根朝他招招手。

“你说怎么偏偏在室伏先生不上班的时候出这种事啊。”室伏坐进副驾驶座后，关根笑嘻嘻地说道。这位喜欢打网球的年轻的搜查一科科员，即使在大夏天也西装笔挺，这是他一贯的标签。

“刚才还在庆幸呢，这种时候不用上班，真是太幸运了，可以跟家人一起逃。正在收拾行李的时候，股长就来了电话。真失望。”

关根似乎看出这是室伏特有的幽默，只是微笑一下，并未作声，拿过放在后座上的文件夹，递给这位前辈。

“这是什么？”

“走访对象。”

“嗯。那，都走访什么？”

“首先是昨夜和今晨的不在场证据，然后是有无直升机驾照、有关爆炸物知识的掌握情况、跟核电站的关系，剩下的就是是否拥有传真机和个人电脑了，尤其是个人电脑。差不多就这些。”

“个人电脑？”

“据说发送到各处的传真极有可能是用个人电脑发出去的。从发送的时机和文件状态也可以做出推定。”

“是吗？”室伏这才知道，原来传真还可以用电脑发送，但他决定沉默。

室伏打开文件夹，大致扫了一眼。上面列了数百个人名，分成了若干部分，每一部分都有名称。用红色铅笔做标记的似乎是室伏和关根负责的部分。

室伏立刻明白了这份名单的意思。“这也太简单了吧？”他说道。

“这种意见本部也不是没有。”关根点点头，发动引擎，“总之现在要按照这条线先摸排一下。这大概也是警察厅的指示吧。”

名单上所列的都是一直以福井县为活动据点的反核电站组织的成员。如果把他们全都网罗起来远不止几百号人，所以，列在上面的肯定不是组织的中心人物就是曾参加跟电力公司谈判的人。可能还包括那些被检举过的人吧。

“首先在抗议过新阳的人中进行重点摸排。”

“行倒是行，可这次的事情不像反对派所为。”

“我也这么想。”关根也赞同，“虽然也有一些会采取过激行为的家伙，可这种破坏性活动不像他们的风格。只不过，嫌犯对核电站抱有憎恨倒无疑是真的。”

“嗯，深有同感。”室伏搓搓下巴，这才想起忘了刮胡子，“因为对核电站很生气，所以无法像居民运动那么温和。也许就是这样吧。”

“可为什么要对核电站生气呢？”

“也许是曾直接受害吧。一般来说，那些反核电派无非出于对核电站存在的不安，也就是害怕未来的灾难。比如一旦像阪神大地震那样的地震来了该怎么办，如果出了像切尔诺贝利那样的事故又该怎么办，等等。这种人跟这次的嫌犯有着本质区别。”

“说到直接受害，难道影响到渔业之类？”

“差不多吧。”

“此外，或许还有由于附近建了核电站，家庭旅馆没客人了之类吧。”

“这种情况也不能说没有。可怎么说呢，从金钱的角度来说，由于建了核电站，他们也有受惠的方面啊，不是吗？”

“政府受惠肯定是事实，可个人就未必了。”

“也许吧。可是，要说受害，还有受害更严重的人呢。”

“你想说的是核电站工人吧？”关根似乎已猜到室伏想说的话。

“还有分包转包之类。进入那些充满核辐射的地方工作的好像就是这些人吧，遭受核辐射的危险也很高。”

“核电站工人因核辐射影响而生病的事屡有耳闻啊。”

“虽然也有人说他们是在差不多已做好精神准备的情况下去从事那种工作的，但也有不少人什么都没被告知就被骗进那美丽的陷阱，被迫从事这种危险工作。而且，怀有憎恨的也未必只是本人。”

“受害者的家人？”说完，关根似乎想起了什么，说了声抱歉，从室伏的膝盖上抓起文件夹。“这一部分，”他指着名单的一部分，“你指的是不是这种人？”

这一部分的名称是“督促认定田边佳之先生灾害补偿保险会”。

“这是什么？”

“田边佳之就是近畿电力的转包工人。好像是因为白血病去世的，家属们发起了运动，认为这种情况应该获得灾害补偿保险。”

“啊，原来如此。”

“这正好是我们负责的部分。由于离得近，我原本就打算先绕过去，我们就先去找田边佳之的家人走访一下吧。”

“是吗？”室伏稍微思考了一会儿，摇摇头，“不行，我看还是按顺序来吧。反正再急也赶不上了。”

“赶不上？”

“赶不上直升机坠毁啊。既然反正都会坠毁，那就干脆慢慢弄。”

“嫌犯动真的吗？”

“谁会开这种玩笑。”室伏把文件夹扔到后座上，“走吧。”

14

在设置于锦重工业福利中心二楼会议室的爱知县警现场指挥总部，搜查一科科长吉冈、公安一科科长石桥等人正在以刑事部长木谷为中心继续商量侦查方针。当然小牧警察局长小高也在。

搜查一科特侦组长高坂警部正在他们面前坚称嫌犯来自内部。

“从汤原、山下二人的话来看，外部人员对直升机的操纵装置进行改造分明是不可能的。而且从嫌犯前一天就潜入机库且了解验收飞行的日程等情况来看，嫌犯肯定是相关人员，并且就在熟悉内部情况的人当中。”

“我基本赞成你这种观点，不过，究竟能把范围缩小到何种程度呢？”刑事部长木谷抱着胳膊说道。

“缩小到与计划有关的那些人就可以了吧？”吉冈转向上司。

“如果是这样，大概有多少人？”木谷问高坂。

“若是把相关人员全都考虑进来，恐怕得有数百人。”

高坂的回答让在场所有人都皱起眉来。

“有那么多？”

“直升机结构的每一部分都有数人到数十人参与，所以最起码需要这么多人。如果连分包的业者也算进来，数量还会更多。”

“我们与加工制造业无缘，所以对这种感觉不是很清楚。”石桥自言自语地念叨着，露出苦笑。

“那么能够像嫌犯那样进行改装的人呢？能不能稍微再压缩一下？”木谷再次问道。

“如果是与嫌犯改造的操纵系统有关的人员，可就少多了。即使把锦重工业和防卫厅的人都算进来，也就一百来人吧。”

“防卫厅？”石桥的脸色变得有点可怕。

“就是飞机开发部的人。”

关于这一点，高坂曾听锦重工业的技术本部长笠松大致介绍过。

当要引进一项新技术的时候，厂方和防卫厅飞机开发部会经常进行意见交流。这种交流大致可分为三个阶段。第一阶段是概念设计。厂方将概念报告给防卫厅，阐述要进行何种开发。其次是基本设计。进入此阶段后，防卫厅飞机开发部内部每月举行一两次团体会议。厂方则派约二十名技术负责人出席，每个讨论项目都会成立一个小组委员会，跟防卫厅的开发官进行协商。当这些过程大致完成之后，厂方就会召开一个基本设计审查会。

然后是详细设计。跟基本设计一样，经过团体会议商议后进入详细设计审查会。至此，防卫厅才会批准，最终进入制造阶段。当然，实际上，在此之前制造往往就已经开始了，这话是笠松说的。因为如果不这样做，很可能就赶不上交货期。

之后也经常要通过团体会议等形式接受防卫厅的进展要求进行制造。有时自卫队也会派一些机械师和操作人员等前来，就各个领域提出相关的要求或建议。

“那好。防卫厅的人就交给警察厅吧。”木谷若有所思地说道。

“除此之外就是锦重工业的员工了吧？如果是这样，就能全部调查了吧？”吉冈朝木谷略微探身，“毕竟几乎所有人都应该已来上班了，用不着特意把侦查员派到四处了。”

“那现在在公司的人是不是可以直接排除了呢？因为待在这种地方，

肯定无法遥控直升机了。”石桥说道。

“不，据汤原说，一旦切换到自动操纵，嫌犯就可以什么都不管了。”高坂有些顾虑地说道，“所以，让直升机起飞后，嫌犯可以若无其事地来上班。”

“是吗？”石桥似乎也赞同。

“可是，我们最需要注意的，恐怕是那些今天歇班的人吧。”吉冈为石桥捧场般地添上一句。

“对于反核电站组织，你们都怎么看？”木谷向石桥问道。

“名单早就做好了，不过最近爱知县内并没有进行重大活动。当然，如果把范围扩展到整个东海地区，那就另当别论了。”

“最近的就是三重的芦原核电站吧？”高坂说道。

“没错。计划征地的当地强烈抗议，甚至还在町议会上通过了反对环境影响调查的请愿。不过，爱知县却并未听说有如此积极的反对运动。”石桥微微一笑，转向木谷，“并且，具体到锦重工业的员工，无论其个人理念如何，我想，加入这种组织的可能性还是很低的。”

“为什么？”

“因为锦重工业甚至把手伸到了核电产业方面。若说近畿电力的核电站，差不多都跟它有关系，不是吗？”

加入核产业的是锦重工业的成套设备开发事业本部，工厂在茨城县。

“也就是说，为了公司的长远目标，自然不会跟那种组织瞎掺和？”

“没错。”

“以前还曾出过事呢。”高坂忽然想起以前的一篇新闻报道，“那也是一家搞核电站的大型电机工厂，因向员工施压不让他们在反核电运动中签名而引发骚动。”

“自那个事件以后，这种事就变得不太公开了，不过这种潜在的力量确实仍存在。”石桥接过话茬说道。

高坂想起数年前有一支摇滚乐队的反核电主题的唱片被禁售的事情。唱片公司的母公司从事核电产业则是禁售的真正原因。

“这么说，”木谷双手抱在脑后，使劲靠在椅子上，“锦重工业的员工，即使对核电怀有反感也没有表现的机会喽？”

“假如怀有个人憎恨，那些无法通过正当斗争得以发泄的部分，极有可能转变成破坏活动。”吉冈明白了刑事部长的意思。

“那好，立刻指示调查锦重工业员工的侦查人员暂且先放一放这方面，优先调查计划的相关人员。如果还找不到头绪，就再扩大范围。”木谷果断地说完，环顾周围，“对了，周边情况的走访怎么样了？该有点收获了吧。就没有目击者吗？”

“关于这个——”小牧警局的局长小高舔舔嘴唇说道。大概是面对警视正的缘故，他似乎略显紧张。“有附近的住户目击到试飞场的北侧曾停过一辆可疑的带篷货车。”

“带篷货车？厢式的？”吉冈问。

“白色的厢式带篷货车，车型并不清楚。似乎从昨夜十点就停在路上。不过并未目击到驾车人。”

“也就是说那车现在已经不在了？”

“不在了。据说半夜一点的时候还停在那里。”

“是嫌犯的车？”吉冈看看高坂。

“可能性很高。”高坂断定，“那地方我也去看过，虽然周围有树林不太显眼，可如果使用望远镜，就能很清楚地看到试飞场的情形。尤其是直升机被盗的第三机库，几乎就在正面。”

“距离有多远？”

“离第三机库直线距离有五六百米吧。”

“这个距离能进行无线电遥控吗？”石桥扭头问道。

“专家的意见是，如果加大无线电功率是可能的。”高坂当即回答。

“有车辆的痕迹吗？”吉冈再次转向小高。

“我已经取了轮胎的痕迹，还提取到烟蒂和几根毛发。只是难以查明究竟哪些才是嫌犯的。”

“这么说，线索只有车子……”木谷有些泄气，搓了搓下巴，“嫌犯开的或许就是白色带篷货车。可是，仅凭这个我们又能查多远呢……”

“这肯定是失窃车辆。”石桥断定，“嫌犯不可能连车牌号会被目击的情况都想不到。”

周围的人也都赞同他的意见，点着头。

“同盗取直升机相比，偷一辆带篷货车还不是小菜一碟。”

吉冈的一句话让全场都沉默下来。

15

高速增殖核反应堆新阳发电站。

站长中塚已撤到第二管理楼。除他之外，撤到这儿的只有技术科、成套设备一科和二科、放射线管理科、技术开发部的主要负责人等十数名职员。其他职员则跟副站长饭岛一起在发电站外的 N 公司避难。

第二管理楼建在综合管理楼南面约五十米的一处斜坡上。虽然离发电设备远了一点，但也未必安全，因为距离核反应堆建筑的中心仅两百米。

可是，中塚不能离开发电站。既然嫌犯指示必须继续运转，操作员们就不能离开中央控制室。因此，身为负责人的自己只能待在这儿，这就是他的想法。

中塚站在第二管理楼前，眺望新阳的核反应堆建筑。他知道那东西极其坚固，他也清楚就算有些地方出现损坏，防护系统也会立刻启动。可他还是很不安。现在的状况跟他在茨城工学中心为确认新阳的安全性进行的各种事故模拟的条件和参数是完全不同的。比如，尽管已知道爆炸物即将投下，但还得继续让核反应堆运转，这种情况究竟有谁预想得到呢？

不，原本连飞机会坠落下来的情形都没有设想过。核电站以及相关设施上空是不允许飞行的，因此就没必要设想坠落的情况。这就是迄今为止的核行政的思维方式。根本没想到竟有人故意让飞机坠毁。

“荒谬。”他小声地咕哝着。因为未曾设想过就感到不安，这完全是一种非科学的态度。跟那些主张“因为不知道会发生什么，所以核电终究危险”的怀疑派论调有什么区别呢？

他不断告诫自己，必须保持自信，并在大脑中确认多重防护系统的流程。

不过，中塚仍十分不解，嫌犯为什么会盯上新阳呢？

毁掉全国所有的核电站——看来恐吓信中所提的要求并非只是针对新阳，似乎是想把国家的核政策当成攻击对象。

那么，为什么非得选新阳作为靶子呢？

也许因为新阳是日本核政策的象征吧，中塚想。

高速增殖核反应堆跟现在日本的商用核电站所采用的轻水反应堆在所有的方面都不同。最大的区别大概就是原料。轻水反应堆使用的是铀235，而高速增殖反应堆使用的则是一种名叫钚239的物质。

为什么要使用钚呢？这是因为铀235在天然铀中只占百分之零点七，无法确保恒久的必需量。天然铀中剩余的百分之九十九点三是铀238，这种物质作为核燃料几乎没有用。根据科学技术厅的估算结果，如果核电站以目前速度在全世界继续增加，并燃烧铀235，恐怕只需七十五年左右，燃料就会枯竭。

那么，钚239就大量存在吗？事实也并非如此。不仅如此，这种物质在自然界甚至根本不存在。

钚239是铀238吸收中子后产生的一种物质，可以作为燃料使用。

燃料变了，核反应堆的构造自然就会相应地变化。在轻水反应堆中，燃料是浸泡在水中的。因为要想让铀235发生核裂变，就必须让在燃料间里四处乱飞的中子的速度降下来。在这种情况下，水又被称为减速材料。

而在钚239发生核裂变时不需要降低中子的速度，所以里面并不加水，而是加液态钠。乱飞的中子仍保持高速，因此叫作高速反应堆。

那么，“增殖”又是怎么回事呢？这是指在燃料燃烧的同时获取更多燃料。具体说来，就是在进行核反应的钚239周围摆放铀238。这样一来，钚239在发生核分裂时生成热和高速中子，铀238吸收这些中子后就变成钚239。如果增加最初搭配好的铀238，产生的钚239就会超过所消耗的钚239。

高速增殖反应堆就是因这种构造而命名的。

按照科学技术厅的计算，如果使用这种方式，在未来数千年内都无须为核反应堆的燃料而发愁了。

要想渡过下世纪必定重演的能源危机，就只能使用这种完美的构造，这就是中塚等人的想法。

只是，完美的构造也必然伴有复杂性。这种技术尚未像轻水反应堆那样完全成熟，这是事实。正因如此，才用实验堆进行了近十年的研究，现在也仍使用着原型堆反复进行讨论。今后进一步经过实证堆阶段后，才会最终变成实用堆。中塚也从未想过到时候自己还活着。可现在，如果不提前实验就无法跑赢危机，正因如此才继续进行研究。

可是，这一点并未得到社会的充分理解，他想。

有意见认为，将用作核武器材料的钚当作燃料，并且使用极难处理的液态钠，所以其危险性比以前更高。最近，这种声音似乎尤为强烈。

其背景就是此前一直在进行高速增殖反应堆研究的各国都陆续撤出。比如英国一九九四年就关闭了原型堆PFR。德国的卡尔卡尔高速增殖反应堆尽管建了十八年，可到了一九九一年还是中止了计划。法国的超凤凰快堆转换成了燃烧研究堆，超凤凰二号则中止了。俄罗斯的实证堆BN-800计划也一直冻结。至于美国，自一九七七年卡特总统宣布“无限期推迟再处理设施的商业化”以来，就已经否定了钚方案本身。一九八三年的科林奇河增殖反应堆工厂计划中止也可以说是其反映之一。

其他国家都纷纷撤出，为什么唯独日本不停止呢？这种疑问从某种意味上也许是理所当然的。可是如果由此不切实际地胡乱猜测说“实际上是想跟纯国产火箭 H2 的开发计划结合起来研发核武器”之类，中塚等人实在无法忍受。

中塚等人认为，其他国家停止并不是因为高速增殖反应堆危险，而是出于各自的考虑。

美国推行反钚政策无非因为这是其核不扩散政策的一部分。上述卡特总统的宣言也是以一九七四年印度用再处理研究堆的燃料得到的钚取得了核试验成功为契机的。至于英国，或许是北海油田的新发现产生了重大影响，因此也就没必要匆匆研究高速反应堆了。德国和俄罗斯之所以中止，多半是出于政治上的考虑，跟安全性并无关系。法国只是暂停增殖堆，并未说过不启动超凤凰堆。

而日本没有理由也像这些国家一样中止研究。换句话说，是没有中止的底气。因为等到发生了像石油危机那样的能源危机，再匆匆进行核燃料循环使用的研究，就迟了。

现在铀燃料价格的确便宜，从国际方面来看，多持有钚也有问题。从成本方面来说，现在也很难说有好处。而先于高速增殖反应堆来谋求钚利用的新型转换堆的实证堆建设计划，恐怕也会由电气事业联合会来重新评估，最终被迫中止。

可这一切难道只是为了现在吗？中塚等人想。他们的研究不应该只是为了现在活着的人们，也应该奉献给未来出生的孩子们。

在这种时候绝不能受挫，可为什么偏偏不能得到理解呢——中塚仰望着那可怕的灰色胁迫者，心中焦躁不已，再次思考自己的使命。

由于警察和消防人员在员工们撤退期间就已经赶到，中塚决定立刻在第二管理楼的二层会议室开碰头会。本来发生核电事故的时候应该由副知事担任现场对策本部长。可是县里的相关人员，包括核安全对策科长在内，仍没有赶来，也没有消息表明正在赶赴这里的途中。可能因为并非发生了事故，县里也不知该如何应对吧。无论如何，现在已没有时间等他们了。

“关于今后的应对处理，东京方面有联络吗？”等全员就位后，福井县消防本部的特殊灾害科长佐久间率先向中塚发问。佐久间是一名黝黑健壮的男子。虽然称不上大块头，可肌肉厚实，隔着制服就能看出来。

“听说首相官邸现在正召开以通产大臣、科技厅长官为中心的协商会，正式的指示尚未出来。”中塚原封不动地转达从炉燃总部的理事长筒井那儿听来的话。

“要政府答应嫌犯的要求，这是不可能的。”说话的是刚从福井县警本部赶来的警备部长今枝。他身形瘦小，可由于笔挺的身姿和微抬下巴注视对方的习惯，他看上去要比实际伟岸得多。“所以，这将直接关系到嫌犯的反应，即对警察厅长官刚才的呼吁，嫌犯究竟会如何反应。”

“可是，嫌犯会中止计划吗？”佐久间怀疑地说道。

今枝叹着气摇摇头。“不清楚。依照我个人意见，恐怕不会吧。”

“啊，不过，是否有可能把要求变成金钱呢？长官呼吁的意图恐怕也是这点……”略带顾虑发言的是坐在中塚旁边的综合技术主任小寺。他一直以不同于副站长的形式辅助中塚。他的媒体曝光度在炉燃总部首屈一指，在反对派中间也是一个知名度很高的人物。

今枝否定了小寺的意见。

“我想这种可能性是很低的。若是为钱，应该最初就提出要求了。并且势必得考虑怎么取这些钱的问题，这样做是很危险的。那些家伙不会连这个都不懂吧。”

今枝语气平静，听起来却斩钉截铁。可能他不想用含糊其词的方式让人产生不切实际的期待吧。中塚也赞同这名警方代表的意见，嫌犯不可能是为钱来的。

“这样一来结果将会如何呢？”小寺的声音有些发抖。

“如果政府不答应要求，嫌犯就不会让直升机离开。这样一来，时间一到直升机就坠毁，恐怕就是这样吧。”

“这话听上去怎么就像说别人家的事……”听着今枝见死不救般的

话语，小寺花白的眉毛皱成八字，“警方难道就没有解决的办法吗？”

“唯一的解决办法就是逮捕嫌犯。为此，以福井县警为代表，全国的警察都已经行动起来。因为这不是别人的事，大家都在拼命。可问题是没有时间。我也坚信一定能抓住这次的嫌犯。可是在之后的数小时内究竟能否抓到，我只能说很难。”即使说到这里，今枝冷静的语气也未改变。

被顶回去的小寺顿时闭上了嘴，一副只好先听听别人意见的样子。

“可是，难道政府会对孩子见死不救吗？我难以置信。”

这个问题谁都无法回答。政府一方面肯定不想对孩子坐视不理，另一方面恐怕也不会接受嫌犯的要求，这无疑是所有人共同的想法。

中塚看看佐久间，问道：“就不能设法解救吗？”

“小孩？”

“哎。”

“很难啊。我曾在营救队待过，从正在飞行的直升机上解救孩子，我想从物理角度来说是不可能的。”

“而且，”今枝插嘴道，“就算能救，嫌犯也不可能对营救行动袖手旁观。因为要想营救，势必得有人钻进直升机。”

的确如此。中塚双肘支在桌上交叠手指，用拇指按着眼角。他感到有点轻微的头痛。

佐久间说道：“关于这一点，我们在这儿议论也没用，毕竟一切都得由政府决定。比起这些，眼下最重要的，我看还是先考虑一下直升机掉下来之后的事情吧。”

听了消防代表的话，中塚抬起脸，点点头。“你说得没错。是得提前准备一下。小寺，资料。”

小寺让技术人员把发电站整体的鸟瞰图和主要建筑物的截面图在会议桌上打开。

“呃，刚才已经听说了，发电站里仍有操作员留守，对吧？”看图纸之前，佐久间向中塚确认道。

“是的。中央控制室留有八人。因为嫌犯要求不能让核反应堆停止运转。我已经让他们做好准备，随时都能够紧急关闭核反应堆。一旦直升机出现要坠毁的迹象，就命令关闭。”

现在直升机已经比最初稍微抬升了高度，似乎在近千米的地方。假如直升机的最终高度达到两千米，要抵达地面，即使忽略空气阻力恐怕也得花费二十多秒的时间。而插入控制棒所需的时间是一秒以内。按照中塚的计算，只要在联系方面不浪费时间，还是赶得上的。

“那中央控制室在哪里？”

“在核反应堆辅助建筑物里。”

中塚拽过整个发电站的鸟瞰示意图。图纸上面，安全壳所容纳的核反应堆厂房几乎呈圆形。呈四方形围绕在圆周围的则是核反应堆辅助建筑物。除了中央控制室,里面还容纳了与燃料相关的设备和热交换器等。整体形状像日本国旗一样。

“根据图纸,就在这一带。”他所指的是核反应堆建筑物东侧的部分。

佐久间查看了一下截面图，脸色沉了下来。“建筑物的最上层？楼顶的厚度……差不多是数十厘米吧？”他看着图纸的比例尺说道，“一旦那么巨大的直升机掉下来，肯定不堪一击。”

这一点连中塚都无法反驳。他也觉得确实如此。

“核反应堆的操作离开这个建筑物就不能进行吗？”佐久间问了一句。

“不能。”中塚简单回答。

“那，就不能减少一下人数吗？我曾听说，电力公司的核电站都是五人一组操作一个反应堆的。”

“的确可以减少。只是，出于某种考虑，我才留下了八人。”

“什么意思？”佐久间露出诧异的神色。

中塚犹豫了一下，看了看小寺等人，又把视线移回佐久间身上。“我是考虑到万一出现紧急情况，还可以四人一组把八名操作员分成两组。”

“哦……这是为什么？”

“这一点一般来说是不对外公开的，”中塚压低声音，又巡视了一圈才继续说道，“可进行紧急停堆的控制盘除中央控制室之外，另一个房间里还有一个。是为防备中央控制室被恐怖分子等占领而设置的备用设备。”

其实，这种设备不只在新阳，可以说日本所有核电站都有配备。鉴于其使用目的，这种秘密控制盘的位置当然是不公开的。即使是相关人员，也多数不知道。堪称核电站内的“神秘房间”。

“所以，现在才讨论让其中一个小组在那个房间里待命的事情。”中塚说道。

“有何目的？”佐久间问道。

“为了确保直升机开始坠落时让核反应堆切实停止运转。即使出了意外，一方未能顺利取得联系，仍可以命令另一方停止。”

“也就是说是一种应急体制？”

“差不多是吧。”

“那备用的控制盘所在的房间在……”

中塚扯过截面图。“没有明确标示在图纸上，大致就在这一带。”说着，中塚指指远在中央控制室下面的一处小空间。

“即使直升机坠落下来，这个房间看上去也比中央控制室安全得多。”佐久间看着所指的地方说道。

“我也这么认为。”中塚回答。

佐久间稍微思考了一下问道：“假如停止命令传得迟了，直升机在核反应堆运行过程中就坠落下来，结果将会如何？”

“没用的。”一旁当即作答的是小寺。

“没用的？什么意思？”

“就是什么都不会发生。尽管建筑物的一部分可能会损坏。”

“您的意思是说，核反应堆仍会继续正常运转？”

“在可能状态下应该是这样的。当然，操作员会立刻使其停止。”

“可能状态？什么意思？”

“这就涉及发电系统了，如果有一处损坏，核反应堆会自动停止，因为核反应堆的运转是建立在一切均无异常的前提之下的。所谓正常运转的可能状态，就是指这个。”

“假如自动停止没起作用呢？”

“这种情况绝对不会发生。”小寺断言道。

“这样啊。为做参考我还想问一下，在直升机坠落之前就让核反应堆停止运转，以及在坠落之后才自动停止，这两种情况有什么不同吗？”

“没什么不同。因为只是数秒之差而已。”小寺满怀自信地说道。

“既然这样，”佐久间转向中塚说道，“那不就没有留下操作员的必要了吗？既然可以轻易让核反应堆停止运转。”

听他一说，小寺顿时停止了呼吸似的哑口无言，这一点也被中塚看在眼里。

“怎么样？”佐久间继续追问道。

中塚轻轻咳了一下，说道：“的确有这种观点。在核反应堆运转的状态下让操作员全员避难——如果要问我这种方法究竟是否安全，我也会毫不犹豫地回答安全。但是，核反应堆的操作还有一些更复杂的问题，不是光靠这些就足以解决的。也并不是无论发生什么都可以随意停止的，所以控制室肯定需要人。为了规避风险，首先得由操作员进行停止操作。万一效果不佳，各种自动停止系统才会启动。这完全是保护核反应堆的多重防护措施。”说完，中塚又加了一句，“务请理解这种情况。”

佐久间一直抱着胳膊在听，这时松开胳膊说道：“也就是说，操作员在控制室值班和配备自动停止装置等，都是多重防护措施之一喽？”

“没错。”

“照这么说，”佐久间瞥了小寺一眼，“如果你们老是吹牛说自动停止装置绝不会不起作用之类，那可就没意思了。把情况设想到最坏，恐怕才是多重防护本身存在的意义吧。”

小寺轻微的呻吟声传入中塚的耳朵。想必不是因为他反省了，而是因受到年轻得多的佐久间的斥责，自尊心受到伤害吧。

“把操作员安排到两个控制室，我认为这种想法很好。万一直升机在核反应堆运转过程中就坠落下来，即使某一个控制系统损坏，并且核反应堆也未能实现自动停止，另一个也能使其停止。”

听了佐久间的话，小寺抬起脸。他无疑想说控制系统损坏、自动停止无法启动的情况是不可能出现的，可他最终还是没有发言。

“只不过，光有这些操作员，说不定还会遇到无法应对的情况，我想还应该在各个控制室都配上消防队员。有什么问题吗？”

“没，没有。那就拜托了。”中塚答道。

“那，我们就从这儿开始探讨吧。”佐久间郑重地挺直腰，“设想飞机坠落的事故解析有没有做过？”

“没有。我们这儿从未做过。”中塚当即回答。关于这个问题，即使想含糊其词也没用。

“果然是这样啊。”

“有关这个问题，炉燃总部已经得到科学技术厅等的协助，正在研讨。只是，对核反应堆本身，我想肯定没有影响。再重复刚才的话，佐久间先生或许会不高兴，不过一旦直升机坠落导致设施出现损坏，核反应堆必定会停止。如果停止了，核反应堆就是安全的。”中塚说道，余光瞄见小寺在点头。

“可建筑会损坏吧？”

“安全壳或许会损坏，尤其是顶部较薄。可是反应堆容器上面有近两米厚的地板，无论什么样的重物落在上面，无论使用何种爆炸物，都不会损坏。”中塚感到自己的语气不由得强硬起来。可以说这是他在讲核反应堆被保卫得多么安全时的习惯性反应。

可是，佐久间并未因这句话就信服。他的表情仍未释然，只是暧昧地点点头，问道：“核燃料的储存库怎么样？”

“这个也没问题。跟燃料有关的设备都在核反应堆北侧的建筑物内，从图纸上也不难看出，燃料罐室、燃料洗净室、燃料检查仪器室，还有堆外燃料储藏槽，全都是藏在地下的。而且最重要的堆外燃料储藏槽等还用近两米厚的混凝土墙包了起来。”中塚指着截面图解释道。

“地上部分有燃料进出的设备吧？这是什么？”

“这是在堆外燃料储藏槽与核反应堆容器之间进行燃料交换的装置。通过轨道滑到核反应堆容器上面，在完全密闭的状态下进行燃料交换。不过，现在里面并没有堆放燃料。”

佐久间似乎仍不怎么放心，又转向今枝。“堆放在直升机上的爆炸物的种类和数量还没有弄清吗？”

突然被他这么一问，一直默默听着的今枝不免有些慌乱，但还是立刻答道：“还没有任何消息。”

“无论使用何种爆炸物，反应堆是不可能……”小寺刚说到这里，视线跟佐久间一碰便又闭了嘴。

佐久间仍皱眉凝视着截面图。接着，他按住核反应堆南侧的辅助建筑物。里面分布着一些形状复杂的管子。这是水在带来核反应堆热量的液态钠的作用下变成蒸汽的地方。发电的汽轮机就是用这蒸汽来转动的。

“这一侧怎么样？”他问道。

“这儿……”中塚的语气不禁加重起来。

“这堪称高速增殖反应堆的要害之一。钠和水一旦直接接触，就会引发钠火灾……”

“如果直升机真的落到这里，发生钠反应的可能性是有的……”中塚刚说到这里，一名男职员撞开门闯了进来。大家全惊呆了，望着这名职员。

“怎么了？怎么回事？”中塚问道。

只见职员正拿着一张传真纸模样的纸。他表情僵硬地递过那张纸，手微微发抖。“站长，这是刚刚……”

中塚接过来。今枝也凑过来。

既然是传真，内容也就猜到了大半，果然是嫌犯发来的。可是上面所写的内容中塚做梦都没想到。

今枝绕过桌子凑了过来。“什么？”中塚默默地递给他。今枝迅速浏览了一遍。表情顿时变得很难看。

“什么东西？”佐久间问道。

“嫌犯发来的。”今枝说道，“允许我们救孩子。”

在场的人全都站了起来。

传真内容如下：

通过警察厅长官的记者招待会，我们获悉了孩子在直升机上的事。这不能不说是达到我们目的的一个绝好条件，不过，折磨无辜的孩子并非我们的本意。

因而，我们特允许你们解救孩子。

只不过，前提是，除新阳之外，停止国内所有的核反应堆。

当我们认为此要求得到满足的时候，我们就会协同解救孩子。

并且，解救活动附带以下条件：

一、营救方法要通过电视公开。

二、不能要求变更直升机的高度和位置。

三、不能用牵引的方法强行移动直升机。

四、不能让孩子带出直升机内部的东西。

以上条件中，如果违反了一条，非常遗憾，我们仍将让直升机直接坠毁。

期待政府做出理性的判断。

天空之蜂

16

嫌犯发出营救通知的事情，就在发送给新阳约十分钟之后，全日本都知道了。因为同样的传真也发送到数家私营电视台。正在就新阳事件播放特别报道节目的各电视台在确认并非恶作剧之后，立即在节目中播出了。

各节目立刻对嫌犯的真正意图做出各种臆测。在某节目做特邀嘉宾的犯罪问题专家推断嫌犯具有孩子般的英雄主义，声称没想到嫌犯竟是如此单纯的人。还有一位航空专家先是断言在此条件下根本就不可能成功营救，之后又认为嫌犯如果明知不可为而故意提出这种非分要求，那就是极其阴险之人，而如果真的认为可能，那就是极其疯狂的人。更有一位一直从事反核电活动的环保团体的代表评论说，嫌犯很可能是希望进行一种公平竞赛。

可是，如果忽略航空评论家那些略显消极的观点，他们的意见还是一致的——应该答应嫌犯的要求。

“这种事不可能做到。”最初大声表态的是资源能源厅核电科科长藤田。他光秃秃的脑袋呈粉红色。

“从技术角度来讲很难吗？”问话的是警察厅搜查一科科长结城。

在这次的事件中，他负责跟全国警察联络。

“从常识来考虑是困难的。”回答者不是藤田，而是坐在一旁的公益事业部部长岩桥，“停止国内所有核反应堆有什么后果，你能理解吗？”

“那肯定就是这部分电力供应没有了呗。”

“没错。那你知道那是多少电吗？全国总发电量的百分之三十以上。不，差不多近百分之四十。也就是说这些电力供应随即将被切断。那整个日本不就乱套了吗？”

“可是，孩子的性命也不能不管……”

“有做得到的事，也有做不到的事啊。”岩桥把视线从结城身上移开，抱着胳膊靠在椅子上。

自称天空之蜂的嫌犯的第二份传真发送到以新阳发电站为代表的各相关部门，已经过了二十多分钟。警察厅长官已经在总理官邸跟相关阁僚进入会议进程。资源能源厅长官桥田也应该赴会了。为了解释一下大致情况，结城先造访资源能源厅，在会议室跟负责人见了面。除了藤田和岩桥，核产业科、公益事业部开发科、发电科、核电安全企划审查科、核电安全管理科、核电运营管理室等部门也都派出了科长级别的人员出席。

“如果不是现在这个季节，或许还有办法。”藤田发着牢骚。

“季节不好？”结城问道。

“太差了。现在正是一年中用电量最多的时候，毕竟空调的普及率那么高。用电最少的就是四月或十月那种天气好的时候，同那时候相比，现在得多用约五千万千瓦。”

“五千万千瓦？”乍一听这数字没反应过来。

“相当于用电量少的时候的一点五倍吧。”发电科长横井用柔和的语气说道。

“一点五倍……差这么多啊？”

“而且还有时段的问题。”藤田补充道，“现在是上午，用电量还相对少一些，从现在到中午，用电量会急剧攀升。在这种用电高峰停用占总发电量近四成的核电，这不是疯了吗？目前这个时期对核电原本就很依赖。因为降水不足，水力发电能不能正常进行都还不好说。”

结城点点头，默默地思考了一会儿。莫非嫌犯早就了解这种情况，故意选择在这个时期实施犯罪，还是偶然碰上了这个时期？

“芦田先生的意思是最好接受嫌犯的要求喽？”岩桥直接对警察厅长官指名道姓。

“如果可能，我想最好先满足嫌犯的要求。毕竟警察的天职是以救人性命为第一位。”

“这恐怕不是是否可能的问题吧。”岩桥抱着胳膊，长叹一口气，然后看向藤田，“电力公司那边联系了吗？”

“都安排了。应该已经知道了。”

“他们现在肯定正提心吊胆，不知道会有何种判决吧。”不知是开玩笑还是一贯如此，横井悠闲地说道。

岩桥转向横井。“你再跟各电力公司联系一下，让他们事先商讨一下核电站停止运转后的对策。再追加一句，告诉他们核电站有可能会停止运转。”

“明白。”横井起身离席。

“部长，”藤田向上司投去不满的目光，“一旦停用核电，会陷入大恐慌的。”

“所以才让电力公司设法避免啊。”

“即使想要应对，也是有限度的。”

“不就是停用一会儿吗？”结城说道，“其他电力就不能代替一下，渡过这个难关吗？”

藤田歪着嘴，摇摇头。“一旦让核反应堆停止运转，再次恢复最初的功率起码需要八小时。即使恢复百分之二十五也得一小时。在最急需电力的时候根本就无法保证供给。”

“要花这么长时间？”结城也惊呆了。他根本就不知道这些。

“核电只有保持在百分百的功率下运转才是最有效率的。”运转管理科科长穗积说道，“最适合功率变动的大概就是火力发电。所以，当夜间电量消耗下降的时候，就会降低火力发电的输出功率。”

“如此说来，我倒也在某本书上看到过，核电在夜间也是满负荷运行的，所以会产生浪费。”

听结城这么一说，有几个人苦笑起来，其余的人则板起面孔。

“这是反对派的老套话。”藤田说道，他也板着脸，“他们的狗屁逻辑就是搬出夜间电费打折等例子，指责说所谓电力不足全都是政府和电力公司捏造的谎话。我刚才也说过，不同季节和时段，电量消耗自然会有很大差距。从供电方来说则必须应对最大需求量。当然他们也一直使用扬水发电等方式，尽量把夜间的发电量留到白天使用。”

“扬水发电？”

“水力发电的一种，就是在夜间用核能等发出来的电来转动水泵，事先把发电用的水抽好。这样，在白天电量消耗多的时候就可以放这些水来发电了。损耗是有的，但这样就可以间接把夜间的发电量转移到白天了。”

结城反复琢磨了一会儿，似乎理解了其原理。“原来如此，”他点点头，“想法不错。”

岩桥似乎觉得为这些外行讲解得差不多了，轻轻敲了敲桌子。大家的注意力立即都集中到他身上。

“如果政府接受嫌犯的要求，委托大臣来要求主要企业停工一天，实在不行还可以请首相出面在电视上呼吁节电。”他强忍着痛苦般说道，“如果做到这一步，能挺过去吗？”

“政府会做出这种指示吗？”藤田担心地问。

“不清楚，但这种可能性是很高的。我想很可能会暂时搁置技术层面的事而选择容易得到国民支持的方式。”岩桥的话分明带着一种对大臣们对电力事业一无所知的揶揄。

“我忽然想到一点，”穗积轻轻抬起手，说道，“嫌犯能知道核电站是否全部停止运转吗？”

在场所有人瞬间全都沉默下来，大家都没有想到。

“是吗……”藤田摸着发青的胡茬，“倒是没想到这一点。”说着看了看岩桥，“这种方法也很有讨论的价值，对不对？”

“也就是说，表面上公布说停止了，而实际上不停止？”

“为了瞒过嫌犯，也许我们得关停两三家核电站，不过没必要全部关停，是不是？”

“嫌犯不会察觉到吧？”一旁的安全管理科长说道。

“怎么察觉？核反应堆有没有停止运转光从外面又看不出来。”

“而且还是全国的核反应堆。嫌犯又无法一个一个检查一遍，对吧？”穗积说道。

“那，有没有可以统一实时监控所有核电站运转状况的地方呢？”结城问道。由于话题偏向意外的方向，他有点惶惑。

“若说实时，那就是各电力公司的供电指令所了。”穗积立刻答道，“不只是核电站，所有发电站运转状况的数据都会传到那里。”

“那玩意儿能被窃取吗？”

穗积夸张地笑道：“那可是数字多重无线电啊。”

“可对这嫌犯来说这点事恐怕还是能做到的吧。”结城板着脸说道。

穗积立刻收起笑容。“虽然我对无线电几乎完全不懂，但我还是认为非常难。他们就算能窃取一两个核电站的供电数据，也不可能得到所有核电站的吧……”

“那，供电指令所的数据有没有可能被人偷看呢？”

“怎么看？对各个公司来说，这可是最机密的内容。”藤田不屑地说道。

“那如果公司内有嫌犯的同伙呢？”

“怎么会呢！”

“我是说假如。我想，我们必须提前想到这一点。我已经说过多次，这可是事关人命。”

“既然这样，那就让各核电站给供电指令所发送虚假信息，怎么样？”

穗积似乎仍不愿放弃自己的主意。

“不，这种小花招我看就算了吧。”一直默默听部下们讨论的岩桥终于开口了，“正如结城所说，这是事关人命的大事。而且，如果核电站假装停止运转而事实上仍在运转，反而会中了嫌犯的计。”

“什么意思？”藤田问道。

“我刚才想了一下，如果把所有核电站都关停了后仍能照常用电，那结果将会如何呢？那不正好让嫌犯关闭所有核电站的要求有了一种正当性吗？”

藤田猛地向后一仰，嘴角浮起僵硬的笑容。

“事件解决之后会公布真相，所以这种正当性也只是一时的。”

“可是，当时该怎么办？部分舆论肯定会支持嫌犯的。这样一来，跟嫌犯的交涉肯定也会变得极难。”说到这里，岩桥懊恼地低声说道，“毕竟核电是讨人嫌的。”

“而且，”安全管理科长说道，“即使在事件平息后公布真相，质疑的声音也会不绝于耳。这会给核电无用论者们一个绝好的口实。”

“核电反对派原本就经常要求政府让所有核电站暂停运转，来检验是不是真的会出现电力不足的情况。”大概是想起了跟反对派打交道的经历，穗积满怀感慨地说道。

“嫌犯肯定也是这种家伙吧。”岩桥不屑地说道。

这时，一名年轻职员没敲门就闯了进来，在众目睽睽之下走向岩桥，向他低声耳语。

岩桥盯着年轻职员。“真的吗？”

“是的。”职员点点头。

“什么事？”结城问道。

岩桥擦了擦嘴角，巡视了一圈后说道：“嫌犯似乎又发来了传真。要求关停核电站时要通过电视直播。”

17

“——因此，相关阁僚的协商会仍在继续，不过形势似乎正朝着满足嫌犯要求的方向发展。”一名身穿翻领衬衫的男记者正站在首相官邸前激动地说着。眼镜框上映着夏日的阳光。脸上汗水直流。

他更换电视频道，可无论哪个台的新闻都在报道同一件事，于是调回原先的频道。

他发现要求电视直播一事似乎仍未公布。如果没等政府的决定出台，电视台就先行曝光，事情恐怕会变得难以收拾——肯定是出于这种担心。

他刚刚向各方面发送的传真内容如下：

各相关人士：

关于营救孩子一事，请允许我们补充几点要求。

一、核电站停止运转的时候，要请当地电视台的工作人员进入各控制室，全程直播关停过程。

二、要用紧急停堆的方法关停。

三、打开紧急停止开关后，控制盘显示器要至少直播三十秒。

只有在所有核电站都进行以上操作后，我们才会允许解救孩子。

天空之蜂

就算是传真，如果与对方接触太频繁，也会增加遭到反侦查的风险。甘冒风险发送这份文件，其实有很重要的理由。

事实上，在发送上一份传真的时候，他就已经意识到一点，即使政府宣布接受自己的条件关停核电站，他也无法确认全国的核反应堆是否真的关停了。

比如让各电力公司公布假的供电信息，类似的手段可以说要多少有多少。最可靠的当然是监听发自核电站和变电所的所有信息，可在现实中这根本不可能。

通产省和电力公司不可能意识不到这一点。实际上对方恐怕是不会关停核反应堆的，这是他冷静判断后得出的结论。

不过，他觉得即使这样也无所谓。因为国家并不是在欺骗自己一个人，同时也是在欺骗所有国民。如果是这样，他的目的也能达到。

而改变他这个想法的则是“国民”的声音。

这声音是从网络论坛获得的。

这次事件发生之后，网上立刻出现了针对此事的交流论坛。里面有许多帖子，既有关于哪里道路拥挤、哪里有避难场所等防灾知识的，也有关于放射性物质扩散范围等比较专业的。

他连这些内容都仔细地看了。在营救孩子的附加条件公开之后，相关评论就多了起来，既有称赞嫌犯有正义感的单纯内容，也有许多声音责难说恶人就是恶人，再怎么摆姿态也改变不了。但是他对这些并不关心。

吸引他眼球的则是猜测政府会如何应对嫌犯所提的要求。他很想知道一般人是怎么想的。他所了解到的是，绝大部分人似乎都不知道核电站这种东西到底是什么样的。既不知道哪里有多少核电站，也不清楚其关停后会出现什么后果。有的人认为即使核电站关停了也无所谓，也有的人异常担心，认为得赶紧去买一些蜡烛才行。

而对本国的电力需求多少有一点知识的人则在冷静分析后认为政府

不会完全接受要求，并进一步猜测政府恐怕会装作接受要求，而实际上并不会关停核电站。

在浏览这些意见的过程中，他改变了想法——无论如何都要让国民看到核电站关停的情形。因此他发送了补充传真。

咖啡的香气从厨房飘来。他站起来，从洗碗池里捡起一个廉价的咖啡杯，简单冲洗了一下，倒上咖啡。今天这已经是第三杯了。他并无食欲，什么都没吃。

这时，电视里传来一段对话。

“哎，那么，万一那直升机真的坠落在新阳的上空，究竟会带来多大的危害呢？下面就让我们一面听听专家的看法，一面预测一下。今天我们请到的嘉宾是帝都大学工学部的副教授梅宫定彦老师。梅宫老师，拜托了。”

“不客气。”

他喝着黑咖啡，回到电视前。只见一个瘦小的中年男子正坐在主持人旁。这个人他认识，或许对方也记得他。因为他们在数个核电诉讼现场碰过面。

“呃，梅宫老师，这次的事件可是很严重啊。”深受主妇喜爱的男主持人稍微向梅宫侧身说道。

“是啊，我也吓了一大跳。”梅宫的表情有点僵硬。大概是面对镜头有点怯场吧。

“关于新阳的安全性问题，梅宫老师以前就一直在质疑，对吧？而且，关于这个问题，听说您还写过一些东西，同时您也是反核电或者说反新阳运动的顾问。关于这次的事件，您是怎么看的？您觉得有没有可能与这些人有关联呢？”

“我完全不这么觉得。”梅宫断言道，情绪似乎激动起来，“这种做法跟反核电运动的主张完全背道而驰。”

“是这样啊。事实上，就在事件被公开之后，各地警察局已陆续收到若干市民运动组织的声明，声称嫌犯跟自己的组织毫无关系。”

“我想是毫无关系的。”梅宫重复道。

“明白了。那接下来我们就切入正题吧。梅宫老师设想过这样的状况吗？就是飞机坠落在核电站的这种情况。”

没等主持人说完，梅宫就轻轻摇头。“没有想过。毕竟国家有规定，不允许飞机在核设施的附近飞行。”

“真的是这样啊。现在我们手头就有一份当初将新阳选建在这儿的时候向国家提交的建设许可申请书的复印件，”说着，新闻主持人竖起放在桌上的一块图板，“这就是被写进‘对于飞行物等的设计上的考虑’条目的一些内容。为了解释其设计的合理性，其内容是这么写的。本核电站附近没有机场，发电站上空也没有定期航线，而且发电站上空属于保护空域，所以飞机落到本发电站的可能性极小。站区周边也不存在可能引发爆炸等事故的设施。至于发电站内的设施，比如大型旋转机械，为了充分降低因损伤而产生损害设备安全的飞散物的可能性，在配置、机械设计、制造的时候都进行了充分考虑——内容差不多就是这样的。总之，建设发电站一方也没有考虑飞机坠落的情况，也就是说，因为上面什么都不会飞，所以什么都不会落下来，似乎是这样的设想吧？”

“这一点不光新阳，全国所有的核设施都是这样。”

“好像是这样的。可现实是发生了这次这样的犯罪。申请书里说飞机不会飞来、附近也没有引发爆炸等事故的东西，现在看来这两个条件都被打破了。那么我想问一下，万一那直升机真的发生坠落，最坏的情况是什么样的？”说着主持人转向梅宫副教授，“在了解核电的人中，也有人说情况可能会发展到失控。我想先就这一点请教您一下，这里的失控具体指什么状况？”

看来是要从这方面推进对话啊，他盯着电视画面，有点急躁起来。

“呃，先从最基本的说起，如果用中子撞击铀或者钚等物质，就会发生核裂变。而裂变的时候又会产生新的中子。这些中子再撞向铀或者钚，再次产生核裂变。核反应堆中进行的就是这种连锁反应。而一旦这种连锁反应无限变大，达到无法控制的状态，就叫失控。”

“这种状态危险吧？”

“当然。”

“我还听说，同之前的核电站相比，高速增殖反应堆更容易发生失控事故，这是真的吗？”

“是的，是真的。”梅宫副教授断言，“此前的核电叫轻水反应堆，核燃料周围是水。目的就是用这些水来适度降低核裂变时产生的中子的速度，使之产生高效率的连锁反应。水流量过多或过少都会降低效率。并且，燃料的摆放方式也有最适宜条件，燃料的空隙过宽或过窄都不行。现在国内的轻水反应堆全都是在这种最适宜条件下运转的。这原本是出于经济性的考虑，而事实上也变成了一种安全装置。由于反应堆一直是在最佳条件下以最大效率运转，所以，一旦出现事故导致条件发生轻微变化，效率首先就会变低。”

“啊，是这样啊。”主持人发出钦佩的声音，“那就是说，一般的核电不可能发生失控的情况喽？”

“不，也不能说完全不可能。在非常罕见的状况下，正常运转的过程中也会出现核裂变突然加速的情况，只不过这种情况的确极罕见。在轻水反应堆当中，制冷剂丧失事故反倒已被当成惨痛事故的典型。这是某种原因导致制冷剂，即水供给，无法发挥作用而产生堆心融化，即所谓的空烧事故。三里岛的事故就是这种类型。”

“原来如此。那，为什么高速增殖反应堆会更容易失控呢？”

“说到高速增殖反应堆，其实它的冷却材料和燃料之间的关系等并不像轻水反应堆那样是以核裂变反应的效率为最优先的。它使用中子时并不进行减速，如果想让核分裂的效率更高，自然就会像轻水堆那样使中子大幅减速。那么，它到底以什么优先呢？当然是增殖了。众所周知，在新阳里面，除了发电，还有将铀 238 转化成钚 239 的工作，必须把这个放在优先位置才行。否则就弄不明白科学技术厅究竟为什么要过这座危桥。”

或许是紧张情绪稍微缓解了吧，梅宫略带讽刺地说道：“那么，如果以这些工作为优先，方针就会如何改变呢？那就必须尽可能多地增加穿梭在燃料之间的中子的数量，因为中子数量越多，产生的钚就会越多。为此，中子的速度越高越好。速度越高，撞击钚的时候新产生的中子数量就越多。因此高速增殖反应堆是用液态钠做冷却剂的。”

“呵呵，原来是这么回事啊。”虽然是否真的理解了很值得怀疑，但新闻主持人俨然一副已理解的表情使劲点着头。

“也就是说，在高速增殖反应堆的情况中，如果考虑发电效率，其燃料配置和冷却材料的流量等并不是最佳条件，反倒可以说是被迫在不太好的条件下进行运转。”

“是啊。”

“那么，我们就可以认为，如果某种事故导致燃料的配置等发生变化，就会发生与前面所说的轻水反应堆完全相反的现象。轻水反应堆通常都是在最适宜条件下进行的，所以如果发生某种变化，效率就会降低。高速增殖反应堆却不同，因为它一直都是在极差的条件下运行的，一旦发生变化，反应度上升的可能性极高。比如，如果发生崩塌或者翘曲之类事故使燃料相互接触或接近，反应度必然会上升。”

“这也就是失控吧？”

“没错。而且，高速增殖反应堆还具有另外一个危险的属性，即这种失控会引发更大的失控。”

“这到底是怎么一回事？”

“就是具有正的 Void 反应度。所谓 Void 就是气泡。当核裂变反应达到高潮时，液体的冷却剂就会沸腾，从而产生气泡。这样一来，妨碍中子的冷却材料就会减少，中子就会以更高的速度乱飞。如果是轻水反应堆，一旦中子的速度上升，核裂变的效率就会降低，最终导致功率受到抑制。这种情况称为具有负的 Void 反应度，在安全方面也是不错的。可如果换作高速增殖反应堆，刚才也说过了，它原本就是靠高速中子来进行核裂变的，中子速度上升，就不会出现效率降低的情况。反倒像前述的那样，中子的速度越高，撞击钚的时候新产生的中子数就越多。如果效率没改变，而中子数增加，最终就会导致核裂变的频度相应地升高。这就是具有正的 Void 反应度。也就是说失控导致堆内温度上升、出泡，进而使得反应越发活跃。”

“这不就是恶性循环了嘛。”主持人严肃地说道。

“没错。像这样具有正的 Void 反应度致使后来发展成重大事故的例子，就是苏联的切尔诺贝利核电站。”

这个名称对完全外行的新闻主持人似乎也颇具刺激性。只见他挺直身体，瞪大了眼睛。“是吗？可是那起事故发生的时候，专家们的意见是日本不会发生同样的事故啊。”

“那是因为日本的核电是以轻水反应堆为主的。正如我刚才也说过的，轻水反应堆具有负的 Void 效果，所以一旦产生气泡核裂变，就会出现平静化。所以我们完全可以说，只要使用轻水反应堆，切尔诺贝利的事故就不会发生。”

“可是，一旦换成高速增殖反应堆，情况就不同了吗？”

“是的。”

“唔。”大牌主持人呻吟了一声，夸张地抱起胳膊。这种表演也是此人招揽人气的伎俩之一。“怎么说呢。我想这样的内容对于许多正在观看本节目的观众来说都是第一次听到吧，我当然也是。那么这种情况国家知道吗？”

“当然知道。就说现在，新阳的安全审查也都要审查由 Void 导致的影响。”

“那审查的结果如何呢？当然，既然都批准建设了，那肯定没问题吧？”

“正如你所说的那样，从建设许可申请书来看，核反应堆紧急停止装置启动后，事故会自动平息。只不过，这儿要讨论的，并不是用作冷却材料的液态钠沸腾从而导致产生气泡的情况，而是覆盖在冷却剂液面的氩气被卷进冷却剂中，因此气泡只能通过堆心一次的前提下进行计算的问题。可以说，因为设想的是非常宽松的条件，得出并无问题的结论自然也不奇怪。如果液态钠沸腾，气泡的量肯定就会远超过设想值，所以我们根本就没有依据说安全。”

“呵呵，听您这么说，这高速增殖反应堆的技术似乎非常难啊。”

“没错。说实话，高速增殖反应堆除了容易失控这个缺点，还有其他各种危险因素。因此各国都逐渐放弃研究，现在真正从事研究的只有我国。”

“好像是这样的。我们也曾听说，像美国、法国、德国、英国等，他们在经过短暂的研究，最终连设备都没有完成就放弃了。听了您刚才所说的容易失控的情况，我越发想就这次的状况请教您一下。”新闻主持人拿起圆珠笔，略微往前探身，转向梅宫副教授，“万一那直升机真的坠落下来，发生大爆炸，新阳会不会发生失控呢？”

主持人刻意强调了“大爆炸”三个字。看来此人也像其他特别报道节目的主持人一样，似乎在期待事态的严重性，他想。

“这个嘛，我只能在我想象的范围内回答你。”这一次则是梅宫竖起了图板。上面画的是新阳的截面图。“这座穹隆形的建筑就是核反应堆建筑，里面是安全壳。而安全壳中位于下面的筒状物则是核反应堆容器，核反应就是在这里面进行的。因此，第一个问题就是，直升机突破这穹隆屋顶和安全壳进入建筑内部后或爆炸或怎么样，结果将会如何。屋顶是混凝土浇筑的，最薄的地方厚度有四十五厘米。安全壳是铁板制造的，厚度有三十八毫米。如果是直升机的引擎部分撞上，我想这屋顶肯定是撑不住的。”

“这么说，就会突破屋顶掉进里面了？”

“是的。只不过，正如从这图上看到的，安全壳的上面有个环形吊车，如果正好撞到上面，冲击力就会大大缓解。”

“那如果撞不上那环形吊车呢？”

“那就会直达地板吧。地板正下方就是核反应堆容器。”

“从这图来看，好像只隔着一块地板啊。”

“是的。”

“那如果在这儿发生爆炸，会出现什么结果呢？”主持人指着核反应堆的上部问道。

“这个嘛，核反应堆容器的上部有控制棒驱动装置，在最坏的情况下，由于爆炸的冲击，这东西也有可能出现损毁。不过，具体情况要看直升机上堆放的爆炸物有多少。一般说来，控制棒驱动装置都事先考虑到了事故的情况，都具备应急构造。具体有两种类型，一种是用自重即控制棒自身的重量外加气压插入的方式，另一种则是用自重加弹簧插入的方式。至于两种类型各有几根，我已经记不清了。”

“气压式是十三根，弹簧式则是六根。”他朝电视咕哝道。

“那么，两个驱动系统有没有可能同时不起作用呢？”

“概率很低。”

“也就是说，概率并不是零？”

“机械这种东西有时很难说，如果倒霉透顶，两个系统同时坏掉、控制棒无法进入也是有可能的。”

大概是得到了预期的回答吧，主持人使劲点点头。“那么一旦控制棒无法进入，就无法控制核反应堆的功率了吧？”

“没错。轻水反应堆的功率除了用控制棒，还能用改变冷却剂的硼酸浓度的方法来控制，也就是说拥有两个关停开关。而高速增殖反应堆却只有控制棒，一旦损坏就束手无策了。”

“那么这时候核反应堆就会有失控危险了吧？”主持人的语调兴奋起来。

梅宫副教授稍微犹豫了一下，慎重地答道：“这个嘛，当受到的冲击足以让控制棒的构造损毁的时候，核反应堆容器内的燃料也有受到某种影响的可能性。万一燃料损坏，正如刚才所说的，核裂变反应度就会上升，就有发展成失控的可能性。”

“原来如此。这么说，失控一说并非毫无依据？”

“如果发生，恐怕就会出现我们刚才所说的那种情况吧。”

“明白了。而且也可以说是最坏的情况。只是，梅宫老师刚才也说过，像新阳的情况，除了失控，好像还有发展成大事故的可能性吧？”

“呃，是的。除了失控，还有若干危险因素。”

“其中之一就是关于蒸汽发生器的问题……呃，似乎有很多专家都认为从概率上来说这方面也是很危险的吧？”

他找到遥控器，略微调高了音量。

“是的，呃，我也是这么认为。”梅宫副教授比较低调，但言语间透着一股自信。

“说到蒸汽发生器，应该就是这一部分吧？”主持人指着核反应堆辅助建筑的截面图说道，“从这上面来看，是分成了蒸发器和过热器两部分吧？”

“是的。在轻水反应堆中配备蒸汽发生器的是加压水型核反应堆，蒸汽发生器是一体的。新阳的蒸发汽发生器却分成了两部分，让水蒸发的部分和把蒸汽进一步加热的部分。”

“加压水型核反应堆好像也出现过蒸汽发生器损坏的情况吧？”

“是的。最大的事故就是美花事故，细管出现断裂，导致通过反应堆的水被释放到大气中。”

“那这次会不会出现类似问题呢？”

“呃，首先它跟轻水反应堆是不同的。正如我刚才所介绍的，轻水反应堆中通过核反应堆中央的是细管中直接流动的水。而新阳的情况，正如我所反复强调的，流经反应堆中央的是液态钠，而不是水。这些钠并非直接流到蒸汽发生器，而是先通过核反应堆旁的中间热交换器进行加热。通过核反应堆中央的钠被称为一次钠，一次钠被加热后则叫作二次钠。而流向能够把水变成蒸汽的蒸汽发生器的就是二次钠。也就是说，二次钠系统不含放射性物质。所以，即使这一部分损坏，光是这样也不会像美花那样出现放射性物质泄漏。”

“也就是说，即使蒸汽发生器损坏也没问题？”

“不，问题就在这里。虽然流过这儿的钠的确没有核辐射，可如果蒸汽发生器损坏，钠和水就会混到一起。这是极其危险的。因为钠一碰到水就会产生爆炸性反应。事实上，由此引发火灾的例子也曾在英国等国发生过。”

“这么说，也有发展成火灾的危险喽？”

“如果只是单纯的火灾，还算幸运，但是毕竟使用的钠有一千七百吨之多，这么多钠一旦发生反应，很可能发展成无法收拾的局面。而且能让钠发生反应的物质还会有别的，那就是建房子的混凝土。混凝土这种东西，实际上将近一半都是水。钠一旦碰到它，就会产生氢，内部压力升高，温度上升，内部应力就会变高，最后就会猛烈爆炸，有时还会把碎片炸飞。这种爆炸或火灾如果沿着配管蔓延，中间热交换器损坏的可能性也是极大的。”

“如果配管破裂，一次钠就会喷出来吧？”

“由于一次钠系统的压力比二次钠系统要低零点五个气压左右，喷出来是不大可能的，但如果爆炸足够大，也有可能会快速溢出。”

“一次钠这种东西很危险吧？”

“你说得没错。刚才我们提到了轻水反应堆中的蒸汽发生器细管破裂的事故，事实上，水即使泄漏到外面，也不用太担心它的放射性。因为水只有在运转中才具有放射性，因为氮被放射性化了，但它的半衰期只有七秒，非常短，转瞬间就衰减了。事实上最成为问题的则是混在水中的不纯物，也就是说，这些才是微量放射性物质。高速增殖反应堆的情况却是，冷却剂钠本身就具有放射性。当然其中还含有被称为死灰的放射性生成物。这些物质如果被释放到大气中，肯定会造成相当程度的环境破坏。”

“具体来说，会产生什么样的危害呢？”

“这得看我刚才所说的放射性物质的释放程度。如果是滞留在低范围窄范围，放射能的密度自然就会很高，附近一带很快就会出现恶劣影响。反之，如果放射性物质随着火灾等导致的上升气流，上升到高空，就会造成大范围的晚发性危害。”

“晚发性危害，就是癌症之类吗？”

“差不多吧。”

新闻主持人夸张地叹了一口气。“风向的变化，也会导致危害扩散的风险吧？”

“是有很大关系的。放射性钠有钠24和钠22两种，钠24的半衰期是十五个小时，时间很短，所以在飞到远处的过程中放射性很可能就大大减少了。钠22的半衰期则是二点六年，只要乘风飞行就会使不良影响波及较大的范围。而且钠通过化学反应还会变成食盐，也有可能会以这种形式进入人体。至于死灰，则在更长时期内一直具有放射性，可能会随着降雨混进土壤，进入食物链。”

“据科学技术厅的声明，即使直升机坠落，对环境也没有任何影响。现在看来，这危害似乎也不能小觑啊。”

“我也认为让人安心是毫无依据的。”梅宫最初的紧张已经消失，现在脸色有点泛红。

“是吗？如果把您刚才所介绍的内容总结一下，那就是嫌犯盯上的核电站并不是轻水反应堆而是高速增殖反应堆，才使得事态相当严峻，是吧？”

“我也深有同感。如果是轻水反应堆，即使处于同样的状况，我想还是可以安心。”

“想必嫌犯也是深知这一点才选择新阳作为目标的吧。可不管怎么样，都得防止直升机坠落。国家的应对方式将会深受瞩目。梅宫老师，谢谢您。”

梅宫老师也微微点点头，客套了一下。之后，画面上就是新闻主持人的半身特写了。“那么，对于这次的事件，由于风向影响而有可能受危害的大阪和京都的人们是怎么想的呢？我们的记者在街头做了一些采访。”

随着新闻主持人的声音，画面切换到大阪，出现一个中年男子的面孔特写。“哎呀，不太清楚。以前不是一直没有影响吗？科学技术厅不是说没问题吗？”

接下来是一名年轻女子。“怕肯定是怕，可到底该怎么办才好呢……得逃跑吗？”

一名学生模样的男子。“呃，究竟出了什么事，我不怎么清楚啊。”

在这种状况下仍漫步于街头的人，恐怕也只有这种程度的回答吧，他边看电视边想。感到危险的人们现在大概已回到家里收拾行李了。

可是——

漫步街头的无知家伙们和已开始避难准备的家伙们，事实上又能有多大差别呢？

他伸手摸过遥控器，正要关掉电视，手机响了起来。他吓了一跳，以为出了什么差错。

“喂。”

“喂，三岛吗？是我，权藤。”

打来电话的并非他唯一的搭档。他松了口气。“科长……怎么了？”

“什么怎么了！出事了你知道吧？”

“知道了。现在正在看电视呢。”

“是吗？这下可出大事了。”

“是啊，我也吓了一跳。”

“你今天没去美花吧？”

“嗯。蒸汽发生器的安装已顺利完成，所以就让我休息了。”

“是吗？那，今天有没有其他安排？”

“今天？”

“是啊。你不会跟我说要避难之类吧？”

“不会。这种事我还没想过呢。”

“听你这么说，我就放心了。说实话，有事要求你。你现在能否立刻就去一趟新阳啊？”

他拿着话筒沉默了。

“不愿意？”上司用探询的语气问道。

“是炉燃那边要求派人去吗？”

“不，不是的，是事业本部长在乎。我们这边要是不出人，不就有点说不过去嘛。”

“那倒也是。”

“毕竟，还因为那个。”科长压低声音继续说道，“谁让直升机是我们的呢。事业本部长就算想不答应，到了社会层面也说不过去啊。”

“我明白您的意思。”

“如果那边没有一个人在，恐怕也就没必要在乎这种事了。毕竟要是从东京赶过去，光是赶路就得花费好几个小时不是？正巧你在嘛，能不能克服一下困难？”

他一面听着上司的托词，一面以极快的速度在大脑中进行各种计算，检查计划的细节、预测今后的事态、做出决断。插入敌人的心窝——这无疑是一个危险的选择，但同时也有利于推进今后的较量，这也是极具魅力的一种豪赌。

“怎么样？能不能去一下？”科长再次问道。

“明白了。”他回答道，“我去。”

“是吗？我就知道你会答应我的。”科长似乎完全放心下来，大概是有底气面对事业本部长了吧。“炉燃和新阳那边我会事先联系。你准备一下，立刻出发。总之要争分夺秒。”

“知道了。”挂断电话后，他对今后的行动又思考了两三分钟。必须对计划的细节进行若干修改。他再次拿起电话，按下号码。蜂田立刻接了电话。

“当官的似乎仍在犹豫啊。”确认他的声音后，蜂田说道。

“马上就会有结论了吧。不过，计划稍微有变。”

“这次又是什么？”

“公司那边来了指示，要我马上赶赴现场。”

对方笑出声来。“好极了。这难道就是报应？”

“我觉得是天赐良机。因此，我们今后不能再联系了。”

“没事。后面就全看你的了。”

“你要一直守在那儿。”

“那还用说。直到最后。”

“是吗？明白了。”

“就这些？”

“就这些。”

“那，注意身体。我会为你祈祷好运的。”

“多谢。”他挂断了电话。

之后他又花了十多分钟，把电脑和连接机器进行了一番改造。对他来说这轻而易举。弄完之后，他开始换衣服，半袖衬衫配领带的打扮。最后抓起装着证件的钱包。证件上写着“锦重工业株式会社设备开发事业本部核机器设计科三岛幸一”。

他看看手表，正要检查一下室内。这时，一直开着的电视里又传来主持人的声音：“现在刚刚收到消息。由相关阁僚举行的协商会议刚刚结束，浅川首相已经宣布决定关停全国所有核反应堆。再重复一遍。浅川首相已经宣布，为了解救孩子，接受嫌犯提出的关停全国核反应堆的条件，并且，关停的过程也将会按照嫌犯的要求通过电视全程直播……”

18

刑警们的车被堵在路上。

室伏调低车载收音机的音量，放下副驾驶座的靠背，盘起腿。“看来终于恶心起来喽。”

“难道真的要关停全国的核电站？”关根望着前面问道。

“这个嘛。一旦玩砸了，可就危险了，那些当大官的肯定也知道。”

室伏等人从敦贺市出发后不久，嫌犯以关停核电站为条件答应解救孩子的消息就在收音机播放了。之后数十分钟里，室伏一直在反复推理。

他想不明白嫌犯为什么不利用这种状况。在第一次的传真中，嫌犯就已经提出要求，如果不想让直升机落到新阳上，就要毁掉所有的核电站。既然这样，那也不必因为上面有孩子就更改要求啊。反倒应该说“如果想救孩子的性命，那就完全照我们所说的去做”之类的话。

为什么不那样做呢？

能弄清楚的只有一点，即嫌犯的目的不单是让核电站从日本消失，说不定还希望成为人们议论的中心吧，室伏想。如果以孩子的性命相要挟，议论的焦点就会模糊，嫌犯大概是这么想的吧。纵使政府答应嫌犯的要求毁掉全日本的核电站——这种情况恐怕是不可能的——也无法弄清楚这究竟是政府对新阳的安全性并无自信的结果，还是尊重人命的结果。当然，政府肯定会坚称是后者。

这样也许并不能让嫌犯满意。

“真想看看电视。”关根说道。

“电视？”

“嫌犯不是要求现场直播关停核电站的全过程吗？”

“啊，是吗？”

“说起来或许很丢人，虽然住在福井县，可我连核电站里面是什么样都还不知道呢。只是在小册子之类的材料上瞧过一两眼。”

我又何尝不是，室伏想。中央控制室一词倒也能够理解，可那儿究竟是一些什么人在做什么工作，他从来都没有想过。所以，对于这次嫌犯的要求，他无法想象核电站究竟是如何关停的。

室伏想起刚刚见过的一个人。那是在敦贺市经营书店的一个姓土村的男子。土村还有一个小众杂志总编的头衔，他的杂志每次都会留出很多页码来刊登核电反对派的意见，就像一家推进反核电运动的机关杂志。室伏等人去的时候，他正通过网络跟全国的伙伴们进行有关新阳的信息交流。

拥有个人电脑这点已经满足了作为嫌犯的一个条件。为慎重起见，室伏进行了询问，但立刻就清楚土村跟事件无关。因为他昨夜去参加了书店主的聚会，一直在当地的酒吧喝到三点多，这情况当场就得到了确认。土村那充血的眼睛和满嘴的酒气都显示他并未撒谎。而且，就巡视室内的结果来看，他虽有个人电脑，似乎并不具有无线电或直升机专业知识。

“嫌犯肯定不是市民团体的人。”在询问告一段落后，大概是觉得对自己的怀疑已经消除了吧，土村摸着嘴边的胡子说道。

“是吗？”

“我们深知核电的脆弱和危险。所以，我们一直呼吁希望在酿成无可挽回的结果之前，能重新审视整个核计划。像这样的人是不可能故意去做那种不可挽回的事情的。”

“那么你认为嫌犯会是什么样的人呢？”

“依我看，说不定是对核电毫不关心的人。”

“倒是种新见解。”

“嫌犯也许只是想偷走能用电脑操纵的直升机来做点什么吧。那么最具轰动效应的事情是什么呢？嫌犯经过一番思考就盯上了核电站。我想差不多是这种情况吧。”

“也就是愉快犯？”

“如果是身边有核电站的人，这种事想都不会想。所以恐怕是跟核电无关的城里人做的。肯定是这样。”

“居然还有这种看法啊。”室伏并没有反驳。

“因为我根本就不相信城里人。”说完，土村大张鼻孔，使劲呼吸了一口气，“我之所以参加反核电运动，说是出于对城里人的反感也并不过分。”

“哦，那究竟是怎么回事？”室伏稍微有了点兴趣，试着问道。

土村舔舔嘴唇说道：“基本上就是不公平吧。若狭建了这么多核电站，可使用生产出来的电的却几乎全都是大阪或者京都的人。城里人到乡下时顶多也就知道有核电这么个东西而已，对住在那儿的人的事情根本想都不想一下。不，是不愿想，想都不愿想。连刷牙都要用电动牙刷之类的无聊的东西。你说这是不是不公平呢？”

“呃，差不多是吧，可把核电站招揽来的也是当地政府吧？”

土村听了撇起嘴。“没错。根本就无视居民的意愿。看到附近村镇招来核电站发了大财，那些镇长怎么坐得住？于是焦躁不安地到处奔走，也要求在当地建核电站。当然，这种情况绝不仅限于若狭一带。现在拥有核电站的地方全都一样，都是照这样的路子招揽来的。”

“让村镇更富有活力，作为镇议会的人，有这种想法难道不是理所当然吗？”关根客气地插了一句。

“这种玩意儿根本就称不上什么活力。”土村不屑地说道，“活力的确是需要的。即使从改善人口过疏的对策角度来讲也没错。可是，用核电站来增加活力的做法就是胡搞了。镇议会的人梦想着核电站建成后其他企业也会纷至沓来，可这是绝对不可能的。因为就算是把事务所或工厂建在发电站附近，也顶多就是能在用电费上有点折扣而已，除此再无任何好处。而且这里交通不便，净是缺点。原本就是一般企业不会来的地方，所以才会把核电站招来。这哪里是什么增加活力，反而弄得外面的人更不想来了。”

“可财政上的受益是事实吧？您刚才不也这么说吗？”室伏问道。

“钱是赚到了。”土村点点头，“固定资产税加居民税，最主要的就是电源三法补助金。这补助金的事，警官先生，您知道吗？”

“这个嘛，多少知道一些。毕竟我也是敦贺的人。”

所谓电源三法补助金，就是根据《电源开发促进税法》把从电力公司那儿征收来的税金按照《电源开发促进对策特别会计法》拨入特别会计，再依照《发电设施周边地域整备法》分配给发电设施所在的市镇村或周边区域。由于是基于三个法令，所以叫电源三法补助金。

“尽量用这些钱为地方的振兴做点贡献，虽然原则上是这样的，可是用这些钱让农村变成城市之类的话，我一次都没有听到过。最多也就是建一些连谁会使用都不知道的最新式的体育馆或与乡下一点都不相称的钢筋混凝土的镇政府之类。最终就变成了这种样子，这种情况国家也知道。所谓的电源三法补助金，刑警先生，我看并不像是用来振兴地方的，倒更像是让地方放弃振兴的赔偿金。而且这补助金也并非永久支付，而是设了一个二十年的期限。固定资产税也因折旧而剧减，也就是说优惠越来越少。这样一来，镇议会又会怎么应对呢？”

“再招核电站落户？”

室伏的回答让土村长叹一口气。“那是肯定的。为了拿到补助金，就再建一座核电站。结果，接受过一次核电站的土地竟到了离开核电站就没法维持的地步，完全就是恶性循环的典型。可是，很难因此说接受方是愚蠢的。过疏化越来越严重的村镇的人们已经尽了全力。我生气的是抓住这些人的心理趁火打劫的做法。国家和电力公司要的就是一种花招。那么，让那些家伙耍花招的又是谁呢？”

“城里人？”

“没错。因为电源三法补助金是原本就包含在电费里的间接税。也就是说，有没有意识倒另当别论，反正是城里人为了自己的快乐，把核电站强加给乡下人，作为交换才付钱的。”

“那当地人就意识不到这种诡计吗？”一旁的关根问道。

“当然意识到了，只是装作没意识到。一定是还抱着一种幻想吧。敦贺市没有这种情况，可在住着许多从核电站得到工作的人的地方，这种话光是说说就会遭白眼。在那种地方，甚至有人把核电站说成油田，说接受核电站就像挖到了油田一样。真是太天真了。”土村越说越激动，连额头都涨红了。

室伏想，自己虽然并不是城里人，但按照土村的定义，大概也属于那一边吧。因为他从未因考虑到住在核电站附近的人们而节电，即使听说电费中含有那种目的的间接税，也从未觉得不自在。

假如通过电视直播关停核电站的过程，正如关根所说的那样，那么看一看倒也不坏，他想。虽然这在走访的过程中有点困难——

关根突然急刹车，因为有辆车从岔道上强行变道。大概是自己慢腾腾的，对方等不及了吧。“浑蛋！”关根咒骂了一句。

“这么拥挤啊。刚才就开始走不动了。”室伏看着前面对关根说道。

国道二十七号线东西横贯敦贺半岛根部。关根开着卡罗拉从东向西经过这条路时遇到了交通堵塞。由于从半岛南下的车辆太多了，二十七号线的交叉口全堵住了。大多数车辆都是其他府县的，似乎是从海水浴场赶回来的，在这个时段出现回程拥堵，这在平常根本无法想象。

“你看，不只是灰木的游客，连更远地方的游客似乎也逃了。”

“毕竟，万一直升机真掉下来，谁也不知道究竟离新阳多远才安全啊。”

“科学技术厅不是说过嘛，就算掉下来也没问题。”关根露出讽刺的微笑。

“毕竟没法说危险啊。”

“没错。”

关根表示赞同，仍绷着脸操作方向盘。信号灯变绿后，终于通过了交叉口，但速度仍提不起来。大概是后面有强行插队的车辆，喇叭声在歇斯底里地响，骂声不绝于耳。

“真是服了。这个样子还怎么走访调查啊。”关根咂着舌。

“不用干活多爽啊。”说着室伏从内兜里掏出笔记本，“现在哪儿还有空说风凉话啊。算了，干脆找个地方把车子放下，然后步行吧。照这个样子，还不如步行快。”

下一个走访对象的家已经近在咫尺。

关根点点头，把车开进一旁一家咖啡厅的停车场。大概能够停十台车的停车场只剩了能容下一台小车的车位。

关根把车子停在最边上，率先下车走进店中，似乎想提前打个招呼。但不久就回来了，脸上露出苦笑。

“咖啡厅的店主问我是不是该避一下难呢。”

“那你是怎么回答的？”

“我回答说不知道，就被骂了一句不负责任。看来这儿的店主也想逃，可是看到这拥堵的样子，似乎就犹豫了。”

“这也是正常心理吧。”

二人沿国道走了一会儿。无论走到哪里都是车挤车。室伏若无其事地瞧着车里的人。海滨游客模样的一家人脸上全无笑容，只是不安地盯着前方，表情跟为享受夏日闲暇而穿的服装极不相称。

他们从国道进入岔道，经过一座民宅前，看到一家人正在停车场往车上堆行李。

“快点！还磨蹭什么？要不快点装，路就更挤了。孝田，你装上学校的用具了吗？都装上了？没问题？自己的事都不干的话，那你妈就要累死了。”

一名身穿黑色T恤的主妇正板着脸朝家里嚷嚷。一旁貌似她丈夫的男人则正把大纸箱往车上装。他们的车是轿车，后备厢不深，放进纸箱后，就盖不严实了。为了不让后备厢敞着，丈夫不知从哪里拿来一条绳子往金属零件上缠了起来。妻子则继续往半开的后备厢的缝隙塞着纸袋和箱包等。

快步往前走，这种光景随处可见。有些家庭甚至不开车，只带些手提行李就要上路。其他人家则全都门窗紧闭。是住户已经逃走，抑或是有人躲在里面不敢出声？室伏他们也无从知道。

“也不知对方还在不在家。这些反核电派恐怕比平常人更怀疑核电的安全性吧。若真是这样，出了这样的事，他们肯定没法在家里安心待着。”关根不安地说道。

“也许吧。要是不在也没办法。”室伏答道。

他们要见的是住在美滨町的一位姓末野的老人。是“要求永久关停新阳之会”的成员，经常在反核电集会等场合发言。去年在大阪举行的“关于新阳的意见听取会”上，他还作为反对派的代表提出过质疑。

这个“关于新阳的意见听取会”其实是由科学技术厅和炉燃事业团共同举办的讨论会，是反对派跟科学技术厅与炉燃之间进行的第一次直接讨论会。参加的反对派人士有二百多名，名单至今仍留在科学技术厅。这次走访对象的名单就是以这个名单为核心。但这二百多人并非全都集中在福井县，而是分散在二十六个都道府县，因此，各辖区的警察现在应该正在逐一走访调查。

末野的家是一栋木结构的二层小楼。大门一旁竖着旧的钓鱼竿，挂着渔网。但房子看上去并不像渔民的家，看来钓鱼只是兴趣。

跟关根的猜测相反，末野老人恰好在家。室伏在大门口打了声招呼后，昏暗的屋里出现了一个干瘦的身影。

末野老人一副内衣外面披着睡衣的打扮。里面传来电视的声音。不用问也知道他刚才在看什么。现在无论民营电视台还是NHK，都在播放特别报道节目。

关根表明身份后，老人立刻露出一丝冷笑，大概是瞬间明白了刑警来访的目的。

同时大概也认为警察很愚蠢吧，室伏猜测着。这位老人是不可能实施那种犯罪的。

尽管如此，关根还是开始了询问。“新阳的事您知道吗？”

“啊，知道。电视上在放，附近也全都在吵嚷。”

“那末野大叔不逃走吗？”

关根的询问让末野老人长叹一口气。“要是想逃以前早就逃了。在还没有被称作什么‘核电银座’的时候就逃了。”

关根含糊地点点头，看看室伏。大概是受了他的影响，老人也扭过脸，对室伏说道：“你们好不容易来一次，不过不好意思，我跟这件事并没有任何关系。”

“这个我们知道。”室伏笑着说，“我们也是想得到一些线索，才来走访跟新阳哪怕只有一点点关系的人。”

“唔，恐怕已来不及了吧。那直升机能飞那么长时间吗？”

“正因为不会，我们才希望尽早得到线索。”室伏在门前坐下来，瞧了瞧里面的房间。虽然能听到电视的声音，但里面似乎没有人。“呃，您的家人呢？”

“现在就我一个人。”

“现在？”

“老伴七年前就病死了。儿子倒是有一个，不过在东京做工薪族。说是讨厌乡下。”

“最近哪儿的年轻人都是这个样。呃，为谨慎起见，能否把您儿子的名字和联系方式告诉我们？”

听室伏这么一说，低着头的末野抬眼看着刑警。“我儿子又没参加反核电运动。”

“我们只是小心起见。如果能告诉我们联系方式，我们一个电话就能确认您儿子也与此事无关。”

末野老人似乎仍不理解，但还是不情愿地说了儿子的名字和电话号码。老人什么笔记都没看就一口气报出电话号码，这让室伏有些吃惊。看来他的头脑并不像外表那么衰老。

“您儿子的职业是……”

“做学习教材的公司，好像在干销售。具体情况我也不清楚。”

“学习教材？这么说，跟末野大叔以前的工作很相近啊。”

根据室伏等人手头的资料，末野原是初中教师。

“嗯，都是些老话了。”老人的眼神稍微缓和下来。男人跟女人不一样，永远都无法忘记以前的工作。

“参加反核电运动是从教师时代开始的吗？”室伏若无其事地切入正题。而关根则一直默默地站在入口的一角，大概是不想打乱前辈的节奏吧。

“这个嘛，正式参加是近六十岁时。”

“有什么契机吗？”

“呃，那就多了去了……”

老人开始含糊其词，室伏有点纳闷，但还是决定不深究。“从资料上来看，末野大叔不光反对新阳，对所有核电站似乎都反对啊？”

“是的。核电不好。那种东西只会扭曲人性。”

“啊……”室伏顿时有点语塞,对方说出人性这样的话出乎他的意料,“这话听起来似乎有点艰涩。”

“也不怎么艰涩。我只是在说核辐射而已。”

“原来是这样。您是说核辐射不仅对身体有害，还会扭曲人性？”

“当然扭曲了。准确地说,是担心核泄漏的不安让人一点点地发疯。”

“什么意思？”室伏比较感兴趣，就催促起来。

末野看看室伏问道:“警官先生，你家在敦贺市内吗？”

“是的。”

“那么你是否担心过核辐射有可能会从核电站泄漏的事呢？”

“啊，那倒没有。你呢？”室伏问关根。

“说实话，我也从未有过那样的担心。”

老人点点头。“是吧？如果是在敦贺市内，倒也没有核电站就在身边的那种感觉，再加上电力公司的宣传到位，所以对核电的安全性知识也就一知半解。”

“末野大叔担心吗？”室伏问道。

“在回答你的问题之前，我先给你看样东西吧。”老人坐着一探身，把插在一旁小书架上的文件夹抽出来，从中取出一张剪报，放在刑警们面前。

室伏拿起那张剪报，上面有一篇报道。标题是“福井县对《敦贺湾癌症多发》深感愤怒，向出版社抗议”。

报道的内容是有家大型出版社在周刊上刊登了一篇以核电站所在地癌症多发为主题的报道，结果招致福井县抗议的事情。室伏点点头。这件事他倒是知道。那家周刊的编辑部经过大量走访调查，刊文说在敦贺半岛尤其是被称为岭南地区的区域，出现了很多恶性淋巴瘤和白血病病例。对此，福井县则抗议说数据毫无科学依据。

“我对这争议本身并不怎么感兴趣。说到底，我担心的还是核电站跟放射性之间这种斩不断的关系。有核电站的地方恐怕就会有核辐射，这是世人对核电站的一般印象。这种印象怎么也无法消除。证据就是……”说着，老人再次从文件夹里取出一样东西，是一张 A4 大小的纸，“这是在‘要求永久关停新阳之会’的集会上散发的传单。请读读这下面的‘来自全国的信件’栏。”

这老头究竟想说什么呢，室伏狐疑地浏览了一下传单。上面登着这样一篇文章：

> 这已经是数年前的事了。我亲戚一家人去若狭湾玩。回来后那家的父亲就把当时的录像给我看了。录像上映出的是正在海里游泳的孩子们的身影。我当时就不安起来。因为画面的一角赫然出现了近畿电力的核电站。我当时就想，在这种地方游泳能安心吗？所以，当数月后听到那孩子患上白血病的时候，我愕然了。不安变成了现

实。我从书上看到，新阳比普通的核电站更可怕。绝不能让这种东西继续运行下去。那个患上白血病的孩子发病后不到一年就死去了。

据说写这篇文章的是埼玉的一名主妇。

“你怎么认为？”老人问道。

“这事还真是不好说。写这篇文章的人大概有点误解吧。再怎么样，也不能说因为在若狭洗过海水浴就得了白血病啊……”

“荒唐吧？我也是这么想的。可是，对于其他地方的人来说，有核电站的地方就必然有核辐射。而更可悲的是，说不定当地人也存有这种怀疑呢。证据就是刚才那篇报道。一旦住在这一带的人患上白血病，其本人和家人就都会认为是核电站导致的。即使表面上不表露出来，内心肯定也这么想。像这种现象，警官先生，是不是就很可悲？无论事实如何，认为自己会因为出生于这里而死去的想法是不是很可怜呢？”

老人悲哀地眨着眼睛。望着他的表情，室伏的大脑里忽然浮现一件事。“您刚才说您太太是病故的吧？”

老人轻轻叹了口气，垂下肩膀。“恶性肿瘤。癌的一种。”他自言自语道。

19

汤原和山下是在赶往新阳的警车里听到政府的决定的。尽管已经知道嫌犯发出了第二次交涉传真，可国家究竟能否接受嫌犯提出的关停全国核电站的无理要求，汤原猜不出来。所以他一直没对山下说那种会让他怀有期待的话，之前几十分钟里一直陷于压抑的沉默中。

许久，汤原终于跟坐在旁边的山下打了声招呼。“太好了！”

山下靠在椅背上，闭着眼睛使劲做了个深呼吸，这才缓缓地点点头。苍白的脸上有了点血色。“因为惠太，给全日本添麻烦了。”

“添麻烦的既不是你，也不是惠太。是嫌犯。”

“您说得没错。”坐在副驾驶座上的警官回过头说道，“我觉得山下先生完全没必要往心里去。”

“听您这么说我心里总算轻松了点。不过，最关键的还是政府的英明决断。”

“人命第一啊。”汤原说道，“毕竟电力之类的总有办法解决的。”

根据政府的公告，电力消耗大的企业务必把今天白天的工作调整到晚上。在公告的最后，官房长官还补充说，各家各户也要尽量减少空调等的使用。也就是说，只要如此安排和忍耐一下，就能使关停全国所有的核电站成为可能。

嫌犯的目的或许就是向国民证明这一点吧，汤原想。如果真是这样，尽管反对嫌犯的做法，可他还是可以赞同其主张的。国家总是要预测能源的需求量，并配备相应的供给能力，因此核电也是必需的。不过，减少能源需求的政策是不是也该有一些呢？

想到这里，汤原注意到自己的矛盾。一旦社会真的朝这种方向发展，那么一直逆行到最后的无疑就是自己这样的人。

“三号车，三号车，请回答。”夹着杂音的声音从副驾驶座下面传过来。副驾驶席上的警官拿起查询指令系统监控器下面的数字式无线电收发器。

“这里是三号车，请讲。”

“请转告锦重工业的二位。刚才接到自卫队消息，似乎通过无线电跟直升机上的孩子联系上了。孩子的情况还好。”

汤原看看一旁。只见山下正抓住驾驶席的靠背，使劲地探出身体。

“三号车明白。”关掉话筒的开关后，警官转过头来，“您都听到了吧？”

“哎。”山下点点头。

“太好了。到达那边后我们就去请求一下，立刻让孩子听听父亲的声音。”

“那好。”山下稍微恢复了点精神。

“太好了。惠太还真行啊，多亏他打开无线电的开关。你让他玩过无线电吗？”

“哪儿啊，从来没有过。不过他倒是有一些朋友是业余无线电爱好者，所以哪个是无线电大概还是知道的吧。”

“不管怎么样还是很幸运的，不是吗？能否联系上惠太，解救难度可是天壤之别。”

“是啊。不过，汤原……”山下恢复之前的沉重表情，“关于惠太的解救办法，我一直在思考，如果无法让直升机着陆，那能用什么方法呢？”

“唔……”汤原闭上了嘴巴。

当然，汤原也是在听到嫌犯答应解救惠太的条件后就一直在考虑这件事。可是无论怎么想都找不出切实可行的解救方法。

作为解救的条件，嫌犯列出了以下五点要求：在电视上公开解救方法，营救者绝不能进入直升机内部，不得试图改变直升机的高度和位置，不得使用牵引等方法强制改变直升机的位置，不得让孩子带出直升机内部的东西。其中最为苛刻的条件就是不能改变直升机的高度和位置这一点。也就是说，无论采取何种营救方法，都必须在一千米以上的高空进行。

恐怕只能使用直升机进行营救吧，汤原想。既然被劫的直升机悬停在空中，那么营救者也必须悬停在空中。可是，究竟该如何接近呢？直升机带有巨大的旋翼。只要两架直升机的旋翼相碰，肯定就会同时坠毁。

“总之先跟自卫队商量一下再说吧。说不定他们会有好办法呢。”

“……是啊。”山下并未反驳，显然是把汤原的话理解成了安慰话。

“啊，看见了。就是那个吧。”驾驶警车的警官说道。

汤原打开左车窗，探出脸望向前方。只见突向大海一侧的山丘被削去了山脚，一幢要塞模样的灰色建筑就坐落在那里。最醒目的则是穹隆形屋顶的建筑和直插天空的高耸铁塔。

再往那建筑物的上空望去，仅仅两三小时之前还是他让深感自豪的研究成果大 B 正可怕地悬停在那儿。

警车沿着单行道直行。不久，前方出现了一处貌似新阳电站入口的隧道。路边停着数台单厢旅行车。一看聚集在周围的那些人就知道是媒体的车辆。

“看来电视台的人也不轻松啊。”副驾驶座上的警官自言自语道，“还得特意挤到这种危险的地方。”

“那不是因为人家有正义感吗？”开车的警官回应道。

警车在警卫室前面停了下来。一名瘦小的中年警卫点头哈腰地凑过来。电视台的人正从远处拍摄这台警车。这些家伙肯定不会想到直升机上孩子的父亲就在这儿吧，汤原想。如果知道，肯定早就像娱乐记者采访绯闻女明星那样冲上来了。

“我们带来了锦重工业的直升机技术人员。”副驾驶席上的警官打开窗户，对警卫说道。

“我们接到通知了。请往第二管理楼那边走。”

“第二管理楼？”

“穿过隧道后，请直接往右边绕行……”

警卫指路的时候，汤原无意间朝警卫室方向望去。只见窗户后面并坐着两名年轻女子，再后面是警卫。窗户前面站着一个身穿半袖衬衫的男子，大概是等着领取入场许可吧，正弯腰写着什么。

男子从女子那儿接过一件徽章般的东西，行过一礼，转向这边。汤原忽然一愣。竟是一张熟识的面孔。

“知道了。谢谢。”警官向警卫道了谢，正要关闭车窗。驾驶席上的警官挂上挡。

“抱歉，请稍等一下。”汤原对警官说道。

“怎么了？”副驾驶座上的警官问道。

“遇到一个我们公司的人。”说着汤原打开车门，一只脚跨到车外跟男子打招呼。“三岛。”

男子顿时愣了一下，似乎并未弄清声音是从哪儿传来的。左右张望了一下才发现正从警车后座探出身体的汤原。

“汤原啊……”男子慢慢凑过来，“那直升机原来就是你负责的啊。”

“并非我一个人，我是作为课题组代表来的。”

“是吗？那辛苦了。”

“那你呢？”

“接到科长的电话，说我们事业部若是一个人都不派过来，有点说不过去，就指派我来了。因为美花核电站的蒸汽发生器进行更换施工，我正好待在这边。”

“那你也很辛苦啊。”

“谁说不是。”

“那，那边见。”

“嗯。”

汤原重新坐进车里，关上车门。“抱歉。”他向警官道了声歉。

“是老相识吗？”副驾驶座上的警官询问起来。

“是我们公司核能部门的人。跟我同期入职的，研修的时候常待在一起。”

“这么说来，听说锦重工业跟新阳这边也有业务关系，是吧？”

“哎，因为我们不是负责过核反应堆容器和热交换器的制造嘛。只是由于部门不同，具体情况我也不很清楚。”

“说得不客气点，嫌犯就是想用锦重工业制造的直升机毁掉锦重工业制造的核反应堆啊。”驾驶席上的警官一面换挡一面说道。

警车驶入新阳隧道。等距离排列的橙色灯不断向后面飞逝。

“毕竟重工业机械厂很少啊。更不用说涉及飞机和核电站的，制造商撞车也是理所当然。”汤原说着自己的看法，“而且，我们的飞机事业本部跟他们的设备事业本部完全就像两个不同的公司，平常几乎就没有联系。”

“唔，是这样啊。”警官似乎并不关心。

汤原转过头，透过后窗朝后面望去。只见一辆帕杰罗保持二十米左右的车距跟在后面，似乎是三岛的车。

汤原第一次跟三岛见面是刚进公司不久的时候，算起来已经是十多年前的事了。新员工培训时，二人被分到同一个班，在大约一个月的时间里每天都碰面。虽然称不上特别亲密，可按顺序排，二人是邻桌，所以经常会谈论学生时代的事。

三岛毕业于京叶工科大学的机械工学系，是汤原曾报考的一所大学。虽然他并没有因为落榜就有了成见，但他还是经常会被三岛的言行刺激。尤其是他的思维方式有一种其他新员工所没有的敏锐，汤原多次为之震惊。

请列举一下企业的社会责任——这是入职第一周的培训课给汤原等人的课题。新员工分成几个小组就这个课题进行讨论，然后将最终结论写在模造纸上当众发表。在这次的分组中，汤原跟三岛被分进了同一组。

其他成员列举的意见大致有三个方面：生产并提供对人们的生活有用的东西；将利益返还给当地，为地方的发展做贡献；严格管理工厂的废液和产业垃圾，努力保护环境。

由于都是刚进公司不久还带着学生气的年轻人，能想到这种程度已经难能可贵了，可是最后一个发言的三岛的意见让汤原等其他成员深感意外。

“说到企业的社会责任，最终不就是赚钱吗？”他如此说道。

小组成员瞬间沉默下来，面面相觑。有人说道：“赚钱至上主义可不好。”

三岛诧异地盯着对方的脸。“我们不是在谈主义，而是责任。首先是赚钱。其他的不都是后话吗？”

对于这种主张，汤原等人一度进行了反驳。当时他正处于对“金钱至上”的观念抱有反感的时期，对公司这种东西可以说全然不懂。

可是，三岛把这些热情地宣扬幼稚意见的同事一个个全给打趴下了。“比如，如果我们公司的效益剧减，结果将会怎么样？”他说道，“数万员工的薪水由谁来支付？他们的太太和孩子由谁来养活？承包公司怎么办？因为受益减少了，县里的税收当然也会减少，连破损的道路都没钱修缮了。所谓企业的社会责任，我认为，首先是保证与企业相关的人们的生活。为此，必须多赚钱才行。为了提高人们的生活质量而生产或提供物质，不就是实现的手段吗？即使想把利益返还给当地，如果不好好赚钱、好好纳税，这一切最终还不都是扯淡？至于环境保护，也应当看成商业上的规则。”

如果借用一句老套话来说，简直就是茅塞顿开。对于汤原来说，这是他第一次接触到对企业的认识。其他同事似乎也同样，不久，就谁都无法反驳三岛了。

就这样，当众发表见解的时刻终于到了，其他小组的发言内容都跟汤原等人最初的想法大同小异。虽然有十多个小组，可能够断言“企业的社会责任就是追求利润”的小组却一个都没有。正因如此，当汤原等人最后提出自己的主张时，遭到了其他小组的猛烈炮轰。可是他们的意见完全就是汤原等人之前的意见，所以击退他们并不困难。发表会结束之后,培训负责人表扬汤原等人的小组是“唯一一个抓住了本质的发言”。汤原看看三岛，他微微一笑，朝汤原挤挤眼。那笑脸看上去居然那么和蔼可亲。

此后，汤原也曾数次在不同场合跟三岛碰过面。每次汤原都能从他身上发现与众不同的光彩，并且，总是受到这种光彩的激发。

只是——

汤原望着前方，有点纳闷。因为他刚才并未从久违的三岛身上感受到以前那样的光彩，这不免让他有点担心。

穿过新阳隧道后，右前方出现一座巨大的穹隆形建筑。建筑物的这边是综合管理楼和停车场，消防车和自卫队的卡车停了一大溜。警车并未开进那停车场，而是使劲往右一拐，爬上南面的斜坡。半山腰有一座二层的四方形建筑，警车在前面停了下来。建筑物的前面有指示牌——第二管理楼。

就在汤原等人下车的同时，两名身穿制服的警官从楼里走出来，跟驾车的警官交谈了几句后，对汤原等人说了声“这边请”。

对策本部设在二楼的一个看起来像会议室的房间里。发电站的职员和消防人员以及警察等都分成了几个小组，围着桌子讨论正酣。其中还有自卫队员的身影。汤原等人进去后，几乎没人注意他们。

引路的警官把汤原等人的事转达给正在窗边说话的一个年长的胖男人。看到汤原等人，胖男人边脱帽边走过来。

“我是站长中塚。让你们特意赶过来，真是辛苦了。”说着从白色工作服下面掏出名片。

汤原等人也递过名片，做了自我介绍，并就自己公司管理不善从而导致严重事态道歉。山下也为自己孩子所闯的祸致歉。

“谁都没有归咎于你们。如果偷不到直升机，那嫌犯顶多再想别的办法就是了。”中塚安慰般地说道。

“谢谢您的理解。”汤原点头致意。

“先不说这些了，先考虑如何平安解救孩子的事吧。或许您已经听说了，现在似乎已经能够跟您的孩子用无线电通话了。”

说完，中塚喊了声“八神先生”，然后朝窗边喊了起来。那儿正聚集着几名自卫队员。听他一喊，大家全都回过头来，其中个头最高的年长男人似乎就是八神。

中塚引荐了汤原等人。八神向他们射来锐利的目光。

“我是航空自卫队小松基地航空救援队队长八神。这下可帮了大忙。我们一直未掌握那飞机的具体结构。”

“是吧。”这恐怕是讽刺搭载在大B上的系统是“卡车的灯饰”吧，汤原这么想。但从八神的表情来看，他似乎并无此意。

“听说无线电接通了？”山下客气地问道。

“通了。请到这边来。”八神把山下领到窗边的桌前。桌上有通信装置，UHF和VHF各一台。年轻的队员戴着耳机坐在一旁正在监听。八神拿起UHF一边的话筒。“惠太，能听见吗？惠太。”

年轻队员切换了开关，一旁的扬声器里顿时传来地鸣般的轰鸣声，其中夹着一个少年脆弱的声音。“喂喂，听得见，听得见。”

“惠太——”山下的身体痉挛了。

“惠太，现在你的爸爸已经来了。我现在就把话筒给他，让你爸爸听听你有力的声音。”

八神把话筒递到山下面前。山下把话筒挪向半张的嘴，还未出声就先咽了一下唾液，这一点汤原也能看出。“惠太……我是爸爸。你听得见吗？”他的声音在发抖。

“爸爸！”惠太的声音从杂音和猛烈的震动声中清晰地传来，“听得见。爸爸，爸爸！”大概是听到了爸爸声音的缘故，惠太的声音变成了抽泣声。

“惠太，你要挺住。爸爸一定会救你。不要泄气。”

“爸爸，快点救我啊，我害怕，我害怕。”

“你再稍微忍一忍。现在有很多人正为救你而努力呢。在获救之前你一定要忍耐。绝不能认输，你听见了吗？”

“……嗯。”

“好，加油！”说完山下把话筒还给八神。

“说完了？”八神看看孩子的父亲。山下轻轻点点头。

八神指示年轻队员继续。于是队员又把监听器切换到耳机。

“没想到精神状态这么好，这样我们也放心了。肯定是个要强的孩子。”八神对山下说道。这话听起来并不像恭维或安慰，至少在汤原听来是这样。

“那就好。”山下掏出手绢。因为太阳穴附近正在冒汗。

“听惠太说，直升机的摇摆和振动似乎并不厉害。只是仍觉得不舒服。”

“这孩子一坐车就晕……”

“看来是。”

“呃，”一旁的汤原插进一句，“有没有问惠太直升机内部的样子？”

“详细情况还没问。只是，说货物室里放着个大木箱。”

“木箱？”

“你想到什么了？”

“没，没什么。货物室应该是空的啊。”

果然，八神点点头。“我想那大概就是嫌犯所说的爆炸物吧。说是有家用的洗衣机那么大。”

“里面没看吗？”

“好像是。我已经告诉惠太千万不能靠近。万一碰到起爆装置，那就坏了。”

这种东西究竟是怎么运进去的呢？汤原想。远程操纵直升机的装置也是相当大的物件啊，更不用说洗衣机大小的木箱——

“那么我们马上进入正题，我想先谈谈营救的方法。”

听八神这么一说，汤原和山下点点头。

会议室最里面有一块白板，前面坐着七名男子。八神简单做了介绍。除了自卫队员，消防人员也在座。

白板上乱七八糟地画着一些线和图，看来已经讨论过几种营救方法。虽然插图很杂乱，但汤原一眼就能看出他们讨论过哪些手段。因为这些全都是他来这儿的路上思考过的方法。

“这些图我想您一看就会明白，”八神指着白板说道，“很遗憾，我们并没能想出切实可行的方案。毕竟时间有限，也无法制造救助用的特殊装备。现在只能想办法用现有的东西。这一点让人很痛苦。”

“我理解。”

“只是，”八神朝山下瞥了一眼，“刚才参谋部那边已跟我们联系了，说如果跟惠太联系上了，也许还是有可能的。”

“什么意思？”汤原问了一句，其实他已经猜出了八神想说的话。

“大 B 上有卷扬机吧？”

“有。”果然是想用那个啊，汤原想。

卷扬机是一种主要用于救助的吊人装置，大 B 上有一台，安装在右舷乘员出入口的上面。如果用电动机卷起约五毫米粗八十米长的钢丝绳，甚至能够吊起约三百公斤重的东西。钢丝绳一头带钩，挂着一条名叫救生吊索的粗吊绳，能把人吊起来。

八神点点头，说：“我打算用那个。”

“要用卷扬机把惠太放下来吗？”山下瞪大眼睛问道，神情很紧张。

“啊，这恐怕不可能。因为嫌犯说了不能改变高度，而且，在一千米高空，我们无法把被吊着的惠太放下来。就算可以，让孩子一个人操作救生吊索也很困难。”

“……是吧。”山下低下了头。

“不过，”八神又说道，“操作卷扬机把救生吊索放下来，我想惠太大概还是能做到吧。就是起降之类。”

“也就是说，先派人抓住惠太放下来的救生吊索，再让惠太吊上去？”汤原问道。

“差不多是吧。”八神答道。

“这恐怕很难。”

“这个我知道。可除此之外别无办法。”八神语气平静，表情却很严肃。

“那如何接近救生吊索呢？”汤原问道。

“只能使用直升机了。”

“那倒也是，可一旦挨得太近，旋翼就会碰到钢丝绳啊。”

“是啊。就算再怎么努力靠近，顶多也就能到达三四十米开外的地方。”

“这样恐怕也很危险。”

“是吧。”

虽说是悬停状态，可大B并非完全静止。吊在上面的绳索肯定会剧烈摇摆。

“假如到达这样的距离，那接下去怎么办呢？”汤原问道。

“可考虑的方法倒是有一个。”八神先铺垫了一句，然后才讲述起方法。

汤原一面听一面盯着这位队长的脸，想确认他不是在开玩笑。

“神技啊。”汤原说出感想。

“可是，除此之外，没有办法。”

“就算有可能做到，嫌犯会答应吗？”山下质问道，“这样一来，营救者就会进入直升机。嫌犯可是不允许这么做的。”

“这个恐怕得跟嫌犯好好解释一下，告诉他我们并不会进入直升机，只是让救助者抓着救生吊索到达直升机入口而已。如果是这样，嫌犯大概也会理解。”八神答道。

“啊，如果只到入口，嫌犯恐怕也不会有意见。可这样还是救不了孩子啊，不是吗？”

“所以才让惠太——”八神再度看看山下，“只能让他靠自己的力量出来了。只有这一个办法。”

“怎么能这样……”山下布满血丝的眼睛转向八神。

这时，房间对面传来声音。“核电站可以停运了。”

汤原循声望去，只见那里放着一台十四英寸的电视，前面围着一群人。似乎有人调大了音量，播音员的声音清晰地传来。

“接下来我们将为大家现场直播北日本电力柏木核电站一号机组的停运情况。本次节目是应新阳胁迫事件的嫌犯要求进行的。再重复一遍。接下来我们将马上从控制室对北日本电力柏木核电站一号机组的停运进行现场直播。此次节目是应新阳胁迫事件的嫌犯要求进行的。”

接着，男播音员的面孔消失了，一个摆满仪器的房间取而代之。一名身穿藏蓝色套装的女记者进入画面。

“这里就是柏木核电站的中央控制室。”她表情僵硬地开口说道，“一号机组和二号机组的控制装置就在这里，由包括值班科长在内的十一名员工负责运营。按照计划，一号机组的核反应堆马上就要关停了。二号机组则要在一号机组停运后稍微观察一下情况再关停。”

画面随即切换，镜头十分接近控制盘。越过操作员的肩膀可以看到开关、显示灯和显示屏画面等。

这时，汤原只觉得周围流过一股奇怪的空气，没有人出声，可他感觉到其中一些人看到电视画面后似乎神情大变。他再次看看大家的脸，每个人似乎都很紧张，但他不清楚为什么。

“一号机组，紧急关停。”沉闷的声音从电视里传来。似乎是控制盘前面的操作员的声音。

只见操作员的手伸向右前方，那里的配电盘上有个红色的开关。开关上罩着一个透明塑料罩，大概是为避免误碰开关而设的。

操作员卸下塑料罩，抓住红色开关。随着“紧急关停”的声音，开关被扭向右边。

几乎同时，警报器急切地响起来。汤原探出身，还以为发生了事故。

仿佛早就猜透观众们的反应似的，那个女记者解释道：“现在警报响了，不过，据工作人员称，实施紧急停止操作的时候警报器必定会响的。这个无须担心。”

仿佛在印证她的话一样，不久，警报声消失了。画面上出现了正匆忙操作控制盘各个开关的操作员们的背影。有的还不时把脸转向一旁，跟同事交谈几句，然后继续操作。

“那是在干什么呢？”汤原自言自语道。

“是在冷却。”一旁传来一句回答。

汤原往旁边一看。原来三岛就站在一旁。“冷却？”

“平常都是逐渐降低输出功率的，这次由于突然插入了控制棒，很容易给各种仪器增加负担。为了达到快速冷却的效果，他们正在控制水流。”

“是这样啊。”

“不过，”三岛继续说道，“政府的人还真能下这决心啊。”

“为救孩子的性命，这也是没办法吧。”

三岛看看汤原，微微一笑，似乎别有意味。

“怎么了？”汤原问道。

“啊，没什么。”说着三岛把视线移回电视。

画面变成了一张图表的特写。这是什么啊，汤原正在狐疑，那名女记者又开始说明。

“这是监控功率情况的图表。纵轴表示输出功率，横轴则表示关闭开关的时间。正如大家看到的，功率在一秒内已降到了很低，两秒后就几乎接近零了。也就是说，一号机组的发电已经停止了。要想再达到额定功率必须要八小时以上的时间。”

画面再度切换，工作室里的主播出来了。

“呃，刚刚我们为大家直播了北日本电力柏木核电站一号机组的停运情形。至于其他核电站的情况，等准备完成之后，我们就会给大家现场直播。在这里，我们再次播报一下关于新阳事件的政府公告。政府已经做出决定，接受嫌犯的要求，在上午十一时三十分之前暂时关停国内所有核电站的核反应堆。因此，总发电量将会减少到平时的六七成左右。各企业就不用说了，在此也提醒每个公民，一定要彻底地节约用电。”

20

航空自卫队小松基地。

二等空曹上条孝正带着一种不祥的预感敲响救援队长室的门。

“谁？”低低的声音传来。

“上条。”他回答。

“哦，进来。”

“打扰了。”说着他打开门。

室内有三个男人。背窗而坐的是救援队副队长大场，站在他前面的两人则是一曹植草和三佐根上。八神队长不在的事上条也是知道的。正因如此，被叫来这里时他就产生了一种不祥的预感。

“新阳事件知道了吧？”大场询问起来。

“哎。看过电视了。”上条回答，确信了自己的预感。

大场点了一下头，淡淡地说道：“要救直升机上的孩子了。用我们的手。”

上条盯着大场板着的面孔，又打量了一下植草和根上，再次把目光转向大场。“是决定吗？”

“决定。刚刚接到的指示。”

“怎么营救？”

面对上条的询问，大场迅速岔开视线。另外两人则一直在沉默。

“那边的直升机一直是悬停状态吧？”

“是的。”

“上面有一个孩子？”

“是的。”

“那怎么……”上条摊开双手，“我是说怎么营救？我们连靠近都不可能，难道不是吗？”

大场用指尖捏起桌上的一张纸，递给他。是一份传真。“八神队长联系过了。这是参谋部提议的营救方法。建议用这个试试。”

“让我看一下。”上条接过传真，浏览起内容，不时抬头打量大场和其他两人。他怀疑自己被捉弄了，因为上面的内容实在太离谱了。“真打算这么做？”读完后他问大场，声音尖厉，“东京的那些家伙真打算要我们这么干？”

“很遗憾，这是真的。既然下命令了，我们就得执行。”

“荒唐！简直是疯了！”上条把手里的纸拍到桌上，“队长也真是的，这种提议居然也会接受。”

“我也是这么认为。”根上郁闷地说道，“可现实问题是，一个孩子现在被困在三千英尺的高空。我们也不能袖手旁观不是？据说政府为了获得解救条件，甚至做出了关停核电站这种令人难以置信的牺牲。这次的营救的确很荒唐，太离谱，可必须有人去做。”

“这种营救手段大概是作战司令部的家伙们想出来的吧。”大场戳着传真纸，“其实他们心里也知道是不可能救出来的，却没法说出来，于是绞尽脑汁想出这么一个馊主意。这样看来，想得倒真够深远的。最起码，就算出事了，牺牲者也很少。”上条再次抓起那份传真，又仔细地读了一遍。可怕而危险的感觉跟刚才毫无二致。可是除此之外他想不出任何办法。

看到他从传真上抬起脸，前辈植草拍了拍他的肩膀。“一旦成功就会成为大英雄哦。”

“这功劳干脆就让给植草大哥您吧。”

“喂喂，难道你想让我这个四十多的糟老头子在空中玩荡秋千？”尽管嘴上这么说，可这位以健硕的身体为傲的高级救援员似乎还是挺自信的。

因此，向来以这位老前辈为榜样的上条也产生一股跃跃欲试的冲动。

可是——

他再次看看写有营救方法的传真。植草说得一点没错，这完全就是空中荡秋千，而且是在三千英尺的高空——

21

爱知县知立市。

日本最大的汽车零部件制造商 H 公司的知立工厂里，生产线仍在热火朝天地运转着。这里主要生产起动机、交流发电机等电子零部件。

第一发电机生产线的组长是一个四十二岁的男子。他正严格地按照厂内的规程要求，头戴安全镜，脚穿安全鞋，巡视着生产线。这条线是按六秒一拍的节奏运转的，也就是说，每六秒钟就能生产出一台交流发电机。这种交流发电机是安装在汽车发动机室的，一辆车只安装一台。看到每六秒钟就生产一台发电机，作为组长的他还是不免有种奇怪的感觉。他经常在想，这么多的汽车用发电机究竟都消失到哪里去了呢？六秒钟一台，意味着月产十万台。而且发电机的生产线还不止这一处。

他在传动轴高频淬火装置前停下脚步。这是为发电机轴表面进行淬火的一道工序。即把铜线圈连到轴上，输入高频电流之后，轴的表面就会产生感应电流，由于电阻发热，表面温度瞬时就会达到数百度，再浇上冷却水，就完成了淬火。为了减小脆性，还得通过轻微加热的方式进行回火。

组长用锐利的眼神注视着眼前的情形。上周刚刚在金属组织里发现一点问题。尽管原因已查明，措施也改善了，可他还是有些不放心。他凝视着轴中央，关注其突然变红的瞬间。多年来一直待在这车间的他只要看看发红的情况，就能凭感觉判断温度是否已达到充分淬火的要求。

似乎并无问题，做出判断后，他继续往前走。卷线工序和焊接工序也都在有条不紊地进行。工作人员也都一如往常地在工作。对他来说，确保生产线平稳运行是最重要的工作。

可是，最终将会怎样呢？他想。

新阳事件他已经在休息时从电视上知道了，当时还觉得这事与自己并无直接关系。敦贺半岛那么远，就算发生事故，危害也不可能波及这里。并且，科学技术厅都说没问题，所以他认为没必要大惊小怪。他对核电几乎一无所知，新阳的名字也是今天第一次听到。不只是他，其他的组长和操作人员似乎也一样。尽管都很不安，可大家似乎都不觉得这事会跟自己扯上关系。

不过就在刚才，科长来了一趟，神色严肃地说道："情况不妙啊。都拜新阳事件所赐，今天恐怕没法工作了。"

"为什么？"他问道。虽然是部下，可他对科长几乎从不使用敬语。

"似乎已接受嫌犯的要求，要关停核电站了。这样一来，能停的生产线都得关停。"

"这么说，我们这儿也得关停？"

"我也没办法啊。毕竟起动机那边由于此前的麻烦，交货期已经大大延迟。相比而言，发电机这边恐怕还有些富余。"

"哪有什么富余……那关停之后我们怎么办？"

"那就先临时半休吧，只能先让你们回去了。"

"唔，是吗？"他隔着帽子挠挠头。

科长现在已经去部长那儿了。谣传全国的核电站已经陆续停止运行，所以肯定得采取一些对策吧。

关停生产线本身倒也没什么，问题是今天的任务该什么时候完成。若有加班补贴，当然再好不过了，可现在这么不景气，补贴之类肯定是不会有了。恐怕会在下周六前后上班，并各自以调休的方式来完成吧，因而补贴是不会有的。

看到科长又走过来，组长主动凑了上去。

“把生产线关停吧。”科长说道。

“果然是让我们牺牲？”

“不，听说起动机那边也得关停。”

“起动机也……”

“交付方的工厂今天也停业了。全都得停。”

“闹得这么大啊。”

“是啊，全日本都闹翻了。”

组长回头看看生产线，大声喊起来。“喂，停，停！”可能关停一事他早就跟各操作人员说过了，他们立刻麻利地按下停止键。气压回路的声音逐渐消失。

“这个也得关停。”说着，科长按下附近的一处开关。原来是冷气只能吹到员工脚下的冷气机。

冷气机一停，汗顿时渗了出来。

横滨，某商场。

一名正在秋季儿童服装专柜前挑选衣服的主妇并未立刻意识到空气质量的变化。女儿即将上小学一年级，她满脑子都是九月份将要举行的钢琴演奏会上该给女儿穿什么衣服一事。她喜欢时髦，更热衷于打扮女儿。所以，挑选女儿的衣服时，她从来都不理综合卖场，而是直接去专卖店。

“阿绫，再穿这件看看。太可爱了！”她拿起一件黄色和灰色花纹的连衣裙，招呼一旁的女儿。

“啊？怎么又转回来了？我已经累了。我们快回去吧。”

“为什么？这又不是刚才那家。你看，多么合适，太完美了！”

“可人家都热死了。”

“热？”听女儿这么说，她这才意识到。的确很热。她早就预料到商场冷气会很凉，所以总是带上一条围巾，可今天不知怎么回事，一点都不凉快，腋下都出汗了。

刚好年轻的女店员就在附近，她立刻问道："空调怎么不大管用啊。"

店员满脸意外地盯着她答道："是的，呃，因为已经暂停空调的运行了。"

"啊，为什么？"

"为什么？"

正当店员面露困惑的时候，广播响了起来。"再通知顾客朋友们一遍。受福井县新阳事件影响，今天，除部分卖场以外，暂停空调的运行。给顾客朋友们带来不便，我们深感抱歉，还望周知谅解。"

广播已经不是第一次播放，却一点都没有进入这名一直沉醉于购物的主妇耳朵。

广播结束之后，她问女店员："福井县发生什么事了？"

"我也不太清楚，好像有嫌犯威胁要毁掉核电站，政府就按照其要求，把各地的核电站全都停了。"

"呃，是这样啊。"可为什么商场的空调因此停了呢？尽管她仍很纳闷，却未多问。怪不得今天的顾客这么少呢，她终于解开了刚才就产生的疑问。

不过，毁掉核电站是怎么回事呢？

此前她从来没有思考过核电站究竟为何物，仅仅是对其怀有一点厌恶而已。但她从未觉得这会跟自己扯上关系，一直很安心。她还庆幸神奈川县没有核电站。她根本就不知道，全国的沸水反应堆发电站的燃料都是在横须贺市久里滨的工厂生产，并由在先导车和警车护卫下的载重车深夜偷偷运出，而且，新阳所使用的钚燃料的运输车经过川崎和横滨。运输车经过市区时，一旦遭遇阪神大地震那样的情况，很容易导致燃料容器破损，甚至可能发展成地震灾害和放射性灾害同时发生的复合灾害。可这样的知识她也不具备。至于神奈川县的十个市镇村制订的放射能防灾对策之类，更远超她的想象。

“喂，妈妈，回去吧。”女儿抱怨起来。

主妇打量一下四周。“好容易来一趟，再忍一会儿。啊，对了，到那边的冷饮室吃点冰激凌吧。”

她一面用手扇着风，一面拉着女儿的手，走进角落的一个水果冷饮室。

可是，这儿同样沉淀着温热的空气。

东京都练马区。

一名男子从池袋乘上一列西武线的普快列车。他打量了一下车厢内，不禁有些失望。因为几乎所有的座位都被孩子和年轻人占了。他们的目的地似乎是丰岛园，看来是冲着那儿的游泳池去的。

电车的空调同样关停了。关停的通知早就被贴在了检票口，他早已有了心理准备。尽管如此，踏进车厢时感觉不到往日的清凉，无疑加剧了他的疲劳感。

还有一些空座，可如果坐在那里，自然会被卷进孩子们尖厉的对话风暴。所以，他最终还是决定站在门边。

他现在需要去一趟航空公园。那儿新建小区的售楼处就是他现在上班的地方。他今早乘坐第一趟车赶到千叶，从购房客户那里取来了必要的文件。

发现情况不对是在东京乘坐山手线的时候。大概在自动售货机上买的乌龙茶也起了些作用吧，当时他就已经挥汗如雨了。他想，就让这些汗在电车里晾干吧。可是电车里没有开空调，连风扇都不转。同样期待着空调的乘客们一齐抱怨起来。车内广播随之响了起来，仿佛听到了他们的声音似的。内容就是由于受新阳事件影响关停了空调，请各车厢打开车窗。

从东京到池袋的二十多分钟，他一直就是汗流浃背地站过来的。从池袋换乘的西武线也是这种情形。他抱着西装上衣，手心都出汗了。孩子们和年轻人仍十分欢腾，即使在这种时候，他们也绝不会让嘴巴闲下来。

到达练马站，年轻人们终于下车了。站台对面停着发往丰岛园的电车，车厢已经快满员了。他在空座上坐下来。下半身被汗水打湿了，很不舒服。他松了松领带，用手绢擦擦脖子。

看来核电还是很必要的。

接着，他在心里反复诅咒新阳事件的嫌犯。

22

爱知县警特侦组的高坂跟部下野村一起站在第三机库后面。除他们之外，还有昨天维护大 B 的机械师宫本。

“好像就在这一带。”年轻的宫本指着后门，略显紧张地说道。

“您刚才说是放在台车上的，对吧？”

“是的。”

“那么是从什么时候起放到这儿的呢？”

“呃，记不清了，前天傍晚我离开这儿的时候似乎就已经放着了。”

“前天傍晚？”说着，野村跟高坂交换了下眼神。

“那有没有其他人看见呢？”高坂自言自语般地问道。

“其他机械师也都说记不清了。”野村答道。

“这一带平常总是堆些货物，所以也就没留意。我也是偶然记得。”

听了野村和宫本的回答，高坂紧闭嘴唇点了点头，然后盯着宫本刚才所指的地方。

根据福井县警的通报，现在已经基本判明，直升机上的爆炸物就装在木箱里。当这个信息通报给锦重工业的相关人员时，机械师宫本这才说出曾看到那个木箱的事。

“那木箱上写着什么吗？”高坂问宫本。

宫本低头思考了一下。“当时是怎么回事来着，大概写了吧，不记得了。”

“那么木箱有什么特征？”

“特征？”宫本皱着眉忍着痛苦一般地回忆起来，接着不自信地说道，“我也说不清，好像贴着发票之类的东西。”

“发票？”

“哎，差不多这么大的纸片。”宫本用拇指和食指比画了一个长约十厘米的长方形，“看着有点像购物发票。不过，说不定只是平常的纸。”

“唔，发票啊。”高坂跟野村对视了一下，有点纳闷。

当他返回福利中心二楼的现场指挥本部时，刑事部长木谷已脱掉西服上衣，挽起衬衫的袖子，连领带都松开了，正用手头的笔记本往脸上扇风。现在待在这里的只有木谷和搜查一科科长吉冈，吉冈的样子和木谷一样。

高坂苦笑一下。“从外面走进楼里的时候，感觉不凉快总会有些失望吧。”

“是啊。又偏偏摊上这种天，一点风都没有。”木谷望着窗户，郁闷地说道，“可是又不能只在这儿开空调。”

从接受嫌犯的要求关停全国核电站的时候起，锦重工业也一直在公司内反复广播，要求今天不要浪费不必要的电力。没有特殊情况，一切重电设备都不能运行，复印机和自动售货机等也只有使用时方可打开电源。当然，空调也得主动关了。

事实上，锦重工业的飞机事业本部长也曾提议唯有警察等相关人员使用的福利中心二楼可以开放空调。但木谷拒绝了。

“木箱的事情调查过了？”

“调查过了。”高坂把详细情况报告了一下，对刑事部长说道，“我认为，嫌犯肯定是与锦重工业有关的人。因为那木箱在昨夜潜入的时候是没法带进去的，所以很可能是事前放到机库后面。跟锦重工业无关的人不可能做到这些。”

“有可能。”木谷点点头，然后向一旁刚打完电话的吉冈问道，“对锦重工业员工的调查进展如何？”

“与项目有关的人员几乎全都上班了。对他们的调查基本结束了。”

“结果怎么样？”

“除去若干名，几乎所有人都确认了不在现场。剩下的人差不多也都能以某种形式证明清白。”

“喂，真的？”刑事部长怀疑地皱起眉，“那可是从昨天深夜到黎明的不在场摸排。如果是平常人，不正是在自己家睡觉的时候吗？”

“若是平常人当然是这样，可我们现在调查的是大B科研团队的相关人员。大部分今天早晨都上班了，都集中到了技术大楼。当然，他们是不可能实施犯罪的。”

“这样啊。”

“所以，我现在正想把范围再扩大一点呢。”

“啊，科长，我也觉得锦重工业的相关人员很可疑，不过单纯将怀疑对象设定为员工是不是有点冒险呢？”高坂说道。

“哦，为什么？”问话的不是吉冈，而是木谷。

“我觉得，那木箱两天前就放在那儿，这一点很有问题。若是内部的人，实施犯罪之前恐怕会一直将其藏在其他地方吧。因为万一里面的东西被人看到，计划就泡汤了。”

“那倒有可能。”吉冈咕哝着表示赞同，然后对木谷说，“我刚才也查看了一下飞机库周边，区区一个箱子，应该是哪儿都藏得下。但嫌犯并未这么做，而是从两天前就放在飞机库后面，或许有情非得已的苦衷。”

“唔。”木谷抱着胳膊思考了一下，反复打量吉冈和高坂，“这么说，也有外部人员作案的可能性？可外部的人盗取那直升机是不可能的吧。”

“所以，”高坂舔舔嘴唇继续说道，“肯定是与项目相关的人员，但不是锦重工业的人。”

“喂，高坂，你的意思是……”吉冈压低了声音，“防卫厅的人？”

“我想，这种可能性也应该予以考虑。”

吉冈呻吟一声，抱起胳膊。

“慢，不可妄下结论。”木谷一面劝解二人，一面用指尖弹桌子，“总之，我们都是外行，很容易武断地认为既然是那么难做的手脚，嫌犯就肯定是内部的人，但说不定别的地方还有盲点。当前就先听听专家的意见吧。”

“那我把笠松叫来。”说着，高坂走出房间。

“您是说，有外部人员夺走大B的可能性？”锦重工业技术本部长笠松在折叠椅上正襟危坐。他双手搭在膝盖上，挺着腰板，双肘左右张开。因为眼前坐的是县警本部的刑事部长和搜查一科科长，多少有点紧张也是正常的。

“是的。有没有这种可能性呢？”唯一站着的高坂问道。

“这可是道难题。”笠松半边脸上浮起生硬的苦笑，“就我而言，当然不希望嫌犯就在相关人员当中，可说实话，我并不认为外面的人能玩出这种把戏。”

“汤原先生等人也持相同意见。”

笠松点点头，似乎对高坂的话表示赞同。

“可是，您能不能再仔细想一下。哪怕是微乎其微的可能性也不能放过。”

“我明白您的意思。”笠松歪着头，闭上眼睛，“了解飞行控制的人，比如在大学从事研究的人或者其他公司的直升机技术人员，如果设法拿到运用到大B上的飞行系统的详细内容，倒是也有可能做到。”

“那内容在哪儿？”

“就放在专用的工作站里。”

“也就是计算机里？”

“是的。”

“这么说，如果能够从那里弄到直升机的信息，外面的人也有可能实施犯罪了？”

“差不多吧，可现实问题是，外面的人不可能弄到信息。要使用工作站，必须有极少数人才有的ID号码和固定密码，并且，外面的人恐怕连终端机都无法接近。因为我们公司对外部人员的出入检查非常严格。”

“可昨夜还不是让人轻而易举就潜入进去了？”吉冈揶揄道。

笠松略显不快地回答道：“有人会潜入机库的情况，公司方面似乎也没有考虑到。”

“那么，外部人员在哪儿接受检查呢？”

“基本上都是在正门处由门卫来检查。”

“出入人员全都检查吗？这里可有几千员工。”

高坂的质问让笠松尴尬地眨起眼睛。“说实话，如果是上班时间，几乎都是免检通过。正如您所说的，因为员工是一齐通过大门的，从物理角度来说一一检查也不现实。如果是上班以外的时段，门卫就会叫住进来的人。”

“那也就是说，如果选在上班时间，任何人都可以轻松闯入了？”

“我想大院内还是能进去的。所以，”笠松看了吉冈一眼，“潜入机库也不难。”

“也就是说，直升机被盗的事你们做梦都没想到？”

“您说得没错。”听了吉冈的问题，笠松一本正经地答道。

“刚才谈到的工作站在哪里？”高坂问道。

“在技术大楼。不过，要想进入那里，公司外的人应该是很难的。”

“为什么？”

“比如说，入口设有门禁系统，不插入ID卡不会打开。就是这个。”笠松从西装的内兜里掏出钱包，把里面的卡递给高坂。

卡是塑料的，正面印着笠松的照片，名字是用大写字母刻印的，背面则有茶色的磁条。

“也就是说，所有员工每天早晨都是这样进入技术大楼的？”高坂一面把卡拿给木谷看一面问道。

“是的。通过这种方式，打卡时刻也同时被记录在了主电脑中。”

“也兼做考勤卡？”

“是的。”

“这么说，公司外的人绝不可能进入技术大楼喽？”吉冈把卡捏在左手里，问道。

“不，也并非完全不可能。只要履行一下必要手续，还是可以进去的。”

“什么手续？”高坂问道。

“如果是公司外的人，首先要在正门领取会客表，会客表上面写明要见的人的姓名等。然后将其交给技术大楼入口的管理室，管理室的值班员就会电话联系对方。确认有会面约定后，值班员就会交给访客一张卡。访客就使用这个卡入场，出来时再还给管理室。”

“会客记录会保留吗？”

“来访者借用卡时会在管理室的出入管理表上签名，所以应该留有记录。”

“这规定执行得严格吗？”

“应该很严格。为了这个，还专门在窗口安排了值班员。”

“那就是说，除此之外，外面的人就没有方法进入了？”高坂说道。

“对公司外的人是这样的，可如果是其他事业本部的人，手续会稍微简单一些。”

“其他事业本部……你是说，锦重工业的其他事业本部？”

“是的。”

“那些人没有 ID 卡吗？”

“不，卡是有的，不过，用那些卡无法通过飞机事业本部的门禁。毕竟我们事业本部也属于防卫厅的管辖范围，比其他地方更严。”

“这么说，还是得在管理室借卡了？”

“是这样的。如果向管理室出示自己的卡，再在出入管理表上登记姓名，就能借到入场卡了。”

“也就是说，那个出入者管理表上登记了进入技术大楼的外部人员和其他事业本部员工的姓名，对吧？”

“是的。”笠松点点头。

高坂看看木谷和吉冈，似乎在询问有没有补充问题。总之高坂自己已得到所需的信息。

刑事部长跟搜查一科科长对视了一下，点点头。高坂见状对笠松说道：“非常感谢。可以了。”

确认笠松已离开房间后，高坂朝上司们扭过头来。“那就先查查最近三个月的进入者吧。”

“赶快！”木谷说道。

23

汤原跟山下等人一起坐在电视前。屏幕上不断滚动播出同样的画面，都是从控制室直播的各地核电站关停的情形。尽管画面绝不会相同，但发电站的控制室看上去都差不多，所以给人一种反复播放同一场景的感觉。

“到现在，已经有多少座核电站关停了？”山下小声问道。

“刚才不是说了吗，好像正好四十座。剩下的只有三座了吧。”

“停了那么多了啊？”山下把视线重新移回画面。

现在，包括在建的，日本共有五十三座商用核电站。不过，由于有定期检查，并非全部都在运转。据说今天有四十三座在运营。因为夏季经常会出现电量不足的情况，定期检查一般都会尽量避开这个时期，尽管如此，也并非所有核电站都在运转。

“没有发生因电力不足而导致的纠纷吧？”山下担心地说道。他一直觉得是自己的儿子造成这种事态，所以最害怕哪里会出事。

“如果有大的纠纷，电视里会播放突发新闻的。不就是今天一天嘛，只要企业关闭几成生产线，老百姓忍耐一会儿暑热，事情不就解决了？”

“若是这样就好了，可我还是很担心电脑的联机系统会受到影响。”

“这些事情，国家肯定早就考虑好了。”这时，汤原发现该发电站的综合技术主任小寺就站在自己身边，就试着问他：“小寺先生怎么看？”

“联机系统会怎么样？”冷不丁被问到，小寺似乎有点慌乱。

“不只这些，一旦突然停电，受影响的方面肯定很多吧。”

“是啊。虽然不能一概而论，”似乎是在大脑中整理思路，小寺略微沉吟一下说道，“但很多电力公司都是按某种优先顺序给供电对象供电的。一旦出现供电不足，他们会确保重要的地方，而给那些无关紧要的地方停电。所以联机系统集中的地方肯定会优先获得保障。”

“啊，是这样啊。”

“当然，这种优先顺序是绝密的。”

汤原点点头。大概是这样的吧。大家都是一样交电费，如果自己的地方受到轻视，任谁都不会高兴。“这么说，倒是乡下停电的可能性更高了？”

汤原的提问让小寺略微沉思起来。“那个……呃，我想大概不会是这样吧。”

“为什么？是不用担心电力不足吗？”

“啊不，这一点还不清楚。呃，抱歉。”说完，小寺有事似的匆匆离开了房间。

汤原目送着小寺离去，隐约感到不对劲。关停全国所有的核电站，这对核电站的相关人员来说应该是一件天塌下来的大事，可这里的职员似乎谁都不愿意提起这话题。当然，这边还得应对直升机坠落的问题，恐怕是根本顾不上这些吧。

“马上到时间了。”山下在一旁看着表说道。汤原把目光重新移回电视。

他们一直守在电视前，并不是为了观看核电站关停的情形，而是为了等待不久就要播出的警察厅长官的记者招待会。

播完九州又一座核电站被关停后，画面切换过来，出现一名男播音员的特写。

“刚刚我们为大家播报了九州不知火核电站一号机组关停的情形，

接下来马上就是由警察厅长官芦田举行的有关山下惠太营救方案的新闻发布会，下面我们就把画面切换到发布会现场。这次的发布会是应新阳事件的嫌犯要求举行的。”

画面切换过来。面对林立的话筒，警察厅长官芦田略显紧张。他拿着一张纸，正在就上面的内容询问一旁的男子。一片嘈杂声中，闪光灯不时闪烁。在展示这冗长乏味的场景的同时，却没有电视台的人跟随拍摄，这也证实了眼前一幕并非虚构的戏剧。

不久，芦田长官转向正面。他用左手掩了一下嘴，咳嗽了一声。

“告新阳事件的嫌犯，”稍微调整姿态后，芦田读起手头的文稿，“政府接受你们的要求，决定关停全国的核电站。大约二十分钟后，所有的核反应堆都将停止。因此希望你们也遵守约定。至于解救山下惠太的手段，我们想采取以下方法。在营救过程中，请切勿移动 CH-5XJ。因为一旦让飞机移动，不仅是山下惠太，恐怕连数名营救队员的性命也将不保。另外，此次营救行动将在关停北海道的北斗核电站二号机组后进行。”

接着，一张绘有营救方法的插图被放到芦田一旁。一名航空自卫队的宣传官员看着插图解说起来。内容当然已经得到汤原等人的认可。宣传官轻描淡写地解说着，但在深知直升机是何等危险的交通工具的汤原听来，仿佛一个虚构的故事。不过他并未反对，因为他也深知除此之外别无他法。

一旁的山下身体在轻微地晃动。看上去像在晃腿，其实是盯着电视画面发抖，嘴唇发青。

“不用担心。”汤原拍拍这名后辈的肩膀，“我听说空中自卫队的救援队是一支很专业的团队，你要相信他们的能力。”

“哎，我知道。”山下连声音都在发抖，“问题是嫌犯又会如何答复啊。”

“这一点大概也不会有问题。因为既没改变直升机的高度，救援队员也不会进入直升机。嫌犯提出的条件全都得到了满足。”

“哎，那倒是。”

救援队长八神打完电话后回来了。“救援队的准备基本上已经完毕。

随时都可以出动。”

“那么都是什么人参与营救行动？”山下问道。

“飞行员和营救员都是得力干将。这个请放心。”

“那就拜托了。”山下深深地鞠躬致意。

八神离去后，消防队长佐久间立刻凑了过来。“有件事想问您一下。”

“什么？”汤原应道。

佐久间稍显顾虑地看了山下一眼，说道：“那直升机现在还剩下大约多少燃料？”

“燃料？这个嘛，一算就知道，怎么？”

“那个……”佐久间含糊起来。

这时，一个声音从稍远处传来：“为应对坠落，我们正在考虑灭火的办法。”

说话的是三岛。他混在发电站的员工中间，正跟消防队员们商量着什么。其实这点汤原也想到了。

“坠落？你……”说话间，他明显感到一旁的山下身体已僵硬。

三岛用冷静透彻的语气继续说道：“谁也不敢说营救行动会百分百成功吧？我们当然得提前考虑万一坠落的应对措施，是不是？”

“三岛，难道你非得把话说得这么直白不可吗？”中塚责备他。

“不，站长，在这种情况下，我们不能感情用事。而且，在这次事件中，山下自己原本就负有一定的责任。让孩子随意闯进机库，而且还闯进了就要交货的贵重的直升机，这分明就是父母管教不严的证据。”

“喂！”汤原从椅子上站了起来。

山下一把拉住了他。“算了，汤原，他说得没错。我真的觉得很抱歉。一切都是我的责任。”他抬头看向佐久间。“想知道燃料的剩余量是吧？我马上计算。”接着，他用手头的笔记本计算起来。

汤原仍睨视着三岛。所有人都低着头，整个房间陷入了尴尬的沉默。只有那架大型直升机的引擎声从窗外传来。

三岛开口说道：“有关蒸汽发生器的冲击强度的数据，应该在我们公司的研究室里。我去安排一下，让人用传真发过来。”说完，他大步穿过房间，朝走廊走去。

汤原长叹一口气，对背对着他的山下说道：“你不用介意。”

山下微微点点头。

“他啊，大概是觉得跟你们一样都是锦重工业的人，所以说话才会那么不留情面吧。”中塚用安慰的语气说道，“毕竟是责任心强的人啊。”

“也许吧。”汤原望着三岛离去的门喃喃道，“那家伙大概没孩子。若是有，恐怕就不会用那种措辞了。”

这时，中塚却说出一件令人意外的事。“不，他有孩子。准确地说是有过。”

“哎？”汤原一惊，回头看看站长的脸，“什么意思？”

“去世了。是多久以前来着？”说着，中塚看看一旁的小寺。

“那不是两年前嘛。”小寺答道。

“已经那么久了啊。”中塚朝汤原转过脸，“好像是死于一场事故。”

“哦？”

三岛眼中那黯淡的目光——十年前是绝不可能有的——恐怕就是因为这个吧，汤原想。

放下公用电话的话筒后，三岛透过窗户望着外面。消防和自卫队的车辆已经慌乱地移动起来。他们肯定已冷静地做出判断，认为营救行动未必能成功吧。

刚才太不成体统了，他想起自己刚才的言行，讨厌起自己来。他也意识到，刚才对那个姓山下的直升机技术人员说的话太刺耳了。

计划被打乱让他备感焦虑，这是事实。可让他下意识地变得歇斯底里的真正原因，完全是山下的身影让他想起两年前的自己。

那也是一个炎炎夏日，三岛回忆着，是六月末，从梅雨缝里捡到的一个难得的大晴天。三岛连那天是星期四都记得，因为噩耗传来时他正在参加一周的例会。

打电话的是茨城县警交通科的人。一位年长的警官用低沉的声音告诉三岛一个最残酷的消息。

智弘在道口被轧死了。

一阵眩晕袭来，他拿着话筒蹲在了地上，连一旁注视着他的同事扶他起来都没有意识到。

三岛从喉咙里挤出几个字："医院……在哪儿？"

交通科的警官没有立即回答，而是稍稍沉默了一会儿，说道："您儿子的遗体现在仍在回收。"

回收——听到这个词，三岛的大脑里顿时浮现出清晰的一幕。智弘那幼小的身体被铁块猛撞后，像被碾碎的苹果一样四散飞溅的情形。他像野兽一样咆哮起来。

那道口就在智弘就读的小学和家之间的中点。道口很小，差不多只容得下一台卡车通过，旁边没有住户，周围全是树林，所以从大街上是看不到的。

学校并未认可这条路为上学的路。智弘早上都是和大家一起去上学，从没走过这条路。由于稍微近一些，放学的时候也有不少孩子走这条路回家。智弘大概也是其中一个吧。

这条路未被当作正式上学路主要是因为即使道口栏杆放下来，也不断有孩子从下面钻过去。因此校方也不时派人在这道口看守，检查放学时有没有人通过。

可智弘死的那天并无人看守。当时也没有人在场。所以他究竟是如何被电车轧死的，也没有人清楚。

只有一点很清楚，即尽管道口栏杆已经放下，可智弘还是闯入了道口。警报器和道口栏杆并未出现故障。

警方的推测是，他没有注意到电车接近，像其他孩子平时那样钻过道口栏杆，结果被轧死了。

三岛和妻子秋代对这种意见都没有异议。因为除此之外他也想不出儿子闯入道口的理由。

在这种情况下，三岛也像这世上的其他男人一样责备起妻子。理由是自己忙于工作，无法照顾到孩子生活的方方面面，监督孩子上学时是否走学校规定的路线是一个母亲的责任。其实，他当时只是想找个人发发火，这一点他现在十分清楚。

因儿子惨死而陷于半疯癫状态的秋代在头七夜里就企图自杀，用智弘一直使用的裁纸刀割了腕。所幸三岛立刻就发现了，并未酿成大祸，可夫妻间的鸿沟再也无法弥合。秋代不久就回了娘家，再也没有回来。大约三个月后，二人就正式离婚了。

每当回首那段往事，三岛都会想，当时的自己是多么愚蠢——

智弘的死蕴含许多启示。自己非但没有意识到，反倒错误地把责任全都推到秋代身上。其实夫妻俩真应该共同思考儿子之死意味着什么。

三岛的视线移向空中。巨大的机身正从高空俯瞰下方。

当然，这种做法根本就不可能是正确的——他想。

一张传真发到了新阳发电站站长中塚的手中，一眼就知道是嫌犯发来的。内容如下：

我们已经看了有关营救的发布会。

似乎已满足我们开出的条件，所以我们同意营救方案。

只不过，一旦你们在营救过程中有故意违约行为，我们即刻就会让直升机坠毁。届时我们将不会事先警告。一旦飞机坠毁，即可将原因归咎于此。

我们向参与营救者的勇气致敬，同时也祈祷他们好运，祈祷他们一定不会做出背叛我们的行为。

天空之蜂

24

田边佳之的老家面对着一条平缓的坡道。坡那边是高速公路的围墙。车辆行驶的声音现在仍不绝于耳。

根据刑警关根的资料，田边佳之原本是核电站工人，一年半以前死于白血病。据说其家人已就此向法院提起了诉讼。

古旧的木质二层楼正房一旁是养猪场。白铁皮屋顶下面有一个混凝土池子，十米见方。围墙很高，看不到猪的影子，但一靠近就有一股刺鼻的臭味袭来。年轻的关根皱起眉，捏住鼻子。

室伏敲敲大门，连喊了两次，很久都没有回应。大概这儿的人也都避难去了吧，他想。算上这儿，已经走访五家了，其中有两家没有人。虽说出门的主人有可能是嫌犯，但现在这个时候也无可奈何。他只能往信箱里放张纸条然后离开。

看来这家也只能如法炮制了，想到这里，室伏后退两三步，打量起房子周围。这时，院子里传来有人走近的动静。一名身穿藏青色汗衫、头戴草帽的女子微微弓着腰走出来。室伏猜测其年龄在五十五岁至六十岁之间。

"什么事？"她问道，眼中露出警惕。

"这里是田边家吧？"室伏说道。

“是倒是。”

“您就是田边泰子？”

“哎。”

“太好了。”室伏走近泰子，从裤兜里掏出钱包，抽出一张名片递过去，“我们是警察。”

她并未接过名片，而是凝视着两名刑警，身体分明很僵硬。“是为那个事件吗？”

“是的，是为了那个事件。”室伏微微一笑，想表示自己来这里并无深意。

可是田边泰子的反应却不像他预期的。她表情愈发僵硬，生硬地摇摇头。“我们家跟那个事件毫无关系。虽然不清楚你们这次来出于什么目的，但我没什么好说的。”她把手巾紧紧攥在胸前，手微微颤抖。

室伏收起笑容，在脸前摆摆手。“不不，不是说跟你们家有关系。我们只是来走访一下。怎么说呢？就是到反核电或者说从事类似活动的人家里走访一下而已。”

“反核电？我们家可做不了这么难的事情。”

“哎，哎。这一点我们也很清楚，只是，毕竟跟核电也不是没有关系吧？为了儿子，您也一直参加签名运动，对吧？”

“那也是为了让厂方承认工伤。”

“算了，先不谈这个了。我们也不浪费您的时间，站着说就行。您就稍微跟我们说几句吧。毕竟我们现在也没有时间细谈。我想您也知道，离直升机掉到新阳上已经没有多少时间了。在此之前我们必须设法抓到嫌犯。”

泰子的脸上现出迷惘的神色，大概是觉得如果再不配合一下就说不过去吧。她小声说道：“反正大家都说在嫌犯被抓获之前，直升机肯定会掉下来的。”

“也许是吧，但我们总不能袖手旁观。我们还是想尽最大的努力。因为这是我们的义务。”室伏声音里洋溢着热情。

泰子低头沉思起来。

这时，一旁传来一个声音。“不就是谈谈吗，那就告诉他们吧。省得以后留下遗憾。”

室伏抬头一看，只见一名四十岁左右的黝黑男人从养猪场一旁走过来，似乎一直在听他们的对话。

“您是……”

“佳之的哥哥，我叫一雄。既然发生了那个事件，我就一直隐约觉得警察会来。请进吧。”

“打扰了。”室伏欠身致意。

两名刑警被领进一间能看见院子的客厅。明明是和室，里面却放着藤制的成套待客家具。泰子端来麦茶，放到玻璃茶几上。

“谢谢。”说着，室伏立刻就伸出手来，一口就喝掉了大半。尽管走访途中已经喝了三罐乌龙茶，可嗓子眼还是干得冒烟。关根看来也差不多，一口气几乎喝干。

“如果开空调倒是会凉快一些。”挨着一雄在室伏他们对面坐下来的泰子抬头望着墙上的空调说道。

室伏想起来这儿的途中与一辆呼吁节电的宣传车擦肩而过。宣传内容是今天一天内请尽量控制不必要的用电。

“没办法啊。不过，偶尔体验一下没有空调的生活倒也不错。”室伏摇着自带的扇子说道。

“一点没错。日本人太奢侈了。夏天本来就是热的，如果这么想，就更能节电了。”一雄热情地说道，又小声加了一句，“当然，我们也并不是在偏袒嫌犯。”

“不，您说得没错。”

尽管宣传车走街串巷地宣传，可室伏看到有若干户人家的空调室外机仍在运转。他们不可能不知道这个事件，肯定是觉得就算自己使用一点也无关紧要。那些人家无一例外拉着窗帘，看不到里面到底住着什么人。

室伏若无其事地环顾室内。房间的一角有一个小收纳箱，上面的相框映入眼帘。虽然离得较远看不太清楚，但大致可以看出照片上是个青年。肯定是泰子的儿子，室伏想。

“呃，您丈夫呢？”关根用手绢擦拭完脖子，向泰子问道。

“去年故去了。”

“啊，是这样啊。请恕我冒昧……”

“病故的？”室伏问道。

“算是吧……是脑溢血。”泰子流露出略显犹豫的表情，抬起脸继续说道，“医生说，也许是因为过度劳累和紧张……”

“啊，是这样啊。”室伏张着嘴点点头。她说的似乎是法院所判的疲劳过度一事。

“佳之的事情不了了之，我想老爷子肯定也很遗憾。当然，尽管是在昏迷中咽气的……”一雄伸手拿起盛着麦茶的杯子。

“所以，呃，”室伏缓缓地掏出笔记本，向一雄问了起来，“还是说说佳之先生的事吧。听说您搞了个签名运动？”

“是的。是前年的十一月。佳之被诊断为骨髓性白血病后，我们就立刻向工作单位提出了工伤保险赔偿，可对方总找理由回避。后来佳之死了。公司只出了可怜的一点小钱。这怎么能行，于是我们去年六月向劳动基准监督署提出工伤鉴定申请，可丝毫不见进展。我们一气之下就开始了运动。”

“参加运动的都有哪些人？”

“最初只有我父母、我和内人，共四个人。后来又得到了亲戚朋友的支持，在此过程中，我们跟从事着同样运动的人们结识，又得到了帝都大学吉仓老师的支援。”

帝都大学理学部的副教授吉仓从事放射性辐射研究，在反核电运动界是无人不晓。现在，警视厅的刑警应该也正对他进行走访调查。

“另外还得到了哪些人的支持呢？”

“自治劳联的冈林委员长等。冈林先生不仅指导我们的签名运动，还成立了县民会，向劳动基准局、科学技术厅和劳动省等提出了早期鉴定的请愿书。”

关根在室伏旁边做着笔记。冈林的名字，室伏等人今天已经数次耳闻了。

“签名的人大约有多少？”

“八万多点。”

“数目不小啊。签名记录有吧？”

听了室伏的提问，一雄瞬间睁大了眼睛，然后神情略显僵硬地摇摇头。“记录倒是有，只是现在并不在手头。就算在手头，也不能给你们看。”

“啊，这个我们也很理解。”室伏露出苦笑，“我们只是大致问问而已。毕竟还要向总部报告。”

现在就算给我们看了，恐怕也无能为力——这是他内心的声音。

“警官先生，”一雄用格外郑重的语气说道，“我想您想问的恐怕是参加签名运动的人当中有没有可能是嫌犯的人选。我说得没错吧？”

室伏挠挠头，一副被看穿了的模样。实际上，他早就在等对方这种话了。“坦率地说，是这么回事。怎么，您有什么线索吗？”

“没有。”一雄当即否定，“帮助我们的全都是理性解决问题的人，没有一个企图用暴力方式来解决问题。不可能有的。”

“您这种心情我非常理解。我也不是认准了嫌犯就在这些签名者中间。只是，参加这种运动的人，肯定会认识很多核电相关者或反核电运动者吧，所以才想问问其中有没有可能跟这次事件有牵扯的人。没有也没关系。总之，我的意思是，您如果想起什么事或传闻之类，就请告诉我们。”

“您的意思我明白。”

“也就是说，”室伏紧追不舍，“您还是认为嫌犯跟核电站相关者或反核电的人没有关系？”

“啊，那倒不是，”一雄含糊起来，“说实话，我也觉得有可能是讨厌核电的人搞的。可是，我们身边只有好人。反过来说，他们的唯一优点就是人品好。像那种偷盗电脑操纵的直升机之类的事，就是让他们干，他们也干不出来的。”

“因为大家全都是乡下人。”一直沉默的泰子从一旁添上一句。

室伏点点头，喝干剩下的麦茶。“也就是说，田边先生周围根本就没有会操纵或修理飞机的人，对吧？”

“没有吧？”一雄转向母亲。

“没听说过。”泰子答道。

“既然这样，那熟悉电子学或通信之类的人呢？”

“这个嘛，那就有点……”一雄低头寻思，“若是原子力学的老师，倒是有人介绍过几位……”他不像在撒谎，但似乎也没有积极回忆的意思。

“与佳之先生关系特别亲密的都有哪些人？”

“跟佳之？这个嘛，都有谁来着？”

“樱町的阿贵等人啊。”母亲说道。

“啊，是贵男吧？佳之经常跟那小子玩。”

“什么人？”

“是个叫川村贵男的人，佳之一起长大的朋友，现在帮着家里做生意。从前面这条路往前走五百米左右，左侧有一家豆腐店。要是现在去，肯定还能见到他。”

“卖豆腐的？”

“是的。”田边一雄的表情略微放松下来，仿佛在说一个卖豆腐的怎么也不会变成嫌犯的。

“其他比较亲密的人呢？”

“这个嘛，他上班之后就一直一个人住公寓，都跟什么人交往我也不怎么清楚。”

“当时的行李是在这边的家里吗？”

“有不少都清理了，剩下的都放在二楼的房间里。不过也没什么重要东西。”

“能让我们稍微看一看吗？”

听了室伏的请求，田边一雄皱起眉，看向母亲。“那房间收拾了吗？”

“前几天倒是刚打扫过……”

“我们只看一眼就行。”室伏说道，“要是能了解一下您弟弟周围都有什么人就好了。”

“若是有可能帮弟弟报仇的人，我们不可能不知道。如果看一眼就可以，那就请吧。”一雄站起身来。

佳之的行李存放在东侧有窗的一个六叠大小的房间里。看来是佳之以前的房间，古旧的书桌仍放在墙角。书架上摆放着漫画书和汽车杂志。

“他一直住在这个房间，直到上本地的工业高中。”一雄一面打开窗户一面说道，“高中毕业后，他就进了大东设备公司上班，因为他一直讨厌农业和养猪之类的事。听说是跟核电站有关的工作，我们都强烈反对，可说实话，按照弟弟的成绩，若是想在附近就业，恐怕也只有这种公司了。”

大东设备公司是近畿电力的分包公司，承担核电站相关设备的保养和检修等。

“做的是什么工作呢？”

“那么复杂的事情我们也不清楚，好像是被安排去做核反应堆附近的计量仪的检查和维修之类。感觉身体不对劲是工作第六年的前后。他说身体浮肿，感觉倦怠。也怪我们当时粗心大意，要是立刻把他带到大医院去看看就好了。可听说公司里有健康检查，我们就想若是有问题，公司那边肯定会告知的。”

“在公司的健康检查中没发现异状吗？”

“啊，事后才知道的，说是在血液检查时发现白细胞数量异常，可公司那边也没让他进行细查，之后仍然让他去现场上班。”

“真是太过分了。”关根同情地说道。

“后来也经常发烧卧床。严重的时候甚至在床上躺了两周以上。由于是盛夏，被子褥子甚至连榻榻米都被汗湿了。”

室伏一面听一雄介绍，一面环视房间。一个漆得很漂亮的赛车模型装饰在组合架上，再次告诉人们曾经住在这里的放射线受害者是一名青年，而且是喜欢漫画和车的极平凡的青年。很难想象他的交际圈中会有那种以国家为对象进行威胁活动的人。

“有没有可以了解您弟弟交友关系的东西？比如通信录、贺年片或影集之类。”

“通信录没有，贺年片也已经清理了。影集则放在下面的佛龛抽屉里，不过那根本称不上影集。”

“能给我们看一下吗？”

“当然可以。”

客厅旁边就是佛龛所在的房间。衣柜大小的佛龛上仍挂着田边佳之的照片。佳之有一张圆脸，嘴角稚气未脱。室伏问起这件事，一雄的表情阴沉下来。

“这个，是很久以前的照片了。差不多是刚进公司时吧。因为之后的照片看着让人心酸。”

“什么意思？”

“啊，我想您看看这个就会明白的。”说着，一雄从佛龛的抽屉里拿出一本小影集，放在正坐的室伏膝前，“这是他在公司时照片的汇总。”

“让我看看。”室伏接到手里，从第一页往下翻。里面贴着新年时跟家人一起拍的照片和出席结婚典礼时的照片等。翻看的过程中，室伏立刻明白了一雄的意思。

“变化这么大啊。”从一旁瞧着相册的关根忍不住咕哝道。

田边佳之死时应该是二十九岁，在公司里待了约十年。可从照片来看，他似乎待了二十年以上。最初那堪称娃娃脸的样貌眼看着发生了变化。肌肤的光泽没了，下颌骨显现，眼睛凹陷下去。后面的照片上的样子怎么看也有四十岁的样子。

“我们最近才知道，原来老化严重也是受放射线辐射的特征之一。我想您一看就会明白的，头发变得稀疏，牙齿也松动了，临死前牙龈出血不止。我们至今仍在后悔，当初怎么就没有早点为他做点什么呢。”一雄难以释怀地说道。

照片中的佳之也许并没有意识到自己相貌的变化吧，仍露出快活的表情。在室伏看来，这反倒更衬托出他的悲剧性。

最后一张照片上似乎是一片草地，佳之坐着微笑。从服装和草色来推测，大概是十一月前后。佳之旁边一个年轻的胖男人盘腿坐着。

“这个人是……”室伏指着照片问一雄。

“啊，这小子就是贵男。豆腐店老板的儿子。”

“啊，是这样啊。”室伏道谢之后把影集还给一雄。在这些照片中，他没发现有关这次的嫌犯的线索。到这里该差不多了，室伏判断田边佳之的死跟事件并无关系。“给您添了这么多麻烦，十分感谢。已经可以了。”

“是吗？我们也不愿无故遭受怀疑啊。”一雄把影集放回佛龛。

室伏他们离开时，泰子正拎着一桶水走过来。看到刑警们，她微微点头打了个招呼。

“怎么办？去豆腐店看看吗？”走了几步后关根问道。

“就去看看吧。反正也顺路。”

“豆腐店现在恐怕很忙吧？”

“嗯。这种天最适合吃点凉豆腐了。”室伏想起凉豆腐那凉丝丝的口感，不禁想早点回去喝杯啤酒。

“木叶豆腐店”就在一处店面很小的市场里面，是一家有着压豆腐水槽的老式豆腐店。水槽旁边有一名三十岁左右的男子，正坐在椅子上看电视，无疑就是刚才在照片中看到的那个川村贵男。发现室伏他们在窥探，他满脸堆笑地站了起来。“欢迎光临。”

室伏点点头。“抱歉，我们并不是顾客。”说着亮出警察手册，“我们是警察。您是川村贵男吧？”

“啊……什么事？”川村惶恐地愣住了。

“事实上，”室伏说着瞧瞧电视，稍微停顿了一下，然后指着画面继续说道，“事实上，我们就是为了那个事件而来。”

“哎？”川村回头看看电视，十分诧异。电视画面上，新闻播音员正在解说事件的概况。

“您认识田边佳之吧？”

“啊，认识啊。”说着，川村“啊”了一声，点点头，“所以才到我这儿来……是从佳之的哥哥那儿打听到的吧？”

“的确是这样。”

“我说呢。与佳之的事有关的人也是嫌疑人吗？嘿，还真是从没想到自己也会遭到怀疑。”与犀利的语调形成对比，川村的表情却很平静。

“我们也不是怀疑您，只是因为刚去了趟田边家，顺便过来一下。”

“就算怀疑也没关系，毕竟我也因为佳之的事情对核电站怀有憎恨。如果真有干那种事的智慧和胆量，说不定我也会干。”川村用拇指指着电视画面说道。

“那么您是否能想起一些跟您一样抱有憎恨、并且具备这种智慧和胆量的人呢？”

“没有，很遗憾。”

“那从事与直升机或飞机有关的工作的人呢？”

“没有。”

“是吗？如果您想起了什么，请联系这儿。”室伏把联系方式写到手册的一角，撕下来递给川村。

“我姑且接下了，不过说实话，我其实不大愿意配合警察。”川村的表情有些不快。

“拜托您不要这么说。”

“佳之到底是怎么死的，你们听说了吗？”

“哎，大致听说了。照片也看过了。”

“卑鄙吧？”

“是啊。”

“我也只是留了一张他的照片。我是绝不会忘记憎恨的。”川村从裤兜里掏出钱包，从里面取出照片，“这是我跟他一起拍的最后一张照片。”

尽管并不是特别关心，室伏还是要过照片看了一下。照片跟田边家的影集中最后一张是同一背景，同一片草地。只是二人的姿势稍微不同，佳之手中的东西也不同。仔细一看，原来是赛车模型。看到这个，室伏觉得有点不自然，但他并未说出口。

“繁忙之中打扰，真是抱歉。”室伏还回照片说道。

“忙什么，一点都不忙。因为今天根本就没有顾客。大家不是逃到了远处，就是待在家里看电视。”

室伏笑了笑，点头致意后离开了豆腐店。

“看来核电站一点人气都没有啊。”关根用手绢擦着汗说道。

“那是，我们走访的全都是讨厌核电站的人，结果当然是这样。”

“就算问问普通人结果又能怎样呢？如果自家附近要建核电站，肯定也会反对吧？”

“那倒也是。不过，还是有一半以上的国民认为核电很必要啊。”

“那还不是因为国民太随便了。”

“我们也是国民的一分子啊。如果立场改变，所说的话也会改变的。事实上，推进派和反对派在人性上并没有多大差异，难道不是吗？”

“那么，说这话的室伏先生您本人又如何呢？是赞成派，还是反对派？”

“我？我嘛……哪一派都无所谓。”

“人可不能这么没责任感。”

“不，我说的是实话。如果大家都讨厌，那我会觉得没有核电也无所谓。到时候，即使不大用电，我也能够忍受。反之，如果大家都觉得有必要，那么建设核电站也无所谓。当然，即使建在我家附近，我也没有怨言。差不多就是这种立场。”

“那你根本就没什么主义主张之类？”

“也就是说，这种东西是受立场左右的。比如说如果从现在倒退十年，我肯定会是个彻头彻尾的推进派。虽然我本人并没有这种打算，可结果会是这样。”

“哎，为什么这么说？”

“因为当时我在防止犯罪部门，一年得负责好几次输送呢。”

“输送？”

“核燃料的输送啊，从东海村或熊取一带运来。虽然负责运送的是专业公司，也有保安公司的车辆随行，可是经过我们管辖的片区时，我们有时也会派警车跟随。犹如大名出行时的大队人马一样。”

“我曾在电视上看到过一次。”

“因此，本来就已经是一条长龙，后面又每每会粘着一群家伙。”

“啊。”关根似乎明白了室伏的意思，点点头，“你说的是反对运动的那些人吧？”

“没错。也不知他们是从哪儿得到消息的，每次都会粘过来。”

“他们粘在后面有动作吗？比如用喇叭抗议之类。”

“我倒是没有经历过。他们只是跟在后面，自始至终只是一直粘在后面。我们只是负责自己辖区的事倒也无所谓，不过也很麻烦。”

“又不能呵斥人家把人轰走，对吧？”

“若是人家说碰巧走的都是同一个方向，你能有什么办法？只不过，就算知道他们什么都不会做，我们这边也不省心。说实话，运送核燃料的时候我们本来就够紧张的，胆战心惊，只祈祷着别在自己的地盘出事。万一中途出事，再细微的小事也有可能发展成大事故，即使一些小小的剐蹭事故也很恐怖。可那些反对派全然不考虑我们的这种心情，老是在卡车旁边晃来晃去。说实话，真令人恶心。”

“心情可以理解。”

“所以啊，我们有时候也会耍点花招。”

“花招？”

“嗯。就是跟机动队的人沟通好。进入一车道后让卡车先行，警车则略微放慢速度，过一会儿后就进入岔道。因为那些家伙认定警车不可能走错路，就一直跟在后面。可那条道走着走着就到了尽头。当对方觉察的时候，再从后面跟上一辆警车，把他们夹在中间，不让他们逃走，再进行例行盘问。而卡车早就在其他警车的护卫下逃走了。”

“可真够绝的。”说着，关根微笑起来。

“对方当然会火冒三丈，怒斥警察也沆瀣一气，正把日本全部变成核电站。记得有本书上写过追踪核燃料运输的事，上面也提到了被用这种方法引开的事，说是亲身经历了一把权力的恐怖。其实他说错了。我们也无意站在核电推进派一边。可既然核燃料要运输，我们就得保护它，这首先是我们的工作。举行反对运动倒也无妨，可一旦妨碍了安全，那就不好了。”

“可反对派根本就看不到这些吧。”

“没错。所以说，个人的主义主张其实根本就没有太大的意义。人站在什么位置就说什么话。”

“那倒是，立场决定声音嘛。”关根稍微思考了一下，问道，“那这次的嫌犯所站的又是什么立场？”

“这个嘛。模棱两可，不是吗？”

尽管嘴上说着俏皮话，室伏的大脑里却在描绘那巨大的输送卡车深夜行驶在国道上的情形。写有“行进途中禁止插队”的牌子，显示运输货物为核燃料的标志，还有自己盯着这些紧张追赶的情形。车队有时长达五六百米。反对派当中甚至有人想一口气超过车队。为此，他们有时也会开赛车来追踪——

“赛车？”

“怎么了？”

“刚才在川村那儿看照片的时候我就觉得有点不对劲，一个大男人怎么会把赛车模型带到草地去呢？”

“这可就不好说了。”关根纳闷起来，“我也觉得这种情况不多见。”

“对了，说不定是无线电遥控的玩意儿，你说呢？”

“啊，有这种可能。如果是这样，带到草地去也就可以解释了。”

“好！”室伏转过身来，“掉头。”

“哎？”

“虽然不大可能，不过我们还是得谨慎点。”

听室伏这么说，关根似乎仍不明白究竟是怎么回事。

见二人回来，川村贵男惊讶地睁大了眼睛，那张脸看上去更像娃娃脸了。

“刚才的照片，能不能再给我们看一下？”室伏说道。

“没关系。看多少次都行。”说着，川村取出照片。

“这张照片上田边所拿的赛车，”室伏指着照片问道，“兴许，就是个无线电遥控模型吧？”

看来这个提问非常出人意料，川村愣了一下，紧接着笑着点点头。“是的。那小子在临死前一段时间竟迷上了无线电遥控。当时还玩汽车模型，像个小孩一样十分着迷。”

“这么说，您不玩无线电遥控吗？”

“我不弄那个。我又不擅长，再说，也不是那个岁数啊。”

“那，田边是怎么玩起无线电遥控来的呢？”

“这个嘛，是怎么玩起来的来着……”川村稍微思考了一会儿，然后抬起头来，“我想，大概是别人邀他玩的吧。”

“邀他？谁？”

“他好像有个非常喜好无线电遥控的伙伴。更准确地说，佳之就称他是无线电遥控的师傅。”

“哦，师傅？”室伏盯着川村的嘴角，很感兴趣，“那人叫什么？”

“这个嘛，我也没有见过……”川村用右拳轻轻敲了敲脑袋，咕哝道，“SAIKAWA？不像。不，是 SAIGAWA 吧。”

“SAIGAWA？石川县的犀川？”

“啊，怎么写不知道，不过好像的确是这个姓。”

“SAIGAWA，是吧？”室伏在手册上写下“犀川”二字，并在后面打了一个问号。

“据佳之说，好像是个超级发烧友，更准确地说是个狂热分子。据说家里摆满了跟真货一模一样的飞机和直升机的无线电遥控模型。”

“什么，直升机？”室伏瞪大了眼睛。

“啊……”川村点点头，表情也很惊讶，“啊，就算再逼真，跟真的也不是一回事啊，对吧？真正的直升机又不能像遥控模型那样……”

“关于此人，你有没有听说过其他什么情况？”还没等川村说完，室伏就急忙问道，“比如工作、住址、年龄等。”

“啊，具体情况我一点也不清楚。不过，说不定是在工作中认识的人。”

“工作？在核电站的工作？”

“记得好像听他这么说起过。不过也有可能是我记错了。”

“非常感谢。您今天一直在这边吗？”

“啊，是这样打算的。”

“那就拜托一下。如果您外出，能不能先拨打刚才我给您的号码？”

“明白了。啊，我基本上不会出去。”川村大概从室伏的表情感到事情非同寻常，神情紧张起来。

离开豆腐店，室伏立刻朝田边佳之的家走去。关根紧跟了上去。“你觉得那个无线电狂热分子是嫌犯？”

“现在还不好说。”室伏简短地回答一句，默默走着。

田边一雄对刑警再度造访似乎有些惶惑，却并未为难。室伏站在大门口，径直问他对一个姓 SAIKAWA 或 SAIGAWA 的人有没有印象。

“SAIKAWA……没，没听说过。老妈，你有没有印象？”一雄朝一旁担心地看着的泰子问道。

“没听说过啊。”她似乎也并未撒谎。

“你们家里有没有大东设备公司的员工名册之类？”

“名册？有没有？”一雄又向泰子问道。

“那种东西，我觉得没有。”泰子抱歉地说道。

室伏点点头看看关根，关根似乎立刻领悟了前辈刑警的意图。“能不能借电话一用？”关根问一雄。

“啊，请用。”

“在这边。”泰子站起身来。关根说了声“抱歉打扰”，脱了鞋走进屋内。

“那个人怎么了？”一雄问道。

“啊，现在还什么都不好说。”含糊地应了一句，室伏就换了个话题，“对了，那个名单的事……”

“名单？”

“签名单。”

“啊？”一雄的脸阴沉下来。

“还是不能给我们看一下吗？”

“若是实在想看，必须得到每个人的允许。”

“拜托您就通融一下。”室伏深深地低下头，“我们绝不会复印。只在您家里看一眼就行，也不会带出。这样也不行吗？”

“既然这样，那好吧。可是刑警先生，正如我刚才说过的，签名的人有八万多，又没有输入电脑，无法检索。”

“没关系。我们已经习惯了从这种大型名册中寻找目标名字。”

一雄叹了口气。室伏不知道他脸上究竟是什么表情，因为室伏一直低着头。

一雄开口问道：“那个人真的可疑吗？”

“不清楚。虽然还不清楚，不过我认为还是有调查价值的。”

一雄再次叹了一口气。“请把头抬起来。你这个样子，说话实在不方便。”

室伏弓着腰，只把脸抬起来。“能看一下吗？”

一雄低下头，沉默不语。这时，关根回来了。一雄看看关根，又打量一下室伏，抱起被太阳晒得黝黑的粗胳膊，轻轻点点头。

“非常感谢。”室伏在他身后再次点头致意。

关根小声说道：“我跟总部联络过了，请他们帮忙调查大东设备的员工中有没有名字跟 SAIKAWA 或 SAIGAWA 相似的人。”

“嗯。”室伏应了一声。若是能在那边找到，那就再好不过了。

一雄回来了，右手拿着大学笔记。看上去不像是能容纳八万个名字的名单。

“我刚才也说过了，所有签名者的名册并不在这里。若是非看不可，那就只能拜托县民会那边，全部都在那边保管。在此之前，你们先看看这个吧。”

“这是……”

“今年年初在劳动会馆集会的出席名单。出席者有四百人左右，都是参加运动特别积极的，在这种情况下，即使名字被透露出去，我想他们也会在某种程度上予以理解。”

“那就看一下。”

室伏接过笔记。里面密密麻麻地用圆珠笔记满了名字和住址。第一页最上面是田边泰子、一雄与一雄妻子的名字，下面则是帝都大学的吉仓副教授。

“请进来调查吧。”

“打扰了。”面对一雄的好意，室伏行了一礼，脱掉鞋子。

25

锦重工业飞机事业本部福利中心二楼。

高坂走进现场指挥本部时，刑事部长木谷正一个人看着电视，拿着一把不知从哪儿弄来的团扇，跟盂兰盆会舞时发的那种廉价扇子差不多。

“那边的情况怎么样？”高坂看看电视画面问道。

“据说嫌犯已发出了允许营救的传真。自卫队的救援队好像马上就要出发了。”

“那太好了。”

“不过还是不能让人安心。你知道用什么方法救吗？”

“略微听到一点。”

“如果让这里的技术人员说，那就是疯了。而且，除此之外再无办法，似乎也是事实。”

“那就只能祈祷神佛保佑了？”

“看来也只有这样了。一旦营救失败，直升机真的落到新阳上，那事态可就严重了。”木谷按了下手头的遥控器，暂时关上了电视，“就算这样，那些嫌犯还是小瞧我们呢。说什么若是珍惜孩子的生命，那就自己去救试试，他们是不会妨碍的。可怜的日本人啊，老实人真是太多了，就那种态度，还想拼命去美化。刚才有个街头采访，有的年轻人居然还胡扯说嫌犯真是太帅了。”

这种情况肯定会有吧，高坂想道，不过一旦让木谷唠叨起来，那可就累了，于是他没有作声。

“呃，有头绪了吗？”木谷似乎终于注意到高坂右手拿着的一捆纸，向他问道。

“虽然还不是很清楚，但已经发现本人的说辞跟技术大楼出入管理表的登记事项有出入的情况了。”

“有出入？什么意思？”木谷的眼神很可怕。

“虽然管理表上留下了名字，可本人坚持说不记得那天访问过飞机事业本部。”

“什么人？”

“名叫原口昌男。隶属于锦重工业的重机事业本部。”

高坂把手上的纸放到木谷的桌上。是A4复印纸，上面有方框，里面填满了名字。每页有二十名，名字前面写有日期，后面写着所属单位。原来是锦重工业技术大楼出入管理表的复印件。高坂翻到第五页，指着中间部分说道：“原口的名字最初出现在这儿。”

上面记的是“六月九日 原口昌男 重机事业本部生产技术一科 内线二二五一”，是用圆珠笔写的，字写得非常不错。

“六月九日，那就是两个月之前啊……”木谷念叨着。

“之后的七月十日也有原口的名字。”高坂继续翻着复印件，抽出七月十日的那部分，下面有原口的名字。

“是同样的笔迹。”木谷对比着字迹说道。

“本人也否认这一天来过公司。他说近一年来根本就没有来过飞机事业本部。”

“可信吗？”

“现在仍在核实，但我认为他的话是可信的。”

“唔。”木谷使劲靠到椅子上，双手抱在脑后，“能跟嫌犯挂上钩吗？”

“虽然还无法断定，但我认为，最近这两个月里的确有人冒用原口的名字闯入锦重工业。”

“那你认为那家伙为什么要冒用原口的名字呢？”

“恐怕是——”高坂停顿了一下，继续说道，“因为知道原口经常造访飞机事业本部吧。”

“我也是这么认为。不仅知道他经常造访，而且还知道他最近很少来。因为一旦跟本人碰了头，就穿帮了。”

“侦查员已经赶往原口那边了，应该会询问有关名字是否被冒用过的线索。”

“嗯，尤其是关于ID卡的事，要详细地询问一下。”

“这些我也叮嘱过了。”高坂自信地答道，拿起木谷刚才放下的电视遥控器，“营救从几点开始？”

“不清楚。说是一准备好就开始。”

“那就再关注一下吧。”说着高坂按下开关，“毕竟一旦直升机落下来，我们的侦查方针也会随之改变。”

“没错。”木谷把椅子搬向电视。

26

中塚从窗户俯瞰新阳发电站的厂区。综合管理楼的停车场里现在连一台车都没有了。消防和自卫队的车全都被撤到新阳隧道旁边。

万一营救时发生意外事故，不只是大B，连自卫队的直升机也有坠落的危险。届时容不得慌乱，必须采取迅捷的应对措施。

中塚在大脑中反复进行模拟实验。直升机落到核反应堆的建筑上时，落到辅助建筑上时，落到汽轮机上时，落到发动机建筑上时，落到维护保养及废弃物处理建筑上时，等等，结果会如何。

他得出的结论是，无论落到哪里，都不会发展成严重事故。火灾大概会发生，但早就待命的消防队应该可以完全扑灭。为了防备钠火灾，佐久间队长似乎还专门安排了大量无水碳酸钠灭火剂，不过他认为根本没有这种必要。当然，在中塚考虑的范围内，危险性最高的仍是钠火灾，所以充足的灭火剂让他有了底气，因为钠火灾是无法用水扑灭的。

问题是该如何安排那些操作员。

现在，操作科长西冈和两名老操作员留在了中央控制室。辅助建筑下层的紧急控制室也派了两个人待命。今天值班的八名操作员中经验相对较浅的三人则被站长叫回到这边。

既然要继续保持核反应堆运转，控制盘前面就必须安排操作员留守。

中央控制室三人，紧急控制室两人，这是紧急时刻能够快速反应的最低限度的安排。

可是中塚仍在犹豫。一旦直升机直接冲向楼顶不太牢固的辅助建筑最上层的中央控制室，室内肯定会损毁。虽说已配备了数名消防员，可一旦发生爆炸，将束手无策。

也许，还是全员转移到相对安全的紧急控制室更好一些吧。

可是，他怎么也放弃不了采取紧急预案进行应对的想法。对于把一切都交给平常根本就不使用的紧急控制盘的做法，他也怀有抵触。

正当中塚一筹莫展的时候，一旁的电话响了起来，仿佛看透了他的心思一样。是跟中央控制室对话专用的电话。

“喂，我是中塚。”

“啊，站长，我是西冈。”操作科长的声音传来，接着似乎停顿了一下。

“怎么了？”中塚问道。

“如果把门全都打开，起码就能逃到下一层楼。”

“是吗？能到那儿吗？”

“是的。能到太平梯，因为有点长。”

“唔。”中塚呻吟一声。

单是从现在的直升机高度来看，坠落需要的时间得有十多秒。若是直升机的技术人员和自卫队员等能够察觉坠落前兆，说不定还能再延长数秒。即便如此，也就二十秒左右。

在这二十秒的时间里按下紧急停止按钮后最多能逃到哪儿呢？他早就要西冈去确认这一点了。

能够逃到下面一层楼——这究竟能在多大程度上确保安全，中塚无法判断。大概西冈等人也是如此吧。

“没问题，站长。”发现中塚沉默下来，西冈主动说道，“再大的直升机也不可能瞬间贯穿辅助建筑。上面即使堆放了爆炸物，在爆炸发生之前也还是有一点时间。那时候我们就已经进入安全地方了。”

“进入？”

“哎。我已经跟其他人商量过了。我们发现了一个比逃到建筑物外面更安全的地方。”

“哪里？”

“安全壳里面啊。到下一层后，就可以直接逃进安全壳里面了。”

“哦？”中塚张大了嘴巴，非常意外，“原来还有这么一手啊？”

“就算外面有轻微爆炸，安全壳里面肯定也会纹丝不动。”

西冈的话中透着一种核反应堆操作者的自负，以及即使在安全壳里面，放射能也是零泄漏的自信。真想让反对派们也听听这句话，中塚想。

即使进入安全壳的里面，也并非直接靠近核反应堆。人能够进去的是安全壳的上部，厚达一点六米的地板下面才是核反应堆或液态钠的配管。

“只是，有时间进去吗？”

“总会有办法的，只有一件事我想得到您的许可。”

“什么事？”

“我想把入口的第一道门提前打开。”

“是吗……”安全壳的入口有两道门。要想打开第一道门，就必须扳动门前的手柄，完全打开需要十秒钟。在分秒必争的关键时刻，这肯定是个大麻烦。“知道了。我答应你。”

“多谢。”

其实第二道门也应该事先打开，可两个人谁都没有提起，这是有原因的。

通过第一道门，前面就是第二道门，门前也有一个手柄。

可是，即使扳动这个手柄，第二道门也不会立刻打开。必须先把身后的第一道门慢慢关闭，等完全关闭后，第二道门才会开启。也就是说，为了安全，两道门不可能同时开启。

“不过西冈，有一件事我想提醒你注意。”

“什么事？”

“在打开第二道门之前，我希望你能先通过窥视窗确认一下安全壳内的具体情况。虽然这种情况绝不会发生，但我们必须未雨绸缪，避免发生逃进去后反倒被卷进灾难的惨剧。”

西冈稍微沉默了一下，说道：“站长是怕直升机落到安全壳上时楼顶会损坏吗？或者由于钠火灾的影响导致出现漏洞？”

“虽然这种事是绝不会发生的，但谨慎起见……”

西冈又沉默了一会儿，那副板着的面孔似乎就浮现在眼前。中塚想起这个论忠实在员工中首屈一指的男人，事实上还有略微倔强的一面。

“明白。”西冈说道，“我会在确认安全壳内的情况后再迅速打开第二道门。”

“唔，千万不要忘了。营救行动开始后，我会再跟你联系。”

“明白。”

挂断电话，中塚也反思起来，自己这样的做法是不是太矛盾了呢？在把西冈等人逼入危险境地的同时，又给出令他们更悲观的忠告。他甚至觉得，自己这么做不就是为了一旦有事好为自己辩护吗？

回过神来时，中塚发现了旁边的直升机技术员汤原。他正透过窗玻璃仰望着他们的技术结晶——那架巨大的直升机。

“直升机有异样吗？”中塚看着这名年轻的技术人员的侧脸问道。

“啊，没有。”突然被这么一问，汤原似乎有点惊讶，“只是查看位置有没有变化而已。”

“高度似乎又爬升了。”就在数分钟之前，中塚看到直升机在上升。

“是的。刚才仔细计算了一下，大约上升到了一千一百米。不过，水平位置并未改变多少。”接着，汤原指指前方，“在那穹隆的正上方。”

中塚点点头。那穹隆就是核反应堆建筑。“那直升机是如何测算出现在的位置的？”中塚问。

“基本上是使用 GPS。”

“GPS？”

“就是利用人造卫星进行全球定位的系统，通过接受四颗以上的人造卫星的电波来确定自己所在的位置。汽车上的导航系统就是使用这个。”

“啊，就是那玩意儿啊？”那个中塚也很熟悉，“那倒也是。既然都用到车上了，那么用在最新式的直升机上也就不足为奇了。”

“不过，呃，在直升机上装载GPS接收机的情况还几乎没有。就算有，也是非正式的东西，因为像GPS导航那样的东西日本仍未认可。”

“哦？”中塚再次打量了一下这名年轻技术人员，“是吗？”

“那个大B上装了以GPS为中心的混合导航装置和计算机，可以以设定的状态在事先设定的路线飞行，由于兼有防卫厅试验机的性质，才得到了特别许可。所以我们也不知道今后能否还有机会制造那种直升机。说不定就到此为止了吧。”

“不会吧。再怎么说，防卫厅也不想让投进研究的钱都打水漂吧。”

“不清楚啊。毕竟出资方是大藏省，而且，官员们的考虑也……”

“啊，这个我们也深有体会。”

“是吧。”

在紧张的气氛中，稍微缓和一点的氛围也只局限在这二人之间。

“那么，那GPS，”中塚说道，“能把位置精确到什么程度呢？”

“这个嘛，比如车载的那种，水平最大误差有一百米，若说高度，是一百五十米的误差。”

“这么精准？”中塚不禁睁大了眼睛。

“民用的有意降低了精确度。至于军用方面，水平方向十八米、垂直方向二十八米是其名义精度。因为这基本上是军事机密。”

“那架直升机当然是属于后者吧？”

“是的。而且，通过与其他导航装置的搭配和特别处理，我想已经能够控制在半径数米之内。”

“真了不起。”

“没什么，我们本来就是做这种研究的。”汤原显得有点不好意思。

核反应堆建筑的直径约有五十米。既然直升机就在其正上方，而且移动误差只有数米，看来落到核反应堆建筑物上的概率相当高，中塚想。

“飞机坠落到核电站上的例子，过去曾有过吗？比如说海外。”这次是汤原主动发问。

“我反正是没听说过。大概没有吧。”

“是吗？”

“坠落到附近的例子倒是有过。”旁边传来一个声音，原来是三岛来到了附近。“是吧？”这是问中塚的。

“你说的是哪件事？”中塚问三岛。

“就是四国的伊方核电站啊。”

“啊。”中塚立刻想了起来，“好像是多年前的事了。”

“一九八八年。”说着，三岛转向汤原，“落到了距离核电站约一点五公里的地点。是美军，也是直升机。”

“直升机的型号是……”汤原问。

“CH-53。”

三岛不假思索地回答，中塚有点惊讶。“你记得这么清楚啊。”

“因为是罕见事件，就留下了印象。”

“CH-53，是超级种马吗？”汤原抱起胳膊，“当时可是西方最大的直升机啊。差不多跟大 B 一样大吧，尽管燃料箱很小。当时没有引起轰动吗？”后面的问题是问三岛。

“报纸上也没怎么报道。这是飞机坠落到核设施上的不安被放大的最初事件。受其影响最大的是六所村，因为当时正进行铀浓缩工厂建设前的安全审查呢。你也知道，青森有三泽基地。谁也不知道演习中的飞机会在什么时候掉下来。因此，作为商用核设施，第一次进行了正式的坠落灾害模拟。”

“这事我也记得呢。”中塚说道，“因为我也参加了模拟实验。”

“模拟的条件是什么？”汤原问道。

“具体数字还记得吧？”中塚看看三岛。

“灌满油箱的 F-16 战斗机失速，以五百四十公里的时速冲向建筑物的混凝土墙。”

“结果呢？”

“浓缩建筑由于墙厚达到了九十厘米，里面的设施并无异样；而壁厚只有二十厘米的储藏建筑则损毁了。即使在这种情况下，受辐射剂量也只有零点零六雷姆而已，所以核安全委员会的结论是两者都可以确保安全。”

“这结论是妥当的。”中塚对直升机技术人员说道。

汤原转过来偏起脑袋，稍微思考了一下说道：“你所说的时速五百四十公里，是推算什么根据做出来的？”

“具体情况我也不清楚，如果坠落，我想差不多是这种速度吧。”中塚想起曾有很多声音质疑这种预想速度，所以他想，这位飞机专家大概也会对此说上几句吧。

可是，汤原并未提出质疑，而是瞥了一眼窗外。“F-16 的最大起飞重量大约是十九吨，比大 B 还要轻一些。不过，这次的情况是自由落体，所以撞击速度顶多也就是时速二百公里。”

“动能差不多是五分之一左右吧。”三岛说道。

“可直升机是垂直落下撞击楼顶的，对于建筑物的冲击力，恐怕没有那么大的差距。”

“这个嘛，倒也是。”三岛点点头。

中塚想起那次模拟实验时似乎也有这种意见，认为也必须考虑飞机从上空垂直掉下来的情况，可最终以这种情况罕见为由被驳回了。

“如果是 F-16，”汤原又思考起来，“起码装载有空对空导弹与地对空导弹，还有炸弹、火箭之类吧。实验是在那样的条件下进行的吗？”

“不，设定的情况是不装载炸弹。”三岛答道。

“不装载？一点也不？”

“是的。”

“如果在那一带坠落，肯定就是训练中的飞机。既然如此，恐怕也就不会装载炸弹吧，于是就做了那样的设定。”说着说着，中塚也意识到自己的语气有点辩解的意味。

“啊，是这样啊。可是……”汤原想再说点什么，可最后还是沉默了。

就在这时，“站长”，一名正在看电视的年轻员工喊起中塚来。

“怎么了？”

“说是总部的记者招待会要开始了。”

“什么？”中塚站到电视前。

画面上出现一张熟悉的面孔，是炉燃总部的发言人、企划部长花冈。即使面对反对派仍不失强势的花冈，这次似乎也难掩焦虑。因为打高尔夫而晒黑的大额头上渗出汗来，在电视台灯光的照射下闪闪发亮。

“关于敦贺半岛的新阳事件，坊间流传着一些并不准确的信息，所以我想借此机会详细地说明一下。”他不时把目光落到展开的纸面上，讲了起来，“首先是关于输出功率异常的事，新阳无论发生什么样的情况，都绝对不会出现失控情况。根据我们的设计构造，一旦发现情况异常，控制棒就会立即插入。这种构造是由两个独立的系统构成的，不可能出现两个系统同时失灵的情况。呃，还有，现在有一些声音说一旦液态钠沸腾起来就会产生气泡，从而会导致输出畸高的情况，其实，为了预防这一点，我们一直是在低于沸点三百度的低温下运转的。而且，实际的情况是堆心内的压力是大气压的数倍，沸点会由通常的八百度上升到一千一百度左右，因此，达到沸腾更是不可能的。那么，肯定有人还会担心，万一出现由于某种原因导致输出异常，控制棒也没能及时启动等一些我们完全没有预料到的情况，该怎么办。我要说的是，即使出现这种情况，也没有问题。因为，即使发生了这种堆心坍塌事故并产生巨大能量，堆心的燃料最终也会被吐出来，核反应堆也会自然停止。而产生的能量不会导致反应堆容器和安全壳损坏，这一点也已经确认了，放射性物质大量泄漏的情况绝对不会发生。接下来我要再说说钠与水反应的问题。万一这两种液体混到一起，就会产生氢气。因此，我们已预先在新阳安装了氢气检测仪。根据我们的设计，一旦氢的浓度上升，核反应堆就会立即关停，水和水蒸气同时会排到外面去。若是发生大量反应，氢气的压力就会升高，届时压力释放板就会自动开启，往外释放压力。同时，核反应堆也会关停，排出水或水蒸气。从结果上来说，不会发展成大的钠火灾事故。最后，我想就外国的高速增殖反应堆事故做一下说明，那些事故全都是由于设计错误或人为过失，跟新阳的安全性是完全不同的概念，这一点也请大家了解一下。呃，我就先说这么多。”

读完稿子的花冈似乎松了一口气。

貌似来自记者席的提问立刻接踵而来。

“您刚才似乎在反复强调一点，即由于具有各种防护系统，所以是安全的，那么，您有没有考虑过这些系统从根本上被破坏的情况呢？”

“这种情况完全不可能。”

“可是，上面到底放了多少炸药，现在还不清楚啊。”

“这一点我承认，不过，我们连抗炸实验都做过了，并且已经得到了确认，即使是上百公斤的 TNT 炸药，新阳的反应堆也不会损坏。”

“可那是爆炸发生在堆里面的情形吧。而这次的情况是根本就不清楚爆炸会在哪里发生。即使这样，您仍敢断言没问题吗？”

“我确信没问题。”

花冈的话让记者席一片哗然。

“一旦发生严重灾害，您打算如何应对？”

“我刚才已说过，严重灾害是不会发生的。”

“我是说万一发生。”

“你这个问题我现在无法回答。”

这样的答复记者们自然不可能满意，于是会场越发混乱起来。

中塚兴味索然，从电视前走开了。总部肯定是担心各种臆测满天飞，才召开这种记者招待会，不过效果令人怀疑。对于那些一贯怀疑核电安全性的人来说，说什么都是没用的，因为他们从一开始就根本不想听这边的说辞。花冈恐怕也清楚这一点吧。

一个讨厌的回忆在中塚的大脑中复苏。那是去年二月在大阪召开的“关于新阳的意见听取会”。

参加的市民团体始终坚称地震威胁核电站安全。导致所谓“绝对不会损毁”的建筑物接连倒塌的阪神大地震就是他们强有力的武器。“就算专家打一万个包票也没用，巨大地震的损坏结果明明已经被彻底证明了，你们凭什么还敢断言新阳就不会损坏？”可以说，反对派的理由几乎全集中在这一点。

当时代表炉燃站出来予以说明的也是这个花冈企划部长。花冈用他一贯的语调没完没了地絮叨，什么在建设新阳之前就已经充分进行地质勘查啦、什么设计结构甚至可以抵御三倍于建筑基准法规定的强度的地震啦、什么一旦检测到烈度在五级以上的摇晃时控制棒就会自动插入等等。若只是这些倒还好，谁知他一时得意忘形，竟说出无论发生任何地震都没事的话来。这话可就说大了。

任何是什么意思？即使发生跟阪神大地震同样强度的摇晃也承受得住吗？各种质问顿时蜂拥而来。虽然花冈努力辩解，说他的意思是可以承受根据地质勘测和地基勘测的结果推测出的当地最严重的地震，可反对派们仍不收手，抗议说连阪神大地震的运动方式都还没有弄清楚，凭什么敢这么说，就冲这种态度，你们的话根本就不可信，差点把他骂死了。

在地震对策之外的问题上，最终也产生同样的争吵。由于反对派始终站在“技术不可能有绝对，所以绝对安全是不可能的”这一点上进行反驳，所以无论进行什么样的科学说明，他们都绝不退却。技术没有绝对，这一点没错。可是，科学技术厅和炉燃的代表仍尽力地解释他们为了臻于这种绝对做出了诸多努力。

当然，这种结果从一开始就预料到了，中塚回忆着，虽然名义上是为加深双方的理解而进行的对话，但他们压根就没有指望反对派会乖乖地听推进派的话。有关安全性的说明已在所有场合进行了好多次。该如何说服那些听了说明仍坚持反对的人呢？

“停止新阳，浑蛋！”

会场里喝倒彩的声音至今仍回响在中塚的耳畔。

27

从美陆军的黑鹰直升机改装的航空自卫队营救直升机 UH-60J，正以接近最大速度赶赴现场。机上有五人。两名飞行员，一名空中机械师，还有两名被称为战地医生的救援员。

营救队除了 UH-60J，还有一架型号为 V-107A 的纵列双旋翼型直升机。这次使用 UH-60J 的最大理由是悬停能力优秀，而 V-107A 则很难在所需的营救高度上实现悬停。尤其是在空气稀薄的夏季，要想在没有地屏效果的高空飞行，必须有相当的马力。

出发约三十分钟后，UH-60J 就到达了敦贺半岛上空。救援员之一上条二曹带着不可思议的心情从后窗眺望海岸线。他从未在这一带飞行过。

从小牧的救援培训队毕业到小松赴任已经有三年，他遭遇过多次危险。为了营救雪山上身受重伤的登山者，他也曾冒着气流导致直升机不稳的危险出动过。当时，跟负伤者共同被吊到救生索上后，风就增强了，被顺利收进直升机之前就像单摆一样剧烈晃动了数分钟，负伤者中途就昏了过去。

还有一次，在救助因事故差点沉没的渔船上的船员时，船的引擎突然起火。若是晚逃出一分钟，船员就不用说了，恐怕连自己都得搭上性命。

这些经历无疑都蓄积在上条的体内。他做好了随时冒险的心理准备。甚至，越是危险，他的身体就越是热血沸腾。自己就是救人性命的王牌——就是这种自负一直支撑着快要气馁的心。

可是，在这次的任务中，自己究竟能否发挥以前的经验，他完全没有把握。其实是没有自信。因为这种状况他既没有遇到过，也从未设想过，更从未训练过。

即便如此，他还是义无反顾地登上了救援直升机，全是仗着一股想向这种前所未有的救援发起挑战的冲动，同时这也是对自己发出挑战。他原本就热衷于通过超越痛苦和恐怖来锻炼自己。即使在整个自卫队中，也只有不到一百名的救援员有这种气魄。

不久，新阳发电站就出现在了眼前。白色的穹隆是其最大的特征。那伸向大海绵延不绝的细长物体大概是防波堤吧。

远远的高空里悬浮着一架白色的单旋翼直升机。比上条等人的位置还要高出数百米。

“这里是新阳发电站的对策本部。听得到吗？”救援队长八神用无线电呼叫。

“这里是小松基地航空救援队。听得很清楚。”机长根上回应道。

“能看见那架直升机吗？”

“已经看见了。我们现在就上升。”

“十五分钟前那架直升机上升了，估计能在目前的高度保持一段时间。不过，如果在营救过程中上升就危险了。要迅速行动。”

“明白。”

“告诉你们对方的无线电频率。希望由你们直接向孩子发出指示。孩子的名字是山下惠太。关于卷扬机的使用方法已经向他说明过，工作状态也已经确认过了，状态良好。”

“明白。”

根上开始让机体上升，直升机眼看着变大。靠近之后，越发感受到它的巨大。

“果然是个大家伙。”上条通过对讲机对身后的植草一曹说道。植草睁大了眼睛，连点了两次头。

“频率设好了。”副飞行员说道。

“OK。”接着根上对着话筒呼叫起来：“惠太，听得见吗？”

许久没有回应。根上正要再次呼叫的时候，“喂喂”，耳机里传来了孩子的声音。

“是惠太吗？”

“嗯。”

“能看到我们这边的直升机吗？”

“很清楚。是白色和黄色的直升机吧？”

“没错。无线电的使用方法知道吧？”

“不太清楚，现在这样可以吗？”

“行，听得很清楚。你现在在哪儿？驾驶席上？”

“嗯，正坐在右边的椅子上。”

不愧是机长啊，上条右半边脸笑了一下。“好，那样就行。听说卷扬机的使用方法已经教给你了，是吧？”

“嗯，只按一下开关就行了，很简单的。”

“有办法。”上条咕哝了一句。植草瞪了他一眼，示意他少说废话。

“惠太，你听仔细了。我们现在就把钢丝绳朝你那边射过去。是一种头上带着钓鱼钩般东西的钢丝绳。从右侧的后门，就像跳进直升机里一样瞄准射过去。”

言简意赅，上条想，不过这次他并没有出声。一旁的植草则正对海上自卫队送来的秘密武器进行最后的检查。那是背着水下呼吸器潜水时使用的矛枪，由所谓的水中枪改造而成。一般的矛枪顶端都会带锐利的针，这种矛枪的顶端却分成了三个叉，每个叉上都带着根上所说的钓鱼钩般的倒钩。由于海上自卫队主要是在抓住漂流船只等时候使用的，所以又称之为舫枪。

这种枪共借来了五支，能连续试射五次。一旦全部失败，那只能临时返回，重新设置钢丝绳了。为了不浪费时间，最好能在三次之内成功。

目标直升机的旋翼直径约有三十米，己方的约有十六米。也就是说，如果并排在同样高度，最起码要相隔二十多米。如果从安全上考虑，真希望是五十米。

当然，如果是在普通地点，这种距离毫无问题。虽然矛枪不像来复枪那么精准，但这次的目标很大，而且有足够的时间瞄准，大概不会射偏。航空自卫队的救援员跟陆上自卫队的空降团受过同样的训练，因此，射击能力也非常优秀。

可是，现在的情况非同寻常。

在两架飞机旋翼刮起的风中，究竟能否进行精准射击呢？坦率地说，不可能，上条想。

“也许会失败几次，不过，不用担心，必定会成功的。”根上跟惠太说着与上条的担心完全相反的话，“可是，万一打到驾驶席的窗户上，坐在那儿会很危险。所以，你能不能移到左侧的驾驶席上？”

过了一会儿，惠太的声音再次传来：“坐到左侧的椅子上了。”

“OK。那，在我们告诉你可以抬头之前，你先低下头。尽量低头，绝不能随便乱抬头。”

“明白了。”

通话结束之后，根上让机身慢慢靠近目标右侧，几乎达到同一高度之后，微调脚舵，将机体右侧面朝对方，进入悬停状态。

高速增殖反应堆新阳发电站。

汤原透过第二管理楼的窗户确认UH-60J升向大B。旁边是山下，他交叠着双手，望着天空，一动不动。

其他人也都一样，警察和消防队员也忘记了本来的工作，仰望着天空。每个人都是一副祈祷的表情。汤原也一样。

锦重工业飞机事业本部福利中心一楼小卖部前。

电视前围了一大群人，既有锦重工业的员工，也有刑警。靠近出口的椅子上，汤原笃子正跟山下真知子坐在一起。笃子招呼真知子使劲往前坐，真知子说这样就行。

“万一出什么事，还是离出口近点……”她念叨着。

笃子只觉得胃像针扎似的。真知子已想到了营救失败的情形。

一定会顺利的。笃子本想安慰她一下，可还是咽了下去，因为连她自己都觉得这纯粹是不负责任的台词。

电视上正播放救援直升机的画面。由于是用远镜头从地面拍摄的，看不清他们正在做什么。

高彦蹲在电视前，仰视着画面。一想到儿子现在的苦恼，笃子就难受不已。

蓦地回过神来，发现身后也站满了人。可是，几乎没有人出声，所有人都凝视着画面，似乎连电视台记者那没有操守的喊叫声都听不见了。

福井县政府综合大楼知事室。

金山下意识地晃着腿。自就任知事以来，他很少在人前露出这种让人觉得没出息的毛病。幸亏电视台的家伙们没到这里来，核安全对策科长长内想。

七十岁的知事眼睛盯着电视画面，似乎已没有闲暇批阅桌上的文件。这些文件是关于直升机坠落时视事故的规模而采取的应对措施，是长内和防灾科长诸田等人紧急研究出来的。根据该方案，一旦发生设想的最严重的事故，便立即在灰木村设立以副知事为总指挥的现场指挥部，知事本人也要在二十四小时之内赴现场视察。可是，这位老人现在似乎仍未有这种意识。

“嫌犯似乎并没有妨碍营救的迹象。”金山看着画面说道。

尽管山根和诸田都在座，长内却觉得这话似乎是说给自己听的，于是回答道：“好像是啊。”

“看来嫌犯也不好意思去杀害一个孩子啊。”

“啊。”

“如果是这样，依我看就别那么痛快地救孩子了，干脆稍微摆摆架子岂不是更好？”

长内没明白金山的意思，眨了眨眼睛。其他人也都沉默了。

“也就是说，”老知事说道，“营救时多费点工夫，等燃料耗尽，嫌犯恐怕也就不得不让直升机着陆了，是不是？”

大家似乎仍未领会他的意图。诸田说道：“话是这么说，可是知事，您不觉得这么相信嫌犯很危险吗？”

“是吗？可是，这些家伙现在不就答应让救孩子了吗？”

“那倒是……”诸田支吾起来。

长内惊呆了。这老头一直板着脸，难道就是在想这种荒唐事？长内不露声色地说道：“可是不清楚燃料究竟会在什么时候耗尽，我想还是必须尽快救人吧。”

金山这才明白过来似的，说道：“啊，是吗？”又把目光转回电视。

瞎想些什么呢！长内在心里骂道。

UH-60J。

上条和植草背上降落伞，打开侧面的门。目标巨大的机身就在眼前，可是所要瞄准的后部的门太小了。

“机长，能不能再靠近点？”植草冲对讲机说道。

“试试看吧。不愧是搭载了 GPS 啊，对面直升机的位置十分稳定。也没有风，似乎能靠得比预想的还要近。”根上答道。

直升机轻微地上下移动，前后左右地摇摆了一会儿，又靠近了一点。

“再靠近就危险了。”根上用抑制住感情的声音说道，“在这个位置上瞄准试试。”

“明白。”植草回答一声。“好，你来放。”他对上条说道，“射击能力你更可靠。去对面的任务交给我就行了。”

“如果能命中，我会坚持到最后。”上条拿起枪。

他右膝跪到地板上，开始瞄准。地板剧烈摇晃着，瞄准器的位置怎么也稳定不下来。有时刚要扣动扳机，机身却猛地下沉。

“简直就是骑射比武啊。”他一面瞄准一面咕哝道。

对面直升机的侧门靠近了瞄准器。上条把手指扣到扳机上。对，对，就差一点了，就这样，别摇晃！

他屏住呼吸，指尖用力扣动扳机。

伴随着冲击声，被释放的矛枪朝目标笔直地飞去。太棒了，完美无缺！上条想。可是失望随后袭来。矛枪突然改变方向，朝远低于目标的下方飞去。

“是旋翼吹往下面的风的影响。”植草一面往回倒钢丝绳一面说道，“再射一次试试。这次稍微朝上一点瞄准。”

“够呛，植草。在这种情况下不可能打中。”

“现在发牢骚为时尚早。再放一次试试。”植草用强硬的语气重复道。

上条拿起第二支枪。汗从掌心冒出来，怎么也抓不牢。机身依然像飘摇在风暴中的海上小舟。

瞄准目标，放出第二枪。本以为这次瞄得准，可矛枪依然没有射中。

“再往上瞄。”

“要是再往上，恐怕会击中目标的旋翼，太危险了。看来这种方法不行。”

“难道你就这样跟对面的孩子说吗？”

听了植草的话，上条沉默了。

“植草，你来试试。”驾驶席上的根上说道。

“是。”植草回答一声，拿起第三支枪。他努力贴到出口，瞄准目标。大概是风的影响，机身下沉了两三次。即便如此，他仍未改变姿势。

然后径直扣动扳机。

矛枪被释放出去，可是，跟上条射击时一样，就要接近目标时突然失速。看来是够呛，虽然心里这么想，可上条没有作声。

植草什么都没说，伸手摸过下一支矛枪，眼睛仿佛瞄准猎物的猎人。

他默默地端起枪。机身依然在摇晃。

就在这摇摆不定中，机身忽然安定下来。犹如在暴风天大风停止的那一瞬一样。植草并未错过这仅有的机会，毫不犹豫地扣动了扳机。

射出去的矛枪笔直地朝目标的旋翼飞去。完了，上条不禁闭上眼睛。他以为击中了旋翼。

可是，矛枪突然下降。钢丝绳画出一道曲线。接着，矛枪径直消失在对面直升机里面。

“成功了！”上条喊了起来。

“机长，快跟对面联络。”植草握着连接着钢丝绳的枪，双腿用力踩稳，冲驾驶席说道。

“惠太，听得见吗？惠太。”根上呼叫起来。

“听得到。刚才有一个大鱼钩般的东西飞了进来。”

“那东西现在怎么样了？”

“钩在入口的边上。”

“好。接下来就看你的了。惠太，你听好了。刚才你说懂得怎么用卷扬机对吧？现在你要做的，就是把那个钓鱼钩挂到卷扬机伸出来的钩上。”

“稍等……呃，挂到那上面就行了吗？”

“没错。不过凭你的身高，这样恐怕够不到钩子。所以我希望你能先开动卷扬机，把钩子往下放一米左右。这样不就够得着吗？”

“明白。那我试试。”

“加油！”根上从话筒上移开，对上条命令道：“你用双筒望远镜给我盯着点，看看孩子能否正确操作。”

“明白。”

上条用望远镜观察着对面的情形。从卷扬机上垂下来的、准确说应该叫作压头的钩子下降了一米左右。接着，孩子的脸从门上露了出来，个子比想象中还要小。只见他伸手抓起卷扬机的钢丝绳，将压头拿进去了。

“顺利拿到了压头。”上条说道。

“好。惠太，就保持这种状态。”根上对着话筒说道，“接下来，你把钓鱼钩挂到钩子上。一定要慎重，不要着急。”

大 B。

惠太正拼命想完成自己该做的事情。恐惧已经几乎从他的心中消失了。虽然救援队来了，可如果自己不能很好地完成对方要求的事，一切都将变糟，这种念头完全占据了他幼小的心灵。而且，能够跟这么了不起的救援队通力合作，也让他深感自豪。他脑海的一角甚至还有一种想法，若是把这件事讲给班里同学听，大家一定会羡慕不已吧。他仍以为自己一个人在一千米高空的事班里谁都不知道。

从后部出入口飞进来的钓鱼钩钩在了门框上。他想卸下来，却怎么也拿不下来。因为上面连着钢丝绳，被强力拉住了。但他还是使出浑身力气拿了下来，挂到了压头上。然后他返回无线电旁，戴上耳机。

UH-60J。

“挂上了。”惠太的声音传来。

根上看看上条。“怎么样了？”

“没问题。这边的钢丝绳已经拴到压头上了。”

“好！”根上点点头，贴近话筒，“做得好，惠太！接下来你要放下卷扬机上的钢丝绳。该停止时我们会给你信号的。”

“明白。现在就可以按下开关吗？”

根上看看植草。植草握着连有钢丝绳的枪，使劲点点头。

“OK。按！”

“好，我按开关。”

伴随着惠太的声音，大 B 上的卷扬机钢丝绳开始伸展。同时，植草开始倒枪上的钢丝绳。上条也从旁帮忙。

高速增殖反应堆新阳发电站。

“说是救援队已经拽住了从大 B 的卷扬机放下的绳子。”和自卫队联系的中塚高兴地对汤原等人说道。

“太好了！已经突破第一道难关了。”汤原轻轻拍拍一旁的山下的后背。

“哎，太了不起了！简直就是神技！”山下似乎也安心了，但表情仍很僵硬，担心地说道，“不过接下来更困难了吧。”

“你就放心地交给他们吧。一定会顺利救出的。”说着，汤原抬头望向天空。两架直升机的影子出现在远方。可是，那儿究竟在上演何种绝技，仅凭肉眼无法确认。

UH-60J。

从卷扬机里放出来的钢丝绳长度达到六十米左右时，根上向惠太发出了停止指令。不久，上条成功地把连在钢丝上的压头拽进了机内。一旁的植草也刚好整理好降落伞装备。

“OK。把压头递给我。”植草说道。

上条将压头递给前辈。就在这时，他的左耳从外面传来的声音中捕捉到一种变化。他下意识地循声望去，只见大 B 巨大的机身开始上升。

“糟了，对方升高了。”上条咒骂着。

同时，卷扬机钢丝绳眼看着绷紧。发现异样的机长根上也立即抬升直升机高度。但是来不及了，连接两架直升机的钢丝绳的角度越来越大。

植草仍未把压头安装到自己的装备上。一旦稍有磨蹭，钢丝绳就会碰到直升机的旋翼。如此一来，这边的飞机就会坠落。

正当上条脸色煞白的时候，植草竟单手抓着压头跳到直升机外面。

“植草！”上条趴在地板上，从出入口朝外面望去。只见单手悬挂在空中的植草正在剧烈摇晃。

接下来的一瞬间，植草的手松开了压头。

高速增殖反应堆新阳发电站。

“掉下来了！”有人惊叫起来。

汤原从窗户探出身，仰望天空。

空中有一个黑点逐渐变大。情况并不清楚。唯有一点可以确定，那就是大 B 又上升了。并不是嫌犯故意搞的，而是正好赶上了不时上升的时间点。

不久，降落伞打开了。

“是救援员。好像没事。”救援队长八神用冷静的语气说道。

在场的所有人都长出了一口气。

UH-60J。

“惠太，惠太，听得到吗？”根上呼叫着。

“听得到。那个……是怎么回事啊？”

“抱歉。第一次失败了，因为你那边突然上升了。”

“啊，在不断上升啊。”声音变成了抽泣。

“这点我们早就想到了。再来一次就是。你能不能操作一下卷扬机，把钢丝绳卷上去？”

“嗯，明白。”

跟孩子结束通话，根上头也不回地说道：“再挑战一次。准备好了吗？”

“准备完毕。”上条答道。

大 B 的卷扬机钢丝绳不断地卷上去。完全收进去之后，惠太又移到了驾驶席上。

“好，仔细瞄准。”根上命令道。

不用命令上条也必须慎重。若是这次也失败了，那就只能重新组装枪了。

但也不能害怕。如果不能大胆地朝目标上方瞄准，就会重演刚才的失败。

机身的摇晃仍未停止，可现在根本就顾不上这些。孩子正在对面的直升机里努力。

下定决心后，他扣动了扳机。发射出去的矛枪笔直地朝大 B 的旋翼飞去。上条感到一股寒气，全身冻僵了似的。完了！照这样肯定会撞上旋翼。

可是，矛枪跟上次植草发射时一样，突然画出了一道弧线，眼看着命中了对面的出入口。

“糟了！”空中机械师边用望远镜观察边说道，“钩到卷扬机的金属零件上了。”

“什么？”上条也架起望远镜观察。没错。卷扬机就安装在出入口的外侧上方，矛枪那头正缠绕在那上面。“那种位置小孩怎么够得到……”

这时，惠太的身影出现在望远镜的视野中。他正从出入口往外伸手。

上条惊叫起来。“危险，快阻止他！”

根上拿过话筒。“不行，惠太。我们再来一次就是，你先别管那个。”

可是，惠太没戴耳机，根本没听到，仍继续向外探身。他似乎踩到士兵座椅上了，短裤以上的大半个身体从上半部打开的出入口露了出来。上条都不敢看了。

锦重工业飞机事业本部福利中心一楼小卖部前。

电视画面上正映着用远镜头从地上拍摄的影像。虽然具体细节看不清楚，可山下惠太大半个身体从大 B 的后部出入口露到外面的情形却很清楚。

主持人尖叫般惊呼起来。“山下惠太似乎正拼命去抓救援队射过去的钢丝绳，危险！太危险了！”

汤原笃子不忍继续看电视画面。心里越痛苦，心跳就越加速，胃隐隐地痛了起来。

一旁的山下真知子则扭过头去，紧闭着眼睛，手里紧紧攥着手绢。笃子根本就不知道跟她说什么好。

UH-60J。

“好，抓到了！”用望远镜观察着情况的空中机械师说道。上条也确认了一下，只见惠太把矛枪的一头从卷扬机的零件上努力卸了下来，像刚才一样挂到压头上。

上条吐出一口气。“这小家伙还真不简单。”

惠太返回驾驶席，不久，他的声音飞进了紧张得身体僵硬的根上的耳朵。“跟刚才一样拴好了。”

根上微微点点头。“做得好！了不起！那，接下来要做的事都明白了吧？”

“动动那个就行了，是吧？呃，是叫卷扬机吧？”

“没错。按刚才的要领操作。”

“明白。”

对话结束后，大B的卷扬机钢丝绳再次放了下来。上条借着空中机械师的手拉过矛枪的钢丝绳，倒起连在卷扬机压头的钢丝绳。如果不赶紧，谁知道那架直升机又会在什么时候突然上升。

压头顺利拿进了机内。上条整理好总重量达二十公斤的双人降落伞，把压头挂到背带上，朝驾驶席说道：“随时OK。”

根上拿起话筒。“惠太，听得到吗？”

“嗯。”

“我们这边的队员现在马上就荡到你那边的钢丝绳上。恐怕会摇晃的，你一定要坐在驾驶席上，系好安全带。”

“明白。”

听了孩子的回答，根上苦笑了一下，朝后面喊道：“好，分离。准备好了吗？”

“准备完毕。”上条大声回答道。

UH-60J一面保持高度，一面缓缓与大B分离。连接两架飞机的钢丝绳一点点绷紧。上条双手抓住钢丝绳，双脚用力踩住。为了尽量缓解冲击，最好在钢丝绳尽量绷直的状态下跳出去。

终于，钢丝绳几乎绷直了。戴着钢盔的上条睁大眼睛看准后，伴随着低沉的号子声跳到了空中。

大 B。

惠太屏息凝神注视着身穿橙色服装的自卫队员从直升机上跳下来。由于单摆原理，自卫队员转瞬间就穿过大 B 的正下方，出现在相反的一侧。看到在一千米高空向长达五十米的空中秋千发起挑战的自卫队员，惠太感叹不已，感激万分，由衷地产生一种崇敬之情。此前，他一直认为世界上最帅的职业是足球运动员，现在他的想法正在改变。

不久，绳子摇晃的幅度变小了。对方似乎确认了这一点，声音从耳机里传来。

“惠太，听得见吗？”

惠太打开无线电的开关。“听得见。”

“好。那就打开卷扬机的开关，把绳子卷上去。等救助队员到达入口那边，照他吩咐的去做就行了。明白吗？”

“嗯，明白。”

“那好，加油！”

“是！”

惠太打开卷扬机的开关，绳子不断地卷上来。他从只有下半部关闭的后部出入口露出脸，战战兢兢地窥探下面。只见身穿橙色衣服、头戴白色头盔的自卫队员正一点点地靠近。

队员完全上来后，卷扬机自动停止了。

自卫队员在头盔下面笑了。“做得不错，很棒！”

惠太觉得自己必须说点感谢的话才行，却什么也说不出来。他心中热辣辣的，心怦怦乱跳，明明很高兴，眼泪却流了出来。

“不要哭。要哭下去之后再哭。”自卫队员说道。

“我不哭。”惠太终于出声说道，“你怎么不进来？”

自卫队员仍在门外。“很遗憾，我不能进去。”

“为什么？”

“因为这架直升机被坏人控制了。坏人说了，哥哥要是进去，就让飞机坠毁。”

“啊，真的？”

“真的。”

“难道不是因为……因为我，这架直升机才动起来的吗？”

“不是你的错。当然，你随便闯进去也不对。”

“对不起。”惠太垂下头。

“要道歉也得下去之后。快，到这边来。把后背贴到哥哥前面来。”

自卫队员只把上半身蜷到里面。惠太照吩咐做了。自卫队员身体前面带着几个复杂的皮带状的东西，他用这些把惠太的身体固定在了自己的身体上。

“好，这样就没问题了。”

“要跳吗？”

“没错。不过，你先等等。”说着，自卫队员拉开衣兜的拉链，取出一个小型相机，然后使用闪光灯朝直升机里面拍了四张照片。

“好，这样就 OK 了。”他把相机装回去，“对了，在这以前，你从多高的地方往下跳过？”

“唔——”惠太想了一下，“滑梯吧。公园的滑梯。”

“是这样啊。这么说，这次你要稍微刷新一下纪录喽？”话音未落，自卫队员就抱起惠太，转身跳下。

天空在旋转，旋转，旋转——惠太发出了欣喜的声音。

28

“跳了！”

有人望着上空叫了起来。汤原从窗户探出身，拼命伸着脖子往上望去。蓝天中有一个小斑点般的灰色影子，眼看着变大了。

“降落伞似乎已顺利打开。”他望着上空说道。是对身旁同样仰望着天空的山下说的。

“惠太……也不知惠太怎么样了？是在一起吗？”

“这个，现在还没看到……”

“啊，没问题。已经看到了。”一旁架着双筒望远镜的八神说道，“紧贴在自卫队员的前面。请放心就是。”

“是吗？”山下长舒了一口气，呼气声甚至传到了汤原的耳朵里。

不久，自卫队员的身影用肉眼就能确认了。的确，惠太被固定在他的腹部。似乎要降落到综合管理楼的停车场里。

“还不赶紧去接一下。”汤原对山下说道。

“是。”山下笑着回答一声，警备部长今枝却抬手制止了他。

“不行，靠近核反应堆建筑很危险。毕竟不知道直升机何时会掉下来。还是我让部下去迎接吧。”

“这个没问题吧？”一旁的中塚说道。

“可是——”今枝刚想反驳，大概是感受到了以汤原为首的在场众人的视线，就闭了嘴。犹豫了一会儿，他无可奈何地摇摇头，转向部下。“把山下先生带到二人降落的地点去。”

“多谢。”山下点头致谢。今枝板起脸，示意他不用谢。

汤原再次站到窗边，仰望着落下来的降落伞。随着降落伞越来越低，他这才发现降落伞竟以意外的快速飘落下来。汤原虽没有跳伞的经历，可帆伞还是跳过一次的。他知道，即使只有几十米的高度，如果操作稍有失误，也有可能被冲向意外的地方。自卫队员正用完美的操作朝停车场近乎中央的地方飘落。

降落伞平安落地后，人们一齐鼓掌。几乎同时，一台吉普车从第二管理楼前出发，后座上坐着山下。

吉普车抵达停车场的时候，惠太已经被从自卫队员的身体上解了下来。山下下车朝儿子冲过去，这一幕即使从汤原的位置上也看得十分清楚。山下紧紧地抱住惠太。惠太似乎正在抽泣。山下也一定在哭泣吧，汤原想。

“问题才刚刚开始呢。”不觉间来到身旁的三岛说道，“这样一来，国家就没有退路了。也就是说，能不能让直升机坠落到运转中的新阳上，国家必须做出明确的答复了。”

“国家接受嫌犯要求的可能性是……”汤原问道。

三岛当即回答：“零。这还不简单？国家不可能仅仅为了一个反应堆，而且还是原型堆，去毁掉数十座核电站。”

“可是还不知道危害究竟有多大呢。”

“虽然还不知道，但现在国家得出的答案只有一个。那就是无论发生什么，都不会有重大灾难，也不会有核辐射泄漏。”

“就没有考虑过万一？”

三岛撇撇嘴，嘿嘿一笑：“如果考虑这些，他们就不可能建核电站了。”

“唔……”汤原把视线移回窗外。山下父子在自卫队员的催促下刚刚钻进吉普车。

眼前的危机基本上算是闯过来了，确认这点后，中塚在一旁的椅子上坐了下来。他长出了一口气，用手帕擦擦直冒汗的额头。

接下来，嫌犯又会如何刁难呢？

这时，旁边的电话响了起来。小寺正要拿起话筒，中塚制止了他，亲自伸手接了。大概是炉燃总部打电话来通知营救成功的事情吧，他想。

“我是新阳发电站。”

“啊，中塚，我是坂本。”

“啊……”由于是意外之人，中塚一瞬间有点惶惑。原来是炉燃敦贺事务所的坂本所长。他今天已经是第二次打来电话了。第一次是告诉他直升机要飞来的事情。

大概是从电视上看到孩子获救的事情，想打电话说句祝福之类的话吧，中塚想。如果是这样，那反应也太迟钝了，因为危机仍未过去。

可是，对方还不至于迟钝到这一步。“中塚，事实上，刚才我这边又有传真发来。恐怕是嫌犯发来的。”

“哎？”中塚不禁站起身，“为什么会发给你？”

“这个嘛，我想你读过内容就会明白的。我现在就给你转发过去，可以吗？”

“好的，那就拜托了。”

中塚刚挂断电话，警备部长今枝就凑了过来，也许是察觉到了不寻常吧。

“刚才的电话是……”

“敦贺事务所打来的。说是嫌犯发来了信息。”

“什么？”

今枝瞪大了眼睛，大家全都沉默下来，这时，放在房间一角的传真机伴随着接收信号的声音动了起来。一瞬间，大家全都僵住了，紧盯着从那儿吐出来的纸。信号接收完毕，一旁的年轻职员取出纸扫了一眼后走向中塚。

“没错。是嫌犯发来的。”职员说道。

中塚看了一遍后又交给职员。“读给大家听听。”

年轻的职员略带紧张地读了起来：“为避免追查，我们决定把文件发送到你们这边。请紧急转发给新阳发电站。——我们已确认孩子被救出。想必你们也知道了我们并无意造成伤亡。接下来轮到你们来展示是否有意造成伤亡了。即刻毁掉国内的核电站。届时要电视直播毁掉的情形。我们会根据所毁掉的核电站的输出功率让直升机远离现在的位置。具体为每十万千瓦的发电功率移动一米。所以，如果毁掉一座百万千瓦级的核电站，我们就会让直升机移动十米。对于当初希望毁掉所有核电站的我们来说，这已经是最大的让步了。务请深思熟虑、果断实行。天空之蜂……完毕。”

29

在田边家的客厅里，室伏和关根二人对从一雄那儿借来的名册展开了调查。就在刚才，他们跟田边母子一起观看了孩子被救出的一幕。看到自卫队员和孩子通过降落伞顺利脱险，四个人全鼓起掌来。

“这世上还真有有骨气的汉子。”抑制不住兴奋的关根涨红着脸说道。

“你是说救援员吗？”

“嗯。”

“光有骨气怎么能行，还要有智慧、体力、判断力，等等。”

“电视上说救援员是曹士。也就是说，如果按警察的级别，不是巡查部长就是警部补。唔，跟他们比起来，我们的工作实在太轻松了。”

“既然这么想，那就别光嘴上说了，赶紧动手吧。”

“啊，对，对。”

那个名叫 SAIKAWA 或者 SAIGAWA 的无线电发烧友仍未找到。除了要求认定田边佳之工伤的集会出席者名单，连佳之学生时代的名册也调查了一下，都没有类似的名字。

SAIKAWA 或 SAIGAWA 如果用汉字来写，也就是犀川、才川、斋川之类吧。可无论哪个都是不常见的姓氏。

“有没有姓 SAGAWA 的呢？”

“如果真有这种姓氏，倒有调查一下的必要，不过我还是觉得不大可能。把 SAIGAWA 错听成 SAGAWA 倒是有可能,反过来不太可能吧。”

“是吗？可无论是 SAIKAWA 还是 SAIGAWA，我们此前认识的熟人中没有一个姓这种姓氏啊。”

“所以反倒帮了我们啊。要是换作铃木或田中之类的，光做笔记就得把我们给累死。”

“那倒也是。”关根微笑起来。

这时，电话在另一个房间响了起来。接听电话的泰子的声音传了过来，不久，泰子走了过来。“呃，说是叫你们二位中的一位接电话。”

看来是来自搜查本部的。“我来接吧。”关根收起笑容，站起身。

室伏一个人继续搜索。他现在调查的是佳之的初中同学会名册，但他觉得不太可能是其中某个人。倘若是以前的同学，豆腐店的川村贵男应该也认识。

不久就翻到了最后一页，可还是没有找到犀川、才川或斋川之类的姓氏。

他丢下同学会名册，使劲靠到椅子上，这时，关根回来了，脸上没什么表情。

“这么磨蹭啊。有收获吗？”

“不理想。”关根的回答在室伏意料之中，“说是大东设备那边没有姓那种姓氏的人。”

“是吗？那有没有再调查一下与核电相关的其他公司呢？”

“这个就……”关根拢了拢有点发黏的前发。

“什么啊，就不能帮我们调查一下？”

关根闻言把手里的纸递给他。是宣传广告，看来是跟田边泰子要的，背面密密麻麻地记满了电话号码。

“这是与福井县内的核电站相关公司的名单。”

“啊，什么，让我们自己调查？到底在瞎想什么呢，总部的那些家伙！”

“其实，总部那边似乎已经没人可派了。据说连交通科和少年科的那些人都给撵出去了。给大东设备打电话的似乎是股长。”

“这不挺好的吗？既然这样，那就让泽井组加把劲。”

“听说由于要处理各方面的情报，他们那边已经乱成一锅粥了。他们说了，若是有相当的根据倒还好，可如果只是稍有可疑，他们没空一一打电话询问。”

“是吗……”听他这么说，室伏也只能暗自叫苦。

正在进行调查的绝非只有自己。大部分县警肯定都为新阳事件出动了。说不定其中一些人已掌握更有价值的线索，正朝着目标摸索呢。而且，来自警视厅和其他府县警察的情报大概也正源源不断地流向县警本部吧。

“真没办法。只好待会儿再分头去打电话了。”室伏折起广告单装进兜里。

“是啊。对了，你这边怎么样？”

“初中名册看过了。没有，没找到。”

“果然如此啊。那就再借小学的名册看看。要是还不行，就再查幼儿园。”尽管嘴上开着这种玩笑，但从表情来看，关根似乎也感到焦虑。

室伏再次拿起要求认定田边佳之工伤的集会出席者名单。

“这玩意儿都已经看过两遍了，我和你各一遍。可还是没有 SAIKAWA 或 SAIGAWA。”

“虽然结果早就知道，可我还是有点不放心。你再帮我重新看一遍。”说着室伏把名册放在关根面前。

“行倒是行，”关根一脸索然，可还是翻开了第一页。但他忽然抬起头来。“喂，室伏，我还是觉得这种想法有点勉强。”

“什么想法？”

“就是嫌犯是无线电发烧友的想法。的确，直升机是通过无线电遥控盗走的，可如果没有相当的专业知识，很难实施犯罪，不是吗？一个搞玩具的发烧友能做到吗？”

听了后辈的一番话，室伏笑了起来。“什么啊，你一直是这么想的啊？”

“难道不是这样吗？”

“我的想法完全相反。这嫌犯不单喜欢玩具，还很专业。大概对直升机也了如指掌吧，只不过不是现职。技术人员干坏事肯定都是从正面舞台消失之后。因为没有用武之地，才琢磨起干坏事。”

“同感。”

“这种前专业人员往往会怀念自己昔日的荣誉，总想以某种形式将其留在身边。”

“你说的是无线电？”

“准确地说，是无线电遥控的直升机。从这种意义来说，跟无线电迷完全是不同类型的人。”

“你是说，SAIKAWA 就是这种人？”

“这一点尚不得而知，也许只是单纯的发烧友。若真是这样，那只能另说了。”

关根皱起眉，蹭了蹭鼻子下面，或许已经做好了从头调查的打算了。他开始浏览集会出席者名册。

“不好意思，能不能大声地给我读一下？只读姓氏就行。”室伏说道。

“读？”

“嗯。我本来也想调查，可眼睛有点累。”说完，室伏在双人沙发上躺下来，头枕着胳膊，闭上眼睛。

“保持那种姿势就行，可别睡着了啊。”

“若是睡着了，你就把我叫起来。”

“我不叫。我也陪你睡。那我就从头开始了啊。TANABE、YOSHIKURA、OKABAYASHI、UCHIDA、OTSUKA……”

室伏把关根读的姓氏一个一个在大脑里置换成汉字。几乎全都是常见姓氏，并没有容易听成 SAIKAWA 或 SAIGAWA 的。

那名男子未必出席过请求认定工伤的集会吧，室伏思考起来。若他也是核电站工人，或许就不会做这种多余之事。因为一旦让雇主知道了，就有被解雇的危险。

关根连续不断地读姓氏的声音在室伏的耳朵里逐渐变成了诵经声。不行，可不能真的睡着了，室伏猛地睁开眼睛，摇摇头。

就在这时候，关根此前流畅的声音突然卡住了。

“哎，这个……是ZAKKA，还是ZOGA呢？”

“怎么了？”室伏问道。

“这个到底怎么读呢？”关根把翻开的笔记本转向室伏。

杂贺，上面写得很清楚。

萎靡的情绪瞬时惊醒。室伏一下跳了起来，一把从关根手里夺过笔记本。“刚才怎么就让它溜掉了呢……明白了，原来我们刚才犯了一个低级错误，误以为如果是SAIKAWA或SAIGAWA，后面肯定会带着川字。”

“室伏前辈，那字……”

室伏微微一笑，指着笔记本上的那个姓名。“由此可以证明我真是太有学问了。别慌，这个姓氏读作SAIKA。”

“哎？”

“因为是稀有姓氏，你读不出来也很正常。是嘛，原来还有SAIKA这条线索啊，我真是太大意了。”

全名是“杂贺勋”，笔迹潦草，住址只写了长滨市。

“喂，跟田边先生打个招呼，就说我们现在要打一个长电话。当然，电话费我们会支付的。”说着，室伏从裤兜里掏出那张写有电话号码的广告单。

“明白。”关根兴奋地站起来。

30

炉燃总部给中塚打来电话，已经是山下惠太被顺利救出二十分钟左右的时候。在第二管理楼的会议室里，营救成功的兴奋劲儿早就冷却了，人们正忙着商量直升机坠落时的对策。

中塚通过房间一角的电话听到了炉燃的筒井理事长的声音。

“怎么样，你那边的情况？”

筒井这句话让中塚反感。筒井的态度给人一种事不关己的感觉。可是，事已至此，说这些也没用了。“您问我这边怎么样……”中塚拿着话筒，环视会议室。所有人都注视着他。“正在以消防人员等为中心商量万一发生不测时的对策，不过还没想出什么好主意来。”

“是吗？那你先代我跟大家道声谢。”

“哎，这是当然。”

难道打电话就为了这事？中塚的表情阴沉下来，这时，筒井说道：“事实上，科技厅那边有指示。”

“是。”

“说能不能关停新阳？”

“哎？”中塚一瞬间没明白筒井的意思。不，明白是明白，可由于太突然，他还以为自己听错了。“可嫌犯不是说，一旦关停新阳就让直升机坠毁……”

“这点我知道。可嫌犯怎么会知道我们有没有关停呢？”

“啊……”

“刚才关闭全国核电站的情形，你在电视上都看到了吧？”

“是的，看到了。”

“既然这样，我的意思也就不难明白了吧？”筒井抬高尾音，透着一种狡猾。

中塚紧握着听筒，咽下一口唾液。“也就是说，先关停核反应堆，表面上则装出一副仍在运转的样子？”

“没错。能不能做到？”

“这个嘛……”中塚看看其他人。在场的所有人似乎都察觉了他跟筒井的谈话内容。“可这样很危险啊。一旦被嫌犯察觉……”

“所以才希望你们讨论一下有没有这种风险啊。讨论一下如果关停核反应堆，从外部能否察觉。”

“我明白您的意思，只是……”

“中塚，”筒井一本正经又略带恐吓地说道，“坦率地说，我认为阻止犯罪是很难的，政府也不可能答应嫌犯要求。这样一来，直升机掉下来只是时间问题。”

中塚沉默了。恐怕的确如此吧，他也这么认为。

“既然这样，”筒井继续说道，“提早关停核反应堆不也是一种手段吗？如果顺利，还能在直升机掉下来之前让反应堆和配管稍微冷却一下呢。”

“就算被嫌犯识破了，直升机掉了下来，结果也没什么不同，是这样吗？”

“我可没这样说。所以才让你们讨论一下。如果被嫌犯识破的风险很小，那就务必关停，这也是科技厅的意思。”

中塚叹了口气。“明白了。那我跟其他人商量一下看看。”

“唔，好好讨论一下，把结果告诉我。”说完，筒井挂断了电话。

中塚放下话筒返回座位。还没等他开口，今枝就率先询问起来。“是不是问可不可以关停新阳？”

“没错。”

“说不定可以呢。”说话的是消防本部的佐久间，“此前上面有个孩子，所以绝对不能让其坠毁。现在，既然我们没有办法移开直升机，就不应该再考虑如何不让它掉下来，或许可以考虑一下如何让它掉下来的问题了。”

“可我觉得这种孤注一掷的做法为时尚早。”今枝反驳道。

“当然还没到赌一把的地步。”中塚说道，“所以才需要讨论一下该不该赌一把。刚才的电话也是这个意思。”说着，他看看综合技术主任小寺，“一旦让核反应堆停止，从整个发电站来说，什么地方会发生变化？”

小寺思考了一小会儿，回答道：“最大的变化自然是汽轮机停止。”

“可汽轮机停止从外面能看出来吗？”

“我想是看不出来的。”

“那声音呢？”今枝问道，“那汽轮机不就没有声音了吗？”

小寺摇摇头。“若是在涡轮厂房旁边另当别论，可若是在厂区外，原本就是听不见的。”

“水会停止吗？”中塚忽然想起来，问道，“我说的是通向复水器的海水。”

“啊，这的确是个问题。”小寺也赞同。

所谓复水器，是一种将转动汽轮机的蒸汽再变回水的冷却装置。里面的管子里流着从外面抽进去的海水。也就是说，是用海水来冷却蒸汽。这种设备是必需的，所以核电站和火力发电站全都建在海边。

“海水停止的情况从外面看得出来吗？”听完有关复水器的说明，今枝问道。

“能看出来吧。尤其是出水口那边更容易看出来。即使离得远一些，如果用望远镜，也应该能看见。”中塚答道。

“那，嫌犯设定的目标恐怕就是这个了。”佐久间说道。

“如果真是这样，那我们关停反应堆后不关停海水泵不就行啦？这事不难啊。”小寺断言道。

中塚立刻就综合技术主任的这个主意讨论起来，最终认为这个办法行之有效，看上去不错。

“好，那就赶紧去准备一下，即使停止了核反应堆，也要让海水泵继续保持运转。”

“稍后再跟控制室那边联系一下。”小寺回应道。

“还有没有其他设备可以显示核反应堆停止？”

“除此之外，应该没有明显的变化了。”

“那电力供应方面会怎样？”提出此问题的是非核电站人员汤原，“如果这儿的发电停止，会不会出现那种比如附近顿时停电之类的情况？”

“啊，这种担心就不必了。”小寺答道，“因为我们有一种能即刻跟周边的电力公司相策应的机制。”

“可现在不是所有核电站都停止了，电力供应不足吗？”

“是倒是，可这儿发的电量原本就无关紧要。”

“也就是说并无变化？”

“那倒不是，虽然不至于停电，但或许会让灯瞬间变暗。”中塚用尊重其他领域技术人员的口吻说道，“不过，无法判断这是否是新阳停止引起的。”

原来如此，汤原信服地点点头。

“这儿发的电是通过哪里输送到外面的呢？”佐久间问道。

“就在这座楼旁边的转换站。”小寺答道，“严禁无关人员入内。”

“那么，从转换站的外面，能够从远处用望远镜或其他东西看出是否在供电吗？”佐久间继续问道。

“这个嘛，恐怕够呛。”小寺朝佐久间摇摇头。

“你们有什么意见？”中塚环顾自己所信赖的其他职员问道，“假如你们未得到任何通知就被叫到这里来，必须对新阳是否在运转做出判断，你们将会以什么为依据？”说着，中塚指指窗外的那个穹隆形建筑。

浅茶色的建筑物只是静静地伫立在那里。自从建成后，那东西从未变化过，跟核反应堆是否在里面运转毫无关系。

“如果是我，”一名年轻职员说道，“恐怕会给中央控制室打电话，询问是否还在运转。”

“也就是说，从外观上无法判断？”

“嗯。”

“其他人有什么意见吗？”

“柴油发电机怎么样？”另一个职员发言道，“一旦核反应堆紧急停止，那东西就会运转起来吧？”

“唔。”中塚点点头。

柴油发电机是用作备用电源的。也就是说，即使核反应堆停止运转，外部供电也中断，也能够提供维持安全装置等控制系统所需的电力。这种发电机在核反应堆正常停止时不会启动，而在紧急停堆等情况下，会自动启动以防断电。

“柴油发电机是否启动从外面能看出来吗？”佐久间问那名职员。

“柴油机运转会排烟。如果用望远镜从远处观察，大概能看出来。”

“原来如此。”佐久间似乎领悟了。

“既然这样，”小寺说道，“只要不进行紧急停堆操作，不就行啦？如果进行正常的停止操作，就不会有问题。”

“我也有同感。可嫌犯不可能考虑不到这一点。”说着，中塚再次环顾部下们，“还有没有其他可以想到的情况呢？”

职员们全都默默地摇摇头。

中塚转移视线，目光跟站在房间一角的一名男子相遇。那男子立刻低下头，动作有点不自然。

“你怎么样？”中塚试着问道，“能不能发现问题？”

那名男子——来自锦重工业的核技术人员三岛幸一抬起脸，轻轻抱起胳膊，说道：“我以前从事轻水反应堆工作的时候，曾经通过察看变压器来判断当天发电机究竟有没有运转。”

“变压器？看哪儿？”

“其实也没什么。只要冷气扇在运转，就说明变压器正在使用，当然就正在发电。”

“啊！”中塚捂住嘴角，“是吗？原来还有这个目标啊？”

变压器是把发电站所发的两万四千伏特的电升压为五十万伏特，当然会产生大量热量，所以每个变压器都会配备数十个冷气扇。尽管启动的冷气扇数量会因发热量的大小而变化，可现在几乎全都在运转。想要一面发电一面让冷气扇停止是不可能的。

中塚觉得三岛的确是抓住了漏洞，不愧是亲自建造过多座民用核电站的专家，眼光就是独特。他佩服地望着三岛。

“可是，”小寺反驳道，“其他发电站如何我倒不敢说，这儿的变压器夹在汽轮机建筑和综合管理楼之间，从别处很难看到，难道不是吗？”

“不，个别角度恐怕仍能看见。”中塚说道，“而且，在目前能想出的主意中，这个似乎最可靠。”

“能不能说得更具体一些？”今枝探出身体。

中塚在桌上展开发电站的整体鸟瞰图，然后针对小寺提及的情况，对排列在汽轮机厂房外侧、面对综合管理楼的主变压器做起说明。

“的确，如果只看这张图，从发电站外面似乎很难看到。”今枝抱着胳膊说道，“能看见的只有海上或者后山方向。”

“后山，人无法靠近。”小寺断言道。

“不过，谨慎起见，说不定还可以从我们完全没料到的地方看见呢。既然这座发电站周围全都有警察在警戒，最好先让他们确认一下究竟能否看到变压器。同时也让他们调查是否能看出刚才所说的海水流动。”

“拜托。”中塚向今枝点点头。

“变压器的冷气扇能不能跟海水泵一样，在核反应堆停止后仍继续运转呢？”佐久间望着中塚和小寺问道。

“也不是不可以，”中塚转向小寺，“那是什么电路来着？”

正当小寺稍加思考的时候，三岛回答道:“是单纯的继电器电路。应该是把流向变压器的电流分流而使冷气扇运转。所以，要想实现关停发电机同时保持冷气扇运转，就只能另接电源。”

“那也不是多难的活儿啊。”

听了小寺的话，三岛摇摇头。“难倒是不难，可要想施工，就得先把发电机和冷气扇临时关闭。”

“啊！”惊叫起来的不只是小寺。连中塚也疏忽了这一点。

“看来只能依靠警戒的警察了。”说着，今枝转向三岛，而不是中塚。“没有其他可以看出核反应堆停止的方法了吧？”

三岛微微抬起脸，闭上眼睛沉思数秒，说道:“其他的，如果有必要考虑，恐怕就是电磁感应了。”

“电磁感应？”

“输送高压电流时，周围会产生强磁场。如果在其中放线圈，就会产生感应电流。只要监视这一点，就可以知道输电状态。通常的发电站都不是一套设备，所以即使有一座核电站停止，输电量也不可能变为零，而这儿的发电设施只有一套，一旦新阳关停，输电量立即就会变为零。我想要想监视也不是太难。”

今枝似乎仍不太理解，看了看中塚。“我不太明白，这种情况有可能吗？”

“事实上，这一点也不是没考虑过，”中塚边说边思考起来，“不过，输电线经过的地方都很高，我想一般情况下很难靠近。”

“如果地方选对了，在地表是不是也能监控呢？”三岛问道。

“怎么样？”中塚向小寺征求意见。

小寺露出一副不太赞同的样子，但还是微微点了点头。“如果是电磁场条件好的地方，恐怕有可能。”

“无论如何，如果要设置那种什么线圈或监控器，都得在输电线旁边吧？”警备部长问道。

“我想应该是的。”中塚答道。

然而，三岛立刻说道：“如果是在发电站里面，那就更简单了。”

大家脸上全都一惊。

“什么意思？”

“我是说，如果在转换站或变压器周边，恐怕能更准确地捕捉磁场的变化。”

“三岛，那也就是说嫌犯就是发电站内的人了。”小寺用责难的口气说道，“因为外部人员是不能在站内自由走动的。”

“不，我们也不能排除内部人员牵涉其中的可能性。”今枝赞成地说道，“恰恰相反，如果一点关系都没有，想实施这次犯罪是不是也很难呢？这也是搜查本部的想法。”

“我认为没这种可能性。”中塚忍不住插嘴道。

今枝回头看了他一眼。“为什么？”

“为什么？这个嘛……”中塚语塞了，找不出足以说服警察代表的根据。如果只说些“我信任员工”之类的话，恐怕只会遭到鄙视。

“这种设备大概有多大？”今枝毫不介意，转而向三岛问道。

“感应线圈要视设置地点而定。离得越近，就能做得越小，而且也用不着捕捉多余的电磁变化。能小到可放在掌心，就算大一些，人也能带走。”

“除了线圈，还需要什么器具？”

“首先必须把检验出的磁场变化转化为数据，不过，这种设备也不需要多大的体积。更主要的是，嫌犯不可能在现场守着，所以，将数据传输到嫌犯手头的无线电收发器应该是最显眼的。”

“大小呢？”

“大概有饭盒那么大吧。”

今枝皱起眉。“很小啊。”

“因为也不是什么大不了的仪器。说不定还能更小呢。”

“这种无线电收发器和线圈是用软线连着的吗？”

“是的，大概是用同轴电缆。另外，我想无线电上还有天线。”

“这是目标吗？”今枝吐出一口气，“明白了。那就让他们一并排查一下周围有没有这种装置。如果什么都没有发现，”他朝中塚和小寺瞥了一眼，继续说道，“或许还需要巡视一下发电站内部。”

“如果您真的这么想，我想最好连发电站内部也尽快调查一下。”中塚说道，努力抑制自己认为嫌犯不可能就在相关人员中的念头，“虽然营救已顺利结束，可直升机何时会掉下来尚不得而知。越往后拖，就越危险。”

“那倒也是。”今枝用指尖挠挠鼻子一侧，“那么，站内也一并排查一下。可是，如此一来，要是没人为我们引路……”

中塚问职员们谁肯做向导，两名年轻职员自告奋勇。

在今枝等的安排下，搜索的顺序匆匆决定下来。不一会儿，为了寻找尚不清楚是否真的存在的监控器，警察和职员全都离开了会议室。

“那种东西，真的会有吗？”小寺小声问了起来。

“这个，我也不好说什么啊。”

“我觉得不会有。嫌犯用的是虚张声势的手法。”

“虚张声势？”

“就是故弄玄虚。无非觉得一旦核反应堆被关停，恐吓效果就会大打折扣，所以才那么写。至于判断核反应堆是否在运转的方法，他们一开始就压根没有。”

也许是被今枝提醒说嫌犯有可能就在内部的缘故，小寺似乎也变得略微感情用事了。

中塚站在窗边，俯视外面，只见一队警察正绕向综合管理楼对面。看来是去调查变压器的周边。

事实上，中塚也在怀疑是否真的有监控器之类的东西。他也觉得监视变压器的冷气扇或海水的出水口之类的做法有点荒唐。因为这些方法可以说都是普通人一下就能想到的。而这次的嫌犯不可能选择这种简单手段。

当然，也不能就此认为嫌犯是在故弄玄虚。既然都那样写了，那肯定是掌握了某种手段，中塚确信。那么，到底是什么手段呢？尽管相关人员都凑齐了，可谁也没想出个究竟来，而且，嫌犯能看见的盲点是不是真的存在呢？

若真的存在……

中塚咽了口唾液。如果真是这样，恐怕他们这些人也无法阻止犯罪行为吧。

31

锦重工业飞机事业本部，高坂跟两名部下正在技术大楼入口的管理室里。

“那就让我们再梳理一遍。”高坂说道，“外部人员来访，要在那边的窗口出示访客票。即使是公司内部人员，只要不属于飞机事业本部，也都要出示 ID 卡。任何情况下都要在出入管理表上填写姓名、所属单位和联系方式等。接待人员确认访客票或 ID 卡的记录内容没有问题，才会在管理表上填写时间，然后给访客一张入场卡。访客在入口的读卡器上刷卡后，门才能自动打开，然后访客才能进入。上述入场卡在访客离开时要还给管理室。就这些，对吧？”高坂一面看着笔记一面说道。

隔着小会议桌跟他们相对而坐的是总务部的冈部科长，他也是管理室的室长。“是的，没错。”冈部耸起瘦削的肩膀点点头。这是一名看上去有点神经质的男子。

“相当严格啊。”

“是啊，”冈部认真地答道，“由于这儿是飞机事业本部的心脏部分，为防止外面的人混进来，二十四小时都在检查。”

“看起来是这样。”高坂附和道，心里却在思考另外的事情。嫌犯居然能闯过如此严格的检查，使用的是重机事业本部生产技术一科原口昌男的名字，而且还出入了两次。

根据对原口本人的核实，他最近一年根本没有来过飞机事业本部，既没有名字被盗用的线索，也没有ID卡遗失或借人的经历。

唯一能想到的就是嫌犯伪造了卡。卡是塑料的，正面印着所属单位、姓名、从业人员编号以及本人的照片等，背面则贴着茶色的磁条。据称，如果上班时将这种卡在专用机器上刷一下，上班时刻等信息就会直接被记录在电脑里，也就是说兼具考勤卡的功能。

如果是飞机事业本部的员工，这种卡还可直接用作进入技术大楼的人场证。也就是说，如果将其插入入口的读卡器，就能打开门禁。门禁也没什么大不了的，无非是有人通过时三根横杆就会旋转的一种简单构造。想跨过去倒也不是不可能，但很有可能被管理室看到。

因此，即使伪造了飞机事业本部的ID卡，磁条部分也必须跟真卡一样才行。当然，从技术角度来讲，也并非不可能。毕竟连银行卡都能伪造。可是，这也会伴随危险。

因此，要想伪造卡，最好是飞机事业本部以外的员工。因为只要能骗过传达室的人就行了。这比蒙骗电脑还要简单。

“能知道是谁在这个时间里值班吗？”高坂向冈部展示出入管理表的复印件问道。正是记录了原口昌男的六月九日和七月十日的部分。

“这个嘛，两天都是林田。”冈部当即答道，“因为这儿写的就是当时的值班人员。”说着指指表的左下方，栏外用小字写着林田二字。

“能把这位叫来吗？”

“当然可以。”冈部骨碌一下转动椅子，喊道，“喂，林田，过来一下。”

一名坐在墙边电脑前的男子站了起来，年龄将近三十，体格健壮。

“他是公司的柔道部成员。”冈部对刑警说道。做门卫似乎挺合适的。

林田略显紧张地在冈部旁边坐下来。

高坂介绍了一下这是对新阳事件进行调查，然后将那份出入管理表放到林田面前，又告诉他原口昌男本人否认在登记当天来过这儿。

“这个嘛……奇怪啊。”林田用难以听清的声音咕哝着。

“因此我们想问您一下，对六月九日和七月十日这两天的来访者，您还有没有印象？比如可疑人物或是跟往常差别很大之类的情况。如果有，请尽管告诉我们，多么琐碎都没有关系。”

林田的表情并未发生变化，或许是感情不轻易外露的类型。他嘴巴微张，低头沉思起来。“如果有异样，应该都会写在日志里。”他说道。

“日志？”

“就在这儿。”冈部往后面的桌上一伸手，拿过一个大学笔记本，“呃，就是这儿跟这儿。”

高坂接过笔记本，但是，六月九日和七月十日在那一栏均是空白。谨慎起见，他把前后也都查看了一遍，没有发现重要的东西。他忍住叹息，把笔记还回去。

高坂一度想再问一下，如果ID卡系伪造的，能否看出来，最终还是没有问出来。他知道，既然对方是传达人员，肯定不会回答说看不出来。

就在这时，林田略显犹豫地开口道：“呃，有件事不知能不能说……”

“可以啊。”由于根本没料到这名冷淡的男子会主动开口，高坂有点意外，盯着对方的嘴。

“六月九日和七月十日，原口先生都来过这里，对吧？根据这管理表。”

“嗯。可事实上原口先生并未来过，因此，我们怀疑有人盗用了原口的名字闯进去了。”

“啊，可我总觉得有点奇怪。”

“奇怪？”

“这一天就是我值班的，如果是其他人假冒原口先生的名字进入，我大概会觉察的。”

高坂再次审视起林田宽大的面孔。“为什么？”

“因为我对原口先生很熟悉。”

“哎？”

“如果是其他人使用了原口先生的ID卡，我应该当场就会怀疑。”

高坂瞪大了眼睛，身体朝后仰，跟两名部下交换眼色后，又把视线移回林田身上，伸出食指。“您对原口先生的面孔很熟悉？”

“嗯。因为以前在工厂实习的时候曾受到他的照顾。他来这里的时候，也经常会聊上几句。”

“可是，有没有这样一种可能，有姓氏相同的人使用了原口先生的名字？”

“我想没有。因为所属单位也要进行确认。重机事业本部生产技术一科姓原口的只有一人。”光是听那叽叽咕咕的声音，就知道林田大脑迟钝，但他当即否定了高坂的假设。

“这么说，”高坂又看了部下们一眼，“结论就是……”

“原口本人的确来过了。恐怕他不是忘记了，就是在撒谎。”刑警野村说道。

“不，我想原口先生并没来过。”林田又否定了这种可能性，“正如我刚才所说，如果是我值班时来的，我肯定会有印象。最近一直没有见过原口先生。”

“那么有没这种可能性，当时就有那么一会儿恰巧是别人值班？”这是另一名姓浜村的刑警的意见。可冈部反驳了这种意见。

“虽然有时候会出去上厕所之类，可替班的人会把名字记在这儿。”说着冈部指指管理表。

“那可就奇怪了。原口先生没有来，也没有别人冒用原口的名字。既然这样，为什么这儿会写着原口的名字呢？”高坂戳着原口的名字，由于焦虑，声音不禁大了起来。

冈部和林田都沉默了。他们似乎也莫名其妙。尤其是冈部，也许是害怕发展成责任问题，脸色特别难看。

“能让我们看一下传达室吗？”高坂说道。

“啊，可以。林田，你领他们过去。”

林田慢吞吞地站了起来。

传达室就在边上，从窗户可以看到技术大楼的门厅。窗户里面是传达人员的座位，现在正坐着一名不到二十五岁的女子。由于刑警们站在身后，女子显得很不自在。

“传达室都是一个人吗？”高坂向林田问道。

“一般都是一个人。来访者多的时候也会安排两个人，可这种情况很少。”

高坂抱着胳膊点点头。他一直在观察，来访者的确不多，传达室一个人就足够了。

如果相信林田，那么就算是嫌犯持有原口的ID卡，也无法使用。但原口的名字分明记录在案。这又是为什么呢？

有关最近半年的出入者，现在大量的侦查员正在分头对他们进行调查，仍未发现其他的可疑人员。

“抱歉，请给我一张入场卡。”

正当高坂陷入沉思的时候，一名身穿灰色工作服的男子向接待处出示了ID卡。

“请填写一下您的名字、所属单位和联系方式。”

传达室的女子把管理表放到男子面前，从一旁的架子上取出入场卡。男子从胸兜里取出自动铅笔，开始填写管理表。

“啊，抱歉。”女子连忙把圆珠笔放到管理表旁边，可男子已经填写完毕。

女子把管理表的内容跟ID卡对照了一下，就把ID卡和入场卡一起还给了男子。男子拿着两张卡走向入口。

“野村，”高坂喊道，“把记录了原口名字的管理表给我借来。不要复印件，要原件。”

“啊，是。”野村一溜小跑奔向冈部那儿。

高坂问林田：“刚才那人是用自动铅笔填写名字和所属单位的。这种情况经常有吗？”

“啊，经常有的。”林田依然用很难听清的声音说道，“一般都会使用放在这儿的圆珠笔，可也会有一些人使用自己的签字笔或自动铅笔。”

“可若是自动铅笔，那不就能擦掉了吗？”

“那倒也是，”听了高坂的质疑，林田皱起眉来，“究竟谁会擦掉那种东西呢？”

“这个就……”

“我借来了。”正当高坂这样喃喃自语的时候，野村回来了，手里拿着一本 B4 纸装订起来的本子。

高坂在一旁的空桌上摊开本子。看复印件的时候并没发现，原来填写所用的笔不只有圆珠笔，还有自动铅笔和钢笔等。高坂翻到六月九日和七月十日部分，原口昌男的名字全都是用圆珠笔填写。

可事实上这已经不是问题。

“有什么问题吗？”不觉间冈部也来到一旁。

“这份管理表平常都是在哪儿保管？”高坂问他。

“啊，都是在那个橱柜里啊。”冈部指着传达室一角的一个灰色橱柜说道。

“上锁吗？”

“啊，一般不上锁。不过，长期休假之前是要上锁的。”冈部有些尴尬，又补充道，“总之这个房间里二十四小时都有人。”

“晚上都是谁值班？”

“都是让门卫来。技术大楼晚上也有人工作，所以这儿不能没有人。”

“原来如此。”看来晚上溜进这里也并非不可能，高坂心想。

“呃，您究竟想说什么？”冈部露出试探的眼神。

高坂并未回答，而是瞥了周围一眼，压低声音说道：“进出这房间的都是什么人？”

“什么人？……这个单位的人啊。”

“其他呢？”

“其他？这个嘛，也就是负责人事的女人了。”

“人事？”

“就是被分配到各单位的女子，负责各单位有关人事的各种手续。

那边那个女人也是。”

高坂朝那边望去，只见一名长发女子正把一个信封模样的东西放到墙边的架子上。

“这儿是公司内邮件的中转站，有急件的时候，她们有时也会直接带到这儿。”

“这些人能看到出入管理表吗？”

“她们？这个嘛，要是想看，倒是能看到。”

“随便就能？”

“我想没人能随便看到，只是在午休等时间这房间里只有传达员，那时候恐怕能看到。”说到这里，冈部似乎终于意识到什么，表情阴沉下来，“呃，警官先生，不会是公司内的人在管理表上做了手脚吧？”

“现在还不能断定，不过很值得怀疑。”

“不会吧……我觉得不可能。”

“为什么？”

“因为……”冈部说着沉默下来。

高坂跟野村耳语。“跟本部联系一下，让他们派人增援。最少得五个人。还有，让他们做好笔迹鉴定的准备。”

“明白。”野村一溜小跑离开房间。

32

三岛低调地离开房间，跑下楼梯。正面出入口旁边就是公用电话，他很想用一下，可电话旁边站着一名警察。其他警察和消防队员也不时出入。

虽然带着手机，可在这儿无法使用。在敦贺半岛，能使用手机的区域只有海边一带，山里和半岛顶端这里没有信号。

三岛并未止步，而是装作要去厕所，径直朝里面走去。这座第二管理楼曾经用作建设事务所，比起综合管理楼，三岛等人对这边的情况更熟悉。

拐过走廊是一个挂着“标本室”牌子的房间，三岛推门而入。里面展示着燃料颗粒、堆心燃料集合体、蒸发器用的传热管的等大模型等，还装饰着设备整体的缩略图和冷却系统图等。

角落里有一张办公桌，上面放着一部电话机。三岛拿起话筒，按下印有“外线”字样的键。断续的信号音变成了连贯的声音。

他从兜里掏出笔记，上面是他手写的几个数字，数字前面还写着模式一、模式二。

美滨的公寓里的电脑已事先安装了若干个程序。三岛只能根据敌方的应对来选择启动其中某一个。尽管他还准备了装有遥控软件的袖珍电脑，还有其他控制公寓里的电脑的手段，可手机无法使用，电话插口也很难确保。若是在公用电话前敲打键盘，肯定会引起别人怀疑。

而且，三岛估计也用不着其他程序，用自己准备的模式已经完全可以应付，他有这种自信。

他按下模式四的号码。对方采取关停核反应堆的方案只是时间问题，这一点他早就预料到了。因为核反应堆是否关停从外面很难判断，这一点谁都能想到。

当然，三岛必须阻止。只有让钚继续燃烧，让大 B 坠毁在上面，这次的犯罪才有意义。

模式四就是让政府和炉燃集团放弃关停新阳的王牌。若不是公司指示让他来这里工作，这套计划恐怕早就实施了。他之所以等到现在，就是一直在估算最佳时机。这张王牌有着双刃剑一样的危险性，可以给警察重大启示。

但是，继续等待反倒会更危险。如果警察和消防队员调查后判明变压器的冷气扇和出水口的水流从外面都不可能看到，也未发现电磁感应监控器之类的东西，他们很可能越发坚定关闭核反应堆的念头。虽然中塚站长似乎是慎重派，可如果炉燃集团下死命令，他恐怕也拒绝不了。

三岛一个个用力按下号码，不久就连接到自己的房间，同时也连上了房间中待机的电脑。

他慎重地按下代码。绝不能出错。

耳边传来哔哔的声音，是读码的声音。他长舒一口气，放下话筒。接下来只祈祷电脑能按计划工作了。

门被打开恰巧就是这时。

“啊，抱歉。”进来的男子道了歉，待发现是三岛才放松下来，“我当是谁呢，原来是你啊。”进来的是汤原，手里拿着笔记用纸。

“我过来喘口气。”三岛说道，“在上面待着，紧张得都快窒息了。”

“同感啊。”

“你也是来换一下心情？”

“有一点，顺便也想提前了解一些事。”

“什么事？”

“新阳的构造、材质等。我刚才问了一下中塚站长，说是这儿有模型之类的东西。”

“这样啊。堂堂的飞机专家，对核反应堆也是门外汉？”

“隔行如隔山嘛。你对直升机就有了解吗？”

“飞行原理之类倒是知道一点，其他就一无所知了。”三岛站在整个发电设备的模型前，“可这世上的事有可不知者，也有不可不知者啊。我想，直升机的构造就属于可不知者吧。”

汤原歪着嘴笑笑。“也就是说，核反应堆的结构便属于不可不知者喽？”

“起码我是这么认为的。全体国民都应该在某种程度上学习一下。”三岛认真地说道，可他的心情似乎并未感染对方。

“你刚才对山下说的那些话，”汤原挠着太阳穴说道，“有点重了。”他似乎指的是三岛责备山下没看好孩子，让孩子随便钻进直升机的事。

“我并没有说错，只是有些考虑不周吧。”三岛回应道，无意与这位直升机技术人员发生争吵，“啊，总之，孩子平安获救，这比什么都强。”

“嗯，那倒是。”汤原接连点头，然后略显犹豫地说道，“你现在是跟太太两个人生活吗？”

“不，是一个人。”三岛回答道，心中猜测对方应该听说了智弘死去的事情，“离婚了。”

“是吗？”

“那你呢？跟太太和两个孩子一起生活？”

“不，是一个孩子。”

“女孩？”

“是儿子。”

“哦。”三岛已经能够做到即使听到别人孩子的事情也不再动摇。当然，做到这一点需要一点时间。“家庭这玩意儿，感觉不错吧？”

“算是吧。三岛，你就不打算再组建一个新家庭吗？”

他立刻回答道：“没有这打算。”

“是吗。”汤原没有继续深究，这也许是他特有的体谅方式吧。他把目光投向各种零件的模型，询问起来：“听说你负责的是热交换器部分，是吗？”

“准确地说，是用二次钠的热量把水变成水蒸气的部分。”

“挺重要的部分啊。”

“对于核电站来说，根本就没有不重要的部分。”

“可是，这次似乎大受瞩目啊。听说水与钠的反应是最可怕的。”

三岛未置可否，把手伸向展示台上的一个四方盒子。盒子里并排装着两根纵切的、长度三十厘米左右的管子。管子直径约三厘米，厚三毫米多。一根贴着蒸发器细管的封缄，另一根贴着过热器细管的封缄。

“高温液态钠就流过这管子外面。这就是用其热量把流经管内的水变成水蒸气的构造。”

“分成了蒸发器和过热器两部分啊？”

“用过热器把蒸发器制造出来的水汽进一步变成高温干燥的蒸汽。”

“为什么不设计成一体化呢？轻水反应堆的蒸汽发生器是一个吧？”

三岛闻言有点惊讶，看了看汤原。汤原冷笑了一声。“就算是核电的外行，这点事还是知道的。”

“失礼了。”三岛耸耸肩膀，“要想推动汽轮机，需要把水汽清除到极限的蒸汽。像那种从水壶口冒出来的蒸汽是不行的。因此，轻水反应堆会使用一种叫作湿分分离器的装置。过热器则是其替代物。”

“是吗？蒸发器和过热器的材质好像不一样吧？”

“过热器是暴露在高温中的，所以使用耐热性好的 SUS321。而对蒸发器来说，高温就不用说了，另外还有一个大敌。”

“腐蚀？”

“果然厉害。”

“我们也为耐热和耐腐蚀的问题头疼。原来是这样啊，那么蒸发器使用的就是铬钼钢吧？飞机的排气管之类也经常使用镍镉合金。”

“那个也不错。目前加压水型的蒸汽发生器上就在用。不过，这儿的蒸发器使用的是铬钼钢。讨论的结果就是这样。”

“好像费了不少周折。”汤原微笑道。

“炉燃的家伙们都说是集体智慧的成果。”

“可是，”汤原摸摸蒸发器的管子，“这种东西真的管用吗？”

“什么意思？”

“虽然我是外行，不过以前加压水型核电站蒸发器发生事故引发大问题之类的事情我还是记得的。”

“你说的是美滨的美花核电站吧？若说最近的，大饭那边也发生过。”

“是细管破裂吗？”

“差不多吧。”

“原因呢？”

“多个方面。美花那边是由于细管安装失误。大饭那边真正的原因尚未查明。也不是用我们的零部件。”

三岛认为，美花那次事故对核业界是一次沉重的打击，现在仍是反对派的一张王牌，在议论新阳的蒸汽发生器的可靠性时，那次事故也每每被拽出来说事。明明同样的东西在过去引发了事故，凭什么还敢说新阳就不会有问题？当然，三岛也认为这种理由合情合理。所以，绝不能再发生那种简单的错误。

“轻水反应堆的蒸汽发生器的细管也是这种东西吗？”汤原轻轻晃了晃手中的细管，问道。

“直径还要小一点。外径约两厘米。厚度极小，也就是两毫米左右吧。是同样的材质。”

“是吗？那细管的检查如何？新阳跟一般的核电站不一样吗？”

“不，基本上一样。都是进行非破坏性检查。”

“非破坏性检查？”

“就是涡流探伤。”

“啊，是那个啊。就是钢管厂家经常弄的那个玩意儿吧？”

“原理你知道？”

“大致上。就是使用电桥查验电感变化吧？”

“嗯。”

“原来三岛你对于这种检查方法也有所涉猎啊？”

“算是吧。用探伤线圈进行反复测试。”

“怪不得呢。”汤原点点头。

“怪不得？”

“我是说刚才提到电磁感应线圈的事。怪不得立刻会想到那个。”

“或许是吧。”

金属等导电物质被施加磁场时，如果磁场的强弱发生变化，就会因电磁感应而产生电流。这就是涡电流。所谓涡流探伤就是对被检物的不同位置施加强度相同的磁场，通过查看所产生的涡电流来发现瑕疵。如果涡电流有差异，那就说明所探的两处必有一处有瑕疵。

要施加磁场就要使用缠有电线的线圈，并接通交流电，接近所要探测的部分。在核电站现场，这种线圈一般称为探针，使用的是一百千赫与四百千赫这两种。如果频率低了，能够检查到内部的灵敏度就会下降。相反，如果过高，虽然灵敏度提高了，却只能检查表面附近。

“探伤线圈有多大？”汤原问道。

“直径比管的内径要小数毫米，长度差不多有数厘米吧。如果把这种东西通到管内，就会在有瑕疵的地方发出信号。”

“细管的长度呢？”

“八十米左右吧。”

“八十米？就一根？”汤原瞪大了眼睛。

“一根，而且弯弯曲曲的。探伤线圈就是在里面钻来钻去。”

“听上去似乎有点难啊。”

“说白了，是费了点事。”三岛苦笑一下，“坦白说，实验过程中还发生过线圈不动的情况呢。因为把好几根细管给焊接到一起，结果线圈钩到了焊珠上。”

“听起来倒是有这种可能。”

“从事生产制造的人或许能这么说，可一向怀疑新阳的人们就没有这么宽容了。”

“怎么，连这种情况都公布了？”汤原颇感意外。

这也是技术人员的感想吧，三岛想。“是内部的人泄露的。因此，正好给了反对派绝好的攻击材料。”

像探伤线圈被钩住之类，只要稍微完善一下，立即就会解决。可反对派顿时群起攻之，就像这件事是重大设计失误似的。说是都隐瞒到了被内部告发的地步，绝不能原谅。对于三岛等人来说，实验中出现试行错误是家常便饭，根本就无法忍受那种把失误一一上报的做法。

“那发现瑕疵之后怎么办？”

“一般是堵住管子，若是轻水堆就多进行修补。最近使用人造纤维的激光焊接技术取得了进步，所以已不是多么困难了。可新阳的情况恐怕很难修补。”

“唔。大致上明白了。”汤原抱起胳膊，“坦率地说，我并不觉得足够安全。”

“是吗？”

“我曾听说，涡流探伤器所能发现的瑕疵大小是有限度的。”

“这一点我无法否定。要通过弯曲的管子，线圈与管的间隙必须达到一定的宽度。可间隙越大，探伤能力就越小。而要想发现小的瑕疵，就需要更窄的线圈，而且要达到一定圈数。正因为必须精确地缠绕导线，产生极限也就在所难免。”

“也就是说，小于这极限的瑕疵检查不出来，对吧？这种瑕疵在下次检查前有进一步扩展的可能性吧？”

“也不能说没有。材质退化之类问题在涡流探伤时也无法发现。不过，这些瑕疵不会发展到引发重大事故的程度，而且在下一次检查中肯定会被发现——就是这样一种思维方式。”

“听上去倒是非常乐观啊。大家不是都在说，一旦钠跟水接触，就会发生剧烈反应吗？你就不害怕这种情况吗？”

“当然害怕，但也做好了心理准备。”

“心理准备？发生钠火灾的心理准备？”汤原的声音稍大了些。

“告诉你一件好事吧。蒸汽发生器所在房间的入口附近，就放着一个黄色的液化气瓶。你知道是什么吗？”

“黄色液化气瓶？不知道。”

“是灭火器。为了跟普通的相区别就涂成了黄色，里面是无水碳酸钠，商品名好像叫纳托莱斯，是钠火灾专用的灭火剂。这儿的职员基本上全都接受过消防训练。”

“综合技术部的那个……好像是姓小寺吧。那个人曾断言绝对不会发生钠火灾。”

“他的意思是不会发生大火灾。如果细管上开了洞，水的确会泄漏与钠发生反应。不过，由于设备中有能感知这种反应所产生的氢的感应器，一旦感应到氢，供水就会立即停止，核反应堆也会停止，因此，不会发展成大火灾。正如炉燃的企划部长在电视上所说的那样。”

“可也可能出现险情耽误的情况啊，是不是？也必须考虑最初的反应导致细管逐渐破损的情况。一旦氢气积多了也会有爆炸的危险吧？”

“英国就曾发生过这种事故。不过，那是因为他们的设备中没有安装那种迅速排出氢气的装置。而新阳当然安装了。”

“看来自信满满啊。”

“我只是说明一下其结构原理而已。”

“够了。接下来我想听听你对这次事件的见解。如果大 B 掉下来，发生爆炸，结果将会怎样？你刚才列举的安全装置也可能会损坏哦。”汤原眼神认真地说道。

三岛把目光投向新阳的模型，轻轻叹了口气，说道：“不知道。我只能说上天才知道。”

“这好歹也算是，”汤原轻轻抬起双手，“一句提气的话吧。”

三岛在一旁的椅子上坐下来，仰视着汤原。“汤原你说，有绝对不会坠落的飞机吗？没有吧？每年都会有众多的死亡者。而你们对此能做的又是什么呢？也就是降低坠毁的概率吧。可这种概率无法降低到零。乘客也知道这一点，大家都是认为这种概率不会降临到自己头上才去乘坐的。与此相同，我们能做的，也只是降低核电站引发大事故的概率而已，同样也不能把概率降到零。剩下的只能是让人来评价这种概率。”

“我明白你所说的意思，不过很少有人在听了你的说明后就能理解。飞机这种东西，其实如果不想乘坐，没人会逼你去坐。”

“问题就在这儿。”三岛点点头，“可一旦核电站发生大事故，那些无关的人也会遭难。可以说，整个国家就好像乘坐在核电站这架飞机上，谁都不记得曾买过机票。要想阻止这架飞机起飞也不是不可能，只要有这种意愿就行。可事实上连这种意愿都看不到，乘客们的想法根本就不清楚。除了一部分反对派，几乎所有人都只是默默地坐在座位上而已，连屁股都不愿抬一下。所以飞机照样继续飞行。既然让它起飞了，我们能做的只能是竭尽全力避免事故。比如，汤原，你怎么看？对于日本今后继续依靠核能的做法是赞成，还是反对？”

突然被这么一问，汤原不由得有些畏缩。“好难的问题。也许我这么说你会说我刁钻，可说实话，我觉得核电只是一种无奈的选择，我只希望绝对不要发生事故，这就是我真实的心情。”

“是够刁钻的。真是刁钻的回答。就好像说由于没有其他交通手段，就只好乘坐飞机，但绝对不要发生事故。既然乘坐了，那就请做好心理准备。当然，为了防止事故，我们会竭尽所能。可是，做不到绝对。这次的事件未必就是最后一次意外情况。”

正当汤原因三岛这番话皱眉沉默的时候，门突然打开了。进来的是一名警察。

“啊，汤原先生，原来在这儿啊。”年轻的警察非常激动。

“什么事？”汤原问道。

“嫌犯又发来信息了。实在令人吃惊……”

汤原瞪大了眼睛。“什么要求？”

“这……总之请先回房间再说。”

“明白了。我马上就去。”汤原朝三岛转过身。“领教了。下次再接着聊。”

“如果有机会的话。”三岛答道。

汤原跟警察一同离开。

三岛也站起身，打量了一下新阳的模型，向门口走去。无聊的事说得有点多了，他有点后悔。

他回味刚才和汤原谈到的一个词——家庭。对他来说，这个词意味着已经失去，再也不会重新得到。

这时，一张女人的面孔突然浮现在他脑海中。并不是前妻，而是另外一个女人。他知道，她也正在寻求“家庭”。

三岛想起她现在该在的地方。

33

名古屋机场。

她刚刚乘坐巴士抵达国际线航站楼前面。大楼是横长的三层建筑。推着旅行箱走进出入口，眼前就是随身行李检查口，里面是一大排办理登机手续的柜台。到底是暑假时期，连平时空闲的国际线区都挤满了大批拖家带口的乘客。每个人脸上似乎都充满幸福。

离她搭乘的飞机起飞还有近两个小时。习惯了海外旅行的她这么早就赶到机场实在少见。当然，这是有原因的。

“这里也很热啊。空调果然停止了。”一群团体客中的一名中年男子的话传入了耳朵，她不由得循声望去。

“好像还开着一点。若是停了，恐怕就不是这种热度了。”回答的大概是妻子吧，戴着渐变墨镜，“就算停了电，飞机也能飞吧？”

“话是没错。毕竟飞机跟电没有关系。可管制塔之类还是需要电的。这点电还是能确保的吧。”

“真讨厌，偏偏在这种时候。”

“太讨厌。”

再竖起耳朵一听，似乎到处都在谈论新阳事件。看来，他们也不幸福。

她当场掉转旅行箱，从刚才进来的出入口走了出去，穿过公共汽车站前面，朝到达大厅走去。她知道那儿有电视。而在出发大厅这边，不走到出国候机室是没有电视的。不用说，要想进入那里，不办完登机手续和出国审查是不行的。

狭窄的到达大厅今天也照样人满为患。尤其是电视前面，围了一大群人。背对着随身行李托运柜台的地方摆放着二十多把椅子，每一把都坐着人。她拖着行李箱走在人群边缘。电视上似乎仍在播放新阳事件的情况，可光看电视画面弄不清具体情况。只有一点很清楚，那就是事情仍未解决。

对于这个天大的事件跟自己的关系，她仍未有坚定的想法。她仍未放弃跟自己毫无关系的希望。正因如此，她才按原计划，不，甚至提前来到机场。

她打开包，确认了一下护照和机票，然后拿出镜子，查看自己的模样像不像旅行者。短发剪得不错，这让她的心情放松下来。为了与发型相配，她连化妆方式都改变了。即使遇上公司的朋友，她也有自信不会被认出来。下决心跟长发告别只是两天前的事，所以应该连他都不知道这一变化。

只要出示护照的时候不被当成别人就行了——她一面把镜子收进包里一面想道。当然，这是需要用到护照的时候才会涉及的问题。

34

汤原回到会议室时，中塚等人正聚集在房间中央的桌前，其中还有数十分钟前跟儿子感人会面的山下的身影。可是谁都没有说话。

桌上放着一个刚才没有的东西——电脑，十五英寸的彩色显示屏上正映着奇妙的图形。大家全都盯着上面。

“中塚先生……”汤原边靠近边喊道。

“啊，汤原先生。”中塚回过头来，脸色很难看。

“听说嫌犯又发来回应了，这电脑到底是……”

“总之，请先看一下这个。是这个先到的。”中塚把放在一旁的一张纸递给汤原。

先到？——到底是怎么回事，汤原纳闷地接过纸看起来。照例是传真用纸。

我们已给炉燃意见箱发了一封邮件。请赶紧查看。

天空之蜂

“就这些？”

“就这些。”

“炉燃意见箱是……”

“就是投稿栏。是对炉燃事业所反馈意见的交流平台，主要针对新阳。除了通过电话、传真和邮件接收意见，最近又开设了网络通信的专用栏。既然使用了邮件一词，大概就是普通邮件吧。结果，让他们一查看，这才发现竟发来了这种图像。”

“抱歉让一下。”汤原走到电脑显示器前。

上面显示的是用鲜艳的红色和蓝色着色的复杂图案，到处都写着数字。

“好像是温度记录图啊。”

“是啊。”中塚答道。

所谓温度记录图，是用颜色表示物体表面温度差异的图表。汤原在工作中也经常用到。

“这是某个地方的地形吗？”汤原继续问道。

小寺把一本很薄的小册子放到他面前，指指上面的设计图。

是新阳的厂区配置图。汤原把它跟显示屏上的图案比对了一下。两张图完全一致。

“这是从上空拍摄的这儿……新阳发电站的图片吗？”

“看来是。也可以说是整个发电站的温度监控图。”中塚努力装作平静的样子，可声音还是有些不自然。

“也就是说，嫌犯正在监视现在的状态？”

“我想是的。”

“可这图片究竟是怎么拍摄的……”说完汤原忽然一愣，“你是说，大B上面搭载了记录温度用的红外线相机和解析装置？”

“看来是这样。”说话的是山下。也许是孩子获救的缘故，看上去他的精神恢复了不少。“通过这种方式得到的数据是以静态图像的方式，以数十秒一次的间隔传送给嫌犯的。于是，嫌犯就把其中一张发了过来。因此他们都问我，直升机上是不是原本就带有这种功能。”

汤原摇摇头。“没有这功能。”

“哎，我也是这么对大家解释的。大概是嫌犯安装上去的吧。”

汤原捂着嘴角，再次看着电脑画面。的确，要想拍到这种图像，不从大 B 的位置上拍恐怕很难。“可是，那相机究竟安在哪儿了呢？”

“这个啊，我已经安排人去救援队借录像带了。”中塚说道。

“录像？”

“空中机械师好像已经把救助过程拍成了录像。借来看看，也许能得到一点线索。”

“是吗？既然这样，或许能参考一下。”

“还有，营救惠太的救援员也用袖珍相机拍下了大 B 里面的样子。现在正请他们冲洗呢。”

汤原对山下点点头，然后看向中塚等人。“既然是用电子邮件发过来的，就没有显示发送者吗？”

“显示了。是这样一个名字。”中塚递过电脑旁边的笔记，上面写着“佐藤伸男”和 ID 号码。

“佐藤伸男……是什么人？”

“不清楚。现在福井县警正在进行调查。”

不可能是嫌犯的名字，汤原想。肯定是用某种方法获取了他人的 ID 和密码，用此发送邮件。

“这图像的意思您明白吗？”

“哎，嫌犯的意图完全明白。”中塚断然说道。

“什么意思？”

“图像下面标着几个数字，对吧？我想这就是嫌犯想要表达的意思。”

汤原凝视监控画面。下面标着一行数字：“X=30.300　Y=23.750”。

他又把视线移回画面上。X 和 Y 所表示的地点一目了然。根据厂区配置图，两个地点都在海上，只不过两个地点之间有一道防波堤。

“X 表示的似乎是出水口附近的海水温度，Y 表示的则似乎是取水口附近的海水温度。”小寺从旁说道，“发电站正常运转的时候，两者相差约六度。”

“这么说，嫌犯……”汤原回头看向综合技术主任那张僵硬的脸。

“似乎是通过直升机来监控海上的温度。”

汤原也终于明白中塚等人的意思。嫌犯已经明确告知其确认新阳的核反应堆是否在运转的方法。如果出水口和取水口的温度差消失了，他就会视为核反应堆已停止运转，于是让直升机坠毁——嫌犯恐怕就是这个意思吧。

“这完全是一个盲点。”中塚面露苦涩，“我们对核反应堆关停时的现象讨论了那么多，竟没有想到海水温度差这一点。没想到直升机上居然安装了这种装置……”

消防队长佐久间和警备部长今枝也在场，他们似乎也很困惑。就在刚才，他们应该还在到处寻找能够监视变压器的地点和探知电磁场变化的装置呢。

“站长，这会不会是一个圈套呢？”

“圈套？”

“也就是说，为了让我们深信他们是从直升机上用红外线温度计来监视海面温度的，嫌犯就故意做了虚假的图像发给我们，会不会也有这种可能性呢……”

一旁的汤原闻言，颇显意外地望着小寺。居然还能想到这一点，真是佩服。看来这名综合技术主任颇有一种乐观看待事态的性格。

“假设是这样，那么有办法证明吗？”中塚问道。

“啊，这个……”

正当小寺低下头支支吾吾时，有人冲了进来。是一名警察。“录像已经从小松救援队那边送过来了。”

“来了？”中塚站起来，对汤原说道，“先看看这个再说。”

汤原也站起身来。

为了尽量让画面大一些，中塚决定用一楼大厅的电视播放。连上录像机后，立刻开始了播放。

救援队的空中机械师拍摄的录像分明透着一种仿制品无法具备的魄力。救援员向大B发射舫枪绳枪、抓住卷扬机的钢丝绳跳下等画面，让人了解成功解救过程的同时，还感受到一种令人窒息的紧张感。山下在汤原旁边看着录像，一直惊叫不已。

目标就出现在救援员荡向大B的瞬间。当大B的机首出现在画面右侧的时候，汤原和山下同时“啊”地叫起来。

汤原操作遥控器，倒回录像带，最终静止在所要寻找的那一幕。“是这个吧。”汤原指着直升机的机首咕哝道。

“好像是。”山下立刻表示同意。

就在直升机的正面、驾驶席的窗户下面，只见一个黑乎乎的四方形东西就安装在那里。

“那就是红外线相机吗？”中塚凑近画面问道。

“我想大概是。”汤原说道，“因为那儿平常什么都没有。”

“可那是怎么固定的呢？”

“那儿有检查驾驶室仪器用的小门。打开小门，里面就有固定仪器的角铁，我想嫌犯大概就是用螺钉之类的东西固定在那儿的。小门大概是以半开的状态固定的，这样还能保护相机。”

“真是煞费苦心啊。”

“是的。虽然现在说这种话有点奇怪，可嫌犯对这飞机真的非常了解。”

“这样一来，你的圈套一说也就不成立了。”中塚扭过头，朝坐在斜后方的小寺说道。小寺默默地点点头。

“我能不能问一个问题？”今枝朝汤原轻轻举起手。

“什么问题？”

“包括那相机在内的装置，一般市面上能搞到吗？”

“市面上当然有售。就是红外线热成像仪，像那种必须对热进行解析的研究室一般都会有。这儿不是也有吗？”汤原看看中塚和小寺等人。

“有。”小寺简短地答道。

“也有个人持有的情况吗？”今枝环顾技术人员们。

“这个恐怕没有吧。”中塚答道，“因为既没有用处，还那么贵。”

“大约得多少钱？”

“起码得五六百万吧。”

“这么贵？”今枝惊得往后仰。

“而且，我想嫌犯使用的还是能用遥控器改变相机角度的那种款式。”汤原说道。

“什么意思？”

“如果相机角度固定住，就无法根据直升机的高度准确捕捉发电站整体情况了。”

“啊，原来如此。”今枝露出信服的样子，进一步问道，“这么说，嫌犯还随时调整相机角度？”

“不，这不可能。因为距离太远了。大概是用了一种可自动调整相机角度拍摄发电站整体图像的装置。”

“这种事情能做到吗？”

“就是用电脑来控制相机的遥控器。也没什么了不起，只需一个微电脑板就足够了。如果事先给电脑一个目标影像，只要相机捕捉到与其一致的图像，就会追着图像改变角度。”

“哎呀。”今枝摇摇头，叹息一声，“什么事情都能做到啊。总之，单就您刚才的话来说，嫌犯早就准备好相当特殊的装置。如果从这些东西的到手途径入手，说不定就能得到某种线索呢……”后半句像是自言自语，咕哝了一会儿，今枝对身旁的部下命令道：“立刻把嫌犯发送的图像转发到本部，说不定能查清嫌犯是使用什么机器制作的。”部下动作麻利地离去。

汤原并不想给警备部长泼冷水，就没有作声，但他觉得嫌犯肯定不会以个人名义购买红外线热成像仪。经营这种仪器的厂家和商社的客户一般都是企业或大学的研究机构。如果以个人名义订货，恐怕当时就会引起怀疑。而且这种产品并非大量生产，交货期也经常会大幅延迟。一旦弄不好，说不定还会耽误犯罪行为的实施。与其冒这种危险，还不如潜入研究所之类的地方盗窃更快。

“站长，是不是得跟总公司联系……”小寺略微起身说道。

“啊，对啊。是得联系一下。”中塚撑着膝盖站起来。汤原看得出来，他已是相当疲惫。嫌犯这次发来的信息对他打击似乎相当大。中塚痛苦地说道：“先明确告诉总部，就说不能关停核反应堆。”

“有没有方法反击呢？”说话的是佐久间。

中塚反问道：“反击？”

“也就是说，比如既关停核反应堆又不让取放水口的温度下降，有没有这种方法？”

“够呛。”小寺当即答道，“没有热源却要让海水保持热度，这种情况不可能。”

遭到断然反驳后，佐久间再次沉默下来。

“如果遮住相机的视野，怎么样？”发电站的一名年轻职员向汤原问道，“就是让他们测不到海水温度。结果会怎么样？”

“怎么遮住？”

“使用直升机不就行了？让直升机飞到相机下面。”

汤原微微一笑。“这样或许能遮住，可你觉得嫌犯会坐视不管吗？”

“是吗……”年轻职员挠挠头。

“拙劣的把戏反倒会更危险。说不定还会由红外线热成像仪直接发送指示让直升机坠毁呢，这种可能性也是有的。”

“什么意思？”佐久间带头问道。

“首先让电脑从热成像仪得到的数据中选择必要数据。所谓必要数据即出水口和取水口的温度，不只是一个地方，而是选取数个地方的数据，算出平均值。因为有时候也会出现某种情况致使某个地方的温度发生改变。算出平均值后，再求差。一旦这个差小于设定值，电脑就会向直升机的操纵装置发出停止旋翼的指示——呃，差不多就是这样的系统吧。”

“这种装置很容易做出来吗？”今枝问道。

“简单倒是不简单，可既然嫌犯都能做到这一步，这恐怕也算不上什么难题吧。如果真的是这样的系统，实际关停核反应堆的时候就不用说了，即使相机拍摄的图像有一点可疑，恐怕也有发出坠毁信号的危险。所以我才说不能耍小聪明。”

刑警和消防人员另当别论，身为技术人员的发电站员工似乎都理解了汤原的大致意思。正因如此，一时间谁都没有发话。

“索性直接在空中炸毁直升机怎么样？”今枝说道，“如果炸得粉碎，就算落下来也不会造成严重的灾难吧？”

汤原吃惊地问道：“如何炸毁？”

“这个总会有办法，不是吗？”

“如果您说的是让自卫队进行攻击，我想那将是一场危险的赌博。如果能炸得粉碎倒还好，可最终只是导致坠落提前的概率也是极高的。”

“是吗？”警备部长皱起眉。

“并且，在这种情况下，嫌犯也绝不会袖手旁观。”佐久间说道。

今枝叹息着点点头。

“核反应堆不能停止。”中塚喃喃道。

就在这时，去跟搜查本部联络的年轻警察从楼梯上冲下来，来到今枝身边耳语。

今枝的表情顿时变得严峻。“确定无误？”

“哎。已经报告警察厅，所以当地警察马上就会有行动。”

“今枝先生，有线索了？”中塚焦急地问道。

今枝似乎顿时犹豫起来，不知该不该透露调查情况，可最终还是开了口。

“发来电子邮件的佐藤伸男的身份已经判明。”

“什么人物？”中塚问道。

今枝打量一下汤原和山下的脸。“你们就没有线索吗？”

“我们？没有啊。”为什么要问自己等人呢，汤原有点纳闷。山下也在一旁摇着头。

今枝又转向坐在边上的三岛。“那么，你呢？”

“没有。”三岛也答道。

今枝意味深长地微笑着说道：“佐藤伸男，锦重工业株式会社重机事业本部长。”

“佐藤常务？”汤原差点跳起来。当然，这名字他是知道的。

35

福井县三方町。

藤井道雄正穿着背心和贴身短裤待在电视前。矮桌上放着两个空啤酒瓶和粘着烤鸡肉串调料汁的盘子。这是昨夜边看职业棒球边吃晚饭时的残留。今天上午尚未吃过任何东西。十点多起床打开电视一看，竟发生了天大的事件，于是一屁股坐下径直看了起来。

胡闹！他边看新闻边想。对他来说，核电站是切身的存在，可以说是生活的依靠。

电视画面上，一个有名的政治学者正就政府在当前的局面下该如何应对进行分析。屈服于嫌犯的恐吓当然不值得讨论，可一旦直升机坠毁发生核污染，一直宣扬核电安全神话的政府必须承担某种责任。藤井换了频道。净扯些无聊的话，他想。

大概是现场没有取得任何进展的缘故，所有频道都播放着同样的内容。藤井于是站起身来。干脆泡杯速溶咖啡吧，他想。虽然已年过四十，可他仍是单身一人。婚倒是结过，可夫妻生活连两年都没过满。

正当他装上一壶水要放到电磁炉上时，门铃响了起来。对于两室一厅的公寓来说，这声音实在太大了，总让他忍受不了。

打开门，只见两名男子并排站在门口。其中一名男子身穿半袖翻领衬衣，另一名年轻男子则挽着衬衫袖子、系着领带。

“您是藤井道雄先生吗？”穿翻领衬衫的男子询问道。

藤井点点头，一面猜测他们的身份。他的预感是正确的。

“我们是警察。有点事想问您。”

“是关于新阳事件吗？”

“啊，算是吧。”

“我没有去过新阳。”藤井说道。

“是吗？这并没有关系。我们只是想问点事情。”穿翻领衬衫的男子姿态较低，语气却不由分说。

“既然这样，那就请进来待一会儿吧。”藤井把门开得很大，邀请二人。可警察们只是站在狭窄的玄关，连鞋都没脱。根据二人的自我介绍，他们是县警本部的两名刑警，姓室伏和关根。

“藤井先生，听说您是在阿玛奇保洁公司做现场监督，是吧？”姓室伏的刑警问道。

“嗯。”

“今天休息？”

“嗯。因为这段时间的定期检查很少。”怎么净问些古怪事，藤井一面回答一面想。肯定是听说自己在家休息才来这里吧。

阿玛奇保洁是专门承担核电站内的放射能除染工作的公司，主要做一些用专用抹布擦拭因漏水等原因弄脏的地板等工作。藤井干这活已经十三年了，四年前被任命为现场监督。

“呃，藤井先生，您还记得杂贺这个人吗？”

“杂贺？就是那个杂贺？”

“汉字是复杂的杂、贺年的贺。我从公司那边听说，他曾在您手下一直干到最近。”

“记得。呃，一直干到去年。”

“您知道他的联系方式吗？”

“唔，他好像搬家了吧。以前倒是住在这附近。是搬到哪里去了来着？”

“长滨市您知道吧？”年轻的刑警关根说道。

“长滨市？啊，不，没听说。公司那边没记录？”

听了藤井的反问，刑警浮出微笑。早就猜到会是这样。说是公司，只是听起来好听罢了，其实只是招一些人送进核电站的中介而已。雇人的时候连履历都不会仔细看，对每个工作人员都仔细做记录更是不可能。

“这么说，最近没有联系过？”

“啊，没有。毕竟关系也不是多么亲密。”

“原来如此。”室伏在笔记上记了点东西，接着又问道，“他是一个怎样的人？”

“杂贺吗？要问他是怎样的人……”藤井挠挠后脖颈，“唔，一句话，一个并不起眼的男人。跟伙伴也不怎么说话，人际关系也不好。工作时间之外，也不清楚在做些什么。”

“兴趣之类的事情有没有问起过？”

“兴趣？从未问过。”

“好像喜欢制作模型，比如飞机之类。”

“哎，是吗？还真不知道。”说着，有件事忽然在藤井的记忆中复苏了，“啊，飞机啊？听你这么一说，他的确经常读那种杂志。”

“哪种杂志？是模型杂志吗？”

“不，不是那种，是飞机、兵器之类的。对了，就是常见的那种，什么世界军舰啦、战车啦等，写得特别详细的那种杂志。”

“啊，是军事杂志。”说话的是关根。

“就是那个。毕竟是自卫队出身嘛，肯定还是对那种东西感兴趣的。”

“自卫队？”室伏的脸突然变得很可怕，“你说杂贺是前自卫队员？”声音也变大了。

刑警的咄咄逼人让藤井吓了一跳。“啊，听说是那样的。不，呃，只是听他本人提起过一句半句，也不知道是不是真的。”

“是他本人说的？”

“嗯。”

“那他有没有说过曾隶属于哪儿的部队？”

“这个倒没有说过。”

藤井听到自卫队的事是在完成一项工作后正换衣服的时候。当时只有他和杂贺两个人，负责清扫一次冷却水净化装置所在房间沾满放射能的地板。杂贺负责用抹布擦拭，藤井则负责把这些抹布装进塑料袋送到废弃物处理室。藤井绝不承担擦拭清扫的活儿，因为他清楚那是一项极其危险的工作。

当时藤井若无其事地问杂贺为什么要做这种工作。这么问其实也没有特别的理由，只是因为找不到其他话题。

“因为核电站讨人嫌啊，符合我的脾气。”杂贺把加大号防护服扔进专用箱，答道。

“你，讨人嫌吗？”

“这个嘛，我自己也不知道。总之，反正都是讨人嫌，干脆这次也在受人讨厌的世界工作吧。”

“这次也？你以前也做过这种工作？”

“相似的工作。尽管不可或缺，却受尽世人冷眼，大家都觉得没用的工作。”

“什么工作？”

杂贺犹豫了一下，生硬地答道“就是自卫队啊”，就再没有多说过。所以，他究竟隶属于哪里的部队，具体做什么，为什么不当军人了之类的，藤井都不知道，之后也没有谈起过。

室伏认真听完藤井的这番话，跟关根使了个眼色。关根默默地走了出去。两人的脸上已没有开始时的从容。

“藤井先生，这件事非常重要，希望你再使劲想想。跟杂贺先生聊天的时候，有没有谈到过有关飞机或直升机的操纵之类的话题？比如说，以前稍微搞过之类。”

“操纵？”藤井思考起来。尽管刑警让他使劲想，可由于一开始就没有记忆，他也是无可奈何。他自己也没留意走马灯似的不断轮换的工作人员。“不记得了。”他只能如此回答。

“那，您知道什么人跟杂贺先生关系亲密吗？”

“跟他？这个嘛，我刚才也说过，他人缘很差，不记得他跟什么人好过。”

“是吗？那么，如果您想起什么，请联系这儿。”说着，室伏把一张纸条递给藤井。

刑警致谢后正要离开房间。藤井忽然叫住了他们。“那个……”

“什么事？”

“呃，杂贺……那家伙是新阳事件的嫌犯吗？”

“啊，现在还不好说。只是暂且调查一下。”

“暂且？”

“抱歉。我们很忙。”刑警似乎拒绝回答更深入的问题。

锁好门后，藤井再次坐到电视前。他早就忘记了泡咖啡的事。“杂贺……”

自己从未想起过这个人，这就是藤井真实的感想。正如跟刑警所说的，那是一个阴郁而不惹眼的男子。藤井也不记得曾主动跟他搭过话。

但是，此人工作起来很卖力。就连谁都敬而远之的一次冷却系的工作，他都毫不嫌弃。恐怕是因为日薪高吧。他也有体力，比其他人能干得多。藤井还记得他曾借歇班的其他工作人员的外部辐射测量仪，隐瞒被辐射量，继续工作。藤井之所以睁一只眼闭一只眼，完全是因为工作的现实——正是因为有了像杂贺那样的人作人员，工作才能如期完成。

但藤井不太清楚杂贺究竟为什么那么想要钱。从打扮来看，也不像奢侈的人。体格敦实，眼睛与眉毛的间隔很窄，完全是那种南方人的雕刻般的脸形。略微凹陷的眼睛深处，似乎隐藏着某种东西。

那家伙是嫌犯？不会吧——

可藤井并不觉得奇怪。虽然对杂贺并不太了解，可藤井还是觉得，那家伙倒也有可能做这种事。他无疑具有这种潜质，完全干得出来。

电视上，记者正采访航空专家。“如果不能查明嫌犯究竟是用何种方法来进行远程操纵，这个问题还是很难的。”对于能否移开直升机的问题，年纪较小的学者回答道。

远程操纵？

藤井想起曾从杂贺口中听到过这种话。虽然记不清是什么时候，但他的确曾经说过：“再过一段时间，这种核电站内的工作就会全部交给机器人。到时候我们就没用了。”

一个同伴笑道：“你是说让铁臂阿童木来干？真服了你。”

虽然受到嘲笑，可杂贺毫不生气，心平气和地继续说道：“很多保养检查等工作都已经交给机器人了。不是铁臂阿童木，只是在远程操纵下工作的机器人。不，不久之后，恐怕连远程操纵也不需要了。机器人会用自己的眼睛判断的。”

“自己的眼睛？唔，你那机器人长的是什么眼睛啊？”

“各种各样。就像人类一样，既有可感知普通光的，也有可感知热产生的红外线的。到时候连暗处都能看清，就没必要为机器人安电灯了。就这样，根据眼睛看到的信息来改变工作状态。”

“哦，了不起。”

藤井漠不关心地听着对话，只是暗暗好奇他怎么会知道这种事呢，然后就忘掉了。

最好把这件事告知刑警，他想。可他最终还是没把手伸向电话机。只是觉得麻烦，并没有别的理由。

室伏离开藤井家，回到停在路边的车前时，关根正好从电话亭出来。

“跟本部联系了吗？”

“联系了。说是立刻派人调查自卫队的退役者名单。”

“是吗？听到杂贺是原自卫队军人，本部那边似乎也有劲头调查了。”

“是啊，如果是前自卫队军人，成为直升机专家的可能性就有了。说不定，还真的跟直升机的研发有关呢。”

核电站工人、参加过签名运动、无线电发烧友，还是前自卫队军人。光是这几项条件就让本部无法不行动起来，室伏想。那么，接下来该怎么办？室伏盘算着。调查自卫队军人的退役名单恐怕也没什么用。就算确认了杂贺其人，也帮不上任何忙。因为根本就不能指望那名单上记录着杂贺现在的去向。

“杂贺在长滨市的住处，现在已要求滋贺县警协助调查了。”关根仿佛读透了室伏的内心，“因为可能会使用别人的名字，恐怕要花点时间。”

“长滨……”在这种局面下，让外地警察逮住杂贺实在太可惜了。室伏对关根说道：“好，我们也直奔长滨。”

关根微微一笑。“可股长说希望我们接下来能去一下小滨。”

“小滨？干什么？”

“据说已得到情报，说是一直没能掌握具体行踪的一名反核电团体的领导人似乎正在小滨市的亲戚家。法国来的核燃料被运到青森时，他就曾发起过激的游行示威。所以，希望我们去核实其下落。”

“这种事情，让当地警察去不就行了？”

“可当地也是人手不够啊。反正我们都到这儿了，股长也说让我们去。”从现在的所在地三方来说，的确，这里距离小滨还不到二十公里。

“笨蛋。那种人怎么可能是嫌犯。”

“可杂贺也不一定就是嫌犯啊。”

“知道了。给我车钥匙，我一个人去。至于你，小滨和大饭，你爱去哪儿去哪儿。”

“依照室伏前辈的驾车技术，恐怕还没到长滨，直升机就已经掉下来了。”说着，关根打开驾驶席的门，钻进老式卡罗拉。

36

茨城县筑波市锦重工业株式会社重机事业本部。

在董事专用的接待室，佐藤伸男从后背到肩膀的肌肉全都僵硬了。他头发稀疏的大脑袋正在思索的，是这件事一旦被公司知道是否会对自己不利。

隔着三杯已变凉的茶与他对坐的，是两名来自茨城县警本部的刑警。这两人跟佐藤伸男此前见过的所有人都不同。看不出感情，也摸不透表情，看上去有着深不可测的狡猾。总之，大概这就是刑警这种动物的样子吧，他只能如此说服自己。

“总之，”这名身兼重机事业本部长的常务董事说道，“我一点线索也没有。就是再让我想也没用。那种网络邮件我一点也不知道，跟我没关系。”

“这一点已经很清楚。”年长的大个子刑警说道，脸型和发型跟公司职员的确完全不一样，“所以我们才问您信用卡的事。”

“无论你们怎么问，我都不记得曾借给别人。”

“信用卡本身恐怕是不会出借的，没有人会做这种事。我们要问的是，您是否曾把信用卡购物的存根或明细之类的东西给别人看过。”刑警的声音仍很古板，但稍微大了一些。

“怎么会……存根立刻就会装进钱包的，明细根本就没看到过。大概是送到家里了吧，可内人立刻就会收拾了。”

年轻的小个子刑警说道：“您太太说，应该是别人偷听了您说话。”

“你们都去过我家了？”

“抱歉。毕竟事态非常紧急。”年长的刑警客气地说道，“可我们认为，无论弄到您信用卡号码的手段是什么，嫌犯应该在您的周围。”

“为什么？”

“您想，这次事件的嫌犯随便从某处弄了个卡号，怎么偏巧就是锦重工业常务董事的呢？”刑警似乎觉得不可思议，表情越发可怕。

佐藤伸男只觉得像在做噩梦。自己刚刚还跟总公司联系过，商讨对于新阳事件该如何应对。虽然还无法预测事件将以何种形式终结，可既然要交付给自卫队的直升机失窃，锦重工业无疑必须做出某种应对。一旦让飞机事业本部长承担责任，恐怕人事方面也会产生重大变动。并且，如果直升机坠落导致新阳发电站中与锦重工业有关的部分发生重大故障，设备事业本部也无法置身事外。无论如何，这火不会烧到主管重机事业本部的自己这儿，所以他一直非常安心。而这两名刑警来访就是刚打完电话的时候。

据刑警说，新阳事件的嫌犯以佐藤的名义在网上注册，给新阳发送了电子邮件。对于佐藤来说，这根本就不是记得不记得的事，他完全一头雾水。他是技术人员出身，对于电脑也并非全然不知，可那些设在车间各处的电脑，他从不亲自操作。

据刑警说，要想在那个网上注册，只要知道信用卡的卡号和姓名住址就行了。在通信方面完成手续后，马上就可以自由接受服务。佐藤伸男就是在两天前注册的。

只不过，嫌犯现在使用的是临时 ID 号码和密码，正式的应该数日之后才会发送给佐藤。到时候，嫌犯就无法登录了，当然，对于这次的犯罪来说，是没有任何影响的。

“总之我不记得有过。”佐藤伸男只能如此重复，“我既没有把卡随便放在某个地方，也从没有把号码告诉别人。”

“啊，请不要急着下结论。这个知道了，那么我们换一个问题。您能否告诉我们经常使用信用卡的商家呢？比如高尔夫球场、餐馆、酒店。”大个子刑警说道。

“全部？”

“啊，知道的请都告诉我们。”

“这种事得看笔记本才能说清楚……笔记本就在房间里。”

“那么，我们就陪您一起去房间吧。”刑警站起身来。

佐藤伸手阻止。“不用。我马上就取来，请稍候。”

“那好吧。”刑警重新坐下。

佐藤伸男离开会客室，走向本部长室。真倒霉，他想。为什么偏偏用了自己的名字呢？他不禁对来路不明的嫌犯憎恨起来。

走在走廊里，他思考自己的信用卡号码被别人获悉的可能性。比如，刷卡商店的店员倒是很容易就能记下来，可那些人不可能是嫌犯。这么说，那就是刷卡时在场的人可疑了？可这么长的号码是不可能记下来的。如此一来，难道是把刷卡的存根交给别人了？

打开本部长室的门，佐藤伸男忽然想起一件事。他想起一个女人。那女人曾是他的部下。

给她买东西时，跟她吃饭、喝酒、进酒店时，佐藤都是尽量用现金支付，可极少数情况下也会使用信用卡。当然仅限于他觉得光看刷卡明细妻子不会产生无端猜疑的情况下。即便如此，佐藤仍不敢把刷卡存根带回家，每次都是将其递给年轻的情人，说：“这个，你帮我处理吧。”她便微笑着收进包里。对他来说，只要她不把包带到公司，当着众人的面把内容全说出来，他就完全可以放心。

这种情况倒是有过几次。那些存根她到底有没有好好为自己处理呢？

想到这里，佐藤轻轻摇头。荒唐，跟那个女人分手不都是几年前的事了吗——

37

防卫厅的两个人物赶到新阳发电站的第二管理楼时，已经是正午过后。这两人是筹备实施本部的主管官大江和技术研究本部飞机开发一部的开发官楢山。

对于他们这个时候才赶到现场，汤原实在无法判断究竟是太早还是太迟。即使他们来得更早一些，也不会让状况有丝毫改观。

汤原和山下在第二管理楼的会客室跟二人见了面，说明了此前的情况。楢山坐在椅子上一面翻着笔记一面听汤原二人说话，大江则站在窗边，一面听一面打开窗户眺望新阳的方向。也许是所说内容几乎都报道过的缘故，二人并未有多大的反应。只是听说大 B 上似乎已被安装红外线热成像仪的相机时，二人都露出了惊讶的神色。

“单就二位刚才所说的情况来看，”楢山三佐挺直脊背，边看自己的笔记边说道，“只要嫌犯未被抓住，要想把 CH-5XJ 从现在的位置移开似乎是不可能的，对吧？”

“很遗憾，是这样的。”汤原用自己都觉得阴郁的声音答道。

楢山抱起胳膊，仍把脊梁挺得笔直，闭上眼睛，接着胸膛隆起，呼出一口气。

他好久没有做这种动作了，汤原想。在基本设计和详细设计阶段，在每月一次的说明进展状况的小组会议上，每当对锦重工业的说明感到不满意，他就经常做这种动作。虽然比汤原也就大一两岁，可那张修行僧般的面孔看上去要更年长。

“那东西还能飞多久？”大江指着窗外。

汤原看看手表。“最多也就两个小时吧。”

“只剩下两个小时的寿命了？”大江拍拍发型修剪得很漂亮的后脑勺，“想在这之前抓住嫌犯，简直就是做白日梦。”

这恐怕是现在这时间点所做的最精确推论了。汤原只能沉默。

梢山睁开细小的眼睛。“嫌犯打算如何让 CH-5XJ 移动呢？”

“什么意思？”

“嫌犯不是说了吗，如果要求得到满足，他们就会把直升机从核反应堆上移开。您认为他们的手段是什么呢？”

“这个，我想大概是用无线电给电脑发送指令吧。”

“也就是说，CH-5XJ 的操纵系统中也安装了相应的程序？”

“是的。”

“可是，CH-5XJ 再怎么高级，也无法自动着陆。”

“的确不会。”

“那么，到底要移到哪里，又如何让其移动呢？”

“所以是这样的……”汤原早就准备了这道题的答案。可是，他还是有点犹豫，不知该不该说出口。他知道肯定会让眼前这人失望的。不，这人应该也知道。汤原说道：“恐怕是让其坠毁到海里吧。”

梢山仍保持此前的姿势，只是右颊稍微动了一下。“果然是这样啊。”

“我想，这样推测是比较稳妥的。”

筹备实施本部的大江浮起冷笑。“既然这样，就算抓住了嫌犯，也无法顺利收回 CH-5XJ 了啊。”

“不，如果嫌犯被抓住，”山下发言道，“就没有坠毁的担忧了，说不定还有其他手段。”

“什么手段？”梢山把头扭向山下。

“比如，让人进去如何？为了救我儿子，救援员不是已经成功进去了吗？请他们再进去一次……”

山下话音逐渐减弱，无疑是因为注意到楢山的眼神变得可怕起来。但楢山却用跟此前无异的语气说道：“您是说，让那些战地医生再赌一次性命吗？”

“不是，那个……”

“他们之所以会挑战那种危险，是因为您儿子是人。为了救人，他们可以赌命。但不会为了救直升机那样做的。并且，防卫厅也不会为了一架直升机赌上队员的性命。”

“抱歉。”山下小声说道，低下了头。

楢山再次把脸转向汤原。

“情况已经很清楚了。看来只能根据嫌犯的出招随机应变了。我也会留在这里，守望 CH-5XJ 的命运。”说着，他转向大江。“大江先生，您回去吗？”

“是啊。毕竟得报告一下。”看来大江一刻也不愿在这儿多待，因为他连沙发都没有坐。

送走大江后，楢山带着汤原和山下回到二楼的现场指挥本部。一直在打电话的警备部长今枝放下电话，抬手说道：“汤原先生，您来得正好。可以打扰一下吗？”

“什么事？”

“有点事想问您一下。”警备部长似乎对山下身后的楢山有点在意，“呃，这位是……”

汤原介绍是技术研究本部的开发官。今枝使劲点点头，眼神有点阴郁。

“是防卫厅的人啊？这样一来，我这话就有点不好问了，不过，最好也能一起听听。”

“什么事？”汤原催促道。

“事实上，本部那边发来了通报，似乎已发现一名可疑人员。但还没有强有力的证据。”

“怎么可疑？”汤原问道。

“简单说来，就是具备成为嫌犯的若干条件。”

“到底是什么条件？”

面对汤原的追问，今枝当即答道：“抱歉，具体情况我不能讲。因为会侵犯个人隐私。”他并未说是调查秘密。

汤原叹了口气。“那么，想问我们的是……”

“是这样的，”今枝对防卫厅的事务官似乎又有了顾虑，但仍继续说道，“那名男子似乎是前自卫队军人。”

连站立时的姿势都挺拔出众的楢山不由得一哆嗦，这一点并未逃过汤原的眼睛。

“确定？”汤原问道。

“侦查员调查的结果就是这样。情报有误的可能性也是有的。”今枝慎重地说道。

“明白了。那么……”

“我们想知道的是，如果是前自卫队军人，是否具备这次犯罪的条件？按照我们外行人的考虑，若是做过飞行员，是不是就可以发挥那种经验了呢？”

最先回答这个问题的是楢山。“无论是前飞行员还是前自卫队军人，如果不精通 CH-5XJ 的操纵系统都毫无可能。那架直升机今天计划进行验收飞行，几乎所有自卫队军人都对此一无所知。”

汤原也有同感，默默地点点头。

“几乎所有——也就是说，还是有人对那直升机有所了解，对吗？”今枝并没有放过楢山话中的漏洞。

楢山没有当即作答。理由汤原也明白，因为他无法否定警备部长的话。

汤原决定替他回答。“虽然范围非常有限，可与开发大 B 有关的自卫队军人还是有几个。”

“都是些什么人？”今枝问道。

“首先，跟所谓的自卫队军人不同，像现在在场的楢山先生这样的技术研究本部成员。他们也参与研究，当然了解那架直升机。”

“与 CH-5XJ 开发有关的开发官，我们正在着手调查。”楢山当即插上一句。

“这个我们知道。所以我想知道的是，除这些人以外的相关自卫队军人。”今枝着急地说道。

“开发进入具体实施阶段后，自卫队负责飞机维护的人有时候也会到工厂。”汤原说道。

“机械师？”今枝似乎来了兴趣，“干什么？”

“因为生产方还必须考虑到维护检修的难易，因此会让相关人员来看一下，让他们提提意见。”

“也兼作有关新机种机械师的教育培训。”楢山补充了一句。

今枝点点头，又问汤原：“除了机械师，就没有其他涉及开发的人员了吗？”

“剩下的就是飞行员了。”汤原答道。

“哦，飞行员也参与其中。是在开发完成之后吗？”

“不，制造的关键时候也会请他们来。因为经常需要听听他们的意见，变更设计等。”

比如在制造新机型的时候，必须首先制造飞行模拟装置。然后请飞行员来试驾，让他们就计量仪的位置、使用情况等提出意见。如此反复几次，生产出令人满意的模拟装置后，再应用到实际的机身上。因此，在锦重工业制造的机型都具备模拟装置。现在，由于这些装置增长太快了，甚至为其建了专用建筑。

“这么说，那些人当然也很了解操纵系统了？”今枝的语气很兴奋。

“这个，也算是吧……”汤原只能含糊其词。

“那些人的名字知道吗？”

“虽然现在无法知道，不过我想公司里会留有记录。”

“是吗？”今枝脸上瞬间阴沉下来，也许是在意让爱知县警抢先调查了吧。汤原想起警察厅长官曾在电视上坚称要采取跨区域调查方针。

今枝瞥了一眼手里的笔记。“那么，其中有没有一个姓杂贺的人呢？”

“SAIKA？”

“嗯，汉字写作复杂的杂、贺年的贺。全名是杂贺……杂贺勋。”

汤原回头看看山下。“你，知道吗？”

后辈摇摇头。“不知道啊。”

“我也没有听说过。我想相关的自卫队军人中并没有这个人。”开发官楢山也断言道。

汤原对今枝说道：“我也不记得有。”

“是吗？唔，用的未必就是真名。”今枝似乎并不气馁，“对了，那些机械师和飞行员，从研究的最初阶段就参与了吗？”

“不，正如我刚才所说，是到了具体阶段才参与进来的。”

“大致是从什么时候？”

“这个嘛，”汤原与山下对视了一下，“差不多是一年半以前吧。”

“差不多是这样。”山下也表示赞同。

“一年半？确定吗？那些人有没有更早以前就参与了研究呢？”

“没有。因为若是更早的时候，就算听取了机械师和飞行员的意见，也造不出一点具体的东西来。”

听了汤原的回答，警备部长似乎有些不满。今枝皱起眉，撇撇嘴，眼睛周围的皱纹也加深了。

“一年半以前就不行吗？”汤原问道。

“跟现在被怀疑的对象对不上号啊。”今枝无奈地说道，“听说那人直到最近还把户口放在与核电相关的公司里，离开自卫队已经两年多。”

“既然这样，那就不用再提了。”楢山说道。

“其他能考虑的可能性就是，利用自卫队时代的门路来搞到情报……”

听了今枝的话，楢山瞪起了眼珠。

汤原慌忙摇摇头。“关于这些，我们就无可奉告了。”

“是吧。”今枝淡然作罢，“如果得到有关此人的详细信息，说不定还会咨询各位。”

“啊，我们随时恭候。”汤原回答道，接着问起一件稍稍惦记的事，“对了，有关佐藤常务名字被盗用一事有没有进展？”

“就是电子邮件那件事？”今枝的表情舒缓下来，“具体情况尚不清楚，但他本人好像说不记得。”

果然如此，汤原跟山下对视了一下。

“如果有新情况会再通知。占用各位时间了。”今枝恢复了认真的表情，离开房间。

“虽然这么说有点那个，”送走警备部长后，楢山说道，“但是这次的犯罪行为，只是一个前自卫队军人是不可能做到的。”

“同感。”汤原回应道。

“只不过，”楢山有点纳闷，“刚才说那名可疑男子离开自卫队是在两年前，对吧？”

“嗯，今枝先生刚才是那么说过……怎么？”

“啊不，没什么。”开发官又恢复面无表情的样子。

汤原把楢山交给山下，离开会议室，到洗手间洗了把脸。不知不觉间额头和鼻子上已冒出油汗来，幸亏这座楼开着空调，才没有被汗水烦扰。外面都被强制节电，唯独这里别有洞天。正因为新阳还在运转，这里才不用勉强节电吧，汤原自我解释。

正在擦脸时，三岛出现在眼前的镜子里。

“警察有没有抓到什么？”三岛小声问道。看来他看到了汤原与今枝对话。

“似乎什么都还没法说。”汤原对着镜子说道。

“好像有个人的名字被问到了吧，SAIKA之类。”

“啊。不过是个不知道的名字。”

“唔。”镜子里的三岛点点头，走开了。

38

锦重工业飞机事业本部的技术本部长笠松正用不太熟练的指法敲打终端的键盘。“是 SAIKAISAO 吧？”他看着画面说道。画面上 B 计划相关议事录的目录下面，并排列着会议时间和议题以及当时的出席者名字等。

“没错吧？”特侦组长高坂警部向一旁的刑警野村确认道。

“是的，杂贺勋。”野村边看手头的笔记边说。

这个名字是数分钟前福井县警要求查询的，说是查一下有没有叫这个名字的自卫队军人出入过锦重工业。理由不太清楚，恐怕是福井县警查到的一个人吧。

高坂立刻问笠松，得知无论机械师还是飞行员，只要是因为意见交换来访的，肯定都留有议事录，所以一看便知。于是，高坂借了技术大楼总务部的终端机，让笠松检索一下公司内信息。

“没有啊。”不久，笠松摇摇头，“没有这个名字的人来过啊。我也没听说过。”

“是吗？”高坂心情复杂，既觉得遗憾，又因没让福井县警轻易抢先而松了口气，这也是事实。

对于爱知县警来说，与 B 计划有关的防卫厅人员的调查全都交给了警察厅，如果嫌犯就在其中，那只有举手投降了。

高坂把一切都赌在了现在正进行的笔迹鉴定上。篡改技术大楼出入管理表的人肯定就在公司内。具体说来，就是把嫌犯的名字擦掉，换成原口昌男。据管理室负责人冈部科长说，各部门负责人事的女人倒有干这种事的可能。于是，高坂就让侦查员把她们手写的文件或履历表全集中起来，搬到了文件鉴定科。出入管理表上的原口昌男几个字即使在高坂看来也堪称完美。拥有类似笔迹的人在有限的范围内不可能有很多。现在，笔迹鉴定的专家们恐怕正在未开空调的房间里汗流浃背地跟文字格斗吧，不过答案恐怕没那么早出来。

“给您添麻烦了。”高坂向笠松致谢道。

“没事。”笠松看上去也放松了几分。

正当高坂要跟野村一起离开总务部时，电话响了起来。高坂满怀期待地停下脚步，回过头来。冈部科长正拿起电话，又略显紧张地转向高坂。“您的电话。”

冈部刚说出口，高坂就已经凑到跟前。“我是高坂。”

“啊，喂喂，我是小山。”部下的声音十分亢奋。特侦组长有一种不错的预感。

“笔迹鉴定结束了吗？”

“没，还没有完全结束，不过已经发现了一个一致度很高的人。”

“谁？”

“呃，是引擎开发一科的赤岭淳子。一个入职十年的女子。”

高坂一面确认汉字写法，一面将其单位名称和名字记在笔记本。一旁的冈部脸色变了，可高坂现在哪顾得上介意这些。

挂断电话后，他问冈部：“能否请您打电话给引擎开发一科的负责人？接通之后再换给我。”

“啊，可以。”冈部翻开一旁的公司内部电话簿，慌慌张张地拨了起来。电话立刻接通了，似乎是那边的科长接的。冈部跟对方说明情况，就把听筒递给高坂。

“喂，是开发一科的科长先生吗？”

“我是。”对方的声音有点紧张。

高坂简要介绍了自己，直接切入正题。“您那边有个名叫赤岭淳子的人吧？”

“啊，是有……”一听声音就知道对方很惶惑。

“她现在就在旁边吗？”如果在，现在就过去一趟——高坂带着这种念头问道。

“不，今天不在。休息了。”

“休息？”高坂示意野村，野村立即做好了记笔记的准备。高坂随即问道：“从今天开始的？”

“不，从昨天起就休息了。”

“休到什么时候？”

“从昨天起休五天，不过之后就是盂兰盆节假期了。”

高坂捂住听筒，命令野村：“立刻派人去一趟赤岭淳子家里。再跟刑事部长和吉冈科长报告一下情况。”

“明白。”年轻的刑警立刻麻利地冲向其他电话。

高坂凑近话筒说：“喂，我现在想过去拜访一下，可以吗？”

“啊，呃，现在就……”

“现在就过去。刻不容缓。”

似乎是这句话产生了效果，引擎开发一科科长慌张地说道：“啊，好的，明白了。那我等您。”

挂断电话后，高坂对冈部说道：“能否带我们去一趟那个单位？”

“是。”冈部全身僵硬。

“只不过，”高坂决定先叮嘱一下，“调查内容请不要泄露给别人。因为现在什么都未弄清楚。”

“啊，那是当然。”冈部连连点头。

引擎开发一科在第一开发部这一大楼层。乍一看，职员们似乎都坐在桌前一如既往地工作，可事实上，不可能一如既往。各处的电脑现在全都没有开机。几名男性职员脖子上搭着毛巾，若是平常空调开放的时候，他们应该跟这种打扮无缘。

开发一科的科长是个姓友野的男子，晒得黝黑的四方脸上戴着一副黑色金边眼镜。看上去中年人穿的高尔夫服似乎更适合他。

“赤岭淳子出事了？”他率先询问起来。这是理所当然的疑问，可高坂当然不能正面回答他。

“只是有点事想确认一下。赶紧吧。”说着高坂瞪了对方一眼，防止他问出更多问题。

目的似乎达到了，友野应了一声“是吗”，移开目光。

“赤岭在这里上班有十年了吧。因此，公司才给她特殊优待，批了五天的特别休假。”坐在会议桌前的友野背对着窗户说道。

“听说盂兰盆节放假一星期对吧？连起来就是十二天的休假了。是外出旅行去了吧？”

“好像是。呃，有关这件事，还有人听她说起过呢。”友野一伸脖子把视线投向远处，叫了声“太田”。一名正在办公桌间走动的女职员朝他们望过来。友野说道：“刚才说的那件事，你说得再详细点。”

那名身材小巧的女职员面带困惑走了过来。

“赤岭小姐是去旅行了吗？”高坂控制住可怕的表情问道。

“她说是的。”

“海外吗？”

“我想是的。说是要去欧洲。”

“一个人？”

“嗯……”

“具体地点是……”

“呃，是德国与奥地利，还有附近的国家吧。”

匈牙利？意大利？高坂大脑中浮现出世界地图。无论如何，都是遥远的国度。“这次旅行恐怕是很早以前就决定的吧？”

“我想是的。”女职员似乎没有自信。也许她对这件事并不清楚。

“关于这次的休假，三个月之前就申请了。”友野从一旁说道。

即便这样，也未必就是去旅行。

高坂把视线移回女职员身上。“是旅行社的全包旅行还是其他的？”

“我想不是全包的。听说赤岭小姐早就习惯了旅行，所以大概是自己制订计划，让旅行社安排住宿和车票吧……”

“是这样啊。旅行社知道是哪家吗？”这一点恐怕不知道吧，高坂想。

可她竟干脆地答道：“不就是福利中心吗？”

“福利中心？这么说，就是我们现在借来作为现场指挥本部的那个？”

友野回答道：“在福利中心的一楼，旅行社每周都要开一次办事处。大概就是利用那个吧。”

“多谢。”高坂站起来，在挪步之前又向这个姓太田的女职员问道，“跟赤岭小姐最亲密的就是你吗？”

“要说亲密，也算是吧，不过也并非那么……”她支吾道。

“赤岭跟其他女职员年龄有点悬殊，又是从别的事业本部调过来的，所以可能稍微有点孤立吧。”友野从一旁补充道。

“哦。”高坂点点头，继续向女职员发问，“到前天为止，赤岭小姐看起来如何？临去海外旅行之前，一直是兴高采烈的样子吗？”

“也没有……我觉得跟平常一样啊。”她答道，句尾语调微妙地上扬，也许是瞧不起这名中年刑警吧——这年月谁还会因为海外旅行就明显流露出兴奋啊。

返回福利中心后，高坂向木谷和吉冈报告了情况。

“被怀疑涂改了出入管理表的那名女子，从昨日起就请假去欧洲旅行了？可疑吧？”吉冈向刑事部长征求同意。

木谷点点头。“跟旅行社确认过了吗？”

“正在让人确认。”高坂答道。

“如果那女人是共犯，嫌犯恐怕预料到女人会在出入管理表上露馅，否则就没有特意休假的必要了。如果按通常思维，还不如跟平时一样上班呢，这样更不会引起警察的怀疑。”

“也就是说这是个胆大妄为的家伙了。”吉冈恨恨地说道。

“恐怕有一点，也可能是害怕女人泄密吧。”

听了高坂的话，两名上司露出诧异的表情。

“什么意思？”搜查一科科长问道。

“那女人的确是受嫌犯之托涂改了出入管理表，至于目的，恐怕并没有被告知吧。可是，如果知道了这次事件，女人当然就会思考自己所作所为的意义了。”

“说不定还会向警察报案……不错，嫌犯恐怕是害怕这一点。”吉冈哼了一声，“这么说，欧洲旅行恐怕就是真的了，而且还是嫌犯唆使的，就是为了不让女子知道这次事件。”

“这件事在海外也都报道了啊。”

“话是没错，可德国现在正是半夜，旅客不会还没睡。”高坂说道。

“这样啊……”刑事部长信服地闭上嘴。

桌上的电话响了起来。吉冈立刻抓起电话，三言两语之后，忽然抬高了声音。“那大约是什么时候？……唔，没错。没说是哪个机场？……是吗？知道了。”他挂断电话，朝高坂等人转过身，“赤岭淳子的公寓早就没人了。电话也是录音留言，还留言说二十日之后才返回。可她今天才外出。”

“今天？确定吗？”

“隔壁的人还跟她碰过面，好像是带着一个红色旅行箱离开的，而且是十一点左右。”

“带着旅行箱，也就是说旅行的事是真的了？”刑事部长说道。

“我觉得不是伪装。十一点出门……”高坂看看手表，“若是名古屋机场，应该已经到了，也可能已经出发。”

“就没有从关西或成田出发的可能吗？”吉冈问道。

“这也有可能，因为从名古屋飞往欧洲的航班不是每天都有。”

“如果是这样，还能在机场抓住她。”

木谷刚说完，野村就跑了进来。“跟旅行社联系上了。查清了赤岭淳子的旅行计划。”

“从哪里出发？”高坂急着问道。

“名古屋空港。今天十四时五分出发，飞往法兰克福，经由关空。”

高坂看看表，十二点五十分，完全来得及。

“高坂，立刻跟机场警察联系。”

吉冈说话的时候，高坂已经拿起话筒。

39

名古屋机场国际航站楼。

到达大厅依然混杂，准确地说是电视前很混杂。

画面上正显示着高速增殖反应堆新阳，那里各处都贴着绘有设备内部构造的插图。一名男记者正站在前面，用僵硬的语调解说一旦直升机坠落引发爆炸，将可能会发展成何种事故。据这名记者说，距离坠毁不到一小时了。

“不妙啊，若是变成了切尔诺贝利那样的事故怎么办？”

“幸亏正好发生在我们即将离开日本的时候。”

一对年轻男女正在旁边议论着。

“不过距离我们出发还有一个小时。最好别在这时候出岔子。”

“没事的。那不是在福井县吗？还没等辐射什么的飞到这儿，我们就已经出发了。”

“要是这样就好了。可回来之后呢，还是一个问题啊。要是家那边全都是核辐射怎么办？”

“若是那样，只有先回我老家了。”

“山口县该不会有事吧？”

“没事。离得那么远。”

“这些家伙可真麻烦。你说核电站都碍他们什么事了？”

“那些嫌犯是讨厌核电站才做出这种事吗？”

“恐怕是吧。你爱怎么反对随你的便，可是别给我们添麻烦啊。”

“是啊。反正又不关我们的事。”

听到这里，赤岭淳子拿着空纸杯站了起来，在去洗手间途中将其扔进垃圾箱。来到机场之后这已经是第二杯咖啡了。

她在洗手间的洗手盆前稍微补了补妆，顺便看了看表。再不办登机手续就来不及了。

她仍在迷惘，就这样出发合适吗？

三岛幸一那带着阴影的面孔在大脑中浮现。同时，刚才那对男女的话也在耳边复苏。她无论如何都无法把三岛跟现在正发生的事件分开来思考，总觉得二者之间有关联。

赤岭淳子计划这次旅行是年初的时候。虽说她对公司也不是多么热爱，可到四月份就是十年的工龄了。作为褒奖，她应该能得到五天的特别休假。淳子立刻决定去欧洲旅行，而且是一个人去。她从学生时代就经常独自去海外旅行，因为一直对旅行记者这一职业十分憧憬。事实上，她也曾整理一些随笔风格的东西交给出版社。

可最近，她几乎没再这样旅行。原因并不清楚。也许是因为她意识到梦想终归是梦想，也许是在懒散地送走每一天的过程中忘记了独自旅行的乐趣。总之，无疑是由于失去了“什么”。

她想找回这些“什么”。也并非觉得能成为记者。可是，如果能找回这些，自己无疑会改变。因此，她想独自去进行一次久违的旅行。

跟三岛幸一说起这件事是在五月中旬。他在她的家里喝着她泡的薄荷茶。不坐沙发而是在桌旁盘腿而坐是他的习惯。他就住在福井县美滨町的长期出差者居住的公寓里，所以不用两小时就能驱车来到淳子的公寓。

“从什么时候到什么时候？”他从盛着薄荷茶的杯子上抬起脸问道。

“啊，我想八月十二日出发，二十四日或二十五日回来。因为公司的盂兰盆节放假是从十二日起，正好能连上特别休假。”

“呃，已经跟旅行社说了？”

“还没有，正想说呢。”

“唔。”三岛放下茶杯。

淳子看得出，他陷入了沉思。“怎么了？”

“啊，没什么。”他含糊地应了一句，问道，“呃，能不能稍微变更一下？”

“怎么变更？”

“我是说能不能提前一点。比如说，”他看着印有乌鸦照片的日历说，“能不能八月五日就出发？就是把特别休假提到盂兰盆节假期前面。”

“为什么？”

“是这样，我也会在那段时期去德国。因为工作，我得去一趟汉堡。有一两天可以自由安排，要是能在那里跟你会合就好了。”

“啊，是这样啊。你要是早点告诉我就好了。”

“可我怎么能想到你会说起这种事啊。”

“是吗？要是真能在那边碰头就好了。”

虽然喜欢独自旅行，可孤独也经常会折磨人，淳子对此深有体会。若是能有一两天时间在那边跟三岛见面，那最好不过了。

“公司那边我想是没问题的，能定下来吗？”

“差不多，先照这种情况安排吧。呃，要是最迟能在八月八日到达德国就好了。”

“八日是吧？知道了。”淳子站在日历前，用红色签字笔把八月八日圈了起来。

淳子次日就到常来公司的旅行社咨询，定下了八月七日从成田机场出发直飞法兰克福的计划，并且把从七日起请假一事告诉了上司。

然后就是每天都为抑制内心的兴奋而苦恼。决定独自旅行的时候还没有这么兴奋，看来她还是为能在德国见到三岛而高兴吧。

可是，这喜悦在临行前被毁掉了。就在出发前一星期的七月三十一日，三岛给她打来电话，说是自己去不了了。“工作计划发生了很大变化。从明天起，要去别的地方出差一段时间。好不容易让你更改了计划，真是抱歉。”

“是吗？可那有什么办法。”尽管很失落，对三岛也很生气，可淳子知道现在发牢骚也没用。她不由得冒出这么一句话：“那，索性我也取消得了。”

三岛的样子瞬间变了，通过电话感觉到了这一点。“那可不好。你最好还是去吧。应该去。”

“是吗？”

“好不容易有这么一次机会，不是吗？拜托，你就去吧。你要是不去，我心里也会过意不去。”

“你也没必要那样啊。是我自己放弃的。”

“可我真的有原因啊。求你了！求求你别取消！你不是一直说要找回什么吗？希望你不要放弃。”

三岛热情洋溢的劝说让淳子心动了，失落的心情稍微有好转。“唔，知道了。那，我去。”

听她这么说，他才放心了。“那就好。听你这么说，我也很高兴。”

“明天起要到哪里出差？”

“北边。北海道或青森。”

“唔，是吗？”三岛此前应该从未到这种地方出差呢。“出发之前我会再打电话的。”

“知道了。别忘了哦。”

挂断电话的时候，淳子已经不再为旅行的事犹豫。正如三岛所说，她也一直觉得不该浪费这样的机会。

让她的决心发生动摇的是三天后打来的一个电话。三岛在电话里刨根问底，反复确认淳子是不是七日出发。听到肯定的答复后，他才终于放下心来。“对了，有点事我想求你一下。”

“什么？”

“六日上午飞机事业本部的物资库应该会有一批货物送到，是来自丰臣商事的。我想里面会装着一个较大的木箱，收件人是你，里面是书籍及办公设备。希望你先收一下。”

“然后呢？”

“然后带到第三机库后面。就这些。”

“放到机库后面就行了？有人会来取吗？”

“事后会有其他人去取的。”

“怎么有点神神秘秘的。到底要搞什么啊？”

“你就当是与一项秘密研究有关吧。抱歉，具体情况我下次再慢慢告诉你。”

“唔，秘密研究？啊，算了。那货物我拿得动吗？”

“不行，挺重的，估计得使用手摇起重机才行。要是不会用，让仓库的人放到台车上就行。只是，希望不要把具体情况告诉别人。还有就是尽量早点去取。若是晚了，还得让仓库给你单位打电话什么的，麻烦。”

“知道了，我会想办法弄的。求我的事就这些？”

“嗯，不好意思，拜托了。”

“没事。这么点小事。先不说这些了，呃，纪念礼物买点什么好？”

“这些东西就算了。一定要注意身体，祝你旅行顺利。”

“谢谢。那，到时候带回一大箩旅行见闻说给你听哦。”

三岛稍微沉默了一下，然后这样说道：“若是能在这次旅行中把一切都变成白纸就好了。一切。”

“嗯，知道了。”

“那就再见。”

“晚安。”说完她放下话筒。

一种奇怪感觉袭来是在放下电话后不久。她突然担心起三岛刚才所说的那句话。若是把一切都变成白纸就好了——这话是什么意思呢？

刚听到时，她只是简单地理解成了恢复精神的意思。可白纸一词让她感到别有意味。一切都变成白纸——这不是连三岛都要忘记的意思吗？这么说，他是在向她诀别了。平时都是只说一句“晚安”的。

在不安的驱使下，第二天她就往三岛的部门打了电话。为了不引人怀疑，她冒充人事部的人，说有件事想找三岛确认。

接电话的人回答说，他现在正在福井县的美滨。

“美滨？不是北海道或青森？”

“北海道？不，不是的。他这段时间一直在福井。”

淳子感到心口一阵钝痛。三岛现在仍在美滨，根本就没有去出差。

“呃，怎么了？”对方男子狐疑地问道。

她说还有一件事想确认一下。“呃，三岛先生这个夏天有去海外出差的安排吗？”

对方明确地答道：“三岛？不，没听说过有这种事啊。”

“啊……是吗？”

“有什么问题吗？”

“啊，没问题，看来是我们这边弄错了。抱歉打扰了。”她急忙挂断了电话，半天无法动弹，心跳加剧起来。

为什么要说这样的谎言呢？

目的恐怕只有一个，就是让淳子改变旅行计划。可是，为什么非得让自己改变计划不可呢？

最初浮现在淳子脑海的，是三岛会不会趁自己旅行期间跟别的女人幽会。可这种念头立刻伴着自嘲的苦笑被抛弃了。三岛没必要玩这种小动作。他们既没有结婚，将来也没有这种打算。如果有了其他喜欢的女人，根本就用不着在意淳子，娶进来就行了。

希望能在八月八日抵达德国——淳子想起三岛说过这样一句话。这么具体，特意指定八日，这让她怀疑起来。

淳子思考起来。难道他打算在八日做什么事？可是，对他来说，难道真有那种自己在日本就会妨碍他去做的事情吗？究竟是什么事情呢？自己到底知道他什么秘密呢？

想到这里，淳子陷入了空想。他的事情自己一点都不知道，因为他什么都不跟自己讲。他一直带着的照片上的孩子似乎就是他的儿子，可他没有跟自己讲过有关那孩子的事。

不过，双方彼此彼此，淳子想。她也从未告诉三岛自己曾与一个有妇之夫感情很深。那个男人曾是她的直属上司，她曾怀过他的孩子。与那个男人分手后，由于他的活动，她被从重机事业本部调到了飞机事业本部。对于一名女职员来说，这种工作调动是罕见的。她的工龄能达到十年，也有跟那个男人赌气的成分。这些三岛恐怕做梦都不会想到。

因为他什么都没问——淳子想起大约一年前的事来。在职工食堂里，她突然遇到了因出差来飞机事业本部的三岛。还在他所属的设备开发事业本部隶属于重机事业本部的时候，由于部门比较接近，两人就已经是见面时会打招呼的关系。

“怎么，躲到这种地方来了？”这是他主动说的第一句话。

从“躲”这个字，淳子猜测他大概已知道自己调动的原因，可聊起来后才知道似乎并非如此。

“你突然就不见了，我一直在担心。我想大概是调到哪里去了吧，就不由自主地打听起来。”

“问问部门的人不就行了？”

“那倒也是，可这样总有点怪吧。好像别有用心似的。”

事实上，他当时是否别有用心，直到现在她也不清楚。大概没有吧，这是淳子的想法。她一直认为，就是这次邂逅后，两人自然地亲密起来。关系加深的理由就是他对她以前的事毫不追问。她也从不过问他的事。虽然从某种意味上说很寂寞，不过这样倒也很舒心。

想到这里，她忽然想起一件事。

莫非跟那件事有关？

那是一个多月以前，三岛求淳子做一件奇怪的事。

说是希望她涂改一下技术大楼的出入管理表。六月九日和七月十日有三岛的名字，希望能改成别人的名字。

“两次都是用自动铅笔写的，你能不能把那个擦去，用圆珠笔改写一下。谁都行，最好是经常去飞机事业本部的人。不过，如果是去得太频繁的人，恐怕会有人觉察到笔迹不同。具体的就交给你了。”

“是不是把 ID 卡借人了？”

“啊，没错。你能答应吗？”

“唔，我想办法试试。”

至于把卡借给谁了，名字那样留着为什么就不行之类，淳子一句话都没问。她仍遵守着两人间默认的规则。只不过，从这时候起，她就产生了一种不祥的预感。三岛会不会正涉足某个危险世界呢？

莫非跟那次改写管理表的事有关？

还有一件事情令她担忧。就是六日会有货物送到。那也是一个奇怪的请求。货物究竟是什么呢？

直接问三岛是最快的解决办法。手机号码也知道。可她还是犹豫了。他肯定会用自己俨然在北海道或东北的语气跟她说话。该怎么应对他才好呢？如果自己诘问他说那儿其实就是美滨，结果将会如何呢？什么用都没有。只能是两人的关系告吹，也许还会断送他正在考虑的事情。她害怕自己的电话会毁掉什么。

她越来越确信三岛会在八月八日做一件事情，但她无法想象究竟是什么。不过有一点可以确认：那绝不会是一件令人愉快的事。

究竟可不可以就这样按计划去旅行呢？她开始犹豫。如果中止，有可能会断送三岛的计划。可是现在这种情况下，自己怎么也不想出发。

思来想去，她想到了一个折中方案。晚一天去旅行。如果出发之前什么都没有发生，她就安心了。她立刻向旅行社申请了变更，对方答复说正好有从小牧起飞经由关西机场的航班。

就这样，她迎来了今日的出发。

今天早晨，她在家里就得知了新阳事件。事件的影响太大了，淳子无法把它跟自己联系起来。她只能极其单纯地旁观。

窒息般的打击袭来是得知遭窃的直升机属于锦重工业的时候。据称还是从第三机库被盗的。而前天她受三岛之托搬运的货物正是在第三机库后面。

还有核电站的事。似乎怎么都能跟三岛扯上关系。莫非他一直谋划的事情就是这个？

可另一方面，她又觉得不可能。他不可能做出这种无法无天的事。这只是偶然巧合。他知道事件后肯定也会大吃一惊。可是——

尽管十分犹豫，可她还是拉着旅行箱赶往机场。虽然没有一点心思去旅行，可她也想不出除此之外还能干点什么。

到达机场后，她连饭都没吃，一直待在到达大厅的电视前。她决定先看一下事件的进展，酌情决定接下来的行动。

可是，单就此前看到的事件经过，她并没找到一点可以确定三岛跟事件无关的证据。反倒有件事更让她感受到三岛的影子。那就是合作营救孩子。他一直带在身边的照片在大脑中浮现出来。

她终于忍不住，决定打一个电话。她甚至下了决心，即使因为这个电话而分手，那也没办法。

可是，电话打不通。手机似乎关机了。她猜测了一下关机理由，却猜不出来。

她再次返回到达大厅，不由得目不转睛地凝视起电视画面，直到刚才。

距离登机手续的截止时间还剩五分钟。

“只剩五分钟了啊？”机场警察牧野看着表喃喃道。他跟同事清水一起站在办理登机手续的柜台旁，就像机场工作人员似的。他们紧盯着前来办理登机手续的旅客，可是，几乎所有的旅客都是来办理一小时之后才起飞的飞机手续的。跟国内线不同，这里没有人等到临起飞才慌慌张张地赶到柜台。

牧野拿着一张照片。那是一张堪称典型日本式美女的长发女人的肖像照片，表情很僵硬，因为是锦重工业的员工注册用的。照片是黑白的，再加上是电传过来的，所以细节不是很清楚。本人跟这种打扮完全不同也是极有可能的。

牧野把耳机塞进左耳朵，声音传来。

“牧野，听得见吗？”声音来自机场警察局的无线电本部。

牧野用手遮挡着打开对讲机的开关，小声答道：“听得见。”

“旅行社和航空公司那边都没有人退票。一定要紧盯到最后。”

“明白。可真的已经没有时间了。”

“据称赤岭淳子早就习惯了海外旅行，说不定是太自信了，以为就算多少超一点时间也不会有问题。”

“明白。”

自己也真想去习惯海外旅行啊，牧野一面想一面侧目望向柜台上面。上面是再过不到一小时就要飞往法兰克福的乘客名单。其中，尚未办理手续的名字只剩赤岭淳子（AKAMINE JUNKO）了。

牧野有点焦虑起来。莫非赤岭淳子发现自己被调查了？

赤岭淳子拉着旅行箱离开到达大厅，朝起飞大楼走去。途中有个警察值班室，数名警察正在进进出出。她漠然望着，从一旁穿过。

淳子完全没有了办理登机手续的心情，走向起飞大厅，无非想去退票。

跟一小时前一样，她穿过入口。可心情和旅行箱比刚才更沉重了。事实上，她连脚都懒得抬了。

办理登机手续的柜台前排了长长的队伍。她犹豫了一会儿，最终还是转过身。穿过长长的队伍挤到柜台前提出退票，光是如此想象一下就让她郁闷起来。索性找处公用电话打电话退掉吧，她想。这样一来，退票的理由也好说。如果说自己在途中遇上了交通事故，说不定对方还会同情自己。

她拖着沉重的步子走出大楼，推着旅行箱朝到达大厅那边走。就在刚才，她还做梦都没有想到自己竟会以这样的心情迎接今天。

忽然，肩膀上感到一阵冲击，似乎被人从身后撞了一下。她一愣，抬头一看，竟是一名身穿制服的警察。

“啊，抱歉。”年轻的警察看了淳子一眼，道了声歉，匆匆离去。今天似乎到处都是警察的影子。或许是跟新阳事件有关吧，她想。

三岛幸一跟那事件有关——在淳子心里，这种念头几乎已变成了确信。根据不只是最近受他委托的那件怪事。她想起最近他的样子一直很奇怪。即使待在一起，他也经常会独自陷入思考。

紧张和恐惧像波浪一样朝她的心袭来，她开始觉得头痛，想呕吐。事实上，她甚至连走路都觉得痛苦。

前方就是到达大厅的入口，可这次她并没有进去，而是沿着建筑物在人行道左拐。再拐过一个街角应该就有出租车停靠站了。在乘出租车之前最好打个电话。

街角站着刚才超到淳子前面的那名警察。他正跟另一名警察一起用锐利的目光频频扫视周围，看上去似乎在找人。二人手里拿着一张纸，视线不时落在行人身上，也许是要找之人的照片吧。

淳子穿过他们前面。两名警察看了她一眼，什么也没说。

正当她东张西望地寻找电话时，忽然觉得有些头晕，身体再也站立不住。她当即蹲了下来，心脏像全力狂奔后一样在剧烈跳动。

“怎么了，没事吧？”一个男人的声音传来。淳子捂了一会儿额头，轻轻点点头。打量着她的正是刚才那名年轻的警察。

“抱歉，没事。大概是站起时眩晕。”

“可不能起身起得太急了。”

“嗯。我已经没事了。”她撑着旅行箱站起来，似乎还有点眩晕。

“能走吗？”

“哎。”

“最好让她找个地方坐坐。”另一名年长的警察说道。

“好的。”说着，年轻警察提起旅行箱。

“啊，呃，我没事的。”

“可你的脸色不好啊。那种简易床警察局还是有的。”

淳子摇摇头。“我已经没事了。多谢。”

“那也行……您是去哪里旅行了？”警官询问起来。

“啊，呃，是欧洲。”说取消了会让人觉得奇怪，她决定撒谎。

“是吗？那可真让人羡慕。可您似乎有点劳累啊。”

“好像是。”

“回去之后最好立刻休息一下。毕竟还有时差的影响。”

“哎，我会的。”

“那，多留神点。”说着，警察把旅行箱推给淳子。就在这时，他的视线落在了箱子上，手立刻停了下来。

怎么回事？她纳闷地看看自己的箱子。把手的一旁贴着一张印着“J · AKAMINE”的胶条。

警官再次打量起她的脸，然后惊讶地说道：“您是赤岭小姐？”

“是啊……”

他的眼睛里浮现出惊讶。他盯着淳子的脸，喊了声“股长”。

“怎么了？”年长的警察问道。

“找到了。”年轻的警察答道，脸上已没有了刚才的和蔼。

淳子打量着两名警察射来的目光，感到莫名其妙。究竟找到什么了？我犯了什么事吗？

不过，混乱之中，她还在隐隐惦记着一件事——自己或许还是应该昨天就飞往德国吧。

40

关根驾驶的卡罗拉驶出长滨高速公路的出口后，室伏的传呼机响了起来。一猜就知道是本部来的。尽管违背指示赶赴长滨，可这件事在来这里的途中当然早就汇报过了。深知室伏性格的上司泽井股长也只能无奈。

在路边停车后，室伏用公用电话跟泽井联系，听说似乎已发现杂贺签订租房合同的不动产商了，泽井指示他们跟长滨警察局的人会合。真是个大好机会。

“如果杂贺就是嫌犯，你怎么也得请客才行。”室伏对泽井说道。

“啊，我考虑考虑。”泽井兴奋地说道。

室伏立刻给长滨局打电话，商量好了碰头的地点。

“终于要跟杂贺对决了。”

“还不一定就是嫌犯。”室伏说道。

长滨站前面是一个大转盘。一座这一地区常见的大型超市就建在电车站对面。关根转动方向盘，缓缓绕过大转盘。车站入口前站着一名身穿灰色短袖衬衫、四十岁左右的男子，手里正扇着扇子。实际上，这也是暗号。关根在男子面前停下卡罗拉。

室伏打开副驾驶座的车窗。“是水沼先生吗？”

“啊，辛苦了。”男子摇着扇子点头示意。

“请上车。”室伏打开车后门的锁。

“啊，可算是喘一口气了。”长滨警察局的水沼坐进后车座，满怀感慨地说道。他说的大概是车内的空调吧。

“长滨局今天也禁开空调吗？”室伏问道。

“是啊。这边的夏天离了空调没法活。尤其今天又是这个夏天最热的一天。”

“是吗？怪不得。”室伏附和着说道。水沼说话带着一股京都腔，这也让他感到亲切。

关根问：“不动产商就在这一带吗？”

“是的。请从这转盘往右拐，然后直行。”

关根按照水沼的指引驱车。

“没想到这么快就找到了。”室伏扭过头朝后说道。他说的是杂贺的住所。

“这么小的一个社区啊。不过，还是很幸运。今天休息的不动产商很多，电话也很难打通。正巧就在一家打通电话的不动产商那儿找到了，真是太棒了。否则，要想今天找到那可太难了。”

“为什么不动产商今天要休息？”关根咕哝道。

“为什么？肯定是觉得没空调就没法工作，才决定临时停止营业的呗。另外，恐怕还有一些人担心核电站引发大事故去避难了吧。这条大路平时行人也是很多的。”

从站前一直通向远方的商店街上的确是人影稀疏，停业的店铺也很多。从新潮的建筑物和美观的柏油路来看，这社区平时肯定更富有活力。

“跟那不动产商打听时是按什么要点问的？”室伏问道。

“啊，完全按本部的指示。从去年底到今年初在长滨市内租房的一个男子，年龄在二十五岁到四十岁之间，工作地点以及此前的住址不明，姓杂贺的可能性很大之类。差不多就是这些吧。啊，那边。就是那左边的店。”水沼指着左边说道。关根踩下刹车，靠着柏油路停下车子。

挂着“大森不动产”招牌的这家店，是店面只有一间屋大小的小不动产商。入口的玻璃门上贴满了出租公寓的广告。

室伏和关根在水沼的带领下走进店内，正在看电视的一名胖男子慌忙从椅子上站起来。

“百忙之中打扰实在抱歉。我们就是刚才联系过的长滨警局的人。”水沼说道。

“啊，欢迎欢迎。”店主扫了一眼三名刑警，朝里面喊道：“喂，弄点冷饮之类的来。”看来是家属在里面。

“不不，不用客气。还是请先给我们讲一下那个房客的事吧。”

“啊，好的好的。呃……”

胖店主把一旁一本厚厚的文件放到桌上。他的眼镜都嵌进了脸上的肉里，被汗水濡湿了。室内没有开空调，湿气闷得人难受。看来也一直忠实地响应政府的呼吁。这个胖老板今天恐怕得流一升以上的汗水吧，室伏想。

“呃，杂贺勋先生，年龄是三十八岁。”店主一面向刑警们展示文件一面说道。

上面写着以前的住址和职业。住址是福井县大饭郡大饭町，职业是在阿玛奇保洁公司上班。并未撒谎。

“居民卡之类有没有保存？”

店主露出淡淡的微笑，挠挠头。

“这位客人并没有交这些东西，倒是提前支付了十个月的房租。虽然觉得恐怕有些隐情，但我觉得这么破的公寓是不可能有人租来当黑社会的办公室的，所以没有深究就租给了他。”说着他压低声音问道，“怎么，那个人果然有问题？”

“现在还不清楚。”室伏从一旁说道。店主缩了缩粗脖子。

“离这儿远吗？”水沼问道。

“呃，若是步行，得花一点时间。我开车载你们去吧。”

“不了，我们也是开车来的，跟在后面就行。”室伏说道。

店主的车是白色的三菱幻影，关根跟在车后。

“那个男子是怎么找到的？”水沼询问起来。

由于人家也是在跟自己合作，室伏就把大致经过讲了一下。水沼听完说“的确是很可疑”。尽管语调很平和，可眼神还是刑警那种锐利的眼神。

“毕竟那些反核或反核电的人当中也常有一些过激的家伙啊。”他说道。

“这边也有反核电运动吗？”关根边开车边问。

“有啊。尤其是喜欢围绕琵琶湖说事。”

“琵琶湖？”

“说是一旦若狭或敦贺发生核电事故，放射性物质就会进入琵琶湖。因此，为保护琵琶湖不受核污染，他们时常搞些游行之类。最近少了些。”

真是哪里都有一本难念的经啊，室伏边听边想。

前方的幻影进入了岔道。小街两边林立着整洁的住宅，还有装饰着玻璃工艺品的店铺等。穿过小街，又拐了几个弯后，车停了下来。

三名刑警站在释放着热气的柏油马路上。

“就是那座公寓。”店主一面用脏兮兮的手绢擦着脖子一面指着前面。前方有一座灰色的三层建筑，墙上有好多条裂缝，还留着一道道黑色的水渍。

室伏环视四周。临街的房子风格混乱，既有木结构的旧房子，也有用最新施工方法建造的新住宅。房与房的间隔很小，恐怕相邻的人家相互都能听见动静。

每户都有一个狭窄的院子，院子里全都不约而同地放着一个钢制的堆房。几乎每家前面都放着自行车，大概是从这儿到电车站徒步要花点时间的缘故。

刑警们跟在店主身后朝公寓走去。虽然有外楼梯，可店主并未上去，而是朝房门并排的一楼走去。这儿也是一样，由于邻家的围墙逼得很近，才刚过午，已经很昏暗了。

“请稍候。”室伏叫住了店主，“是哪个房间？”

“从里面数第二户的一〇五室。”

“第二户是吧？”

室伏绕到公寓对面。一〇五室的窗户关着，窗帘也拉上了，空调似乎并未开。把耳朵贴在窗户上听了听，也没有任何声音。

确认完这些，室伏才返回原处。“好像出门了。”他对关根说道，“这么热，是不可能不开空调把窗户关得这么紧的。”

“那怎么办？”

“先按按门铃再说。你去监视一下后窗。”

“明白。”这次是关根绕到了后面。

室伏带着水沼和店主，走到一〇五室的门前。门铃有些粗陋，室伏按了一下，没有回应。又敲了两下门，里面仍无动静。

“看来是出门了。”水沼说道。

“是啊。真想设法看看里面的情形……”室伏环视房门周围。厨房的窗户也关着，什么都看不到。不过，室伏现在也无权让人强行开门。

“大森先生，配的钥匙带着吧？”水沼向店主问道，“能否开一下门？”

“呃，我倒是没问题，可是能随便进去吗？需要搜查令之类的吧？”大森瞪大眼睛交替打量水沼和室伏。

“不进去，只是从门口瞧瞧。”水沼说道。

“是吗？既然这样，那我就打开了，不过，若是被卷进麻烦，那就对不起了。”

店主从裤兜里掏出钥匙，插进锁眼扭了几下。咔嚓一声，锁打开了。

“请后退。”水沼把店主打发走，然后戴上手套，握住门把手。室伏也戴上了手套。

水沼轻轻打开门。一居室的房子从门口就可以一眼望到后面的窗户。

“哇，太过分了！”室伏不禁叫出声来。因为室内实在杂乱得不寻常。书籍、机械以及一些机械零部件之类的东西散落一地。室伏呆立了一会儿。

“简直就像非可燃垃圾回收处。”水沼说道。

“没错。”

“调查一下怎么样？”

“可是……”

“没关系吧。”水沼朝外面看了一眼，微微一笑，“如果跟案子无关，只要装作不知道就是。那个不动产商也不会往外乱说的。”

室伏对他的好意报以一笑。“是啊。那就不客气了。”

尽管如此，却不知如何立足。碗装食品的包装、甜面包袋和啤酒罐等散落一地，室伏选了一处能看见榻榻米的地方，小心地站进去，关根也跟了上来。

“哇，这么脏的房间。”室伏哼了一声，“还有点臭。”

除了垃圾，室内还散落一地用途不明的工具、软线和金属片等。到处都堆满了杂志和小册子。杂志几乎全都是有关电子技术的，小册子则详细记述了电子零部件的特性。

“室伏前辈，呃，那是什么机器？”关根指着房间一角的矮桌说道。桌上除了有微电脑和计量仪器，还放着一个像是手工制作的铝箱。大小和十四英寸的电视机差不多，前面并排有一些开关和手柄。还有导线从里面引出来，跟一个稍小的带天线的机器连在一起。这些机器看上去像是用市面销售的东西改造的，除此以外，室伏就不懂了。

“我是不可能懂的。不过，那边的东西千万别乱碰。”室伏说道。一种不寻常的预感开始在心头扩散。

打开壁橱，上面一层放着被褥和毛毯，下面一层则放着一个纸箱。室伏往箱子里面瞧了瞧，里面只放有几件脏兮兮的衣服和一些日用品。

“感觉像是临时住处啊。”关根说道。室伏也有同感。

“找找看有没有能辨别杂贺身份的东西。”

“正在找呢。可连个插脚的地方都没有。”关根像过平衡木一样穿过房间。

“如果发现有疑似沾有指纹的东西，一定要保护好。”

“这样能行吗？”

“这都什么时候了，哪儿还顾得上那些琐碎手续。”

水沼从门口走进来。“刚才跟公寓的住户稍微打听了一下，说是杂贺今天上午似乎还在这儿待过。至于是几点出去的，似乎就没人知道了。”

“有车吗？”

“说是没看到过。”

“是吗？”

杂贺到底去了哪里？会不会立刻返回呢？

“室伏前辈。”关根喊道。他正把脸贴近一个看似垃圾箱的纸箱。

“怎么了？”

“里面……扔了好多图纸之类的东西。还有一些到处都标着记号。”

室伏一面留意脚下一面朝关根走去。纸箱里全是碎纸片，还有一些带图纸和无法解读的记号的纸片。大概是电脑程序吧，室伏想。

“这乱七八糟的都是些什么啊。看来最好正儿八经地拿搜查令让专家来看一看。”

室伏啧啧不已，一张张地查看纸片。不久，他的手停了下来，全身开始微微发抖。

“喂，快跟本部联系。”他用压抑的声音说道。

“怎么了？”关根问道。水沼也伸过脖子。

“这样就能让股长请客吃饭了……”

“啊？”

“搞定。杂贺就是新阳事件的嫌犯。”

“欸，真的？”关根瞪大了眼睛。

“你看看这个。”说着室伏把纸片递给他看。

那也是被撕碎的图纸的一部分，印刷在上面的文字清晰可辨，写着“锦重工业飞机事业本部”。

还有“公司机密”。

41

新阳发电站站长中塚正给中央控制室打电话。

“听着，西冈，你好好给我听着。时限设定为两点。到时就让核反应堆停止。听明白了吗？”为了避免对方听错，他一字一顿、清楚地说道。

“是两点吗？会不会更早呢？”

“也许会。可眼下定为两点。希望你们提前做好这种打算。”

“明白。”

“关停就由你们那边操作。紧急控制室的人我会让他们在此之前撤出。”

“这样可以吗？是用正常停止方式吗？”

“不，用紧急停堆方式。我想你们大概也听小寺说过了，嫌犯正在监控出水口的温度。如果缓慢降低功率，说不定对方中途就会发现温度变化，让直升机坠毁。那样一来，你们就没时间逃生了。”

“明白。”

“按下紧急停堆开关后立刻撤出那儿。至于逃生地点，你刚才提议的安全壳中就行。我跟炉燃总部也商量过了，他们也说这样比较好。”

“哎，若是那儿，绝对是万无一失。”操作科长西冈坚定地说道。

“之后的联络会使用消防队员所带的对讲机。不过若是在安全壳中，恐怕电波很难到达，这一点希望他们能提前明白。剩下的只能请你们按照消防队员的指示做了，总之，千万不要轻举妄动。”

“是啊。我决定就像蜗牛一样一动不动地藏在壳里。”

“那，有事再联系你。”说完，中塚挂断了电话，望向从窗户对面露出来的核反应堆建筑。关于安全壳损坏的可能性，刚才在电话中并没有提到。不是不担心，而是除此之外并没有好办法。一旦发生连安全壳都会损坏的那种危险，无论逃到哪里都会比在安全壳中更危险。

“中塚站长，”消防队长佐久间赶来了，表情越发严峻了，“疏散什么时候开始？”

“我刚才已告诉中央控制室两点关停……”

“这么说，”消防队长在大脑中计算起来，“最好提前十分钟撤出这儿。乘车、穿过隧道……真希望能有十五分钟啊。”

“至于员工们，我打算在此之前就指示他们撤离。”

“那是最好。毕竟一旦全动起来，隧道入口处肯定会十分混乱。”

“我留在这儿。”

听中塚这么一说，佐久间顿时一愣，接着长长吐出一口气。

“您想跟即将沉没的轮船船长一样？不要这样。”

“不，我是想确认西冈等人平安无事。把他们置于最危险的境地，自己却提前溜掉，这种事我做不来。并且，一旦有事，还得有人从这边发出指示。因此，最了解新阳的人必须坚守观察。”

“从灰木村也能观察吧？”

“太远了。离开这里根本就弄不清到底发生了什么。就算为了给西冈他们发出正确的指示，也必须留在这儿。”

“您的意思我明白……”

“刚才营救孩子的时候，也面临直升机掉下来的危险，可大家不是都待在这里了吗？”

“可情况跟那时候不同了。这次直升机会根据嫌犯的意思坠落。坠落的地点也全凭嫌犯的意思，未必不会落到这座建筑物上。所以，我们也让消防车尽量都分散待命了。”

中塚摇摇头，重申了一遍：“必须有人给西冈等人下指示。”

佐久间用粗大的手掌搓了一把脸，然后在裤子侧面擦了擦手。“没办法。那好吧，我会让一名队员带着对讲机跟着您。发出关停核反应堆的暗号后，请您千万别离开此人身边。”

“知道了。”

佐久间大步朝汤原等人走去。“你们最好也赶紧去避难。在这种情况下，做什么都无能为力了。”

“是啊……”直升机技术人员遗憾地点头。

这时，警备部长今枝赶了过来。“汤原先生在吗？”

“在。”汤原回应一声。

“刚才总部发来通报，说是已发现疑似嫌犯的隐秘居所。”今枝的声音响彻整个房间。

欢呼声顿时响了起来。

“真的？”中塚问道。

“虽然还没有确切证据，但可能性极高。房间里不但有手工制作的复杂的无线装置，还发现了印有锦重工业飞机事业本部的图纸。”

“嫌犯抓住了吗？”问话的是三岛，声音有点尖厉。

“据说侦查员去的时候，嫌疑人已经不在了。虽然侦查员已经布控，可逃走的可能性很大，所以正在请滋贺县警全力追缉。”

“滋贺县？”汤原问道。

“长滨市。”

“太了不起了！这么短的时间内就能追查到那里。”小寺佩服地晃了晃脑袋。

“怎么知道是嫌犯的？”汤原问道。

“就是刚才跟你们提及的那个前自卫队员。据说现在是核电站工人，围绕核辐射致死工友的补偿认定问题一直在活动。或许是为了替工友报仇，才做出这种事吧。”

“前自卫队员……”汤原低下头，似乎仍有些纳闷。

“那无线装置是什么样的东西？”山下问道。

“不清楚。因此，实际上我已安排人把那房间里的所有东西，包括机器、图纸，全都用直升机送到这儿。”警备部长看看表说道，“顺利的话，二三十分钟就能到了。”

“二三十分钟……”这次则是消防队长把目光投向表，“到时候早已开始避难了……”

“不，如果还有解决办法，我想核反应堆关停时间再延后一点问题也不大。”中塚说道。“只不过，前提是有解决办法。”说完，他又朝直升机专家们看了一眼。

“在看到那些装置之前，我们什么都没法说。”汤原带着技术人员特有的慎重说道。

对于这一点，谁都不可能发言，一瞬间，沉默蔓延开来。

“如果是真的，那嫌犯就已经无法控制直升机了啊。”小寺说着看看中塚，“也就是说，随时都能关停核反应堆了。”

“还没弄清楚呢。”中塚笃定地说道。

“总之，”警备部长说道，“看到一线光明了。”

希望如此——中塚由衷地祈祷。

42

三岛离开众人，走向窗边，把视线投向新阳的上空。大B仍悬停在跟数小时前几乎一样的位置上，并无掉下来的迹象。当然，根据杂贺的说法，“当显示出迹象的时候，坠落就已经开始了”。

看来是顺利逃脱了——

好险！没想到警察这么快就查到了杂贺。本以为最先被查到的会是自己。幸亏听到汤原说警察正在追查一个姓SAIKA的男子就连忙通知了他，否则，所有计划早就泡汤了。

总之，务必逃过今天一天，不，哪怕再逃一小时也行——三岛为不知消失到哪里的搭档祈祷着。他对杂贺的行踪也毫不知情。

事实上，他甚至连那名男子的真名都不知道。他一直觉得杂贺只是一个假名。既然几乎从未说起自己的来历，那么名字肯定也是假的——他一直这么猜测。

两人相识是在今年一月。为了给美花发电站的蒸汽发生器更换做准备，三岛已经在美滨町待了半年。一天，他参加了一个在岐阜市的劳动会馆举行的集会。那是在核电站基层上班的人们控诉遭辐射危险性的集会。当时，只要有有关反核电的集会，三岛总会找机会去看看。在那次集会上，有个因白血病死去的工人的哥哥和母亲为了获得保险补偿正在征求签名。

田边佳之就是那名工人的名字。死者所属的大东设备是三岛很熟悉的一家公司，在林立在若狭湾的数个核电站做反应堆的定期检查。但是，他跟这名姓田边的工人并未见过面。

一位深知放射线危害的著名大学的副教授在讲台上呼吁，国家应该承认核电政策是以众多工人的牺牲为前提的。这种主张完全没错，三岛也深表赞同，但他希望再加上一句——也应该让那些自以为跟核电站无关的人认识到这个情况。

演讲结束后，三岛刚要离开，忽然，有人从身后拍了一下他的肩膀。他回头，只见一名尖下巴的高个男子，嘴角挂着莫名的微笑，正略微斜视地俯视着自己。对方脸色微黑，准确地说更接近灰色。

尽管这男子表情可怕，可三岛还是觉得自己曾在哪里见过他，只是一下子想不起来。

“没想到厂家的人也会来啊。”男子说道。这时，三岛才意识到他是核电站相关人员。不久，三岛的记忆复苏了。

“你是阿玛奇的……”

“还记得？”男子微微一笑，嘴唇像橡皮雕刻似的舒展开。

“倒是你记得更清楚啊。”

“怎么会忘呢。作为厂家的人，肯进入那种地方的恐怕也只有你吧。”说着，男子一侧的眉毛抽动了一下。

这男子是对核电站进行保养的阿玛奇保洁公司的人。去年对大饭核电站进行定期检查时，三岛在更衣室等处经常碰到他。平时，厂家的技术人员和基层工人很少接触，但由于当时是发生一点故障后的定期检查，三岛连日往设备内钻。男子所说的“那种地方”大概是指一次冷却系的房间。

“田边的事知道吗？”男子询问起来。

“不，不知道。”

“既然这样，为什么还要待在这种地方？一旦在这种地方暴露了身份，你可就要挨批了。”

“只是心血来潮过来瞧瞧而已。先不说这个，你呢？跟死者很熟吗？”

“啊，充其量就是一般认识吧。”

不觉间两人眼看就要出了会场。男子便提议说：“在附近喝一杯怎么样？有家酒吧很安静。”

三岛深感意外，仰视起这个高个男子。因为眼前的氛围不适合说这种事。不过，跟这个人聊聊倒也不坏。三岛握着兜里的车钥匙犹豫了一会儿。他是开车来的，帕杰罗就停在劳动会馆的停车场。

“离这儿近吗？”三岛试着问道。

“步行十五分钟左右。”

“既然这样，”三岛松开了兜中的车钥匙，“那就聊一会儿吧。”

男子边走边自我介绍。三岛这时才知道他姓杂贺。

酒吧在一座古旧小楼的二层，三面都有座位的柜台里面只有留着白胡子的老板一人，的确是一家清静的酒吧。杂贺点了加冰的野火鸡威士忌。三岛考虑到要开车就点了啤酒。

“田边的事你怎么看？”杂贺主动问了起来。

“怎么看？肯定是很可怜啊。那么年轻就——”

“关于白血病你怎么看？你认为跟那家伙的工作有关系吗？”

“谁知道呢。”三岛率直地答道，“数据太少了。如果样本只有一个，谁也不敢断言。”

“若说这数据，还是有疑点的，是电力公司出的。比如说，田边所在的核电站此前的员工约十万人，其中死于白血病的只有田边一人，而白血病的自然发病率是十万人中有四五人，也就是说，发病率要远低于自然发病率。所以，田边的白血病跟工作没有丝毫关系。”杂贺再现了近畿电力关于田边佳之之死的说辞。

“所谓的十万人只是总人数，而实际相关的人数更少。”三岛反驳道。

“没错。”杂贺点点头，“无非一个简单的小把戏而已。而且，如果不根据遭受辐射的放射线剂量分类就毫无意义。”

田边佳之遭受的辐射量远超工人灾害补偿保险认定的标准“五毫西弗 × 工作年数”，这一情况在今天的演讲中也提到了。

“全国超过认定标准的大约有多少人？”三岛试着问道。

杂贺知道这个数字。“差不多五千多吧。”

“这么多？”

“是吗？可是，如果没有这五千人，日本的核电站就无法运转。”

“这个我知道。”三岛说道。

尽管工人灾害补偿保险认定标准是“五毫西弗 × 工作年数”，可《核反应堆等规制法》等其他法令的标准却是一年五十毫西弗，而实际上核电站工人就是在这一标准下工作的，自然可以说是在法定标准内。关于田边佳之一事，电力公司之所以坚称“公司没有责任”，就是因为受辐射量没有超过这个标准。

可是，正如杂贺所说，正是由于有这种逃避手段，核电站才得以按计划运转，这是现实。而如果把工人灾害补偿保险认定标准定为法定标准，工人们的警报器就会响个不停，根本没法工作，三个月完成定期检查根本就不可能。

“可是，有什么办法？”杂贺接过第二杯威士忌说道，“就算是因果关系，那也是职业病。跟医院内感染的护士的危险相比，这算不上什么。而且，既然在核电站工作，受辐射之类的事恐怕早就有心理准备了。”

“既然这么说，那你为什么来参加今天这样的集会呢？”

“这不是反核电的集会，是要求承认工人灾害补偿保险的集会。刚才也说过，我跟田边也不是不认识，能多要点钱当然更好。”

“嗯，那倒是。”

“三岛先生，说实话，你到底为什么来这种地方？恐怕不单是心血来潮吧。”

“是心血来潮啊。”

“是吗？”

“那还有假？”三岛喝光杯里的啤酒。杂贺没有再问。

之后，杂贺就把话题引向奇怪的方向。他问三岛是不是有时会去飞机事业本部。

“飞机事业本部？小牧的？”

杂贺冷笑一下。“别的地方还会有吗？”

“那倒没有，可你为什么问这种事？”

“喜欢啊，飞机、直升机之类。因此，还去过那附近好几次呢。”

“你兴趣倒很广啊。”三岛并未说人不可貌相之类。

“三岛先生，你没去过吗？”杂贺一面往三岛的酒杯里倒啤酒，一面追问道。

“极少数情况下也会去。”

“哦？因为工作关系？”

“不，几乎没有直接的工作关系，或许也可以说毫无关系。只是，那边不同行的一些人的研究内容对我的工作也经常有参考价值，所以有时会去问他们。”

“最近是什么时候去的？”

“去年夏天。后来就没再去。”说到这里，三岛想起跟赤岭淳子邂逅的事。

“三岛先生，你对直升机熟悉吗？”杂贺询问起来。

“直升机？不，一点也不懂。”

“一种名叫 CH-5XJ 的直升机的全面改造正在飞机事业本部内进行。你没听说过吗？”

“你说的是把扫雷直升机的操纵系统进行计算机化的那玩意儿吧？”

杂贺点点头。“没错。”

“倒是曾在公司内刊上读到过。怎么了？”

“没什么，”杂贺摇摇头，“只是问一下你知不知道。”

真是个怪人，三岛想。

三岛喝完一瓶啤酒和姜汁清凉饮料后，两人走出酒吧。大街上正刮着刺骨的冷风。

“我送你吧。”三岛亮出车钥匙，对杂贺说道。

“不，客气了。”杂贺微笑着说道。

三岛对此人的好感也尚未到一个劲邀请的地步。“那就再见。”他轻轻抬手打了个招呼，转身径直走开。

刚一转身，背后就传来一声闷响。三岛回头一看，只见大块头杂贺倒在柏油路上。三岛一惊，慌忙跑上前去。

“你没事吧？”

杂贺的脸已变得乌黑。

“没什么。只是喝多了。”他用呻吟般的声音如此说道。

可是，刚才喝酒的情形三岛都看见了，这么点酒居然也能醉倒，真是不可思议。

三岛先让杂贺在附近大楼的檐下坐下来。

“你先等等。我去取车。”说完三岛朝劳动会馆走去。

“你别管我。”杂贺在身后发出自暴自弃的声音。

三岛开着帕杰罗返回原处时，杂贺已经不见了。也许是身体恢复过来，自己回去了吧，想到这里，三岛慢慢驱车前行。

可是，刚驶出约两百米，三岛又发现了杂贺。他正蹲在一个电话亭后面。三岛立刻在一旁停下，按了一下喇叭。杂贺抬起头，勉强挤出笑容。

三岛走下车，打开对侧的车门。“上车。”

杂贺似乎犹豫了一会儿，最终什么也没说就上了车。

“家在哪里？”

“长滨。”

“正好。顺路。到了之后我会叫你的，你先睡会儿吧。”

然后，三岛就让杂贺躺在车后座上。

行驶期间，杂贺几乎没有说话。进入高速公路时，他忽然询问起来：“那是你儿子吗？”似乎是看到了贴在副驾驶座前面的照片。那是智弘一次远足时拍的照片。

“是的。”三岛答道。

“几岁了？”

若是还活着——三岛本想如此回答，可他还是打住了。用不着装模作样。他便说道：“已经死了。”

三岛并未看到杂贺的表情。

“哎，真是什么事都能摊上啊。”杂贺沉默片刻后，感叹道。

“是啊。”

之后二人就完全沉默了。

出了长滨出口，杂贺要三岛把自己放下。可是，这里是马路中央，周围既没有民房也没有店铺，三岛不可能把近乎病人的杂贺放下来，就没有理会他，径直进入市区。于是，杂贺说出了自己公寓的地点。

“不好意思。”下车之后杂贺致谢道，他看上去状态还不错。

“客套就免了，快进屋吧。”

杂贺用右手敬了个礼，摇摇晃晃地朝房间走去。三岛见状便驱车走了，当时还在想，今后恐怕再也见不到此人了吧。

三岛发现异样是两天后。

原本装在钱包里的工作证不见了。由于工作证大小跟信用卡差不多，钱包里又装着各种卡，所以没有立刻发现遗失。

他试着回忆最近的行为。可是，无论怎么回忆，都不记得曾从钱包里拿出工作证。由于进入核电站需要另外的登记证，他另外放了，所以上班时也不会从钱包里拿工作证。其他有可能的就是拿钱包的时候不小心让工作证掉出来了，可他把钱包倒过来使劲甩了甩，卡片夹中的东西也没有掉出来。

过了五天，正当他无奈准备跟公司挂失的时候，竟从一个意外的地方得到了消息。是敦贺车站发来的，说是有工作证被送到那里，让他去取。看来是对方跟公司询问了自己的联系方式。他问为什么工作证会在那边，但工作人员并不清楚，只说是一名乘客捡到的，交给了车站窗口。乘客的名字似乎也没留下。

真奇怪，三岛想。他不记得最近去过敦贺车站。

第二天他就去车站取了。是他的工作证没错。问工作人员到底掉在了哪里，对方也只回答说并没有向拾到者询问这些事。

三岛再次想起这件奇怪的事是数周后的一天。这一天，三岛跟赤岭淳子见了面。

自己到底爱不爱淳子，三岛没有清晰的答案。喜欢是肯定的，所以才会想见面，见面时，时间也过得特别快。可是，自己是不可能永远跟她在一起的，这一点从最初拥抱她时就预感到了。淳子大概也是这种感觉吧。双方之所以能形成一种不过问彼此过去的默契，可以说也是这种感觉的结果。

见面的地方多是淳子的住处。这一天，也是在她那里。三岛躺在她的床上。

“你昨天来我们工厂了吧？”淳子一面在床边的桌旁剥着橘子，一面问道。

“昨天？没有啊。”他答道。

“可你的名字却在技术大楼出入管理表中啊。”

“管理表？不会啊。怎么可能呢？”

“可就是真的啊。因为是我亲眼看到的。设备开发、三岛幸一。”从淳子的表情来看，似乎不像在说谎。

“真的是昨天的日期吗？不会是偶然把我去年去时的管理表弄到外面来了吧？”

她摇摇头。“昨天的日期。没错。”

“奇怪。”

“我当时还在想，好不容易来一趟，怎么连声招呼都不打就走了呢。”

“那不是我啊。”

“为什么？既然这样，为什么会有你的名字？”

“莫名其妙。看来是有人冒用我的名字进去了。”

“可是，要想进去没有 ID 卡是……”她说的是工作证的事。

“是吗……”

三岛思索起来。他想起了数周前丢失工作证的事来。难道说是捡到那个的人伪造了工作证?

不。他觉得不可能。嫌犯肯定是一开始就带着这种目的跟自己接近，然后趁机偷走的。那天晚上三岛把钱包装在外套的兜里了，饮酒期间就把外套挂在了酒吧的墙上。如果想偷，随时都可能偷走。正因如此，当时杂贺才拒绝坐自己的车吧，三岛想。因为杂贺想早一点跟三岛分手。

从淳子那儿听到这件事的三天后，三岛就驱车去了长滨。虽然只去过一次，可由于城市并不大，他仍记得杂贺公寓的地点，甚至连从一楼里面数是第二户都还记得。没有挂门牌，但其他房间都挂着，只能倒推是那个房间。

三岛试着按了下门铃，似乎是外出了，没有人回应。他又试着扭了下门把手。门没有锁，一下就开了。也就是说，马上就会回来。

往房间里一瞧，三岛立刻呆住了。展现在眼前的是一番异样的光景。他第一眼看到的是示波器，接着是摊开在榻榻米上的大量图纸。矮桌上还放着尚未完成的貌似用作 IC 电路板和机箱的绿箱子等。电烙铁的软线从插座上拔了下来。

在看到这些的一瞬间，三岛就确信了冒用自己名字潜入飞机事业本部的肯定就是杂贺。原来他并不是一般的核电站工人。

三岛脱掉鞋子走进房间，试图查看散落的图纸都是些什么东西。令人吃惊的是——当时的心情只能用此来形容——上面竟有飞机事业本部的标志。只不过，究竟是什么图纸，身为外行的三岛并不清楚。不过，从“公司机密”的字样来看，肯定是用不正当手段搞到的。

房间的一角放着一个纸袋，他检查了一下。里面塞着一台笔记本电脑、电话软线和电线等，还有一本笔记本夹在其中。三岛打开一看，只见第一页写着两行数字和罗马字母混在一起的文字。看来是电脑的账号和密码。第二页上则写着更奇怪的东西：“警卫一人，晚上十点从第一机库巡逻，深夜两点从第十机库巡逻，从后门用灯光照一下的程度。”

到底是什么呢？想到这里正要翻下一页，有样东西从笔记本里掉了下来。三岛一看，正是锦重工业的工作证。名字和号码都是三岛的，只有大头照变成了杂贺的脸。除了公章的色调有点不同，几乎跟原件一模一样。起码在窗口出示时，不会被认出是伪造品。

背后传来了开门声。提着便利店袋子的杂贺正迈步走进来，似乎立刻就认出了三岛，嘴唇横着舒展开来，浮起微笑。“没想到这么破的房子也有客人来访啊。”他对外人擅自闯入毫不生气，这一点更令人感到可怕。

三岛晃了晃伪造的工作证。“这是什么？到底怎么回事？解释一下吧。”

杂贺走进房间，仍带着微笑，并没有发怵。“只是一个恶作剧。没什么。应该没给你带来麻烦。”

“你以为这样我就会接受吗？你用这个闯入飞机事业本部的事我早就知道了。”

杂贺微微露出意外的表情。“那个管理表，检查得有那么严吗？”听口气，仿佛这倒是更重要的问题。

“谁说这些了。我是说你必须给我解释一下。”

杂贺挠着头走进房间，放下袋子，在榻榻米上盘腿坐下来。“跟你没关系啊。”

“那可不行。我有询问理由的权利。”

杂贺哼了几声。“以前都跟你说过了，我热衷飞机、直升机之类，一直想亲眼看看制造的过程。仅此而已。”

“只是看看？”

“嗯。”

“那这到底是什么？”三岛拾起一旁的图纸，“都是飞机事业本部的东西。虽然不知道你是怎么偷出来的，可你以为这些东西是可以随便带出来的吗？”

笑容瞬间从杂贺的脸上消失了，但立刻恢复过来。嘴却没有动。

“不想说吗？那就只能报警了。”

杂贺仍在笑。没出声，嘿嘿地傻笑。

“你就说实话吧。如果说出实话，我就先不报警了。撒谎也没用，真话还是假话我还是能分出来的。”

杂贺又挠起头来，慢慢松开盘起的腿。“真没辙。”

“想说了吗？”

杂贺并不回答，而是一弯腰把手伸向壁橱。大概是要拿什么东西向他解释吧，三岛想。可他猜错了。杂贺竟突然以凌厉的动作向他袭来，手里不知什么时候已握了一把刀子。三岛试图抵抗，可眨眼间就被杂贺按倒，喉咙上架着刀子。

“就先在你这张利嘴上拉一刀吧。你这个令人恼火的家伙。”

刚才一直挂着的笑容从杂贺脸上消失了，冷血动物的眼神露了出来。三岛缩着身子，一时发不出声音。他想抵抗，可身体像被机器牢牢固定住似的无法动弹。杂贺那强大的膂力透过衣服传了过来。

“别惹我。再也不要多问。我的事，还有在这儿看到的事，全都给我忘掉。还有，不要告诉任何人，包括警察。明白吗？”杂贺用满含恶意的声音说道。他每说一句话，锋利的刀尖都要在三岛的喉咙上按一下。

“你有什么企图？”

“你没耳朵吗？我不是告诉你不要多问了吗，啊？”他瞪着眼珠。

“如果我说我会照你说的办，你会相信吗？离开这儿后，我照样会跑进警察局。”

“哦，”杂贺瞪圆了眼睛俯看着三岛，“你真打算这样？”

“我是说既然相信，那就干脆相信到底。我既然说了无论听到什么都不会告诉警察，那我就什么也不会说出去。”

“真是一张利嘴啊。”刀尖从喉咙移到下巴下。“我也不是就相信了你。如果你不是傻瓜，既然我把话都说到这个份儿上了，报警的后果我想你也知道吧。还是说，你以为我只是威胁你一下？”

三岛没有作声，杂贺把刀尖又往皮肤里按了一点。“如果你什么都不说，对你是没有害处的。你明白吗？”

三岛并未点头，而是慢慢地眨了一下眼睛。

“好，那就好。无须知道的事硬想知道，是没好果子吃的。”杂贺慢慢地松了劲，挪开身体，最后才把刀子从三岛喉咙上拿开。

紧接着，杂贺的表情发生了变化。仿佛看到了耀眼的东西，皱起眉头，眯起眼睛，身体失去了平衡，未拿刀子的另一只手撑到榻榻米上。从肩膀的晃动可以看出，他呼吸很痛苦。

“怎么了？”三岛问。

“没什么。”声音非常痛苦。

“身体不舒服？”

“跟你没关系。快给我出去！再不要来第二次。”

跟那天晚上在路边倒下时一样，三岛想。对这名男子来说，自己摔倒在地、让三岛送到家是一个大大的失算。

“知道是哪里不舒服吧？”三岛问。

“少啰唆。”

“叫医生来吧。”

“不要。不要管我。伪造的工作证已经用不着了。你可以带走。”杂贺蹲在榻榻米上，一只手抱着头。尽管如此，仍没有丢掉刀子，果然是有两下子。

三岛站起来，俯看着他。杂贺也一动不动。双方就这样对峙了数分钟。不久，杂贺一下子全身松弛下来，几次深呼吸后抬起头来。房间的空气冰冷，他脸上却冒出了冷汗。

“没事吧？”三岛问。

杂贺并不回答，只说：“快走！”

三岛转过身，正要伸脚去穿鞋。“稍等！”只听杂贺喊了一声。三岛回过头来。

杂贺舒了一口气，把刀子丢到榻榻米上。“为什么，你为什么说不会透露给警察？”

“欸？”

“你刚才不是说过吗？我若是说出实情，你是不会透露给警察的。为什么根本不知道我会说些什么，就敢这么打包票？”

三岛不由得苦笑了一下。自己刚才那句话的确有点奇怪，但却不是信口开河。“一是因为无论飞机事业本部发生什么事都跟我无关。还有一点，”他继续巡视着屋内，“看到这儿的东西，我很好奇。我想肯定是件很有意思的事，也想亲自看看到底会发生什么。”

“唔，你真是与众不同。”

“是吗？”

“还有其他理由吗？”

“就这些。”

“唔。”杂贺伸出脚，靠着墙坐了下来。

空虚的时间又在二人之间流淌起来，这次比刚才还要稍长些。杂贺拽过团在一角的毛毯，披在背上。三岛也把手插进外套的兜里，拉拢前襟。

杂贺开了口。“我就是想弄个玩具。”他用倦怠的声音说道。

“玩具？”

杂贺从摊开在榻榻米上的资料中夹起一张照片，递给三岛。照片上是自卫队的直升机，相当大。“CH-5XJ。我之前所说的那玩意儿。”

三岛惊讶地盯着杂贺的脸。“你是说想偷这个？”

“算是吧。”

“怎么弄？”

“让它飞出锦重工业的飞机库，变成我的东西。”

“你，会操纵直升机？”

“曾经弄过小的。不过，大B弄不了。”

“大……什么？”

“就是这直升机。”说着他从三岛的手里拿回照片，“只是，操纵的不是我。”

“有同伙？”三岛说道。

杂贺耸耸肩膀。“也算是同伙吧。只是今后需要驯服。”

三岛思考着这话的意思，接着立刻想到了一样东西。“电脑？”

“没错。”杂贺只把头露出毛毯，点点头，“CH-5XJ 可以一面根据卫星导航确定自己的位置，一面通过程序设定的飞行模式在设定的路径上飞行。所以，只要将其从机库里弄出来，让引擎启动，然后带到能起飞的地方，即使没有飞行员也可以飞往自己喜欢的地方。”

“这么棒！”他的话改变了三岛对直升机的认识。

“因为那直升机特殊。”

“你打算让它飞到哪里？”

“这个还没有决定。哪里都行。”

“可是，如果没有地方可回收……”

“回收？”杂贺奇怪地说道，“我不搞什么回收。”

“可你不是要偷吗？”

“让它飞走，盗窃就已经结束了。很遗憾，即使用那台计算机，直升机也无法实现自动着陆。啊，就算能，我也不会回收的。那种东西就是偷来也没地方放。”

“那么，直升机最终会怎么样？”

“不会怎么样。飞着的东西最终只能掉下来。”

“你想让它坠毁？”

“那有什么办法。索性就让它掉到国会议事堂之类的地方吧。”他龇着牙傻笑道。

三岛实在无法判断杂贺的话究竟有几分是认真的。“你就是为了让它坠毁才偷的吗？为什么要做那种事？”

“因为想做，所以才做啊。你就当成是小屁孩想要玩具就是。”尽管杂贺边说边笑，可目光中鲜见地看不到乖僻。

难道是真心的？三岛想。三岛把视线移向矮桌。“这是在做什么？”

“操纵器。”

“什么的？”

“刚才就跟你说过了，直升机起飞后，剩下的就是让计算机为我操纵了。在此之前只能用手动操作。可是切换到自动操纵后从直升机上跳下来，就会被抓住。为了避开这些，手动那部分也必须从远处弄才行。”

“无线电控制？”

“差不多吧。”

“听上去很难啊。如果不熟悉驱动器的内部构造……”说话间三岛意识到一件事，看看杂贺，“因此你才溜进飞机事业本部？”

杂贺并不回答。看来是没必要回答。

三岛再次看向尚在制作的装置。看上去不像是外行人干的活儿。一般说来，示波器之类的东西，即使是研究室司空见惯的那种，一般家庭也不会有。

“你，到底是什么人？”三岛低头看着裹着毛毯的男子问道。很明显，此人绝不单单是核反应堆周边的一名保洁工。

“想要玩具玩的小屁孩。这样还不行吗？”杂贺说道。

三岛想，此人恐怕是不会透露更多内容了。他再次环视一圈室内问道，“飞机事业本部那边已经没事了？”

“不知道。或许还有吧。”

“那，这个最好还是继续放在这儿吧。”三岛用下巴指了指矮桌上伪造的工作证，“只不过，使用之前最好跟我打声招呼。”

“那就这样。”

“伪造得不错。这也是你自己做的？”

“不，是托大阪的业者做的。”

“业者？”

“世上有各种各样的业者。假执照、假护照，什么都肯做，只要有样本。”

“怪不得。”三岛只能耸耸肩膀，“为什么肯跟我说？”

“不由自主。”杂贺生硬地答道。

此后一段时间，三岛仍处于一种轻微的亢奋状态。杂贺的话让他深受冲击，这是事实。惊天的大事，一旦付诸实施，肯定会出大事。但不光是这些，他已经开始把那个计划跟自己联系起来考虑了。

这念头究竟是什么时候产生的，要想准确回忆恐怕很难了。或许是得知杂贺计划的一瞬间，也可能是听到他要让直升机坠毁在国会议事堂的笑话的时候，抑或是离开杂贺的家，刚走了几步之后。总之，当三岛回到家的时候，这种想法就已经在他脑中变得具体起来。

三岛几乎没心思工作了，连吃饭的时候心思也被这件事占据了。这是一个荒谬而骇人的念头。要做这件事，自己的人生就会终结，他必须想到这一点。

荒唐的妄想。不可能顺利的。一定会败露——

不，成功不是目的，它的意义只在于执行——

数日间，三岛的心一直在动摇。下定决心则是造访杂贺住处之后的第六天。他是看着房间里儿子的遗像下的决心。

第二天他就造访了杂贺的公寓。杂贺正在那里。看到三岛似乎有些惊讶，但还是什么都没说就开了门。

“进展顺利吗？”三岛看看矮桌上问道。

“什么事？”杂贺不高兴，“不是说过不让你来这儿了吗？”

“实际上，我来是有一个提议。”

“提议？什么？”

“你的计划，能不能让我也凑个份子？”

杂贺仿佛看着不可思议的东西似的看着三岛。“什么意思？”

三岛说出了几天来一直在考虑的事。

能不能让 CH-5XJ 落到高速增殖原型堆上？

让大 B 在核电站上空悬停，胁迫政府——就连杂贺似乎都惊呆了。在跟他的交往中，也许只有在这时候三岛才能在心态方面处于优势吧。

“你为什么想做这种事？”杂贺问。

“那你呢？你又为什么想要直升机呢？”

“想要就是想要，没什么理由。小孩想要家用电脑需要理由吗？没有。因为想要所以想要。仅此而已。”他生硬地说道。

“那你权当我也没有理由就是。因为想让直升机掉到核电站上，所以才让它掉落。而在此之前还想恐吓一下国家，所以才恐吓。你就这么认为吧。”

杂贺使劲抽了下鼻子。“瞎扯。”

“对你来说，应该也不算糟糕啊。不就是对此前的计划做一些特殊改动吗？你以前不也说过要让直升机掉到国会议事堂上吗？我只是让你换成核电站而已。剩下的事则全由我来做。”

“你确信警察抓不到吗？”

“不，”三岛轻轻摇摇头，“不确信。更准确地说，肯定会被抓到。”

“你是做好思想准备了，可一旦被抓住，我也会露馅的。”

“恐怕是吧。”

“能不能说得简单点？”

“那我问你，如果不跟我搭伙，你自己单独偷那直升机，结果会如何？你就有把握不会败露吗？”

杂贺并未回答，把脸扭向一旁。三岛冲着他的侧脸说道：“你是不是曾参与那直升机的开发？否则，你不可能想出这种事，就算想出来也做不到。也就是说，警察要想找到你不会很麻烦。”

杂贺转过脸，跟三岛对视。“你猜我刚才在想什么？我在想，要是不告诉你就好了。”

“跟我搭伙好处也很大。毕竟，我就是货真价实的锦重工业员工，飞机事业本部也有信任我的人。只要不说出真相，还有可能让其给我帮忙。”此时三岛脑中已浮现出赤岭淳子的影子。

杂贺皱起眉，思考了一会儿，说道：“如果借助你的力量，的确比较容易偷大 B。”接着，他抽出一张纸巾，使劲擤了擤鼻涕。

计划的全部内容都是在杂贺的公寓里商定的。在这段时间，三岛得知杂贺连锦重工业的机密情报都在窃取。那是极有限的人才能从电脑中调出来的情报。三岛无法不去思考记在杂贺笔记本第一页上疑似账号和密码的文字。如果那是截获绝密情报的钥匙，杂贺究竟是如何搞到手的呢？不过，关于这件事，三岛并没有刻意询问。

他还注意到，杂贺不仅对直升机的操纵系统很熟悉，对所有自动控制的东西都颇有经验和知识。当杂贺开始谈起图像反馈系统的事情时，这一点就越发明确了。

制订这次的计划时，最让三岛烦恼的就是如何让核反应堆停止。因为核反应堆停止与否仅从外观上无法判断。

最不会上当的方法就是监控取水口和放水口的温度，他立刻就想到了这一点。至于红外线热成像装置，他早就有目标了。他早就知道茨城工厂的热处理实验室有一套装置，投入了数百万购买，使用率却极低，每天都沉睡在那里。相机也是遥控的最新款式。尽管被锁在橱柜里，可钥匙的管理极其松懈，这是众人皆知的事实。

只要把那东西安装到直升机上，用无线通信把数据输送到地面的电脑里就行了。可还有一个问题，即目标部分能否真正完美地纳入相机的视野中。如果纳入不了，就无法监控。并且，只要没把海水温度的图像发送给新阳的人，他们就无法斩断关停核反应堆的诱惑。

谈到这一点的时候，杂贺提到了图像反馈系统的事。

“只要制作一个能持续捕捉事先输入的图像的相机操作系统就行了。比如，让电脑记住新阳厂区的形状不就行了？因为只有那儿是白色的混凝土，应该很容易识别。相机运转着寻找图像，找到之后就持续捕捉。所以，这种系统得设定为直升机悬停之后才启动。”

“的确，如果有那样的系统，就好办了。能制作吗？”

“不能做的话，我说这个干吗？”杂贺撇嘴一笑。

实际上，他用了两个星期左右就把那系统做出来了。虽说是使用了市面销售的图像处理软件，不过手法还是太漂亮了。据他的说法，由于驱动的只是相机，所以很简单。

“根据图像数据，如果让直升机也动起来，倒是会麻烦一点。”说话时的杂贺满脸洋溢着自信。完全是一种研究者的表情，三岛忽然想。

红外线相机的实验，用大阪的高楼做了三次。每次杂贺都会进行一些改造，直至完美。

“实际上直升机会升到一千多米高。由于距离越远，画面的晃动就越小，所以相机的操作也很简单。可问题是温度，能很好地测量吗？”从大阪回来的路上，杂贺在车里说道。

“我想没问题。”

“可空气是分层的。红外线温度计会因为环境差异而出现误差。为保险起见，同时搭载一个二色温度计怎么样？”

二色温度计也是红外线温度计的一种，但它使用不同波长的两种红外线来测量温度，所以不会因空气的污染情况和密度而产生误差。连这种装置都知道，说明杂贺绝非一般的技术人员。

“有误差也没问题。我们需要的只是放水口与取水口的温度差，而不是绝对温度。而且，我不想让系统弄得更复杂。”

“那倒也是。”杂贺点点头。

红外线温度测定系统的完成是在五月末。正好在这时候，三岛从茨城工厂的人那里听说了某部门的红外线热成像装置失窃的事情。这距离三岛盗出已过了两个月以上。

另一方面，杂贺的无线电遥控系统也在一步步逐渐完成。东西是由极简单的三个系统构成的：启动发动机的系统、为掌舵提供电子信号的系统，还有切换为自动操纵的系统。杂贺说，正因为它是一种几乎没有力学上的中继点、只是依靠电子信号的交换来驱动各种驱动器的电传操纵引进机，才使这种手法成为可能。

尽管如此，有关实体机的数据还是不足，有不少问题怎么也无法得到解决。并且，各种仪器的安装方法也需要讨论。比如把红外线相机安装在哪里、布线又如何进行等，这些也都得在计划执行之前决定下来才行。毕竟不能等到了现场才用钻孔机打眼、用螺丝固定。

最终，杂贺分别在六月和七月闯入了飞机事业本部一次。每一次，三岛都指示他务必用自动铅笔在那个出入管理表上填写名字和所属单位，就是为了以后能让赤岭淳子改成别人的名字。

实施犯罪的日子最初就定下了。CH-5XJ 进行验收飞行的日期是八月八日，杂贺推测那巨大的安定翼油箱里很可能在前一天就已经加满燃料了。更早的时候是不会加燃料的。而过了这一天，直升机就会交付给防卫厅。

最后一次碰头是在八月五日。这也是他跟杂贺最后一次见面。虽然下着大雨，可两人十分高兴。因为这样一来，八日肯定会是一个晴天。

“那就拜托了。”分手时，三岛伸出了右手。尽管杂贺一副不大感兴趣的样子，可还是握住了他的手。

杂贺到底是什么人呢？三岛至今也不清楚。为什么要夺取大 B 也仍是一个谜。三岛是这样认为的：杂贺会不会也遇到了跟自己一样的矛盾，一直怀有愤怒却无处发泄呢？

很明显，杂贺曾在防卫厅待过，只是不清楚究竟在那儿发生了什么。不过，他无疑对什么彻底失望了，便离开那里，消失了。他因此必须藏匿，这一点恐怕也没错。

如果仅仅如此，恐怕仍不足以让他想到实施这次的犯罪吧？三岛推测，肯定是置身核电世界才让杂贺下定决心。

杂贺把核电站选作第二个工作地点或许只是偶然。难道在这里他仍面对着同样的矛盾，怀有同样的愤怒？三岛之所以这么想是有根据的。三岛记得他曾说过这样的话：“世上有些东西，离了它们不行，却又很不愿看到它们。核电站最终也会成为其中之一。”当他说这些话的时候，他脑海中肯定也浮现出了自卫队的事情吧，三岛猜测。

并且，三岛一直觉得，让这种愤怒爆发的契机或许就是田边佳之事件吧。杂贺一直对那名青年的死耿耿于怀，这从他屡屡提起田边的事情也不难看出来。如果继续大胆猜测，恐怕跟杂贺身体状况欠佳也有关系。他之所以在乎田边佳之的事，或许因为这与他自己也有关。三岛知道他一直在收集有关白血病的文献。

当然，这一切都只是猜测。说不定如他本人所说，他只是出于一种小孩想要玩具的心理想要大 B 吧。

真相在黑暗之中。

43

看着被侦查员带走的赤岭淳子，高坂想，也难怪她会从机场警察的眼皮底下溜走。从锦重工业得到的肖像照片只是一张长发、五官平板的脸，而眼前的女人却是短发，还长着一张颇具异国情调的面孔。她今天原本要去欧洲，所以特意化了这种妆吧，高坂想。

“在你劳累的时候打扰，实在是抱歉。啊，请坐吧。”他指着对面的椅子劝道。

赤岭淳子轻轻点点头，坐了下来。看到她坐下来，带她来的侦查员就出去了。即使只为了防止她产生强烈的抵触情绪，在场的警察也最好少一些。因此，现在在场的除了高坂，就只剩小牧警察局的搜查一股股长今野。

这儿是小牧警局内的接待室。警方之所以未使用审讯室，是询问过她在机场的态度后做出的判断，觉得她并没有协助犯罪的主观故意，想去国外也不是出于想逃跑的动机。

“你是赤岭淳子小姐吧？”高坂先问了一句，见她点头便问道，“本来计划昨天去旅行吧。可你四天前把出发日期推迟了一天，今天又取消了行程。为什么？”

赤岭淳子把手放在膝盖上，一言不发。难道要行使沉默权？高坂想。

可一会儿之后，那嘴唇动了起来。

“我身体不太好……好像得了感冒，所以我想最好迟一天出发。因为我一旦患上感冒，就恢复得特别慢。”

“原来是这样。可是，旅行最终还是取消了，对吧？”

“因为病情仍没有好转。”赤岭淳子低着头答道。

“是吗？那么我们留你在这儿太久也不好。呃，如果你能够坦诚地回答我们的问题，我们立刻就会送你回家。”

高坂把放在一旁的一张纸在她面前展开。就是那个出入管理表。六月九日和七月十日的各复印了一份。

“这儿和这儿都有原口昌男先生的名字。可我们已经查明，这并非原口先生本人所写。那究竟是谁写的呢？我们调查了一下笔迹，结果发现跟你的字非常相似。更准确地说，如此手笔除你之外再也没有人能写出来。因此我们就想问你一下，写这个的就是你吧？”

高坂确认，面对管理表的那一刻，赤岭淳子的黑眼珠瞬间动摇了一下。然后，她的表情渐渐僵硬起来。

“不是。”她用略微沙哑的声音说道。

“不是？这回答真让我意外。因为最近根本没有别人碰过管理表。”

“不是。不是我。我也没有碰过那东西。”赤岭淳子重复道。

高坂叹了口气，朝今野瞥了一眼，又把视线移回她脸上。“这个就先放一放。那我再问一个问题。你前天傍晚从物资库搬出一件大货物是吧？那是什么？”

这是刚刚得到的情报。调查放在第三机库后面的木箱时，前天下午的物资库值班人员说记得曾有一名女职员搬走那样一件货物，还帮她放到手摇起重机上。遗憾的是，他已记不清那名女职员的长相。所以，高坂的提问其实是在套她的话。

可是，赤岭淳子并没有上钩。“我根本就不知道那样的货物。我根本就没去过什么仓库。”

“真的吗？仓库值班人员还说帮你搬运过那货物呢。”

“他认错人了。”她一口咬定。

“你,知道我们在调查什么吧？”搜查一股股长今野焦急地插上一句，“我想你是知道的，现在敦贺半岛正发生严重事件。我们找你来，就是为了抓住那事件的嫌犯。如果不尽快找出嫌犯，不知道会造成多么大的灾难。虽然还不知道你是在庇护谁，但请你对我们说实话。”

面对今野唬人的口气，赤岭淳子身体僵硬起来，似乎越发把内心封闭起来了。

高坂一伸手，把桌上的电视遥控器拿过来，朝房间一角的电视一按，打开开关。电视上依然在播放特别报道节目，画面上映出敦贺市内的情形。一名女记者正面对着摄像机。

“正如大家所看到的，现在市区几乎已经没有人了，通行的车辆也很稀少。大家似乎全都躲到家里，到远方避难的也很多。附近的公司和商店也大都临时停业了，整条街都静悄悄的，大家全都带着祈祷的心情等待着，不知究竟会发生什么事。这就是发自现场的报道。”

“赤岭小姐，”高坂把声音尽量压得柔和一些，“你认为他犯的是什么罪？”

赤岭淳子稍稍抬起脸，无疑是对他这个字产生了反应。

“就是你所包庇的他的罪。假设直升机坠毁，核电站内发生大爆炸，如果致人死亡，那可就是杀人了。退一步讲，就算很幸运当时并未出现遇难者，核辐射也可能会被释放到大气中。如此一来，周边的居民乃至国内所有民众今后都可能长年深受其害。从某种意义上说，这罪过比单纯的杀人更严重。”高坂一面观察赤岭的反应一面继续说道，“假如以未遂结束，结果会如何呢？假如直升机既没有坠落到核电站上也未发生爆炸,结果又会如何呢？他的罪究竟会不会是杀人未遂呢？以我个人来看，恐怕很难以杀人未遂的罪名被起诉。知道为什么吗？”

赤岭淳子又把头抬起了一些，跟高坂的目光一接触又低下来，然后翻着眼珠朝上看。

“这是因为，国家一直在强调他的犯罪行为并未造成人员死亡。事件发生后，科学技术厅的人反复在电视上强调过。就算直升机掉下来，也不会造成死亡，核辐射也不会泄漏到大气中。当然，光是这些就已够让社会轰动的，所以肯定会受到相应的惩罚。但具有讽刺意味的是，能够证明他的行为并未跟杀人联系起来的，恰恰就是这次事件的直接受害者炉燃集团和国家。”

今野在高坂一旁略微露出吃惊的神色，恐怕连他都没有这么想过吧。

“所以，”高坂对赤岭淳子说道，“你告诉我们就等于在救他。请跟我们讲实话。让你篡改管理表的人是谁？”

可是，赤岭淳子的态度仍没有变化，似乎已决定什么都不说。虽然高坂使用了他这个字，可并非就断定嫌犯是男人。尽管如此，高坂仍确信嫌犯是个男的。对赤岭淳子来说，大概还是个特殊的男人。

“那么，现在我们把此前发生的事情按时间顺序回顾一下。”新闻记者在电视里说道，“首先，事件发端于爱知县小牧市的锦重工业试验飞机场。”

锦重工业的机库出现在画面上，接着是停在停车场上的警车。高坂拿起遥控器调低了音量。本以为让她看看事件的情形会更容易撬开她的嘴，所以他和今野才决定打开电视的，现在看来似乎并无效果。

“你要是一直这么沉默，也会成为共犯的。就算这样也不在乎吗？”今野焦虑地说道。

赤岭淳子只是微微低着头，侧目盯着电视画面，甚至连低垂的睫毛都不眨一下。

这种威胁对这个女人恐怕没用，高坂想。大概这个女人并不知晓一丝详情，说不定还无法接受那个男人就是嫌犯的事实。她现在肯定只想去见那个男人，当面问他事情是怎么回事，让他告诉自己该怎么办才好。其他的话她恐怕坚决不会说。正因为她是这种女人，嫌犯也才决定利用她吧。这嫌犯真是一点都不傻。

恐怕在直升机坠毁之前是来不及了——看着女人那紧闭的嘴唇，高坂想。

44

汤原与山下并排而坐，桌上摊着关于大 B 的操纵系统的图纸。不过，二人并未就此进行任何讨论。因为在疑似嫌犯制作的机器送到之前，一切都无从着手。

“怎么这么磨蹭！”汤原看看表。自从听到嫌犯住处被发现的消息，已过了近三十分钟。

“是啊。”山下也把目光投向自己的手表，“对了，汤原，似乎并未收到嫌犯被抓到的消息，难道还是让他逃了？”

“谁知道呢。或许是吧。”

“如果是逃走了，嫌犯又为什么会把操纵器丢下不管呢？”

这也是汤原所担心的，并且他猜到了理由。说实话，内容是悲观的。只是由于不愿放弃最后一丝希望，他才没说出口。

“肯定是觉得妨碍逃跑吧。”汤原权且答道。

“也就是说，嫌犯已经放弃犯罪了？”

“如果把控制器丢下不管，可能是这样。”

“可是……”

正当山下支支吾吾的时候，一名年轻的警官走了进来，走近汤原等人。“这是自卫队那边送来的。说是救援队拍摄的。”

汤原接过照片，跟警官道了谢。这正是大B内部的照片，似乎是在救出惠太前按下的快门。在那生死攸关的关键时刻还能做到这些，真是太了不起了，他再次感慨不已。

照片上拍摄的是貌似装有爆炸物的木箱和操纵席附近。遗憾的是，嫌犯有可能做过手脚的部分却没有拍到。由于救援员没能进机舱，这也是没办法的事。左侧操纵席后面排列着电子仪器，可这部分画面很暗，焦点也没有对好。

汤原把照片放到桌上。“很遗憾，仅凭这个没法参考。”

“是啊。”

“那只能期待长滨那边的东西了。只能如此。”说完又看看手表。

“长滨……”大概是想起了什么，山下露出一副沉思的表情，突然对汤原说道，“汤原先生，你还记得开发官佐竹的事吗？”

“佐竹？”由于并不耳熟，汤原一下子没反应过来这是个姓氏。可他马上就意识到曾听过这个姓氏。“如此说来，是有那么个人啊。是详细设计审查的时候……还是怎么来着？”

“他那时候已经不在了。不过，倒是个头脑极敏锐的人。”

“是啊。那个人怎么了？”汤原心里有了一种预感。

“事实上，汤原先生，这事是您刚才谈到红外线相机时我才想起来的，在无人直升机的研究中正使用图像反馈系统吧？”

“无人直升机，你说的是使用模糊控制的智能无人直升机吗？”话题突然转到另一个完全不同的领域，汤原有点不知所措。

“没错。难道你不觉得跟那上面采用的技术很相似吗？”

“这个嘛，在识别图像并使其反映在下一阶段这一点上是很相似……”

所谓智能无人直升机，正如字面意思，指的是不用飞行员便可飞行的直升机，有好几所大学和研究机构正在进行开发研究。发给直升机的指令是通过无线通信从地面以语言指令形式发送的，比如“再往右移动一些”、“使劲转弯”之类。目前尚没有那种载人的大型机，几乎全都是由喷洒农药等产业用的无线电遥控直升机改造的。即便如此，全长也达到了四米，旋翼直径达到五米，远非游戏用的无线电遥控模型机可比。

有关此课题的研究也包含山下所说的图像反馈系统的技术，即使用无人直升机拍摄到的图像数据，使直升机实现自动着陆或躲避障碍，从而进行导航的控制系统。比如自动着陆时，如果事先在着陆场设好陆上标志，搭载在直升机上的相机就会自动寻找标志，找到之后直升机就会一面识别着陆场的形状，一面自动着陆。

的确跟这次的红外线相机控制很相似。

"汤原先生刚才说图像识别控制相机的技术并不难，可如果没有任何经验，我想不可能轻易制作出来。不过，对无人直升机的研究人员来说，那可就很容易了。"

"那倒有可能，可就算是这样，要说从事那种研究的人就可疑，这也跳跃得太大了。再说，这些跟佐竹先生又有什么关系？"

"佐竹先生也曾从事智能无人直升机的研究啊。"

听了山下的话，汤原一愣，一时张口结舌，盯着这位后辈的脸。"真的？"他不由得小声说道。

"真的。是听他本人说的。关于无人直升机，防卫大学的航空宇宙工学研究室等正作为一项课题在研究，佐竹先生也是来自那里的，听说还加入了研究会。"

"是吗？不过我刚才也说过了，就算这样也不能就说人家可疑啊。图像反馈技术在其他领域也都在应用。"

"哎，话是没错。不过，我也不是平白无故想起佐竹来的，当听到长滨时……"山下支吾起来。

"长滨怎么了？"

山下抬眼道："汤原先生，你知道《国盗物语》吗？"

"《国盗物语》？司马辽太郎的？"

"是的。"

"知道啊。都拍成NHK的电视剧了。那个怎么了？"

"佐竹先生在团体会议的休息时间就经常翻看那本书。你不记得了吗？”

“也是啊。啊，你在小组会经常跟他打照面，这种事当然会记得了。这又怎么样呢？”

“是长滨这个地名让我想起了这件事。对了，因为想出长滨这名字的是秀吉。”

“啊，怪不得。”汤原的表情放松下来，“不过，这大概只是你的想象吧。”

山下轻轻伸出手，阻止前辈妄下结论。“事情就是从这儿说起的。刚才从今枝先生那儿听到了杂贺这个姓氏。听到那姓氏时，我觉得有点不对劲，虽然我认识的人当中没有人姓这个姓氏。后来我终于明白了是怎么回事。原来这是《国盗物语》中的一个人物。里面有个叫杂贺孙市的角色，是一个名叫杂贺党的火枪队头领。”

“杂贺……孙市？”既未看过电视剧也未读过书的汤原当然不知道这名字。

“佐竹是一个很难接近的人，说话方式也很生硬，不知道他脑子里在想些什么。我只有一次跟他谈得比较投机，那就是在谈《国盗物语》的时候。当然，只是看了电视剧。我记得他当时的确曾说他最喜欢的角色就是杂贺孙市。”

山下低声一口气说完，盯着汤原，似乎在征求意见。汤原只觉得心里像结了一个疙瘩。山下的话虽然太离奇，却有奇妙的说服力。

“所以，佐竹先生就用了杂贺的姓氏，你是不是想这么说？”

“当然不敢确定。”

“假如真的是这样……”

如果真是前开发官，自然熟知大B的机密，实施这次犯罪也并非不可能。由于需要最新数据，所以数次侵入锦重工业的技术大楼也是极有可能的。他对那儿的情况也不是一无所知，所以闯入里面应该并不难。唯一的问题是，从电脑中窃取技术情报时，账户和密码是怎么得到的呢？

“佐竹先生曾做过特派官的助理吧？”

“这个嘛……虽然在公司内见过几次面，可是否曾作为特派官的助理来过就……跟公司方面一查，我想立刻就清楚了。”

“唔，这个待会儿就办。”

所谓特派官是指从防卫厅派来的监督。为了能让特派官抽调出相关研究的信息，锦重工业也会为其专门开设一个账户和密码。为了辅助工作，有时也会派一个开发官作为其助理。如果佐竹曾做过这种开发官，那倒有可能弄到特派官的账户和密码。

“可是，那个人未必就从防卫厅辞职……”说到这里，汤原闭上了嘴巴。因为他察觉背后有人影，看起来正是开发官楢山。

“在谈什么呢？”大概是觉得汤原等人的样子很奇怪，楢山询问起来。

山下有些困惑。汤原则在思考数秒后，索性说了出来。“在谈以前曾加入 B 计划的佐竹先生的事。”

“佐竹？”

汤原发现开发官的表情似乎瞬间产生了波动。或许说这个不太好，他随后想。不过，他还是重复了一遍。“佐竹先生现在怎么样？”

“为什么会说起他来？”

“刚才正在跟山下讨论呢，除了课题组成员，还有哪些人熟悉 CH-5XJ 的系统。结果就想到了佐竹先生。”汤原之所以没有说详细经过，是不想刺激楢山。

楢山深吸一口气，稍微抬了抬下巴，隔着高鼻梁盯着汤原，薄薄的嘴唇缓缓张开。“佐竹因身体原因辞职了。”

果然——汤原差点说出来，但使劲忍住了。

“具体是什么理由？”山下说道。

“这个，我就不清楚了。”平时口齿伶俐的楢山竟少见地狼狈起来。

“辞掉防卫厅的工作之后，现在在哪里？”汤原问道。

楢山一下瞪大了眼睛，露出冷酷的目光，瞪着汤原。“这个我就没必要告诉你了。你也没必要知道。”

“确认过了吗？”

“无论事务官还是自卫队员，但凡离职的，我们一直都在追查。没有例外。”

可是，如果改名换姓藏起来——汤原决定先不说出来。“那就算了。刚才的话有些无聊，抱歉。”汤原微微点点头。楢山只是用面具一样的表情看着二人。

这时，远处传来了声音。“嫌犯的装置送到了。”

“好！”汤原冲山下点点头，站起身来。

正当他要迈步的时候，右腕却被楢山抓住了，力道很大。高大的开发官在汤原的耳旁低声道：“佐竹的事情绝不要泄露。对警察也不要说。我们也正在调查他。”

汤原吃惊地盯着楢山那毫无表情的面孔，心底的角落开始生出一个乌黑空虚的念头——莫非这家伙从一开始就猜出嫌犯是谁了？

“走，请去看看吧。”楢山松开手。

汤原叹了口气，快步走了。

45

赤岭淳子仍在沉默。高坂他们无计可施，因此也沉默下来。电视仍开着，主播仍在用略显激动的声音讲述着。淳子呆呆地看着画面。

对她住处的搜查已经开始了。此时，大量侦查员大概正在她狭小的公寓房间里乱翻吧。

高坂断定嫌犯是跟淳子有着特殊关系的男子，否则她不可能接连答应诸如篡改出入管理表、领取可疑货物等奇怪要求。昨天就该起程的海外旅行，恐怕也是受那名男子指示的吧。

可是，搜查她房间的人员那里仍未传来喜讯。事实上，有一名男子经常出入的报告早就收到了。是附近的人目击到的，但是，面部没有看到。

也许根本就无法找到可以查明那男子身份的线索，高坂开始思考。就算放着一些男性日用品，也无法断定是谁的东西。当然，指纹是可以采集的，可如果没有前科，就没有任何意义。高坂推测，这名嫌犯恐怕并没有前科。

根据目前获得的信息，高坂隐约把握了嫌犯的轮廓。这个人跟他此前遇到的任何罪犯类型都不一样。其最特殊之处，就是实施犯罪时计划周密，对可能会被抓一事似乎毫不在意。典型表现就是他只是短期——包括犯罪实施的当日——把赤岭淳子从日本支开。嫌犯恐怕也害怕得知事件的她会报警。但她不可能永远待在海外，如果回到日本，不，在国外获悉新阳事件之后，可能就会报警。可是，对这一点嫌犯毫无防备的迹象。

高坂甚至觉得，即使查不到这女人的名字，嫌犯也有可能在事件结束后主动投案。

正考虑这些的时候，高坂忽然发现赤岭淳子的表情发生了变化。她瞬间瞪大了眼睛，嘴唇颤抖了一下，接着低下头，把视线落到膝盖上，又慢慢朝电视望去。

电视？高坂也把视线投向电视画面，上面只是在播放简要回顾事件过程的录像而已。

她是看到什么才动摇的呢？

不是自己看花了，赤岭淳子那冰一般的表情的确动摇了一下。即使是现在，看上去也没有了刚才那样冷静。

“今野先生，你来一下。”高坂冲小牧警局搜查一股股长使了个眼色，站起身来。今野点点头站起来。

出房间后，高坂小声问道：“你不觉得她样子很奇怪吗？”

“是有同感。”今野答道，“突然就慌了。”

“我想是因为电视。”

“电视？”

“会不会播放了什么东西，让赤岭淳子动摇了？”

“是 NHK 吧？”今野抱起胳膊，搓了搓邋遢的胡子，“明白了。我立刻联系电视台，把录像带搞到手。”

“拜托。”

目送今野快步穿过走廊之后，高坂返回房间，只见赤岭淳子慌忙重新坐到椅子上。桌上的遥控器位置也发生了变化。不仅如此，连电视的频道都换了。

“果然对事件很关心啊。”高坂在她对面重新坐下来，用遥控器把频道换回 NHK。因为他觉得，说不定让赤岭淳子慌乱的影像还会播放。

她仍在沉默。

“那边的亲戚？”高坂拽过烟灰缸问道。

“那边？”

“就是敦贺。要是没有亲戚就好了。”

不知为何，赤岭淳子停顿了一下才回答道：“哎，没有。”

“是吗？我那边也没有亲戚和朋友。虽说是这样，可这儿也未必就安全啊。听报道说，即使在爱知县和大阪那边也一样，由于人们都想尽量躲得远一点，结果弄得交通混乱。毕竟流言满天飞啊，说是一旦发生大规模核泄漏，风向不好也会带来危险。”高坂一面说一面紧盯着赤岭淳子的脸。他觉得，在闲聊的过程中她应该会在某个时候产生反应。

“刑警们，”她主动开口问道，“就不用逃吗？”

“如果有人想逃，我们也不会阻止。不过目前似乎还没有这种人。”

“是因为你们坚信是安全的吗？”

“我想也并没有坚定的信心。说实话，恐怕是不信不行吧。总之，目前只能履行自己的职责。我想，在阪神大地震中参与营救的警察也是同样的心情吧。”

高坂一面回答一面想，从这些话来看，也许她良心发现，内心开始动摇了。如果真是这样，就有希望了，但千万不可急躁。

于是，她问道：“呃，现场那边警察也去吗？”

“现场？”

“就是新阳……”

“啊，我想早就去了，福井县警的人去了好几个。怎么？”

“没什么，呃，那些人也觉得不用逃吗？”

“恐怕会坚持到最后才去避难吧。在此之前，应该会尽可能寻求对策。”

“那来得及逃吗？时间那么紧张。”

“这个嘛，就不好说了。恐怕只能相信科学技术厅和炉燃集团的话了——即使直升机掉下来也没事。”

她为什么要问这些呢？高坂想。为什么会担心现场的警察？这也是良心遭受苛责的表现吗？若真是这样，究竟是什么让她的心情发生了变化呢？

之后，赤岭淳子又恢复了沉默。高坂也什么都没有问。她为什么就不说想回家呢，这让高坂很奇怪。她并没有被逮捕，只是自愿来到这里，随时都能回去。

电视中又传来记者激动的声音。“距离飞机坠毁几乎没有时间了。国家最终未接受嫌犯的要求。嫌犯将会发起何种行动呢？是像事前通牒的那样让直升机坠毁在新阳上，还是在临坠毁前将其移开？结果完全无法预测。”

凝视着画面的赤岭淳子右手紧紧抓着棉质西裤外的衬衫下摆，微微发抖。

46

福井县知事金山滋从县警本部长的电话中收到了喜讯。现在知事室里只有他一个人。在副知事山根的带领下，防灾科长诸田和核安全对策科长长内等在一小时前终于起程赶赴现场了。看来阻止直升机坠落已无能为力，核电站肯定会发生或大或小的灾难，所以县里的官员不到场是不行的。

所谓喜讯，是指已发现嫌犯，及其用以操纵直升机的装置。后者让金山安心下来，他觉得这样一来就可以阻止直升机的坠落了。

金山一直认为一旦直升机掉下来就麻烦了。就算灾害不大，新阳也会在短时间内停止运营。问题是之后重新运营就真的没问题吗？即使表面上没问题，如果刚开始运转就发生故障，那该怎么办？那些慎重派一定会如此抗议。金山无法忽视这种声音。尽管如此，却也无法反对重新运营。这方面的分寸是很难掌握的。

“那逮捕嫌犯有眉目吗？”金山问道。

“我想只是时间问题。只不过，有件事需要您事先了解。”本部长先铺垫一句才开始说，嫌犯是原防卫厅候补干部的可能性很高，在福井县警实施逮捕之前，恐怕会先临时交给防卫厅方面。

“若真是这样，那也没办法。可是真的很奇怪啊，那名男子究竟是什么人？”

“具体情况我也不清楚，”本部长停顿了一下，问道，“有个叫肉鸡游戏的事件，知事知道吗？”

“肉鸡……是什么？”

“我也是从一个认识的防卫厅干部那儿听来的，真实情况也不太清楚。反正就是数年前发生在防卫厅的一起事件。有一群年轻的研究者集中在一起，制订了政变计划，据说还进行了模拟实验。既然都到这一步了，实际发生的可能性就很大了——”

问题是那个模拟实验的内容被泄露了。事关防卫厅的很多机密。据说泄露情报的就是成员之一，具体情况并不清楚。更糟的是，这些情报又被在野党议员截获，开始了调查。防卫厅便火速调查相关成员，处理了带头人物。

以上就是事情的大致经过。所谓肉鸡游戏据说就是那个模拟实验的名字。

“因此，这次的嫌犯很可能就是当时受处理者之一。”

“啊，居然还有这种事情。”金山头一次听到这种事。

“虽然还没有最终确定，不过，假如嫌犯真的是这种人，那么逮捕程序就要按我刚才跟您讲的那样进行了。”

“知道了。对我来说，只要把问题解决了就行。”

“那就这样。”

打完电话后，金山把目光转向一直开着的电视。嫌犯已查明的消息似乎还没有播出。

政变？

这种计划在防卫厅内并非子虚乌有，金山对此也有所耳闻。

越是优秀的人，不满情绪似乎越多。

尽管如此，金山仍很纳闷，这种人为什么要让直升机坠落到新阳上呢——

47

汤原和山下一起仔细观察了送来的装置，立刻就得出结论了。不过，他并未立刻说出来。把最后希望全都寄托在这装置上的相关人员全都聚集在周围。

“怎么样？”中塚代表大家询问道。

汤原点头答道：“无疑是嫌犯使用的东西。制作非常精细，外行人是做不出来的。”

“哦。”安心的声音响了起来。

“那，已经可以控制那架直升机了吧？”新阳发电站的站长流露出不安和期待交织在一起的典型表情。面对这种期待，汤原也想给一个肯定的回应，可作为技术人员，他无法扭曲技术上的见解。

“啊，这个实在是……”

“实在是？没法用吗？”

“虽然还不敢断定，但这种可能性很高。”

“为什么？坏了吗？”

“不，坏倒是没坏。但从根本上说，靠这套装置是不行的。”

“怎么会……”

“能不能为我们解释一下？”后面传来声音。是消防队长佐久间。

“好的。”汤原指着装置，“这东西可以说就是个无线电遥控器。事实上，是运用通用的无线电传感器来使用的。”

“这个我们知道。”

“这个装置的功能有三个，启动引擎、操作主旋翼和尾旋翼的动作，还有就是切换为自动操纵。”

“既然有这些功能，”中塚说道，“那不就有办法了吗？只要再次把自动操纵恢复为手动操作，然后掌舵不就行了？”

“问题就在这儿。用这个装置是无法解除自动操纵的。”

“可你不是说能切换……”

“从手动切换到自动是可以的。大概打开这个开关就行了。”说着，汤原指指装置左侧的一个按钮，“可是，无法实现逆向操作。就算按多少次这个按钮，应该也没有任何作用。”

汤原也深知绝望感会蔓延开来，可他无能为力。

“原本就有这种功能开关吗？”佐久间问，“比如在操纵席上。”

“不，没有只具备这一种功能的开关。”

“没有？那，怎么才能恢复到手动呢？”

“我们并没有专门设定一个程序让其从自动操纵的状态恢复为手动操纵。飞行员只要动一下驾驶杆、总距杆、脚舵当中的任何一个，就会自动切换。如果在自动操纵的飞行中遇到状况再操作操纵杆来解除该模式，浪费时间不说，还可能会出错。假如进行操作后仍没有切换，就得让自动操纵装置本身停止了。这样的开关当然是有的。”

“既然这样，用那个机器不也一样吗？如果动一下操作旋翼的操纵杆，不就轻易切换为手动了吗？”

消防队长的质疑无可厚非，可这一点，汤原等人当然也讨论过了，而且早已有了答案。

“很遗憾，这无法实现。”

“为什么？”

“比如说，如果飞行员动驾驶杆，感应器就会感知到这些，将位移量置换为电子信号，再进一步被模拟数字转换器转换，输入计算机。而嫌犯恐怕切断了感应器的配线，另外安装了发出电子信号的装置，使其能用这个机器来操纵。也就是说，感知操纵杆移动的感应器现在已处于瘫痪状态。而您刚才所说的解除自动操纵模式就是由感应器发出的信号实现的。”

“因为感应器无法感知，所以解除也没法进行了……”

汤原朝喃喃自语的中塚看了一眼，只能如此说道：“是这样的。”

“浑蛋！”警备部长今枝啐了一口，拍着一旁的桌子，“怎么？也就是说，用这个机器根本就无能为力吗？”

没错——但这话无法说出口，汤原闭上了嘴巴。因为他完全理解侦查员们的辛苦——事件发生后花了数小时便查出嫌犯，发现这控制器，实在不容易。

不过，对于汤原来说，这个结果他内心早已预料到了。因为假如嫌犯逃走了，扔在房间里的机器对嫌犯也许已经没用了。

“这么说……这么说。如果要求得到满足，嫌犯要如何操纵直升机呢？”

“可能性有两个。一个就是嫌犯拥有另外一个控制器。”

“你是说除这个装置以外？”

“是的。我想，那装置恐怕能无线操控搭载在直升机上的用于自动操纵的计算机。如果是这样，移动直升机的程序恐怕早就事先装进去了，只要发送切换指令就行了。”

说实话，最初听到嫌犯的机器在长滨被发现时，汤原期待的就是这种装置。所以，看到实物的第一眼，事实上他就已经失望了。山下大概也是同样的心情。

“这么说，嫌犯带着那个机器逃走了？”今枝问道。

“如果是随身携带，那肯定得用车子，还需要天线。”汤原说道。

“不，恐怕并没有随身携带吧？”综合技术主任小寺插进一句，“我总觉得嫌犯还有另外一个藏身处。”

“为什么会这么想？”今枝问道。

“因为嫌犯肯定也得监视那个发电站整体温度记录图像吧？这样一来，除了汤原先生刚才所说的机器，还得带着通信器材和电脑等才行。这是难以想象的，不是吗？”

“是吗？”同样表示怀疑的还有中塚，“现在想来，长滨的住处并没有可接受来自直升机的热成像照片的设备，这点实在奇怪。”

警备部长似乎从这些意见中听出了合理性，沉着脸咕哝起来。“算了，这一点就先往后放放吧。毕竟也有可能嫌犯是好几个人，分头行动。呃，汤原先生，您刚才说一旦要求得到满足，嫌犯可能会采取的应对方式有两个，那另一个是……”

“啊，这个嘛，说不定……”说着，汤原支支吾吾起来。

“说不定什么？”

汤原一咬牙说道：“我觉得，说不定嫌犯也没有能让直升机移动的手段呢。也就是说，嫌犯从一开始就预料到自己的要求不可能被接受，所以从一开始就打算让直升机坠毁。”

“这么……”今枝话没说完就闭上了嘴。他想说的恐怕是“荒唐”之类吧。他之所以没说出来，大概是觉得汤原的说法根本就无法被彻底推翻。的确，国家根本就未考虑过接受嫌犯的要求，所有人也都觉得政府当然会如此反应。因此，嫌犯从一开始就这么想也就毫不奇怪了。

“这么说，嫌犯也早就想丢下直升机不管了？”佐久间问道。

“我只是说，这种可能性是有的。”虽然嘴上这么说，可汤原内心觉得这种可能性很大。他的根据就是设置的难度。因为嫌犯必须用昨晚一晚上的时间来完成所有的设置，当然会尽量省略程序。可以想象，他们早就预料到国家不可能接受要求，并且他们也没工夫准备烦琐的装置。

“如果是这样，”小寺说道，“那最好尽早关闭核反应堆。反正嫌犯也无法让直升机立刻掉下来。”

“不，这一点尚不清楚。”汤原反驳道。

“虽然没有让直升机移动的手段，可让它掉下来的手段说不定会有。

因为让它掉下来非常简单。”

“是吗？”小寺明显露出了失望的神色。

沉重的空气开始包围所有人，正因为一直期待可以用这个控制器来避免危机，所以沮丧至极。

警备部长今枝一屁股坐到椅子上。“总之，现在已经无计可施了？”声音带着焦躁。

48

长滨市。

没有迹象预示杂贺会回来。或许是阳光火辣的缘故，路上几乎没有人，偶尔有车辆卷着尘土呼啸而过。

室伏和关根待在杂贺所住的公寓最靠近马路的房间里。因为从厨房的窗户可以看清所有进公寓的人。尽管室伏等人并不认识杂贺，但他们还是坚信，如果看到肯定能认出来。这房间是空房，经过一番交涉后，不动产店主答应借给他们用一天。

杂贺恐怕不会再回来了，两名刑警的想法在这一点上是一致的。像这种案件的嫌犯，无论发生了什么事情，离开藏身处的行为——哪怕只是暂时的，都是不可想象的。嫌犯临离开的时候恐怕也已无意返回。

如此一想，二人甚至开始怀疑房间里那奇怪而复杂的机器究竟能派上多大用场。那机器早就被滋贺县警迅速搬走了，此时恐怕已抵达新阳。用那东西真的就能解决问题吗？室伏有些怀疑。假如自己是那嫌犯，既然打算不再返回藏身处，肯定会把那机器直接毁掉。机器之所以未被毁掉，肯定是没这种必要。

“援兵怎么还没到啊。”关根一面喝着运动饮料一面说道，另一只手里则拿着汉堡。看到他在这桑拿浴般的酷暑中大汗淋漓地啃着这玩意儿，室伏觉得自己真的已经老了。

“是啊。的确是慢。”室伏看看表，顺手擦了把脸上的汗。他想等福井县警的援兵来了后让他们代劳。

室伏从裤兜里掏出一个用合成皮革做的黑套子般的东西，开口处似乎装着拉链。

“什么啊，那是？”关根问道。

“你觉得是什么？”室伏反问道。

关根喝光运动饮料，低头说道：“是相机套吧？不，有点不一样。这玩意儿是怎么回事？”

“掉在杂贺房间角落里的。”

“欸？”关根瞪圆了眼睛，“这恐怕不合适吧？”

“得了，说话别这么难听。”室伏再次将套子塞进兜里。

这段对话刚结束，一辆大卡车就在路上停了下来，侧面带着搬家公司的标志。只见两名身穿蓝色T恤套装的工作人员从卡车上下来。在这种时候搬家？室伏这个念头只是一瞬而已。因为紧跟着工作人员下来的穿衬衫的男子就是长滨警察局的水沼。

水沼带着一名工作人员朝公寓这边走来，按响了室伏他们所在房间的门铃。

关根打开门，二人点点头走进来。关根立刻关上门。

“是室伏先生吧？”搬家公司员工打扮的男子问道，但可怕的表情和尖锐的目光与职业并不相称。

“我是。”室伏答道。

男子点点头，说道：“我是防卫厅的。”具体部门似乎不愿多说。

果不其然，室伏想。感觉的确跟警察稍有不同。

“辛苦了。剩下的就交给我们吧。请回去吧。”语气虽然客气，态度却给人一种压力。

“交给你们？这到底是……”

一旁的关根刚要抱怨，室伏伸出右手制止了他，对男子问道：“关于这件事，福井的本部那边？”

“当然已经获悉。”男子看着室伏的眼睛说道，“如果不放心，您可以确认一下。”说着，递过挂在腰间的手机。

“不用，算了。”室伏抬手问道，“知道杂贺的房间吗？”

“知道。就在这里边吧？”男子指指那边说道。

“是的。既然这样……”室伏跟关根使了个眼色后说道，“那我们就撤了。剩下的就拜托了。”

“您辛苦了。”男子得体地低头致意。

室伏和关根离开公寓，水沼也一起出来了。头戴工作帽的男子在搬家卡车的驾驶席上假装午睡。卡车的车斗里肯定藏着好多人吧，室伏猜想。

“这算什么事！若是现役的倒还说得过去，不就是一个前自卫队军人嘛，用得着防卫厅出头吗？”关根压低声音说道。

“恐怕不只是前自卫队军人那么简单吧。”

“那是什么人？”

“这种事，我怎么会知道！”

“不是说是个大人物吗？”水沼边走边说，“听说是个候补干部。因此，在交给警察之前，防卫厅要先在内部调查一下。”

室伏点点头。他也在思考同样的事。思考一下这次的犯罪行为，也能猜出嫌犯绝不是空有蛮力的人。

室伏想，说不定防卫厅早就在查找杂贺了，只是苦于没有线索，没找到而已。所谓的杂贺恐怕是假名吧。

因此他们核对了从警察厅获悉的情报后，早就在等着疑似人物浮出水面了。否则，他们的应对速度没这么快。

关根停在路上的车像被放进了烤箱一样热，发动机罩上的空气都在摇晃。关根打开两侧的车门，发动引擎开启空调，可是似乎仍无法忍受。

“把你送到局里吧。”室伏对水沼说道。

“不用了，车就停在那边。”说着，水沼压低声音问道，“你认为杂贺那家伙会回来吗？”

室伏皱眉摇摇头。水沼见状苦笑一声。“是吧。我也是这么想。人家现在肯定在别的地方正春风得意地看电视呢。”他说道。

“同感。”

“肯定想确认一下自己的犯罪行为进行得有多么完美。”关根说道。

“恐怕是吧。不过，现在电视上放的并不是实况直播啊。”

听了水沼的话，室伏愣住了。“是吗？”

“啊。我刚才还看了局里的电视，全都是此前的录像或无聊的解说之类。”

“哎，为什么？”

“还不是因为电视台的人也逐渐撤离现场去避难了。据说半径八公里之内不让人进入。”

“是这样啊。也就是说想播也没法播了。”关根信服地说道，又有些不解，“可 NHK 怎么也该留下来才是啊。”

“NHK 恐怕是留下来了。不过，拍到的东西肯定不能照实播放，不是吗？”

“为什么？”

“为什么？这个嘛……是吧？”水沼看了室伏一眼，别有意味地笑了。看到他的表情，室伏也明白了他的意思。

“哦，是这么回事啊。”室伏摸摸下巴。

“既然这样，那我就告辞了。再联系。”水沼轻轻抬手打了个招呼就离开了。室伏也抬手与他告别。

关根看上去有些不满。“什么意思啊？拍摄的东西不能照实播放？”

室伏并未回答，把手伸进车内试了试。“好像快凉下来了。我们上车后再慢慢说吧。”说着径直钻进副驾驶座。车座的靠背仍很烫。

关根也坐到驾驶席上。看到他关上了车门，室伏才开口说道：“说到底，直升机坠毁后的结果如何，连国家也猜不透，不是吗？可能什么都不会发生，弄不好也可能会酿成重大灾难。难道不是吗？”

“既然这样，那为什么不在电视上——”话说了半截，关根停下来，嘴唇半张着，惊讶地说道，“是考虑到重大事故的可能性才不敢在电视上放吗？”

“因为电视在现代社会中的影响力实在太大了。无论用语言如何形容阪神大地震的震撼，也抵不上高速公路坍塌那一瞬间的景象。反过来，只要电视上没放，以后随便怎么说都能行。虽说一旦造成重大灾难是很难隐瞒的，可如果只是造成核电站出现一些轻微故障，国家肯定不愿公开。”

“这不成了欺骗吗？”

“是啊，怎么说呢？对于那些从未关注过核电的国民来说，也许不告诉他们那些乱七八糟的事情反倒更好一些。假如我是首相，恐怕也会这么做的。”

“是老人欺负小孩没心眼吗？”

“算了，别生气。万一造成大恐慌，到时候受累的还不是我们？”

“那倒也是。”

“先不说这个，”室伏放平车座，双手搭在脑后，“现在新阳到底怎么样了，电视上看不到了。即使这样杂贺也坐得住？”

“什么意思？”

“你刚才不也说过吗？他肯定也想亲眼确认一下自己的犯罪行为进行得有多么完美。”

“那倒也是，杂贺肯定不可能到现场去。”关根看透了室伏的心思，说道。

“是吧。”

“不是吗？半径八公里的范围内严禁进入，机动队员们肯定正在严密把守呢。就算嫌犯没败露，也无法接近新阳。”

“这个我知道。可是，嫌犯是把性命都赌到这次犯罪上了。既然如此，你还认为他不想看结果吗？”

关根并不退让。“就算是这样，也很难想象嫌犯会在这种状况下接近现场啊。一旦被抓住，那不是全都打水漂了吗？”

室伏叹了口气。关根的话的确在理。可他还是觉得，嫌犯不可能不看这次赌命绝活儿的结果。因此，室伏决定改变思维方式。

“新阳那边的情况，不去现场就看不到吗？”

“应该只有从灰木村方向才看得到,因为发电站是面朝内海的。此外,就是乘坐小艇从海上看了。环境保护团体就曾经乘小艇把骷髅标志的影子映到新阳核反应堆建筑上。”关根说起新阳迎来临界状态时的事。

“在这种局面下，杂贺不可能用船。”室伏略一思索，站起身来，“就算看不到核电站，那直升机呢？肯定有看得见的地方吧？”

“这个嘛，那一带地形起伏比较大，山恐怕会挡住视线。”

“没地图吗？道路地图。”室伏打开前面的储物格。

“在这儿。”关根从驾驶席车门内侧拿出一本厚书，封面上写着“全国道路地图”。室伏翻到敦贺半岛所在的页码。

敦贺半岛并没有可驱车绕海岸线一周的路。虽然半岛的西侧和东侧都有沿海路，可连接的道路都是横切半岛的，沿海的道路在北端就全都到了头。西边道路的尽头是新阳，东边道路的尽头则是敦贺核电站，两者之间的距离有三公里多。

“从敦贺核电站方向能看到新阳吗？”

“很遗憾，恐怕够呛。”关根断然说道，“中间有山，若是从路上看，敦贺核电站的建筑物就会挡住视线，什么都看不到。”

“新阳或许看不见，可直升机不就能看见吗？毕竟在一千米以上的高空。”

“怎么说呢，毕竟还有角度的问题，而且，”关根不解地说道，“毕竟离得太远了，不是吗？虽说那直升机很大，可毕竟没有客机大，不是吗？”

室伏摸了摸裤兜，掏出刚才那个黑套子。

关根愣住了。“怎么了？”

“是望远镜的套子。”

“啊？”

室伏并不理会张着嘴的关根，再次把目光落到地图上。可是光凭地图的确什么都弄不明白。他合上地图。“好，出发。给我以最快的速度飞起来。”

“去哪儿啊？”关根说着挂上挡，松开手刹。

“那还用说。去看直升机。”

“到敦贺核电站吗？”

“不，”室伏说道，“再往前，立石岬。”

49

在新阳发电站的第二管理楼，避难已经开始。核反应堆关停已经决定了。除操作员和消防人员外，全员都得撤到厂区外。

三岛开着自己的帕杰罗，载着同为锦重工业员工的汤原和山下，沿来时的路穿过新阳隧道。

“最终我们还是什么都没有做到。”坐在后座的山下说道，“他们救下了惠太，真想帮他们一把啊。”

“有什么办法呢。就算是自己亲手制造的，可一旦上了天，我们也束手无策啊。总之，这次是让嫌犯给要了。”汤原的声音透着遗憾。

“用不着在意。”三岛盯着前面说道，“在这儿的这些人谁都没有帮上忙，都只是袖手旁观，我也一样。这次干了活的恐怕只有那些勇敢的救援队员吧。”

或许是无言以对吧，一时间，两个直升机技术人员都闭了嘴。

“有一个问题，我怎么也想不明白。”山下改变了话题。

“只有一个？我可是全都没有想明白。”汤原自嘲般地说道。

“那倒也是，可我尤其不理解的是，如果嫌犯是那个姓杂贺的男人，他为什么要使用佐藤常务的名字呢？”

“你说的是电脑通信那件事？”

“哎。”

“的确想不通啊。也许是嫌犯的玩笑吧。”

“既然这样，直接选与飞机或核电站有关的重要人物不就行了？佐藤常务是负责重机的，以前还是制造铁路车辆的人，一点都不搭边啊。”

“言之有理。三岛你怎么看？有没有与佐藤常务有关的线索？”

“啊，没有。”三岛当即答道。于是，这个话题到此为止。

三岛一直在反省，这次的犯罪实施中最多余的就是使用佐藤伸男的名字。无非电脑通信的发件人而已，用谁的都行，根本无所谓。他之所以偏偏使用佐藤的名字，不仅仅因为在赤岭淳子的房间里偶然发现了佐藤信用卡的使用存根，还出于另外一种考虑——淳子从欧洲回来接受警察调查时，万一无法庇护三岛怎么办？如果得知自己曾与之偷情的男人的名字遭到恶意冒用，再老实的女人都不会答应的。

可是，三岛觉得这种想法实在可笑。他完全是想多了。一个制造如此事件的嫌犯，她是不可能庇护的。

穿过隧道，出了发电站的门，二十多辆自卫队的车排成一行停在那儿。大概是为了应对不测正在待命吧。队员们似乎都在车里。

此外还停着貌似援兵的消防车。消防员们正忙忙碌碌，不知在准备什么。

比较惹眼的是N维护公司建筑前的停车场，成功营救出山下惠太的救援队直升机就降落在这里，还能看见救援员们的身影。

“他们怎么还在这儿啊。在干什么呢？”山下说道。

“说不定是觉得还会有出动的必要吧。”汤原答道。

“什么意思？”

“新阳里面还有操作员留守对吧？无论发生什么事情，唯有他们是必须营救的。可是，一旦周围着了火，从地上就无法靠近了。”

“是为了不时之需啊。或许吧。”

三岛一面听着二人的对话，一面驱车进入N公司斜对面的一家商店的停车场。这家店除了提供一些简单饭食，还兼卖面包和点心等。前面还有公用电话和自动售货机。

三岛关闭引擎，打开车门。后面的二人也开始下车。这时，一阵风吹进车内，一张纸片般的东西飞了起来，落到了汤原的脚下。他捡起来，露出一副略显复杂的表情，将其递给三岛。

原来是贴在副驾驶座前面的智弘的照片。

“你儿子？”汤原问道。

“嗯。”三岛一面把照片装进衬衫的胸兜一面答道。

“唔……”汤原似乎早已得知这孩子已死去，不知说什么好。山下也尴尬地沉默下来。

“要是还活着，今年该上初中一年级了。这照片是上四年级时照的。”说完三岛后悔了，怎么竟说起这些无聊的事。

“听说是因为一场事故？”汤原说道。

“算是吧。”

“真可怜。”或许是觉得自己也得说点什么吧，山下客气地开口说道。

三岛把脸转向山下。“有件事我想对你说。”

“对我？”山下一下挺起身体，“什么事？”

“为了让你将这次的事情引以为戒我才说的。如果不说，你很可能一辈子都不知道。”

山下不知道是何事，不安地眨着眼睛。

“必须在这儿说吗？”汤原说道。

“是的。”三岛朝汤原点点头，再次看着山下说道，“就是关于为了营救你的孩子，国家答应了嫌犯要求的事。”

“关于这个，我非常感谢。为了我的孩子，国家做出了巨大牺牲，也给全体国民造成了麻烦。”山下竭力表达歉疚。三岛却边听边摇头。

“的确多少产生了一些损失，被迫节电的国民中肯定也有不少人觉得受到了连累。可是，政府没有做出牺牲的意识，恐怕倒是有一种赌赢了的心境吧。”

“什么意思？”汤原问道。

三岛看着山下继续说道："嫌犯的要求是关停全国的核反应堆，而国家最终没有答应。"

"欸？"山下一下瞪大了眼睛。

"不是早就关停了吗？"一旁的汤原说道。

"那是要了戏法。就我所确认的来说，实际关停的只有四座，而且全都是发电量很少的核电站。"

"不会吧？"山下半张着嘴。

"要戏法，怎么要？"

"一点都不难。使用模拟装置。"

"模拟装置？控制装置的？"

"没错。无论哪个核电站，都设有一套供训练用的跟实际控制盘完全一样的模拟装置。那些不在实际核电站当班、也并非歇班人员的操作员就是用这个来进行每日训练的。仅从外观上，外行人看不出这种装置跟实物有不同，而且跟实际运转时一样，计量仪器等也在运转，警报装置也会鸣响。所以，关停核反应堆的电视直播，其他部分全都是在真正的中央控制室直播的，唯独关停核反应堆那一幕是在模拟装置室直播的。有两座设备的地方就把同一个模拟装置使用两次。为防止露馅，他们绝不会连续播放。当然，最好也掺进一点真货，于是他们选择了四座障碍不多的核电站实际关停了。"

"原来是这样啊！"山下低下头，"一点都没有发现。"

"没有在控制室工作过的人是不会察觉的。"

"你是什么时候察觉的？"汤原问。

"从一开始。"

"真的？"

"当然。我可是生产控制盘和模拟装置的人啊。"

"为什么没告诉我们？"汤原有点愠色。

"说了又能怎样？恐怕只会增加山下的担忧吧。嫌犯一旦察觉，一怒之下不就会让直升机坠毁吗？不只是我，其他人也都没有说出来，恐怕也是出于这种考虑吧。”

“其他人？”汤原皱起眉，“你是说，其他人也发现了？”

“这还用说吗？中塚站长和小寺主任可都是核电站的专家啊。不只是他们，几乎全国所有的核电站相关人员应该都意识到了这是一个骗局。炉燃那边提议说即使关停新阳的核反应堆，嫌犯也不会觉察，也肯定是因为早就知道骗局的事情。如果表面上关停而实际上仍可能继续运转，他们自然就会觉得反之也肯定能行。”

嫌犯并非核电站的专家——这恐怕就是当时炉燃总部的结论吧。

“原来是这样啊。不过如果仔细思考一下，也能明白他们会这么做。他们不会只为了我儿子一个人而关闭全国的核电站。”山下垂着眼，努力让自己接受般地说道。

“你没必要那么说。我觉得你应该愤怒才对。因为政府抛弃了你的孩子，觉得即使你的孩子遇害也无所谓。”

“你这么说就有点过头了吧？”汤原瞪了三岛一眼。

“那你敢说，政府从来就没有考虑过嫌犯识破骗局的可能性？”

“这个嘛……”汤原只说了这几个字就沉默下来。

三岛继续说道：“当嫌犯提出营救孩子的交换条件，政府最担心的就是民众的看法。如果不关停核电站，肯定会被民众责难说根本就不拿老百姓的性命当回事。可是核电站又不想关掉。这不是事关威信的问题。因为只要开了关停所有核电站的先例，恐怕就会对今后的核电政策产生影响。到底该怎么办，我想政府首脑在这个问题上肯定颇费了一番脑子。最后想出来的就是这次的办法。首先对民众公布说接受要求，实际上并不关停而是播放虚假影像。如果进展顺利，只要在事件解决后趾高气扬地公开就行了。到时候他们就可以大声说，未靠核电度过的一天实际上根本不存在。并且，万一嫌犯发现骗局让直升机坠毁——”他看看山下，稍微压低声音说道，“到时候就会把要把戏的事隐瞒下来，总之让嫌犯来扛这个骂名就行了。就是这样一个把戏。一切都计算得天衣无缝。”

三岛对这番推理非常自信。不，事实上他早就猜透了政府不会真的关闭核电站，而肯定会想一些诡计。其实这样也不错，因为如果这诡计完美得都能骗过国民，那效果跟实际关停也就没什么两样。不过，这种事自然无法在这里告诉这两个人。

三岛闭嘴后，空虚的时间又流逝了数秒。汤原皱着眉，盯着斜下方。

山下从裤兜里掏出手绢，擦擦额头的汗。“话就这些吗？”

“就这些。我觉得你最好了解一下真相，才告诉你的。”

“是吗？幸亏听你这么一说，说不定还真是这么回事呢。不，恐怕就是这样的。因为国家的办事方式我也略微懂一点。不过，三岛先生，”说着山下看了三岛一眼，“即便如此，我还是很感激的。正是在很多人的帮助下，惠太才会获救。”

“那是你的自由。”三岛只能这么说。

山下点点头，说道：“汤原先生，那就赶紧去吧。”

“好啊。”汤原应了一声，又转向三岛。

三岛指了指小卖部。“我去给公司打个电话。”

“是嘛。那我们就先走一步了。”说完，汤原就去追已经走开的山下。

等他们走远，三岛拿起公用电话的话筒，插入电话卡，例行输入密码。确认电脑回应后，输入电码。这是给电脑的最后指令了。

挂断电话，把电话卡装回钱包，顺便想把刚才的照片也装进钱包，就从胸兜里取出来。那是智弘去高尾山远足时的照片，戴着燕子队的棒球帽，做着V形手势。

三岛想，山下之所以能那样说，无非因为儿子获救了。假如儿子死了，又得知是由于国家的欺骗，态度肯定会截然不同。

三岛想起了九个月以前的事。那天，他正在整理智弘的遗物。此前他连看到这些东西都难受，全都一股脑装到了纸箱里。

遗物无非智弘的衣物、玩具、漫画、教科书、参考书、笔记、海报之类。不喜欢读书的智弘，根本就没有学习以外的书。

三岛决心处理掉几乎所有的东西。他觉得，就算一直留着也不会有一件好事。他也跟分手的妻子打过招呼，对方回复说随便处理。妻子离家的时候，带走了装满儿子照片的影集。她似乎有那些就足够了。

难以割舍的是笔记。那里面活生生地留着儿子的笔迹。虽然所写内容也就是算术题的问答、汉字的笔顺、牵牛花的插图之类，可书写这些的智弘的身影却一个接一个地复苏了。

这些就留着吧——正当三岛这么想的时候，那本笔记找到了。那是语文笔记，前面写满了看似抄写老师板书的文字，可中间竟突然出现了这样一行字：搞核电的滚出去——

字是用签字笔之类的东西写的，笔迹并不是智弘的。三岛只觉得心里像被打了桩一样，紧接着，他一股不祥的预感扩散开来。他开始从头查看笔记本和教科书。印证他预感的证据果然在其中找到了。

有“不要散布核辐射”的乱写，也有“不要弄切尔诺贝利”的乱画。他还在各处发现了极简单的“去死”字样。在算术教科书的一页上，还用签字笔画着蘑菇云，一旁还画着坟墓，上面写着“三岛智弘”。

看到这些，三岛才第一次意识到真相。不，这并不准确。其实他在智弘死后数天就听到了一种奇怪的传言：智弘很可能遭到了校园暴力。告诉他的是智弘一个同年级学生的母亲。

意外！因为从未有过这种迹象。妻子也说毫无预兆。

此时本应该好好调查一下才对，可他和妻子都没有积极行动起来。上小学五年级的智弘会自杀，这实在让他们意外，更主要的是没有气力。当成事故可能会让自己的心情会更轻松一些吧——也许是这种防卫本能起了作用。

但是，看到那些充满恶意的涂鸦之后，三岛咒骂起自己的愚蠢。自己从事的是核电站的工作，儿子极有可能因此遭到了欺侮。虽然智弘并未说出口，可他肯定一直在用各种形式纾解自己的苦闷吧。自己却没有意识到，让他最终选择了最坏的道路。不仅如此，即便在他死后，自己也什么都不想了解。

三岛去见了智弘的班主任。这位中年男教师却不认为有欺侮现象。这种说法让人生疑，三岛进一步责问，教师就说出了下面的话：

“班里有一个父母都在搞反核电运动的孩子。那孩子曾挑头弄过保护地球环境的黑板报。就是把各自调查的事情整理成报道，刊登在那上面。呃，那孩子是头头，所以对核电站也是持坚决反对的态度，这一点无法否认。我向来支持孩子们的自主性，就没有多插嘴。……三岛？他也一直在参加啊。我觉得他跟大家相处得也没那么差啊。……是吗？笔记本和教科书里有那种字样……没发现啊。会不会是搞恶作剧呢？我就是这么想的。”

三岛问起那当头头的孩子的名字和住址。老师不情愿地告诉了他，同时说了一件奇怪的事。那个名叫九谷良介的孩子因家庭原因最近经常请假。至于具体情况，老师说由于已不再担任其班主任，所以也不清楚。老师还拐弯抹角地补充说，事到如今希望不要把事情闹得太大。

三岛又去见了最初告诉他欺侮事情的那名学生。他似乎也不知道详细情况，但他告诉三岛当时智弘的班里流传着一些奇怪的话。

“说的是核辐射。什么桌子被核辐射污染了，碰了之后核辐射就会转移啦。具体情况我也说不清楚，好像就是这么说三岛身边或三岛接触过的东西。”

后来，三岛又走访了好几个当时跟智弘同班的孩子的家。可是，每个孩子得知他就是三岛智弘的父亲后，要么拒绝见面，要么见面后什么都不说。就算开口也只是重复“不知道”、“不清楚”之类的话。三岛努力从他们的表情中寻找真相，可是戴着孩子脸这种面具的他们却丝毫不泄露细微的感情变化。三岛多次产生了想痛揍他们一顿的冲动，可小恶魔们似乎一直在嘲笑他的这种心理。

调查到第二周的时候，三岛走访了九谷良介的公寓，可是九谷家没有人。邮箱已经满了，塞不进去的就放在门前。三岛呆立在门口，从一名邻家主妇那里得知，九谷良介的母亲安惠正在住院，良介则被放到了外婆家。父亲贤次好像每天很晚才回来。当他询问起原因时，女人只回答：“好像有很多原因。”

三岛决定去见见九谷良介的班主任。不知为何，年轻的女老师最初十分警惕。至于原因，三岛听了她后来所讲的令人震惊的事才明白。

她说最近一年多，九谷家一直遭受着一些人的恶意骚扰。

最初是世上最常见的不出声电话。不久，本没有订购的邮购物品接连被送上门来。写满诽谤诋毁的信多的时候能收到十多封。信封上多数没有发信人姓名，有的还会冒用跟九谷家有交情的人的名字，对方当然说并没有寄过这种信。

有一段时间，甚至还有来自全国反核反核电运动组织的大量书信涌来。看来是有人冒用九谷贤次和安惠的名字发信指责活动家们。为了解除误会，九谷夫妻还给所有地方都发去了亲笔信，希望今后能将这笔迹作为参考。

可骚扰仍在一个劲地升级。亵渎九谷一家隐私的传单竟有好几次就散发在附近。诋毁安惠跟男性反核电活动家进情人旅馆的造谣传单，甚至一度大范围地塞进一般家庭的邮箱。其间那些骚扰的信件和包裹仍照样寄来。有一次，他们甚至收到一盘窃听他们家电话的磁带。

最令夫妻俩受打击的是独生子良介的照片被寄来，似乎是在放学回家的路上被偷拍的。

在接连的精神打击下，安惠最终身心俱疲住进了医院。而良介似乎也遭受着孩子特有的痛苦。于是九谷贤次决定在骚扰平息之前先把儿子寄放到妻子的娘家。

嫌犯显然是对九谷夫妻的反核电运动抱有反感的人。九谷贤次向警方报了案，还在一些集会上讲述了这件事，并声称决不向这种卑劣的手段屈服。

三岛想起从九谷家邮箱溢出来的大量邮件，那恐怕全都是恶意邮件吧。

听说了这件事之后，三岛去见了九谷贤次。时间是星期六的白天，九谷正准备去妻子的娘家见儿子。

戴着金边眼镜、休息日也留着整齐的三七分发型的九谷，给人一种一本正经的银行职员的印象。但三岛听说他在食品进口公司上班。

九谷一开始还装模作样，可听到三岛诚恳地说明来意后，就逐渐放松了警惕。对于智弘可能是不堪欺侮被逼自杀的推测，他也深表赞同。

“这种事倒是有可能。我们根本就无意攻击那些从事核电工作的人，可孩子们不一样，他们是无论如何都要分出敌我啊。”接着，他换了种口气继续说道，“可如果据此就认为我家的良介参与了校园暴力，那恐怕太武断了。我这么说您也许不相信，不过，我家孩子是不会做那种事情的。”

一个父亲这么说是理所当然的。三岛也并没有让他认罪的意思，他只是想了解一下他们都是什么样的人。于是，三岛就九谷夫妻加入反核电运动的契机进行了询问。

“简言之，大概就是切尔诺贝利吧。”九谷说道，“由于从事食品进口，当时我们深受打击，根本就不知道究竟什么东西吃着才放心。在此之前，在外国的食物上也曾产生过麻烦。不过，那都是暂时性的影响，只要缩小产地范围、限定种类还是能克服的。核辐射却不同，对所有食物都会有影响，而且不知会持续多长时间。当时我就想，如果放任不管，它最终会消灭人类。”

谈话内容本身并不新奇。但听他那么满腔热血地宣讲，连三岛都深受感动，原来世上还真有一些人在认真地担心未来啊。从他的态度看，不像是为了获得自我满足而故作姿态。

谈话期间，电话响了好几次。奇怪的是，九谷毫不理会，根本就不想接。三岛询问理由，九谷浮起疲倦的微笑说道：“反正都是些骚扰电话，大概知道星期六我会在家吧。妻子或儿子有事的时候都是打传呼的。”

他说电话已经设成了录音状态，当然，即使重放一下似乎也不会有正经内容。

“真不方便啊。”听三岛这么说，九谷回答说已经习惯了。

最后三岛请求见一下良介，有一些话必须当面问才行。可九谷拒绝了。

“你的心情我理解。我若是处于你的立场，肯定也会提出同样的要求。

不过抱歉，我不能让你见良介。”

“哪怕只一会儿也行啊。”

即便如此，九谷的态度仍未松动，接着便说了这样一件事。

“事实上，那孩子现在不是正常状态，发不出声音了。有一次，他一个人在家的时候接到了一个电话，似乎听到了一些恐怖的事情。从那以后他就对电话产生了恐惧，半夜里电话突然响起的时候他就会痉挛。因此，还是以后再……”

话都说到这种地步了，三岛也无法再强求。最后，九谷突然说了这么一句——为什么会存在核电站这种玩意儿呢？

我想是因为很多人需要吧——三岛如此说道。九谷略微露出不悦的神色。

此后，三岛的心情发生了变化。当然也并非同情九谷良介，想原谅他对智弘所做的事。首先，并没有证据表明九谷良介就是欺负智弘的主犯。并且，他觉得究竟有谁加入了欺侮行为也并非什么大问题。

三岛开始觉得，良介的痛苦和智弘之死恐怕都源自同一原因，他们都是受害者。那么，这危害的根源又在哪里呢？

于是他想起为调查校园暴力走访智弘以前的同学时的情形。他们那面具般的面孔又在眼前出现了。

他发现，那面孔并非孩子们独有。好多人长大成人后，仍不肯放弃那面具。不久，他们就形成了“沉默的群体”。

三岛认为自己得到了答案。毋庸置疑，智弘就是被他们杀死的。

真正的战斗就是由此开始的。三岛继续思考，自己必须做点什么才行。可是又能做些什么呢？恐怕连向那些沉默群体的可怕面具丢一块石头都做不到吧。

跟杂贺勋邂逅恰巧就是在这个时候。

50

爱知县警小牧警察局。

敲门声传来。门开了，今野露出头，看到高坂，微微点点头。

“我稍微失陪一下。您先看看电视吧。”对赤岭淳子说了一句后，高坂走出房间。

“录像送到了。”今野说道。

“没想到这么快啊。”

“为了用作记录，县警本部那边一直单独翻录 NHK 的节目。太幸运了。”

“看来运气终于转到我们这边了。”

高坂和今野一起走向刑警室。电视和录像机早已连好了，看到二人进去，年轻的刑警开始重放。

“从时间上考虑，我想应该是这个节目。”那名刑警说道。

荧屏画面上映出了介绍敦贺市区情况的女记者。觉得很眼熟，肯定是这个节目。

介绍完各地的状况后，开始播放梳理事件过程的录像。这一部分也很眼熟。赤岭淳子的样子发生变化就是在这前后。

画面上播放的是直升机失窃的地点，锦重工业的机库。接着是新阳发电站。放到这儿时，今野说道："暂停，稍微往回倒一点。就是播放机库那里。"

年轻刑警依照吩咐，把画面静止在飞机库那里。

"不就是这儿吗？"今野对高坂说道，"若说跟那女人有关的镜头，也只有这儿了。"

"唔。"高坂把脸贴近画面。难道就是这个镜头里有让她动摇的东西？可这只不过是那个机库的远景而已，人物也没有拍到。

今野在一旁叹了口气。"什么也没有啊。"

高坂默默地低下头。"把录像快进一下。"

年轻刑警按照今野的指示按下播放键。机库后面是新阳发电站。嫌犯发来恐吓信的事情、由警察厅长官举行的记者招待会、嫌犯提出营救孩子的交换条件等，都由播音员一一进行了说明。

"这么短的时间里居然有这么多东西啊。"今野叹口气。

接着是抵达新阳的直升机技术人员穿过大门的镜头、全国的核反应堆停止的情形，还有堪称最精彩场面的营救孩子那一幕。

"再从头放一遍。"高坂说道。

倒带期间，高坂想，既然连心不在焉地看电视的赤岭淳子都注意到了，那应该不是很琐碎的部分，让她动摇的东西恐怕只是一闪而过吧。可是，自己为什么就找不到呢？

高坂试着回顾刚才跟她的对话。她似乎突然担心起直升机坠毁会造成的灾难，甚至担心起在现场的警察。这又是为什么呢？

第二次重放开始了。尽管目不转睛地看了一遍，可还是没发现特别之处。

"看到电视后那女人的样子出现变化，这不会是错觉吧？"

听今野这么说，高坂不由得起身。"停。能不能把遥控器给我用一下？"

从年轻刑警手里接过遥控器后，他把带子稍微倒了一点后又重放，然后立刻按下了暂停键。画面上映出的是新阳发电站的入口，两名锦重工业的直升机技术人员坐在警车里穿过大门。

“这是什么？”今野问道。

“从刚才起，赤岭淳子就对现场情况十分在意，似乎在考虑直升机坠毁时的灾难。”

“还有呢？”

“我刚才一直在思考原因，有没有这种可能性？也就是说，有一个对她而言很重要的人就在现场。”

“欸？”今野瞪大了眼睛。

“由于以前并不知道，看到电视后偶然得知，才突然慌了。”

“这么说，嫌犯就在新阳？”

“虽然这想法太大胆，不过如果换作内部人员作案的说法，恐怕就不算大胆了。”

“也就是说，那嫌犯就在这儿？”今野看看画面，“这两个人的确是锦重工业的员工，跟那个女人联系是有……”

“不，我想并不是直升机技术人员。这两个人去新阳的事情在新闻上都播了好多次了，赤岭淳子不可能不知道。”

“那……”

“这个人是谁？”高坂指指画面一角。

只见一名男子正在门卫室前面。

高坂用遥控器调整一下画面。那名男子离开门卫室，从镜头前面斜穿而过。视线一度转向镜头。

“电话。”今野向年轻刑警命令道。

高坂和今野返回接待室的时候，赤岭淳子仍在看电视。她的确在担心恋人的安危。她知道让他远离危险处境的唯一方法就是告诉警察一切，所以才不提回家一事。可是，她又不希望他被逮捕。现在她心里应该像风暴中的大海一样在剧烈摇晃。

高坂盯着她的脸坐下来。她又跟刚才一样低下了头。

“嫌犯的线索找到了。”高坂平静地说道，“那个人现在正在新阳发电站。”

一瞬间，淳子的肩膀微微颤抖了一下。她徐徐抬起脸，眼里布满了血丝。

“只不过，”高坂继续说道，“现在还不到逮捕的时候。我们还需要进一步积累证据。如果照这样耗下去，阻止直升机的坠落恐怕很难了。不过，逮捕是肯定的。”

赤岭淳子舔了舔嘴唇，大概是口渴了吧。

“如果你真的为他着想，那就告诉我们实话吧。这样的话，现在立刻就能逮捕他。阻止直升机坠落也还有可能。这对他来说也是一件好事，说不定还能救他一命呢。”

“没错。那人肯定是想死吧。”今野从一旁添上一句。这句话的确给了她剧烈冲击。今野继续说道：“如果不是想死，就用不着特意亲自进入现场。直升机马上就要坠毁了，相关人员全都避难了，而那人会不会这样做就不清楚了。就算他避难了，是不是绝对安全我们也不好说。只能祈祷他平安。”

赤岭淳子用右手搓起左臂，目光游移不定，气息也紊乱了。这些都被高坂看在眼里。

“赤岭小姐，”高坂说道，“篡改出入管理表的人是你吧？”

她痛苦地扭动了一下身体之后，径直不动了，只微微点了点头。

今野长出一口气。高坂开始提问。“从物资库搬走货物的也是你吧？”

沉默数秒钟之后，她又点了点头。

“货物搬到了哪里？”

“第三机库后面……”

高坂跟今野对视一下。这句话已经让赤岭淳子跟事件完全联系起来。因为木箱放在机库后面的事，除了一部分目击者，应该只有嫌犯或共犯才知道。“是什么货物？”

“不知道。”

“是受人之托搬运的吧？”

“是的。”

“跟请求你篡改管理表的是同一人吗？”

“是的。”

“是谁？”

赤岭淳子缓缓抬起头来，眼睛周围也变红了，但眼泪没有流出来。“请不要让他死。”

接着，她说出了名字。

高坂等人已经猜到的名字。

51

耀眼的海面让汤原微微眯起眼睛。

灰木村的渔港里现在已没有村民的身影，取而代之的是新阳的职员、警察和消防人员，还有自卫队员。现在所有人的视线都投向大海对面的新阳发电站和悬浮在它正上方一千多米处的巨大直升机。

“喂喂，是中塚站长吗？是我，饭岛。”在汤原身旁，饭岛副站长正在拨打手机。中塚仍跟消防队员们一起留在发电站内。

“您那边已经没有职员了吧？……哎，除操作员以外……是吗？那就按计划进行……是，明白。”挂断电话，他朝周围大声说道，“再过十分钟就关停。”

紧张的空气似乎越发紧张。再过十分钟关停，没人知道这会不会导致直升机坠落，但是已经无力回天。

“刚才跟公司联系过了。笠松部长让我转达慰问，大家辛苦了。”山下回来说道。

“真有讽刺意味，就这么袖手旁观，看着大 B 掉下来。”汤原只能以这种滑稽方式回应。

“还有一个报告。”

“什么？”

汤原一问，山下显得有点不好意思。“惠太已平安到达了。高彦第一个迎了上去。”

“是吗？”汤原稍微放松了表情，“那小子，跟惠太道歉了吗？”

“道歉了，惠太并不恨他。”

“那就好。”

这是唯一明快的话题。

“呃，打扰了。”一旁传来声音。只见一名身穿橙色衣服的年轻自卫队员向他们点头致意。山下不禁“呀”了一声。

“是救援员啊，救了惠太的那位。呃，是上条先生吧？”

“是的。”上条回应道。

“啊，原来是这样啊。这次可真是谢谢了。”汤原也点头致意。上条脸上稚气未脱，真难以想象他竟完成了那样了不起的行动。

“那是我们的工作。先不说这些，机舱内的照片您看过了吗？”他问道。

“哎，看了。多亏了你们，让我们了解了里面的状况。”汤原说道。他当然无法说没派上用场。

“是吗？那就好。”说着，上条递过一张照片，“事实上还有一张，由于镜头晃得厉害就没有送给你们。不过，我还是觉得应该给你们看一看。”

汤原接过那照片。

的确是一张模糊难辨的照片，拍到的情景跟已经拿到的照片也没什么不同，看上去没有参考价值。但是，他把照片递给山下之后，还是向上条致谢：“劳您特意送过来，真的十分感谢。”

“那直升机已经无可救药了吗？”上条看着新阳问道。

“很遗憾。”汤原答道。

“是吗？刚才还在跟大家说呢，如果按照之前的要领再登上那直升机，说不定还有办法。”

“这个恐怕够呛吧。”汤原苦笑一声，“而且，嫌犯可能会阻止的。”

“是啊。”

“那就再见。”上条说着正要离去，山下忽然惊叫起来。

“怎么了？”

“汤原先生，请看这个！”山下指指照片，“操纵席前面的控电板上是不是伸出了一根电缆？”

汤原定睛一看，的确如他所说，一根貌似电缆的东西从前面的电板，正好是 GPS 显示器一旁伸出来。“是啊。”

“而且，这东西看上去似乎是接在第三单位上的。”第三单位是并排在两个操纵席之间的仪器之一。“你看是怎么回事？”

“从仪表盘后面伸出电缆，是有点奇怪啊。”

“哎，可现在仪表盘背面应该安装了红外线热成像装置啊。不会是从那儿引出来的吧？”

“从那儿引出来？”汤原稍微思考了一下，谜底揭开了，“是吗？第三单位是自动操纵系统的操作装置……所以，停止信号就会自动传出来啊？”

“什么意思？”不觉间来到附近的综合技术主任小寺问道。

“嫌犯果然在监控。上面设好了装置，一旦放水口的温度发生变化，信号就会从红外线热成像装置传出，直升机就会自动坠落。”

听到这些，小寺沉下脸来。

“是吗？我还一直以为，就算关停核反应堆，嫌犯也不会发现，从而可以延迟直升机坠落，最起码能让设备整体上冷却一下呢。”接着他就像想通了似的使劲点点头，“有什么办法。事到如今都一样了，反正直升机都会掉下来的——”

“不，请稍等一下。”汤原打断了小寺的话，为了确认这一闪而过的念头并不是单纯的错觉，他在大脑中简单地梳理了一下头绪。“说不定能控制直升机呢。不，能控制！”

“啊！”周围响起惊讶的声音。每个人都在倾听他们的对话。

“控制……怎么控制？”小寺问道。

“如果放水口的温度下降，引擎停止的指令就会自动发出。可在这一瞬间自动操纵也同时解除了。也就是说，操纵模式又变成了手动。”

“也就是说可以使用那个了，”山下说道，“嫌犯丢下的控制器。”

“没错。”汤原点点头，“自动操纵解除的一瞬间，就可以用那个来操作旋翼了。”

“可是，引擎已经停止了啊……难道再次启动引擎？”

“不，这个是很难的。不过做自由旋转飞行没问题。”

“自由旋转飞行？”

“即使引擎在空中停止，直升机也可以实现安全着陆。只不过，得对旋翼进行某种程度的操作。”

“不是全都停止了吗？舵也不听使唤了吧？”

“就算引擎停止，电气系统仍在运转。没事，舵还管用的。”

“用嫌犯的机器来操作……好用吗？”

“我认为值得一试。反正都要关闭核反应堆。”汤原话中带着自信。

小寺向一旁的年轻职员问道：“嫌犯的机器带到这边来了吗？”

“警察运来了。”

“那就马上借过来，带到这儿。”

“不，从这儿有点困难。”汤原说道，“太远了，我想电波传不到。得更近一些才行。”

“那还得返回发电站？”

“不……”汤原摇摇头，看了看站在附近正倾听他们对话的上条，“能不能让我坐上直升机，靠近大B？”

上条似乎早就猜到他要说的话，黝黑的脸上浮起爽快的笑容。“只要跟上面的人说一声，我们随时都能出动。”

“那就由我们来联系吧。”小寺说道。

“我们在直升机那边等你们。”说完，上条步伐轻快地跑开。

小寺对饭岛副站长说道：“跟中塚站长说明原委，让他晚一点再停止核反应堆。”

“明白。”饭岛开始按手机的号码键。

“汤原先生，”山下一脸钦佩，“我去。”

“不，我去。最后就让我来收拾吧。”

山下本来还想说些什么，最终还是轻轻点点头。“拜托了。”

“交给我好了。”汤原用拳头轻轻捶了捶山下的胸膛。

52

引擎在呼啸。关根仿佛要把车底板踩穿，交替踩着油门和刹车，沿着九曲回肠般的山路打着方向盘。室伏则用力踩稳，努力在车座上保持上身直立。幸亏对面没有来车。

右侧的敦贺湾海面映着阳光，熠熠生辉，眼前是一片海滨沙滩。若在平常，这儿本该立着很多绚丽的遮阳伞，游客们横七竖八地躺着。今天却看不见这光景，似乎连售货亭都关了。

“连这边都下达了避难命令吗？”室伏问道。

“恐怕是吧。毕竟距新阳还不到十公里。”关根气喘吁吁地说道。车子驶进一个急弯，轮胎发出刺耳的声音。

色滨、浦底，车子穿过一个个地方。途中还有一处地方正在施工，设了临时信号灯，单车道通行。关根根本就顾不上这些，直接通过。

收音机的播音员正在播报。“根据现在已经确认的信息，发电站的职员几乎全都已经避难。只是由于要保持新阳继续运转，必要的操作员仍留守在现场。至于直升机方面，虽然目前仍无异样，不过据估计，燃料已经差不多耗尽了。”

“会不会在呢，杂贺那家伙？”关根说道。

“谁知道呢。不过，若是我，肯定会去那儿。”

他确信，只有那儿才能看到直升机坠落。并且，很难想象嫌犯不去亲眼确认坠落的那一幕。

敦贺核电站从左前方露了出来，站区用杂树林和铁丝网跟道路隔开了。

间隔带对面露出暗粉色的穹隆形建筑物。若是投资不多的电影公司，倒是极有可能将其用作隐藏在山中的秘密基地。

就目测的情况来看，马路对面的停车场里仍停着车辆，这儿的职员们似乎仍未避难。

入口前面停着一辆警车。一名警官出现了，抬起一只手。关根放缓车速，在那警官面前停下来。关根向走过来的警官出示了警察手册。

“到这边的核电站有事吗？”警官问道。

“不，到这前面有事。”关根说道。

“这前面？”警官皱起眉。

“有没有人路过这前面去了海角那边？”室伏问道。

“海角？”警官稍微沉默一会儿，抬起眼睛，“如此说来，刚才倒是有个渔夫去了。”

“渔夫？”

“说是家里有孩子，匆匆忙忙回去了。”

“之后经过这里了吗？”

“不，他说没有车，要坐船避难。通过这儿的时候是骑的摩托。”

“谢谢。喂，开车。”室伏对关根说道。

“怎么了？那边什么都没有啊。”警官问道。

“啊，没事。”

快开车——室伏对关根耳语了一句。

关根对警官说了句“辛苦了”，然后松开刹车。映在后视镜里的警官诧异地目送他们离开。

“是那个人吧？”

“不清楚。不过，快点。”

敦贺核电站前面一段路两侧是幽深的树林。穿过树林，就又成了沿海路。不久，右侧出现一个小渔港，有十多条渔船停在那儿。

关根一面注意着渔港右侧一面驱车前行。左侧是一排排的民房，都是古旧的木屋。没有人影。旁边竖着“无关人员禁止停车”的牌子，看来是被擅自停车的人伤透脑筋了。途中有公交站牌，上写“立石岬”。

渔港后面是防波堤，关根在前面停车。

再往前就没有可通车的路了。

“从这种地方什么都看不见啊。”关根下了车，打量着四周说道，“不到山对面恐怕不行。”他指着民房背后的山说道。

“这个我知道。”此时室伏发现旁边停着一辆摩托车，便向前走去。那是一辆排气量一百五十毫升的旧摩托车。

“就是骑的这个？”关根也跑了过去。

“大概吧。”摩托车的钥匙盒上插着一把剪钳，是暴走族盗摩托车时经常用的手段。“先把车牌号码记下来。”

“是。”关根答应一声开始记录，“记下了。”

“好。那就走吧。”

“去哪儿？”

“反正跟着我就行。”室伏迈步往前走。

穿过防波堤，前面就是勉强能走的羊肠小道，沿着海岸线伸向前方。右边是外海，郁郁苍苍的森林则从左侧逼过来。室伏他们往上走，贴在路上的数十只海蛆像蟑螂一样慢吞吞地朝两侧散去。

“到底要到哪儿去啊？”关根在后面不安地喊起来。

室伏朝大海方向看了看，停下脚步。一块浑圆的岩石从距离陆地二十米远的海面上露出来，此外再也找不到同样的岩石。

“是那块岩石吧？”他喃喃道。

“那石头怎么了？”

“记号。几十年前我来过，后来再没有来。我的记忆力还真不错。”

室伏又往前走了一点，一直来到岩石旁才停下来，然后望向与海相对的方向。幽深的森林只在那一带有些间断。“是这儿，没错。”他说道。

“什么啊，这是？”

“去上面的路。虽然有点难走，不过途中肯定会有石阶的。”

“哎，从这种地方能上去吗？”

“上面有灯塔。走快点的话也就十分钟左右。”说着，室伏朝山路迈出了脚步。

53

灰木村渔港。

汤原、小寺和饭岛等人已经就核反应堆关停的联系方式等进行了商量。出一点差错就会酿成无法挽回的后果，所以他们确认了好多次。

年轻的职员跑回来。“嫌犯的装置已经事先运到救援队那儿了。”

“多谢。”汤原说道。跟救援队合作的事已经得到了确认。

“把汤原先生送到救援队直升机那儿去。”小寺向那名年轻的职员命令道，又看着汤原的脸说道，“加油！”

“没问题，肯定会顺利的。”汤原环视着大家断言道。

在相关人员的目送下，汤原乘坐年轻职员驾驶的车子离开了渔港。穿过灰木村，正要爬上通往新阳入口的坡道时，一辆车子驶了下来，在汤原等人一旁停下。副驾驶座的电动车窗开了，露出脸来的是警备部长今枝。

“看到三岛先生了吗？”他询问的事完全出乎汤原的意料。眼神很可怕。

“没，刚才还在一起来着。还在上面吧。”自从在小卖部的停车场分手后就再没看到他。

“是吗？”警备部长关上车窗。

汤原有些纳闷，警察找三岛会有什么事呢？

不久车子来到新阳的前面，然后右拐，在N公司的停车场前面停了下来。只见上条等人正在做起飞的准备。

“拜托了。”汤原一面朝他们跑去一面说道。

“客气了。就是这机器吧？”上条已经亲自确认了装载的装置。

“没错。”汤原走到一旁，检查了一遍装置的情况。蓄电池似乎还有足够的电，问题是不知好不好用，不过，现在已没时间和方法来确认了。总之，只能试一下。

一名戴着太阳镜、上了年纪的男人一面点头一面凑了过来。大概是飞行员吧，汤原猜测。

“我姓根上。是机长。”老练的飞行员用浑厚响亮的声音打起招呼。

“拜托了。”汤原点头致意。

“跟对面那直升机得靠多近啊？”

“这个嘛，”汤原稍微想了想后答道，“在它下面两三百米就行。”

“下面？不用挨着吗？”

“不，不能挨着。因为那架直升机在引擎停止后会开始下降的，所以如果不事先停在下面，就无法控制了。”

“明白。”根上机长点点头，返回自己的岗位。

忽然发现三岛已站在一旁。他出现在这里让人有一种奇怪的感觉。

“你用那个干什么？”三岛问道。

“最后赌一把，碰碰运气。”已经没时间详细说明了。

“汤原，”三岛用平静的口气说道，“最好让蜜蜂蜇一次试试。”

“你说什么？”

“就算直升机掉下来，新阳也没事的。所以你就不要勉强了。”

“听你这么一说，我心情倒是轻松点了。不过，该做的我还是要做一次试试。”说着，他看看上条。“OK！走吧。”

上条点点头，对三岛说道：“这儿危险，请撤下去吧。”

汤原钻进直升机。乘坐UH-60J还是第一次，他不由得用技术人员的眼光观察起机舱。果然不错，直升机就得这样，所有地方都令他赞叹不已。

引擎发动了，旋翼开始旋转。汤原系好安全带，看看放在底板上的装置，祈祷这东西能顺利工作。

感觉到引擎声变成高音的一瞬，直升机尾部就抬升起来，微微前倾着缓缓上升。汤原从窗户俯瞰地面，结果看到了奇妙的光景。

数名男子正朝三岛围拢过去，其中还有今枝的身影。汤原想起他刚才在找三岛。

立石岬。

约一米宽的山路往上延伸，室伏一面跑上参差的石阶一面龇牙咧嘴。坡道比想象的更陡峭，也更长。他再次体会到体力跟以前不一样了。汗水冒了出来，从下巴到胸膛都是汗。他停下脚，抬头望向前面。山路在半道上拐了弯，再往前就看不见了，似乎还有很长一段。

“稍微休息一下吗？”

“不，没事。”他再次迈步。

石阶消失了，眼前变成了用混凝土硬化的坡道。不像是铺修的，更像随便灌了点水泥。跑过这一段，又恢复了普通的山路。

“留神点，慢慢往上爬。”室伏小声说道，“说不定有嫌犯。”

关根点点头，稍稍放缓脚步。

尽管嘴上说的是也许有，可室伏坚信一定会有。发现杂贺后该怎么办呢？连这个都想过了，却没想出好主意。

两名刑警一面查看动静，一面爬山。来到山顶，眼前有一座白色的灯塔，高度只有数米，周围围着石墙。两名刑警并不知道，这个在明治十四年就第一次点亮的灯塔，现在已经用在敦贺市的市徽上。

在立石埼灯塔上站着一名男子，大热天里披着一件灰色雨衣般的东西，架着双筒望远镜。

室伏把目光投向男子所望的方向，那直升机就像芝麻一样大。

大概是察觉了脚步声，男子把眼睛从望远镜上挪开，转过头来。他雨衣里面穿着背心，体格健壮，脸色却不好，整个下巴覆盖着邋遢的胡子。

看到室伏等人，男子的表情毫无变化，再次把望远镜贴到眼睛上。关根正要靠近，室伏抬手阻止了他。

“最好不要靠得太近。”

“为什么？”

“在这儿用不着担心他会逃。我们更应该注意的是那家伙的行李。”

“行李？”关根看看男子，这才发现他脚边放着一个黑色的包。

室伏把视线投向远方的天空。又出现了一个黑点，正朝那巨大的直升机接近。

UH-60J。

眼看着接近大 B，汤原只觉得全身都起了鸡皮疙瘩。不是因为紧张或恐惧，而是因为目睹了自己作品的完美飞行。一瞬间，他忘记了自己的任务。

“这样行吗？”上条用对讲机说道，似乎是在问接近的距离。汤原使劲点点头。上条向操纵席发送信号，UH-60J 开始悬停，与大 B 相距两百米多一点。大 B 就在右上方。

上条麻利地把舱门打开，阳光照了进来。在阳光的照耀下，那个姓杂贺的男子制作的控制器表面在熠熠闪光。

控制器是由手工制作的铝质机箱、笔记本电脑、无线电传感器三部分构成的。上条弯下腰，按照早就商量好的那样，一面留意不扯断连接各处的软线，一面小心翼翼地把铝质机箱放到汤原的膝盖上。这样汤原才能在安全带的保护下操作控制器。

完成这一步后，上条笑着说了句话。汤原没听清楚，又问了一遍。上条又重复了一次。“这是世界上最大的遥控游戏。”

汤原也笑着点点头。

新阳发电站第二管理楼。

中塚刚接到小寺的电话。“是我。准备完成了吧。……知道了。那，你先不要挂断电话。”中塚把话筒放到桌上，回头看了看身后。那儿只有佐久间和三名消防队员。“准备工作已经完成。可以跟控制室联系了吗？”

“可以。这边已经全员到达指定位置。”

得到佐久间的回复后，中塚又把手伸向放在一旁的另一部电话，拨通了中央控制室。

“我是中央控制室。”操作科长西冈的声音传来。

“我是中塚。准备好了吗？”

“随时都可以。”大概正在努力让自己平静下来吧，西冈慢慢咬紧嘴唇说道。

“就这样待命。”中塚拿起话筒，“小寺，听到了吗？”

“听到了。”

“那么，开始读秒。”

“请。”

中塚双手握着话筒，看向桌上的时钟。时钟正指向二时三十三分。他咽下一口唾液，然后说道：“十秒。”

中央控制室。

把话筒贴在西冈耳朵上的是一名消防队员。因为西冈双手都放在了紧急停止的开关上。这儿的开关采取两个按钮同时按下的方式，是为了防止操作失误。

中塚低沉的声音在西冈的耳边响起。“五、四、三、二、一——”西冈双手的肌肉紧张起来。“停止！”就在声音传来的一瞬间，他按下了两个按钮。

宣告紧急停堆的蜂鸣器顿时响了起来，警报灯在电板上发光。西冈丢下这些，跟消防队员一起朝出口跑去。

大B。

安装在机首的相机和解析装置现在仍如嫌犯们期待的那样在继续工作。镜头依然在拍摄整个新阳发电站，最有意义的部分，即取样调查放水口和取水口海水温度的工作也在继续。

下午二时三十三分刚过一点，数据出现了变化。解析装置进行的防水口和取水口的温度差演算结果急剧接近零，数值马上就要跌破最初设定的数字。一个信号瞬间从解析装置发出，沿着电缆传送到自动操纵装置的引擎控制电路。计算机遵照信号，关停了引擎。

UH-60J。

根上机长把核反应堆停止的消息传达给汤原。汤原此前已经开始操作控制器。那时大B的自动操纵模式仍未解除，所以无论他做什么都是徒劳。

他一直有一个念头，即从核反应堆停止到大B的坠机信号发出，大概还有几秒钟的空当。他没想到海水的温度会急剧变化。

可是，变化突然造访。就在他感觉到大B的旋翼转数发生变化的一瞬间，那巨大的机体已急剧下降。

引擎停止了——汤原已经无暇出声，当即慎重地拉动控制器的手柄。

大B的旋翼仍在旋转，是被来自下方的风吹动的。要想保持平衡的自由旋转飞行状态，必须使翼刃迎角达到最佳，由风造成的旋翼的旋转速度过大或过小都不行。可是，汤原决定忽视这种平衡。总之，必须让直升机离开现在的位置，哪怕一点点也行。汤原拼命地调节相当于驾驶杆的手柄，想通过这种方式改变旋翼面的角度。可是，由于第一次操作这控制器，完全不得要领，只能在看到实物后，摸索着操作。

大B眼看着变大，正在落下来。但它并非垂直冲向地面，而是保持某种角度。因为旋翼面改变了。成功了，汤原想。尽管他觉得过了很久，可实际上引擎停止还不到五秒。

“朝这边来了！”上条叫了起来。的确，大B看上去正朝他们这边落下来。

紧接着，剧烈的冲击声传来，接着汤原看到大B以此前无法比拟的速度降下，不，是落下来。刚才还在旋转的旋翼停止了，旋翼中心冒起烟，机身失去了平衡，机首已经朝下。

阳光被遮住了，巨大的影子裹住了汤原等人所乘的UH-60J。大B像袭击过来一样落下。汤原听到有人叫了起来，事实上，他也一直在叫。

他切实感受到剧烈的加速度。时间的流逝变得失常，他什么都听不到了。他从打开的舱门亲眼看到大B那巨大的机身正从触手可及的位置静静地朝下滑落。这一幕变成了慢镜头，烙进他的脑海。犹如巨大的船只沉没。

汤原探出身，看向下面。只见大B正被吸入大海，转眼间，白色的水花像烟花一样画着圆圈飞散开来。直升机离开新阳发电站有数十米远。

汤原只觉得有零点几秒的时间变成了空白。之后，爆炸声响起。大海的表面破碎了，巨浪呈三百六十度朝所有方向发射，烈焰升起来，烟和蒸汽腾空而起。烟花一次并未结束，反复了两三次。

汤原颤抖着凝视那场景。他已无法动弹，连声音都发不出来。不久，爆炸平息了，可耳朵深处仍留有余响。不知什么时候，耳机已脱落下来。

当一切结束的时候，大B的影子已经找不到了。海面上，显示坠落地点的白色水泡形成了一个圆，以此为中心还留下了几十道波纹。凝神一看，还能看到海面上漂浮着无数细碎的东西，大概是零部件或装备品。

汤原仍无法动弹。

新阳发电站第二管理楼。

直升机在大海中消失后，中塚仍处于恍惚状态。让他回过神来的是电话铃声。直通中央控制室的电话一直在响。“我是中塚。”

“啊，站长。我是西冈，怎么样了？”

“唔……”中塚咽了口唾液说道，“直升机掉到海里了。已经没事了。”

“是吗？太好了！”长出一口气的声音传来。

“你返回控制室了吗？”

“是的。刚才逃到了安全壳里，由于并未发现异样就……”

“设备有异样吗？”

“我再去确认一遍，现在似乎并没有。”

“是吗？我立刻派操作员去增援。”

“拜托了。”

挂断电话后，中塚看看后面。消防队长佐久间正面露微笑。

“辛苦了。”中塚说道。

“没什么。”佐久间点头回应，然后命令部下们，“走，撤。”

目送着消防队员们离去之后，中塚在一旁的椅子上坐下来。一股久违的虚脱感袭来。

他还未向炉燃总部报告，筒井理事长现在恐怕正坐立不安。

先不管了，他想。连午饭都还没吃呢。先休息一两分钟也不错。

灰木村渔港。

爆炸告一段落之后，人们不由得鼓起掌来。新阳的职员自不必说，警察和自卫队员的脸上也都露出了笑容。

“呀，到底是怎么了啊？空中突然发生小爆炸的时候，我一直提心吊胆呢。”小寺看看山下问道。

山下早就在大脑中找到了答案。“嫌犯讨厌自由旋转飞行致使下落速度放缓，因此早就设置了小炸弹，燃料耗尽也罢，接到来自红外线热成像装置的指令也罢，总之，引擎停止的时候，就会自动引爆炸毁旋翼。设置的位置恐怕是变速箱。”

“嫌犯连这一点都想到了啊。”

“嗯。不过，由于某种原因，炸弹开关的开启还是稍微迟了一点。

而就在这仅有的时间里，汤原先生用控制器稍微改变了旋翼的角度，使得直升机坠落的位置偏离了。”

“也就是说，嫌犯的计划最终还是没有得逞啊。”小寺说完，又望了一眼大海。

UH-60J。

汤原慢慢回过神来。听力复苏了，周围的状况清晰了，注意到救援直升机开始降落。

眼前伸来一条手绢，是上条。汤原接过来，擦擦额头的汗水。

上条大声问道。“您现在最想做什么？”

汤原脱口而出：“真想在一个开着空调的房间里喝杯啤酒啊。”

“同感。”上条伸出右手。

汤原紧紧地握住这只手。

54

立石岬。

从直升机坠落直到爆炸，室伏都屏住呼吸亲眼看到了。的确不过瘾，却仍有一种看完一场电影时的余韵，这也是真的。他一旁的关根大概也是同样的心境吧，视线仍在直升机坠落的海域游移，什么都没说。

有个东西在室伏的视野里动了一下，他把目光转向那方向。

杂贺扔掉望远镜，仿佛根本没看见室伏他们似的，开始吸烟。

“你是杂贺勋吧？”室伏问道。可是，那声音似乎并未传入男子的耳朵，他仍定定地望着远方。

关根正要接近，室伏抬手阻止了他。因为杂贺从一旁的包里取出了一件东西。

是黑色的手枪。

室伏和关根立刻摆好架势。室伏大喝一声：“别做傻事！”

杂贺要向他们俩开枪——这么认为并不奇怪。而室伏此时想的却是这个人很可能打算自杀。他说“别做傻事”就是这个意思。

杂贺左手握枪，懒懒地把枪口对准了刑警们，可是脸并未朝向他们。他依然在凝视直升机沉没的地方。

“不要吵。”他说道，“稍微安静一下。葬礼还没有结束呢。”

然后，他高高举起手枪，朝天空扣动扳机。

美滨町。

在三岛幸一的房间里，电脑正进行新的动作。自从接到三岛最后的指令，这台电脑就一直在确认某种数据的获取。即每三十秒一次，通过通信装置从大B的热成像装置发送过来的数据。

这数据的发送中断了。当这种状态超过一分钟的时候，电脑便进入了下一进程。

首先调出事先准备好的文件，然后把它传真到指定的若干地点。文件的内容如下：

各相关人士：

很遗憾我们的要求并没有得到满足。作为结果，CH—5XJ坠落到了高速增殖原型堆新阳上面，这一点我们刚刚确认。

我们确信新阳会平安无事。这次准备的爆炸物只有十条黄色炸药。想必核电站的各种安全装置已经切实地发挥了作用，现在核反应堆也大概已在安全状态下被冷却了。

这次尝试是为了表达我们的忠告。

不能让沉默的群体忘记了核反应堆，不能让他们假装忘记其存在。必须让他们永远意识到核反应堆就在身边，让他们思考其存在的意味。并且，必须让他们选择道路。

这次我们之所以选择新阳为目标，是觉得它最能产生危机感，但事实上还有一个理由。那就是一旦世界上最大的直升机从一千多米的高空坠落，其他核电站恐怕会有核泄漏的可能。

这一点跟核反应堆建筑物是否牢固没有关系。

我们所担心的是，由于某种差错致使直升机落到使用完的燃料池的情况。池子的顶盖并不像核反应堆建筑物那样坚固，只有一块薄板，下面放着含有大量钚的使用完的燃料。一旦直升机栽进那里，纵然只是十条黄色炸药，结果将会如何呢？

钚恐怕会混进水里，不久就会像浴缸的污垢一样附着在池壁。有一些干燥后会变成细微的粒子浮游在空中，飞向所有地方。这些粒子有可能进入人的肺，稳定下来，然后继续产生核辐射。

这种情况概率很低，但不是零。既然不是零，我们就无法瞄准这样的核电站。现在日本所有的核电站都拥有大量使用完的燃料棒。

相对比较少的，只有刚运营不久的新阳，并且，新阳的燃料池设在地下，我们估计能够免受来自直升机的灾难。

很有讽刺性。一般人认为很危险的高速增殖原型堆在我们的计划面前却被判断为是最安全的。

这或许是证明存在于我们周围的核反应堆并非只拥有一张面孔的证据。它们也拥有各种各样的表情，对于人类，既会有微笑的时候，也会有龇牙的时候。只寻求微笑是傲慢的。

再重复一遍。不能让沉默的群体忘记核反应堆。要让他们永远意识到其存在，并选择自己的道路。

孩子挨了蜇，方知蜜蜂的可怕。希望能将这次的事情引以为鉴。

因为炸药未必总是只有十条。

天空之蜂

三岛在新阳入口前看到了大B的最终结果，跟他的脚本不同的结果。

他并没有感到失败带来的遗憾和后悔，有的只是空虚。因未能得到答案而感到空虚，因为他一直在寻求答案。

三岛喃喃着，声音很小。所以，在他身后正要押解他的今枝没有听清。

“哎，你刚才说话了吗？”警备部长问道。

“没有。”三岛回答，又望了望大海。

他是这样说的：“掉到新阳上就好了。大家早晚会意识到这件事。”

他缓缓松开紧握的拳头。

图书在版编目(CIP)数据

天空之蜂/〔日〕东野圭吾著；王维幸译.-海口：南海出版公司，2015.2
ISBN 978-7-5442-7522-4

Ⅰ.①天… Ⅱ.①东…②王… Ⅲ.①长篇小说-日本-现代 Ⅳ.①I313.45

中国版本图书馆CIP数据核字(2014)第264901号

著作权合同登记号 图字：30-2011-127

天空之蜂
〔日〕东野圭吾 著
王维幸 译

出　版　南海出版公司　(0898)66568511
　　　　海口市海秀中路51号星华大厦五楼　邮编 570206
发　行　新经典发行有限公司
　　　　电话(010)68423599　邮箱 editor@readinglife.com
经　销　新华书店

责任编辑　张　锐
特邀编辑　王　雪
装帧设计　金　山
内文制作　杨兴艳

印　刷　北京天宇万达印刷有限公司
开　本　890毫米×1270毫米　1/32
印　张　12.25
字　数　334千
版　次　2015年2月第1版
印　次　2021年6月第16次印刷
书　号　ISBN 978-7-5442-7522-4
定　价　39.50元